CUENTOS
CASAENRAMA
presenta
con
orgullo

HOMBRE PERRO

ESCRITO E ILUSTRADO POR **DAV PILKEY**

COMO JORGE BETANZOS Y BERTO HENARES

CON COLOR DE JOSE GARIBALDI

graphix

UN SELLO EDITORIAL DE
SCHOLASTIC

A Dan, Leah, Alek y Kyle Santat

Originally published in English as Dog Man

Translated by Nuria Molinero

Copyright © 2016 by Dav Pilkey
www.pilkey.com

Translation copyright © 2017 by Scholastic Inc.

ISBN 978-1-338-11416-4

10 9 8 7 6 5 4 3   18 19 20 21

Printed in China   62
First Spanish printing, September 2017

Original edition edited by Anamika Bhatnagar
Book design by Dav Pilkey and Phil Falco
Color by Jose Garibaldi
Creative Director: David Saylor

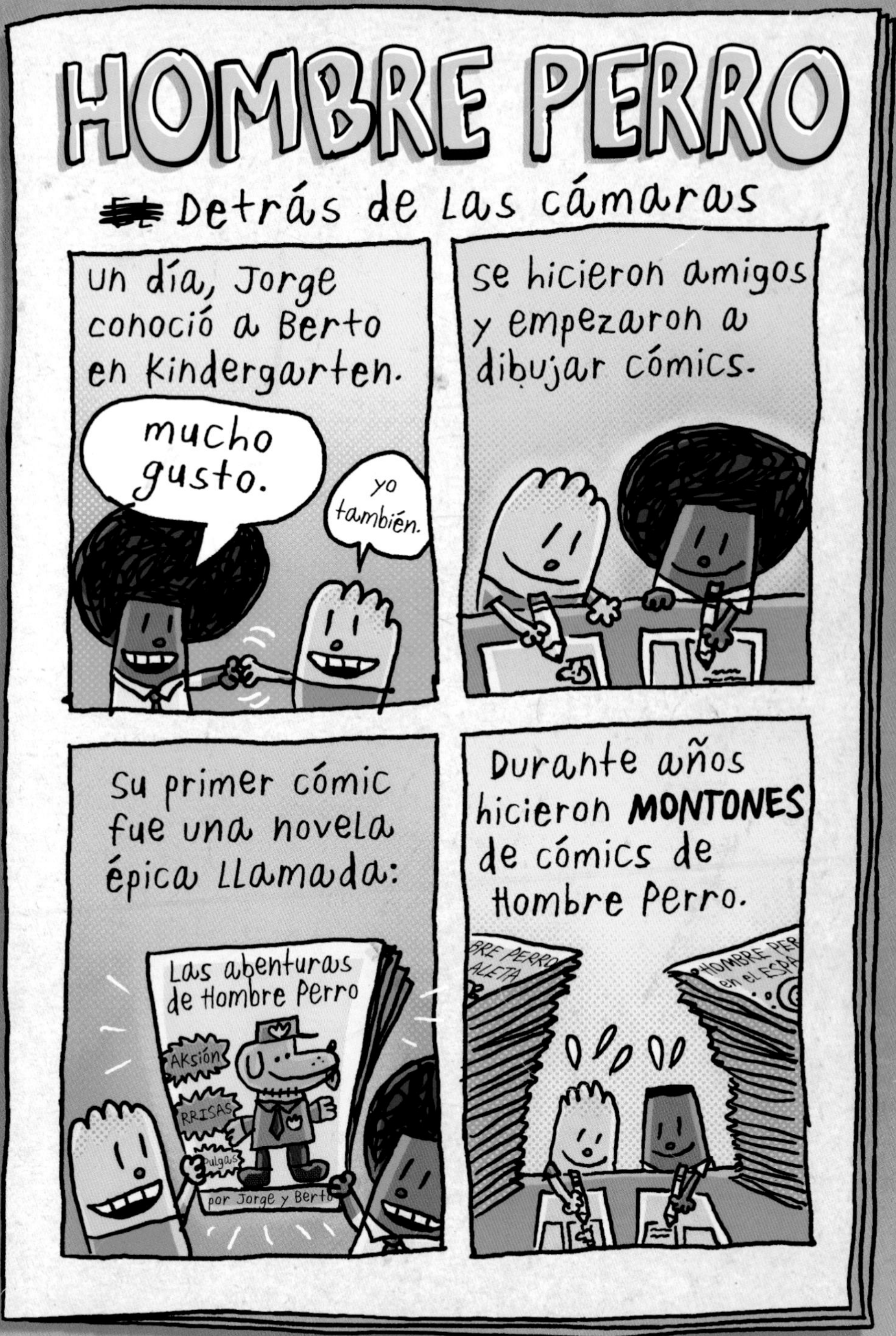
HOMBRE PERRO
Detrás de las cámaras
Un día, Jorge conoció a Berto en kindergarten.
mucho gusto.
yo también.
Se hicieron amigos y empezaron a dibujar cómics.
Su primer cómic fue una novela épica llamada:
Las abenturas de Hombre Perro
Aksión
RRISAS
Pulgas
por Jorge y Berto
Durante años hicieron MONTONES de cómics de Hombre Perro.

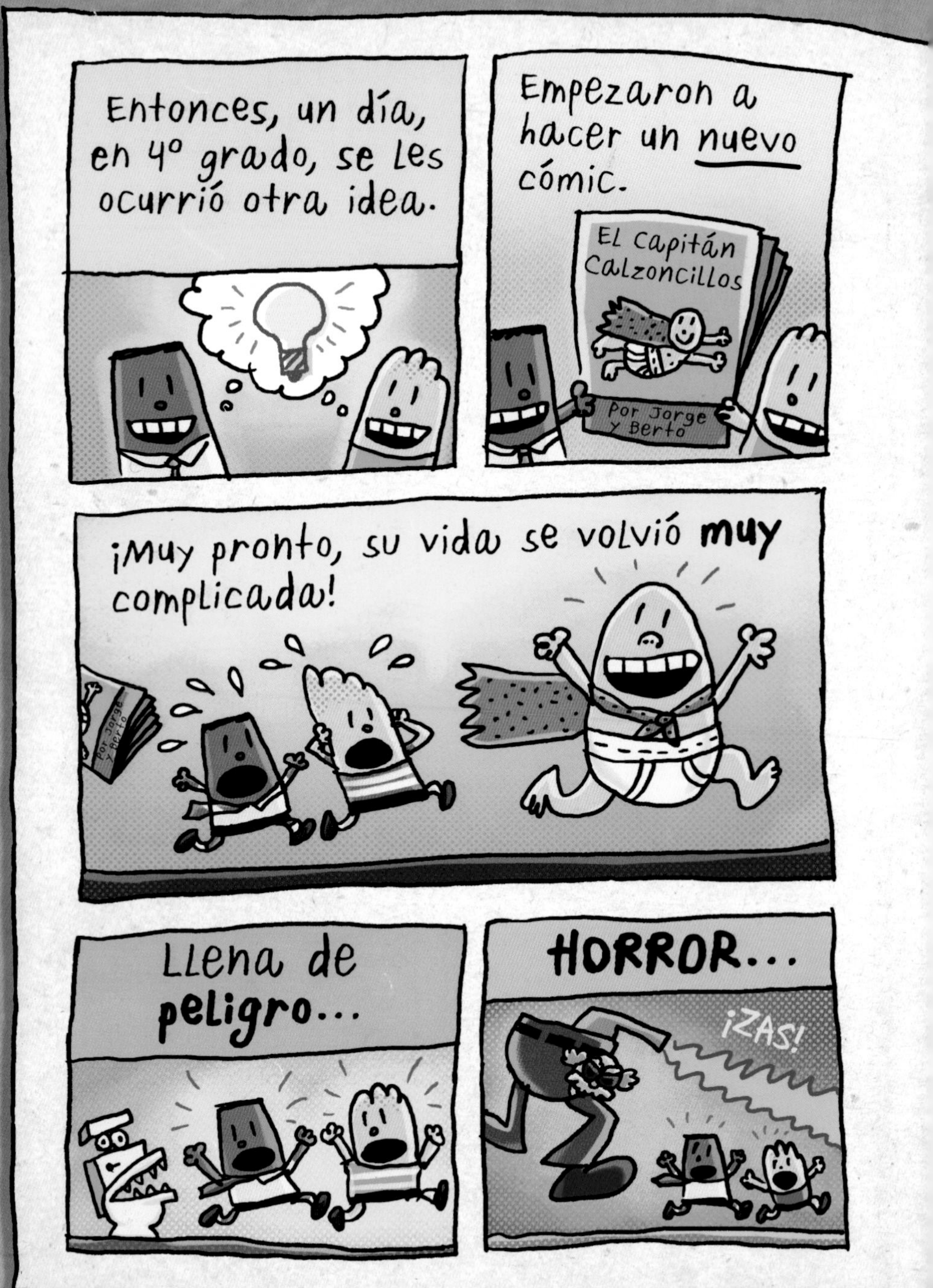
Entonces, un día, en 4º grado, se les ocurrió otra idea.
Empezaron a hacer un nuevo cómic.
El capitán Calzoncillos
Por Jorge y Berto
¡Muy pronto, su vida se volvió muy complicada!
Por Jorge y Berto
Llena de peligro...
HORROR...
¡ZAS!

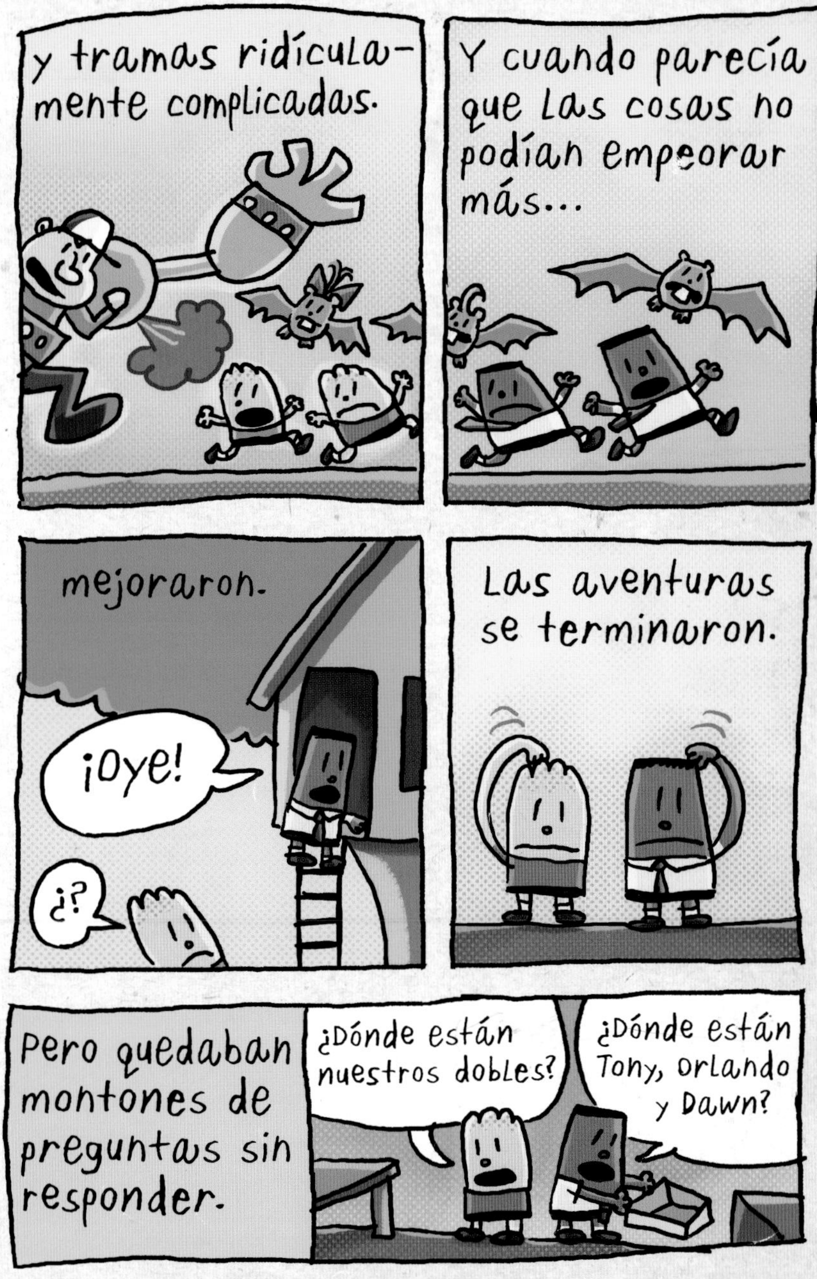
y tramas ridículamente complicadas.
Y cuando parecía que las cosas no podían empeorar más...
mejoraron.
¡Oye!
¿!?
Las aventuras se terminaron.
Pero quedaban montones de preguntas sin responder.
¿Dónde están nuestros dobles?
¿Dónde están Tony, Orlando y Dawn?

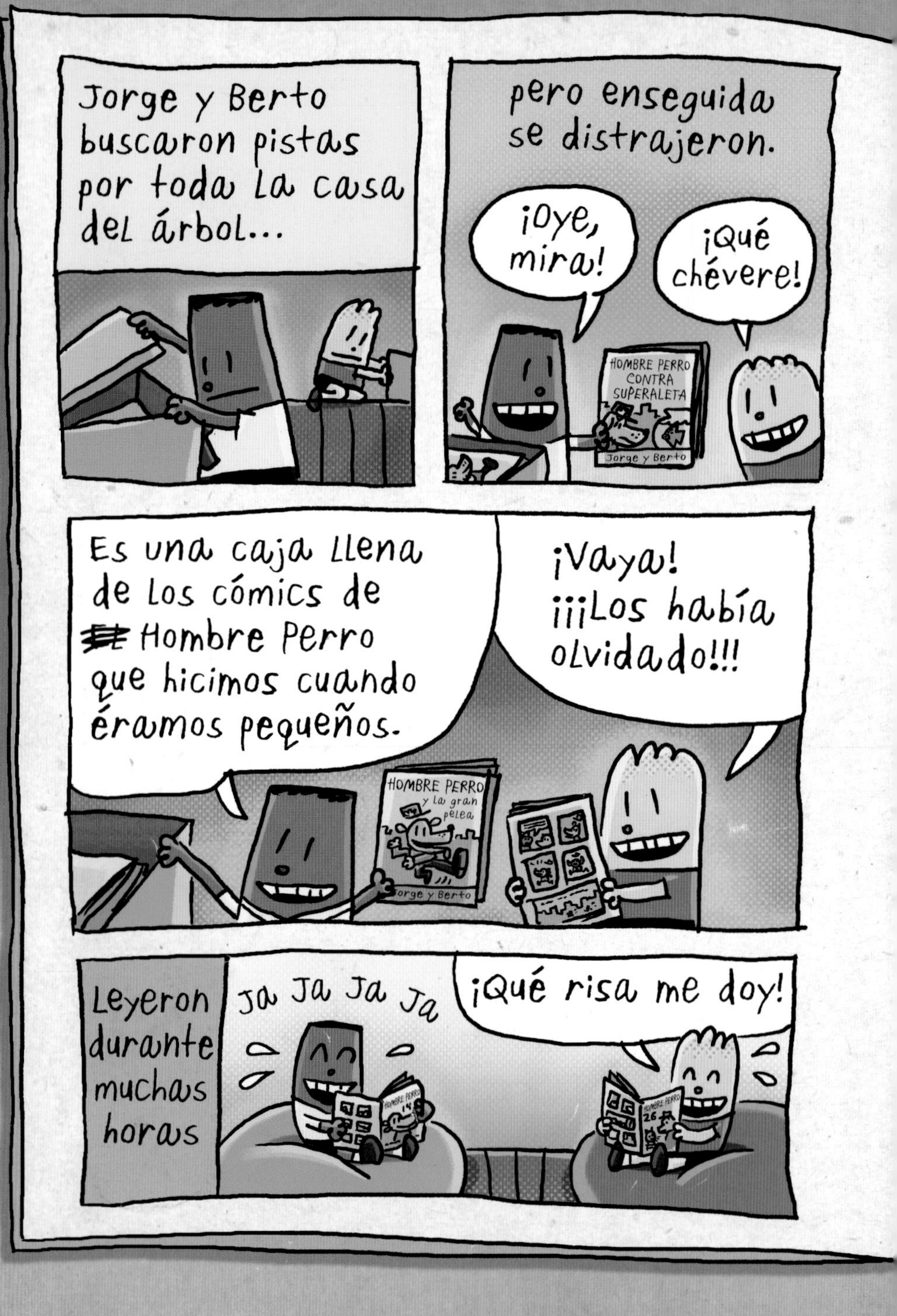
Jorge y Berto buscaron pistas por toda la casa del árbol...
pero enseguida se distrajeron.
¡Oye, mira!
¡Qué chévere!
HOMBRE PERRO CONTRA SUPERALETA
Jorge y Berto
Es una caja llena de los cómics de ~~El~~ Hombre Perro que hicimos cuando éramos pequeños.
¡Vaya! ¡¡¡Los había olvidado!!!
HOMBRE PERRO y la gran pelea
Jorge y Berto
Leyeron durante muchas horas
Ja Ja Ja Ja
¡Qué risa me doy!
HOMBRE PERRO 14
HOMBRE PERRO 26

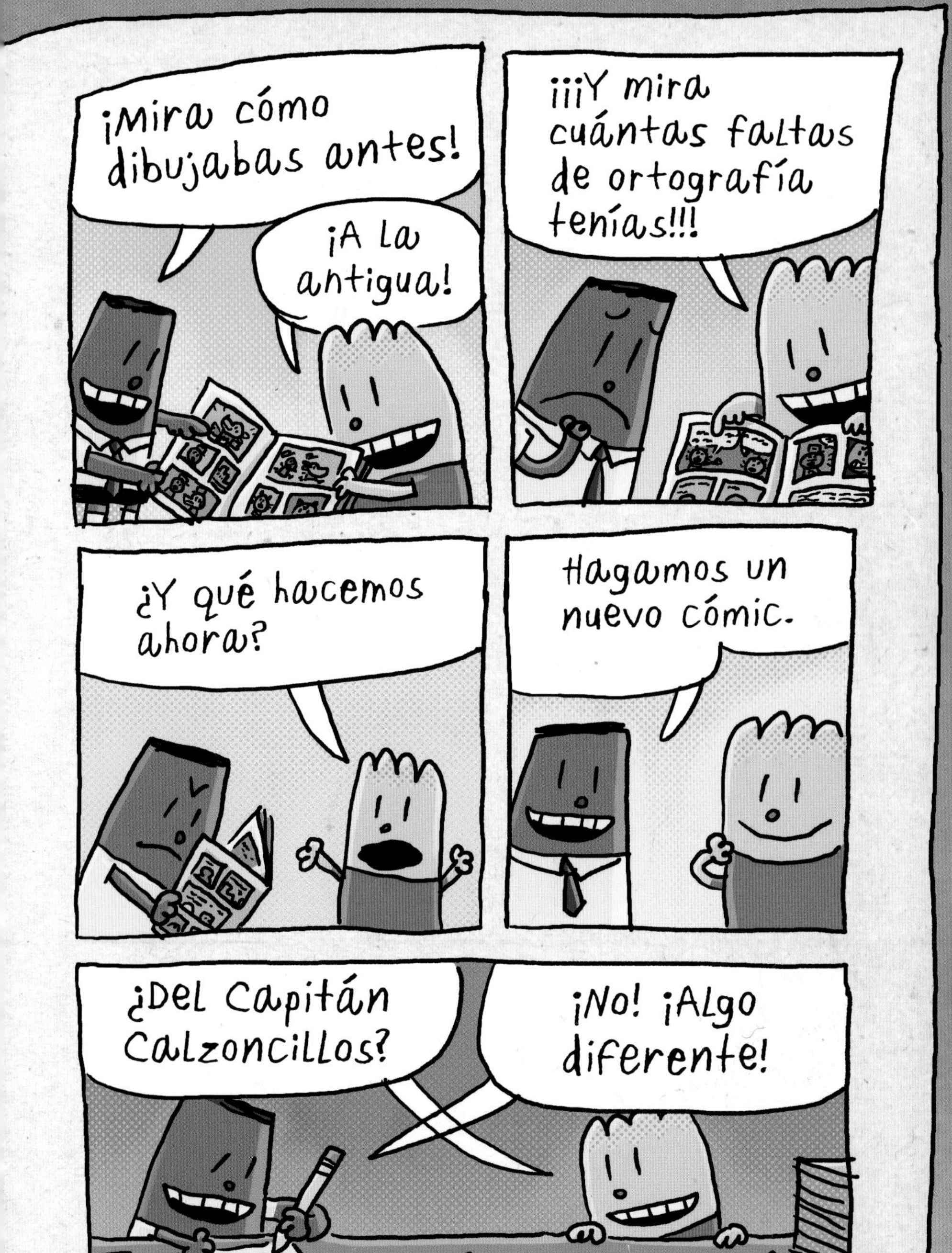
¡Mira cómo dibujabas antes!
¡A la antigua!
¡¡¡Y mira cuántas faltas de ortografía tenías!!!
¿Y qué hacemos ahora?
Hagamos un nuevo cómic.
¿Del Capitán Calzoncillos?
¡No! ¡Algo diferente!

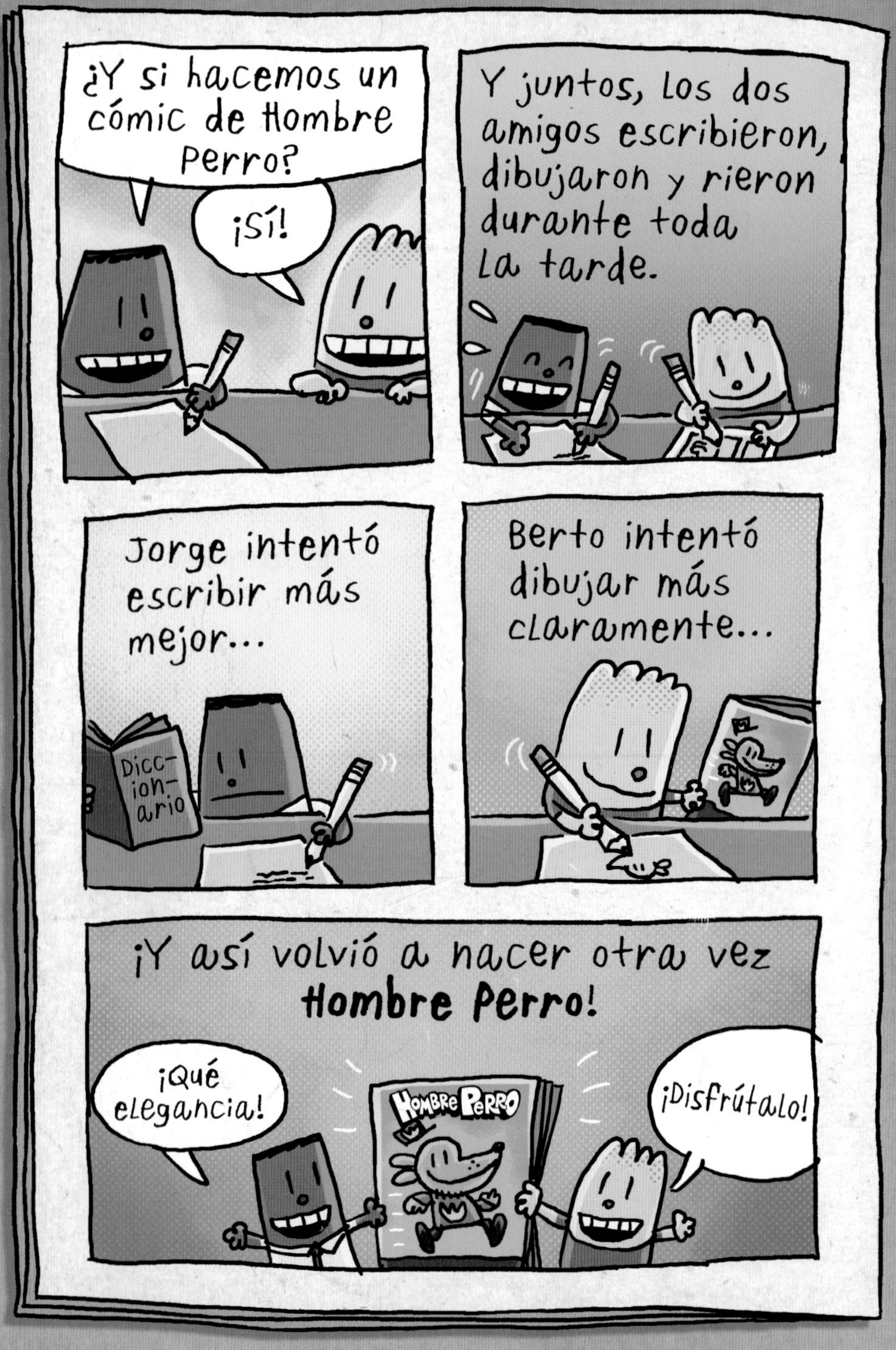
¿Y si hacemos un cómic de Hombre Perro?
¡Sí!
Y juntos, los dos amigos escribieron, dibujaron y rieron durante toda la tarde.
Jorge intentó escribir más mejor...
Diccionario
Berto intentó dibujar más claramente...
¡Y así volvió a nacer otra vez **Hombre Perro**!
¡Qué elegancia!
Hombre Perro
¡Disfrútalo!

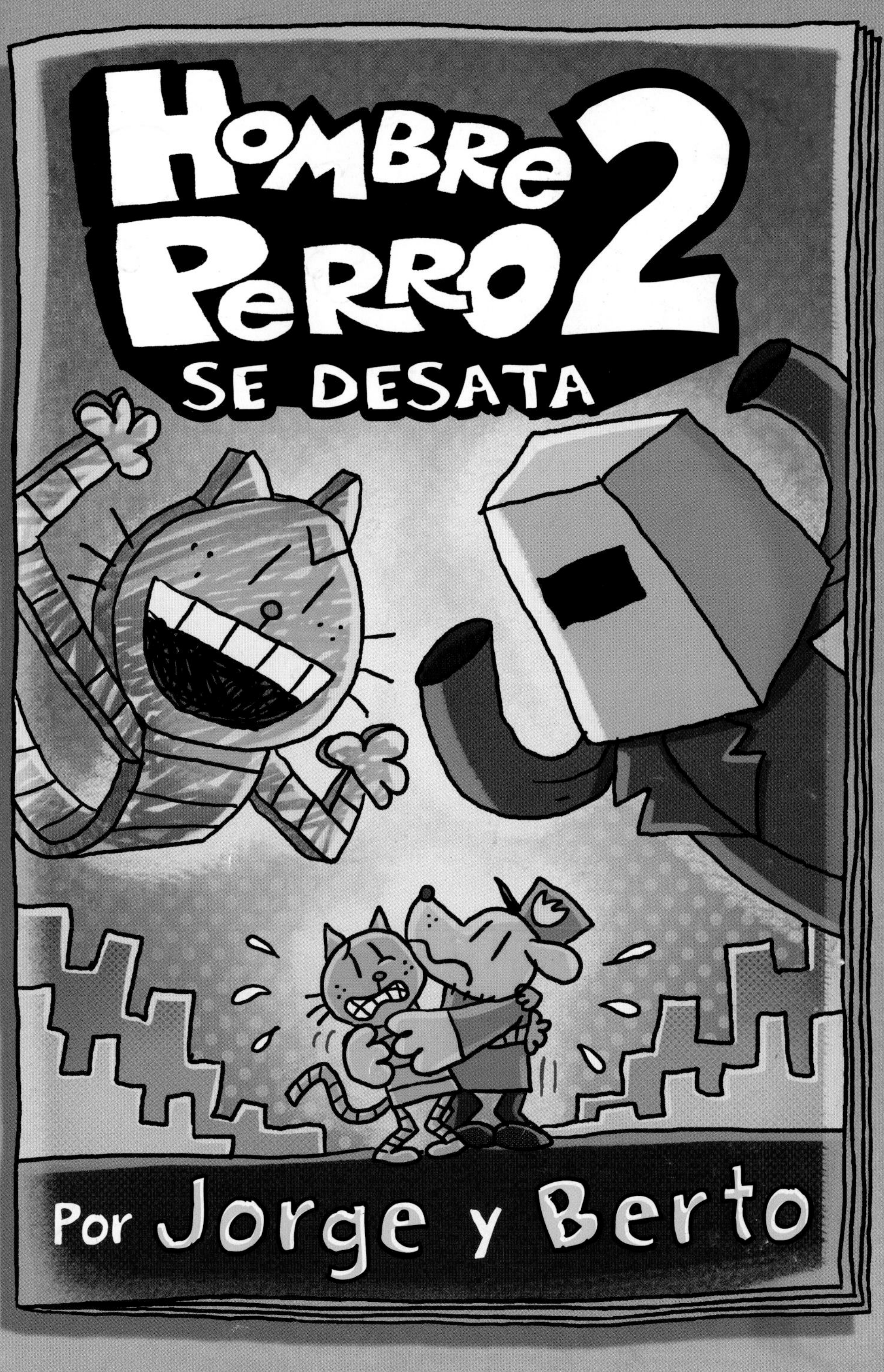
Hombre Perro 2
Se desata
Por Jorge y Berto

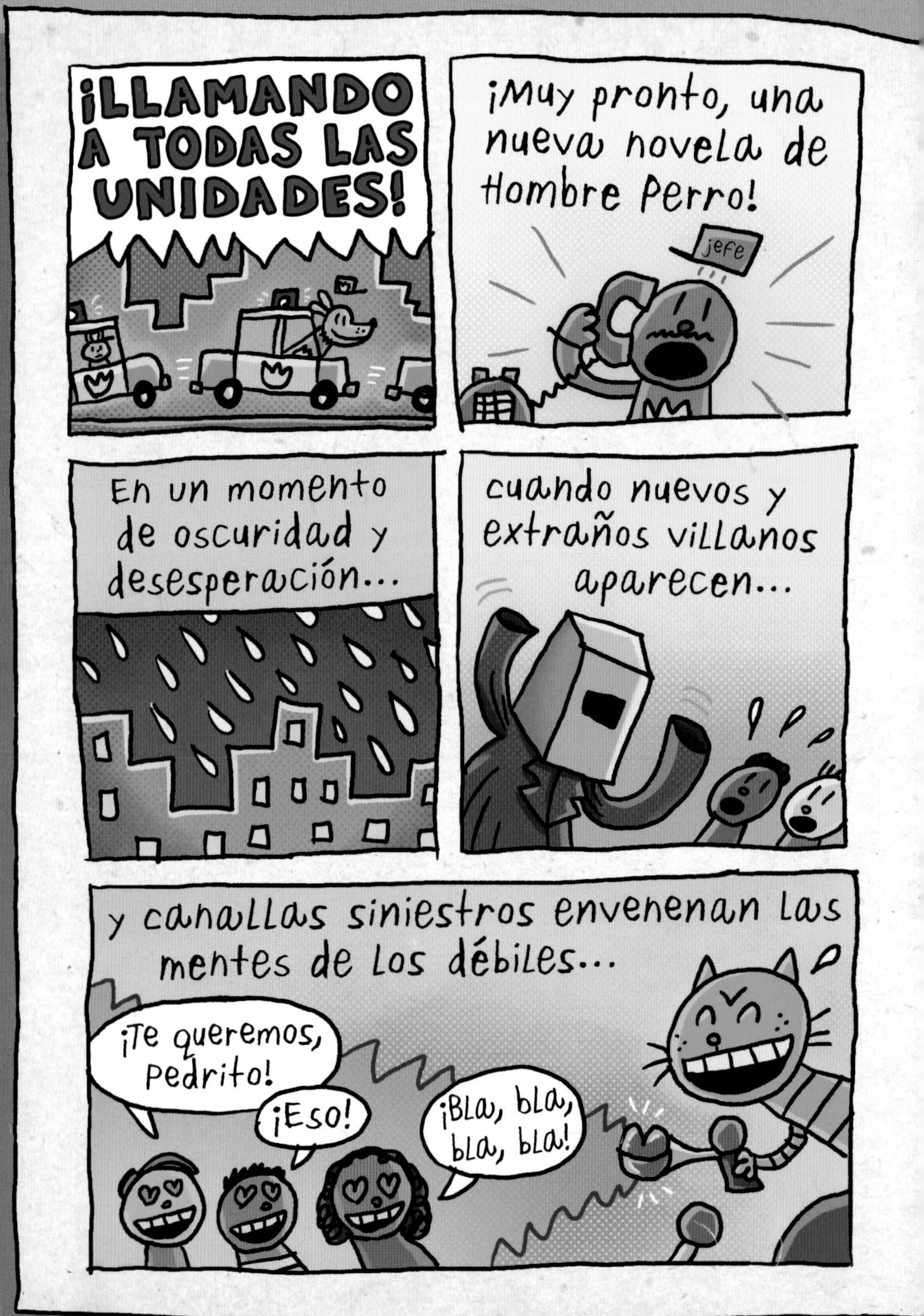

¡LLAMANDO A TODAS LAS UNIDADES!
¡Muy pronto, una nueva novela de Hombre Perro!
jefe
En un momento de oscuridad y desesperación...
cuando nuevos y extraños villanos aparecen...
y canallas siniestros envenenan las mentes de los débiles...
¡Te queremos, Pedrito!
¡Eso!
¡Bla, bla, bla, bla!

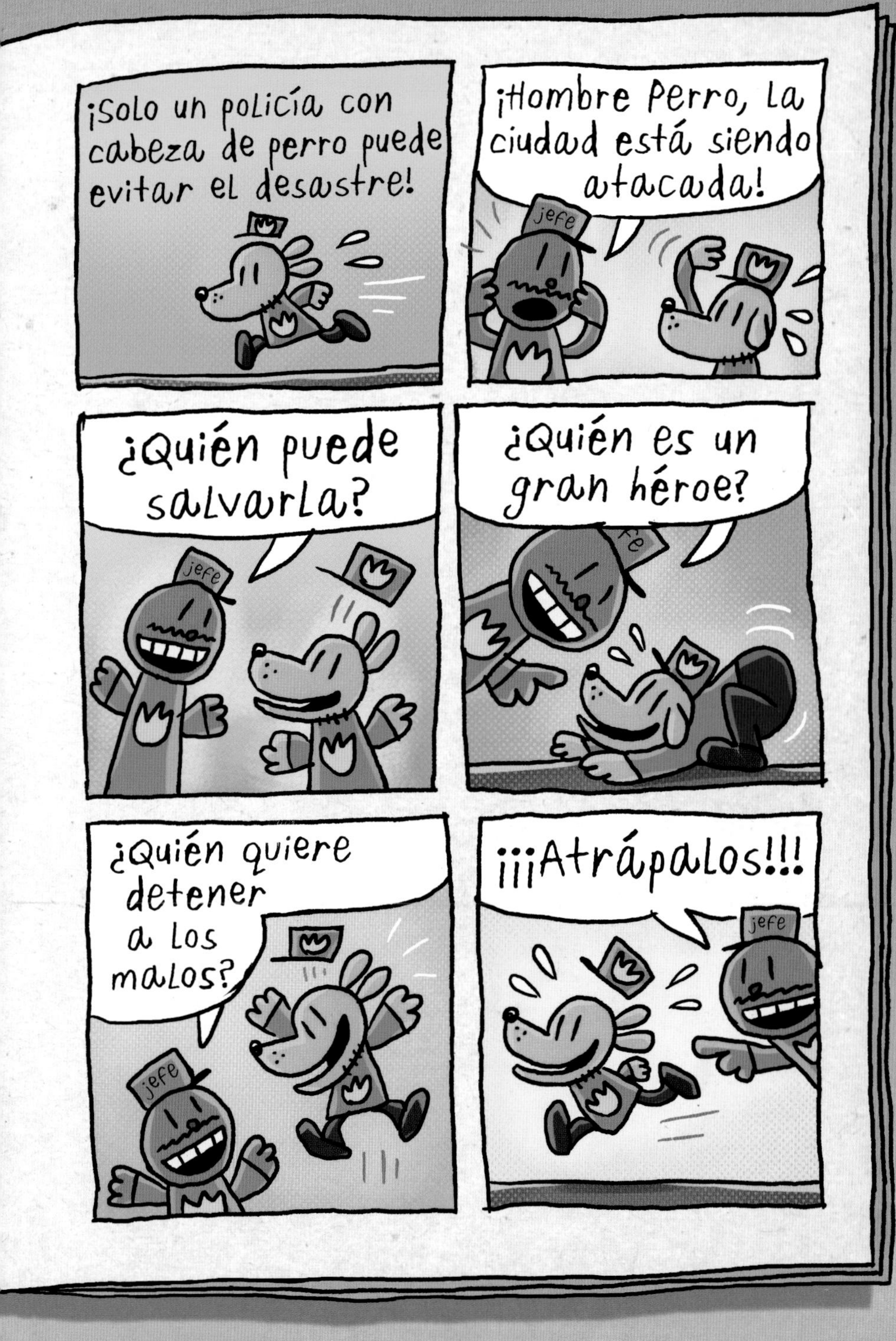
¡Solo un policía con cabeza de perro puede evitar el desastre!
¡Hombre Perro, la ciudad está siendo atacada!
jefe
¿Quién puede salvarla?
jefe
¿Quién es un gran héroe?
¿Quién quiere detener a los malos?
jefe
¡¡¡Atrápalos!!!
jefe

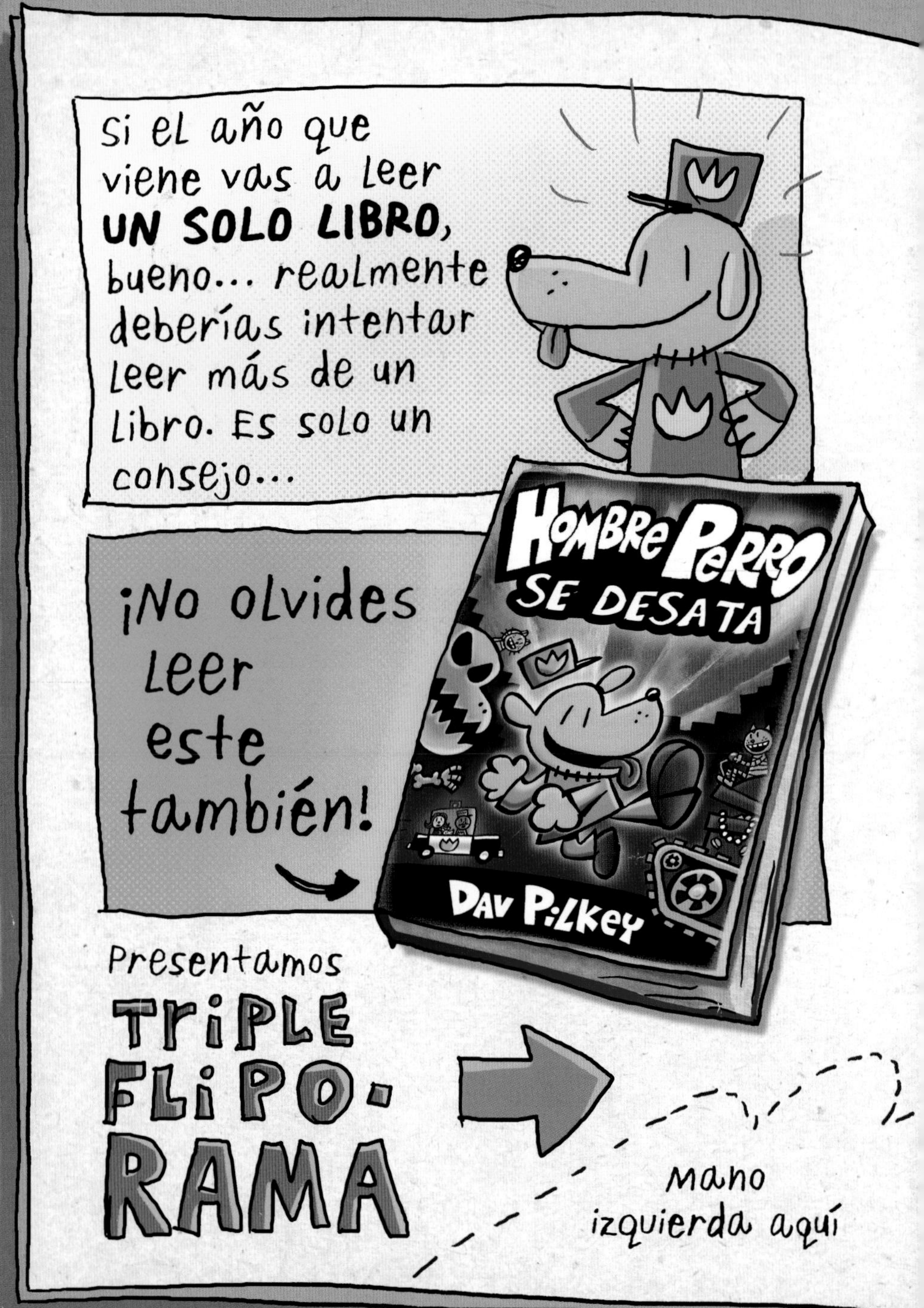
Si el año que viene vas a leer **UN SOLO LIBRO**, bueno... realmente deberías intentar leer más de un libro. Es solo un consejo...
¡No olvides leer este también!
HOMBRE PERRO
SE DESATA
DAV PILKEY
Presentamos
TRIPLE FLIPO-RAMA
Mano izquierda aquí

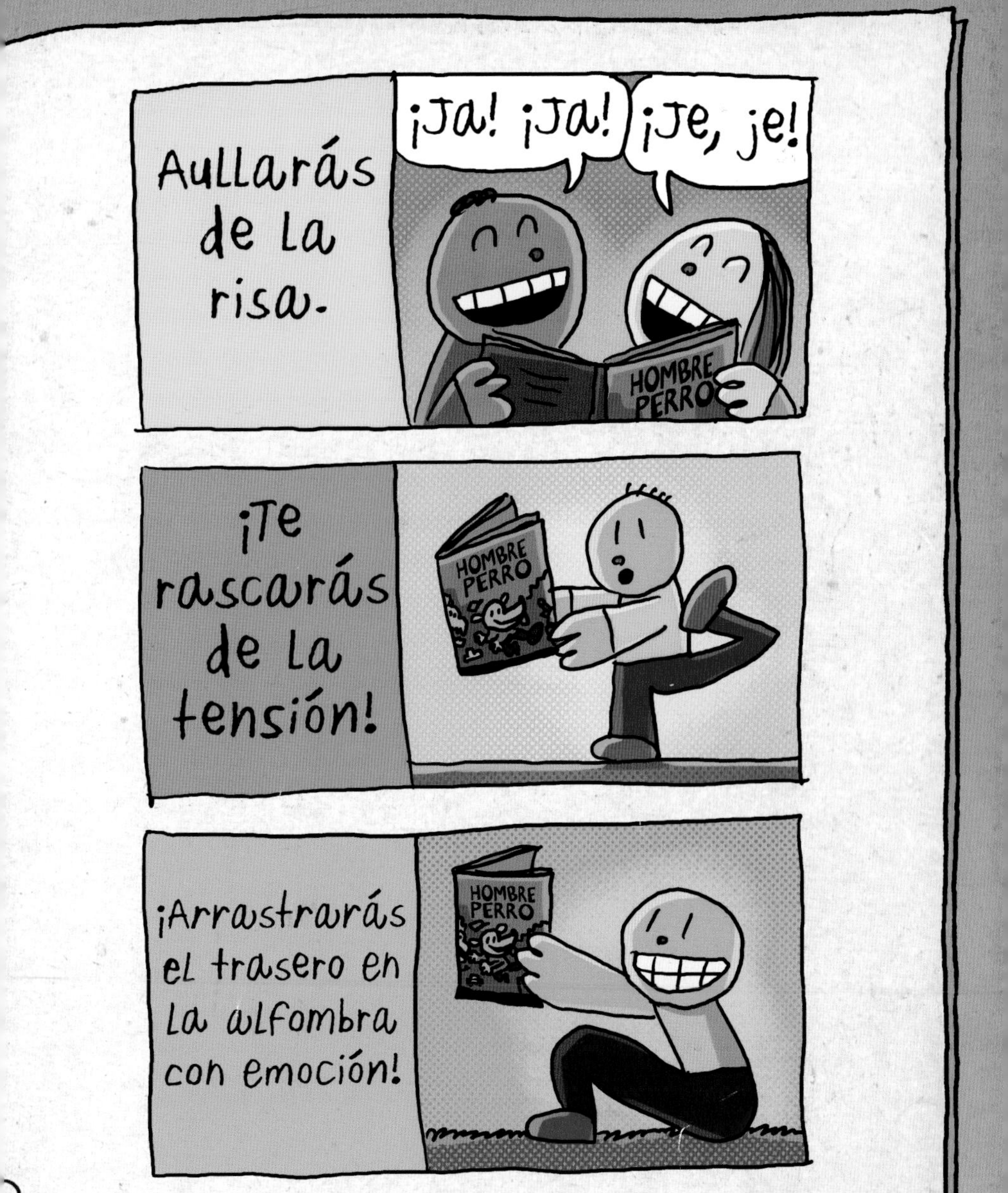
Aullarás de la risa.
¡Ja! ¡Ja!
¡Je, je!
HOMBRE PERRO
¡Te rascarás de la tensión!
HOMBRE PERRO
¡Arrastrarás el trasero en la alfombra con emoción!
HOMBRE PERRO
Pulgar derecho aquí

Aullarás de la risa.

¡Te rascarás de la tensión!

¡Arrastrarás el trasero en la alfombra con emoción!

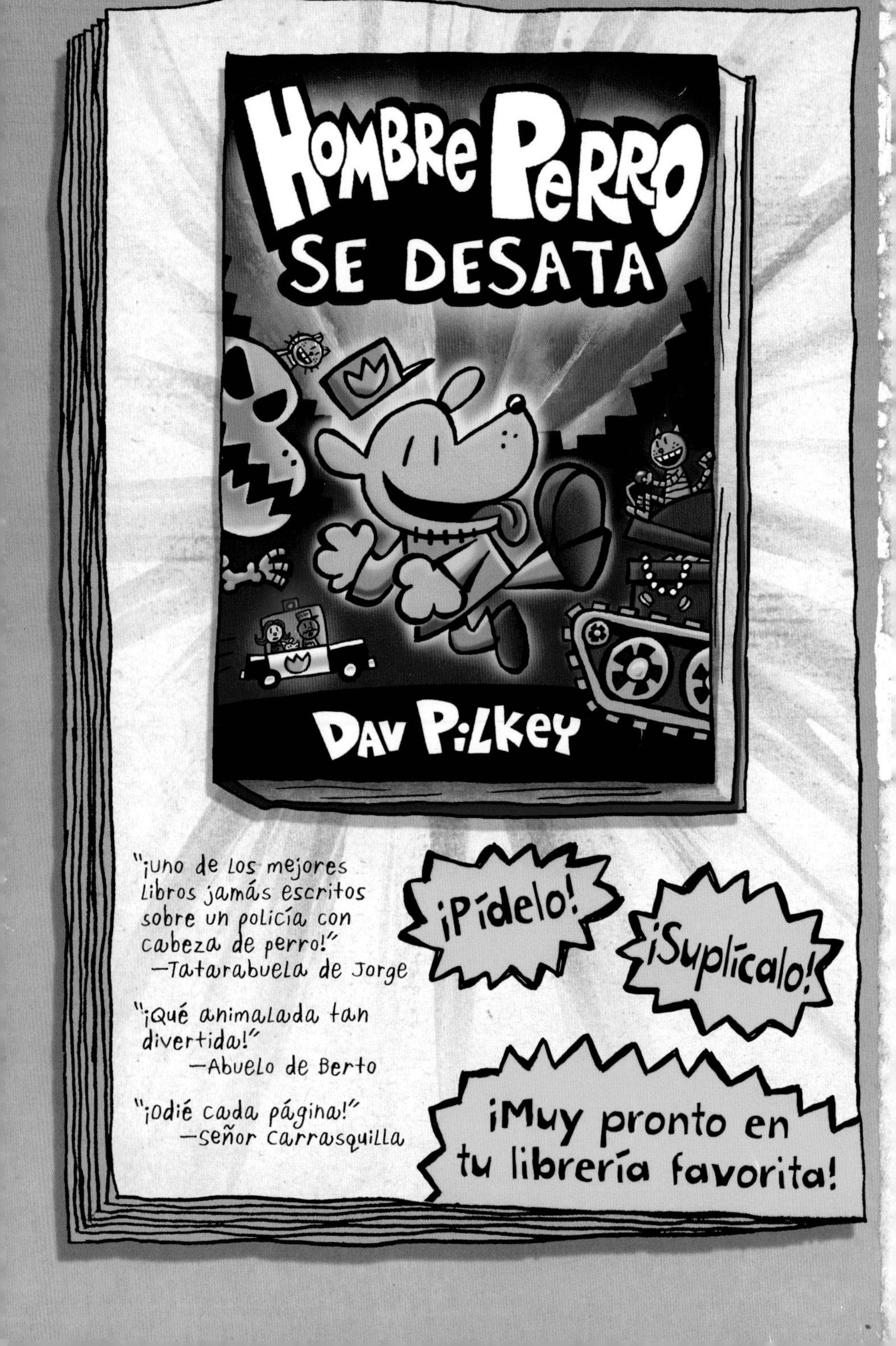

HOMBRE PERRO
SE DESATA
DAV PILKEY
"¡Uno de los mejores libros jamás escritos sobre un policía con cabeza de perro!"
—Tatarabuela de Jorge
"¡Qué animalada tan divertida!"
—Abuelo de Berto
"¡Odié cada página!"
—Señor Carrasquilla
¡Pídelo!
¡Suplícalo!
¡Muy pronto en tu librería favorita!

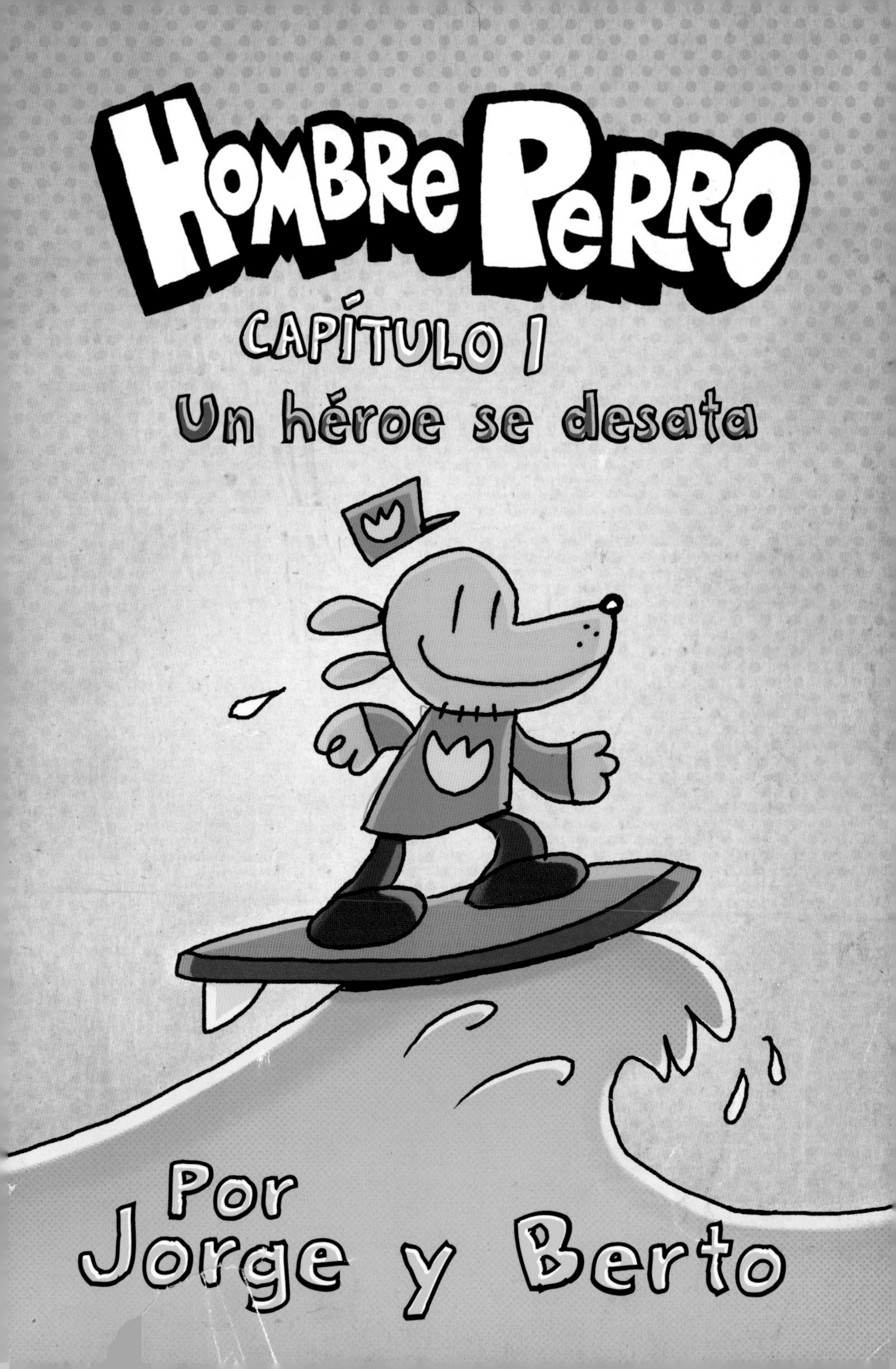
HOMBRE PERRO
CAPÍTULO 1
Un héroe se desata
Por
Jorge y Berto

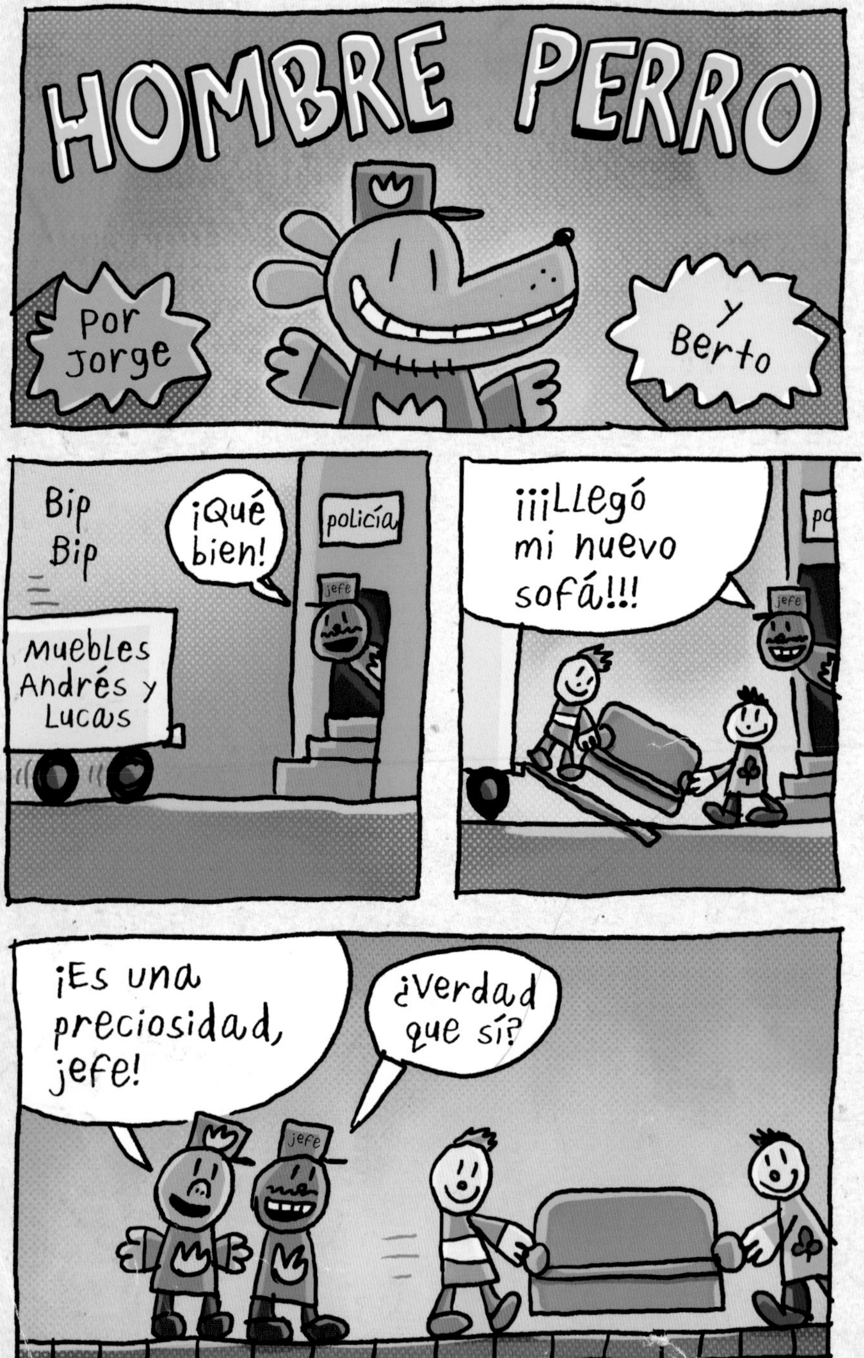
HOMBRE PERRO
Por Jorge
y Berto
Bip Bip
¡Qué bien!
policía
jefe
Muebles Andrés y Lucas
¡¡¡LLegó mi nuevo sofá!!!
¡Es una preciosidad, jefe!
¿Verdad que sí?
jefe

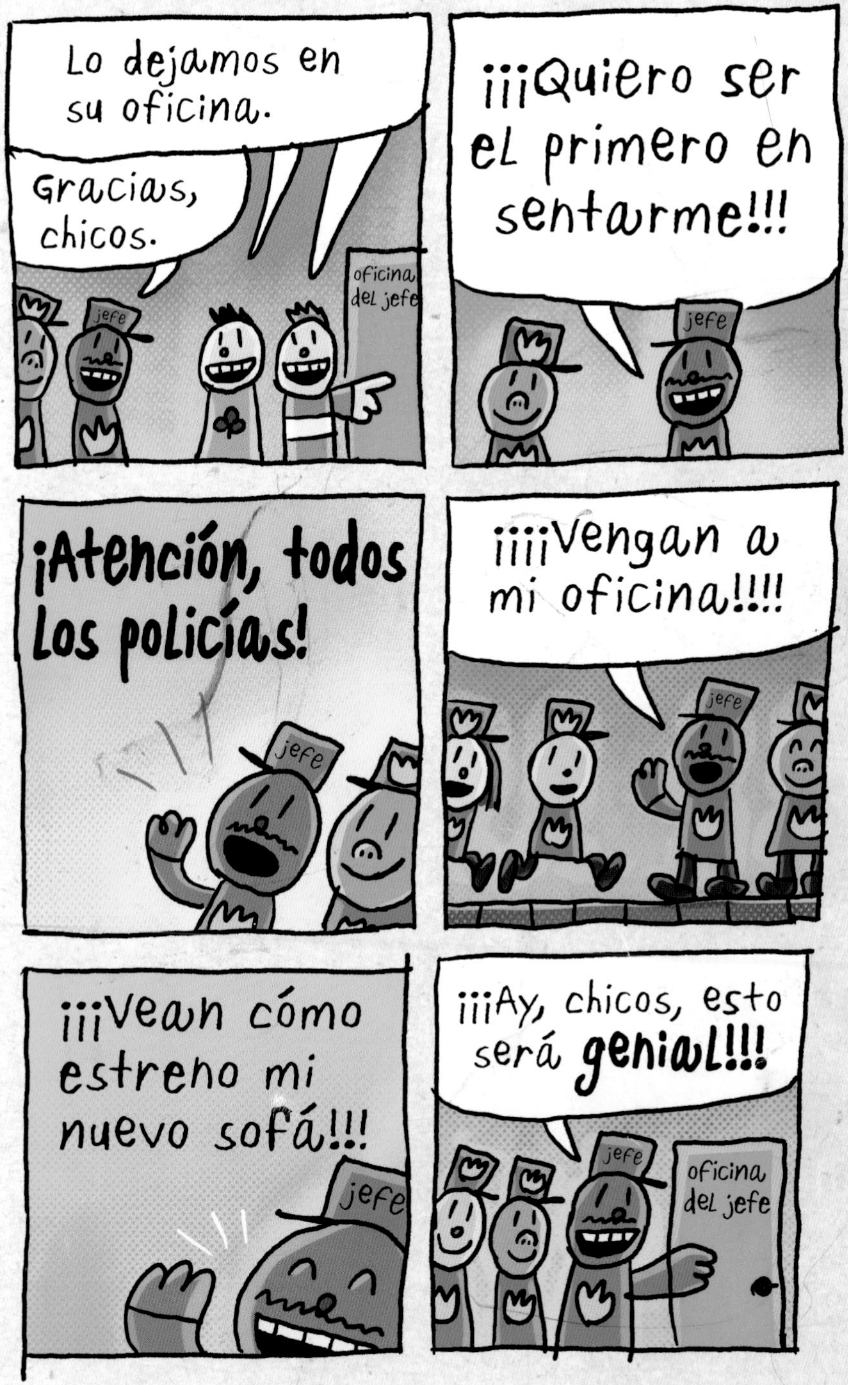

Lo dejamos en su oficina.
Gracias, chicos.
oficina del jefe
jefe
¡¡¡Quiero ser el primero en sentarme!!!
jefe
¡Atención, todos los policías!
jefe
¡¡¡¡Vengan a mi oficina!!!!
jefe
¡¡¡Vean cómo estreno mi nuevo sofá!!!
jefe
¡¡¡Ay, chicos, esto será genial!!!
jefe
oficina del jefe

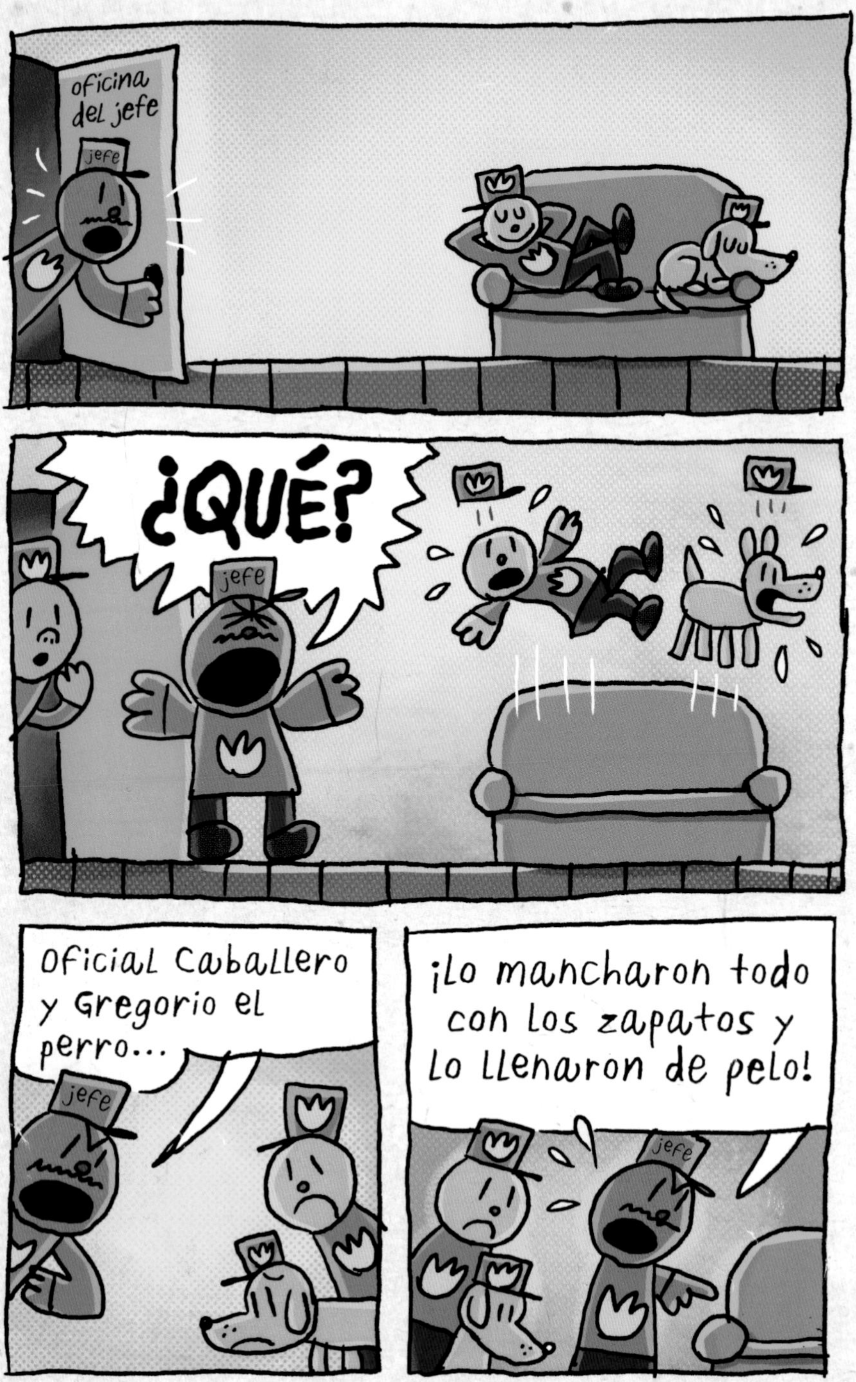
oficina del jefe
jefe
¿QUÉ?
jefe
Oficial Caballero y Gregorio el perro...
jefe
¡Lo mancharon todo con los zapatos y lo llenaron de pelo!
jefe

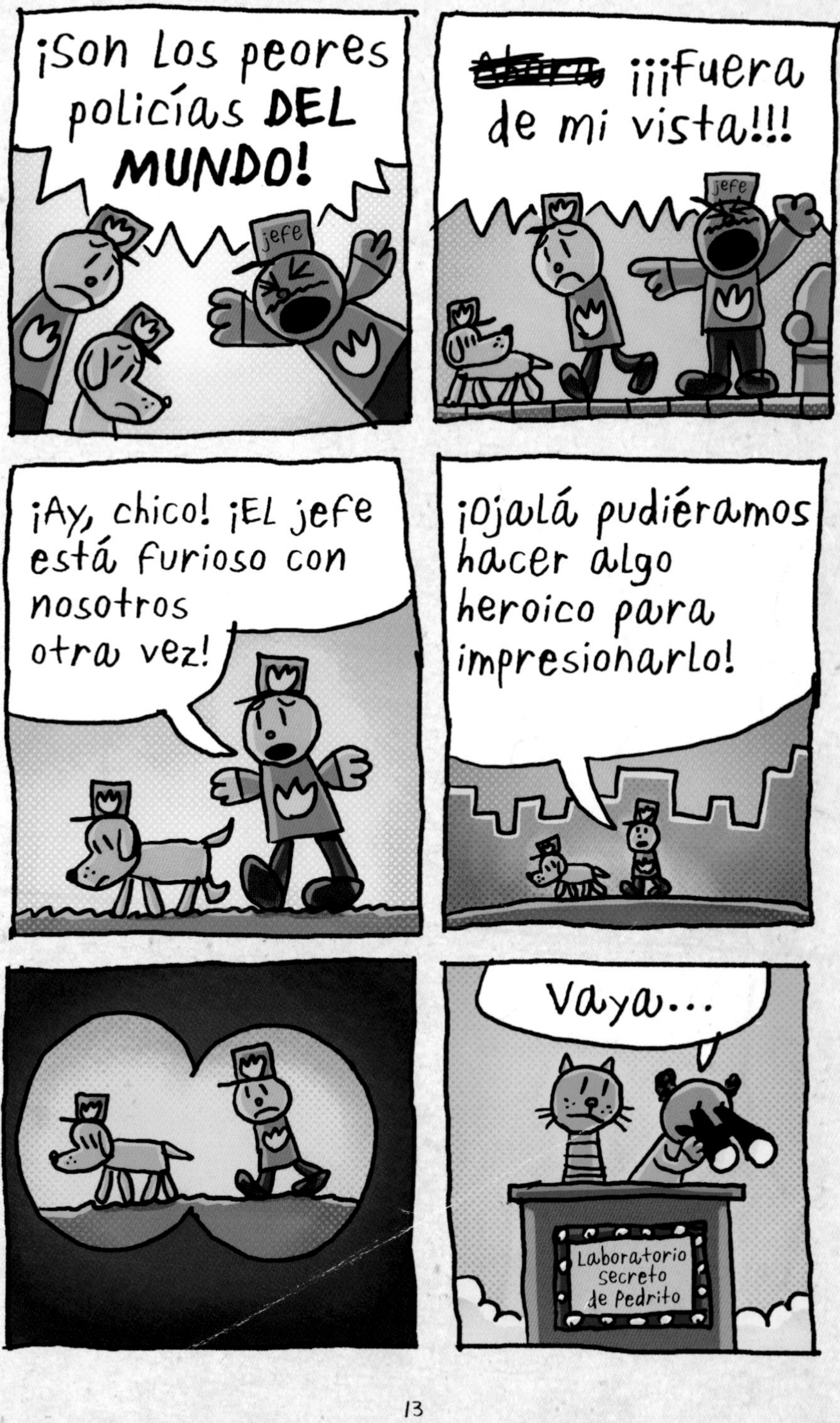

¡Son los peores policías **DEL MUNDO!**
jefe
¡¡¡Fuera de mi vista!!!
jefe
¡Ay, chico! ¡El jefe está furioso con nosotros otra vez!
¡Ojalá pudiéramos hacer algo heroico para impresionarlo!
Vaya...
Laboratorio secreto de Pedrito

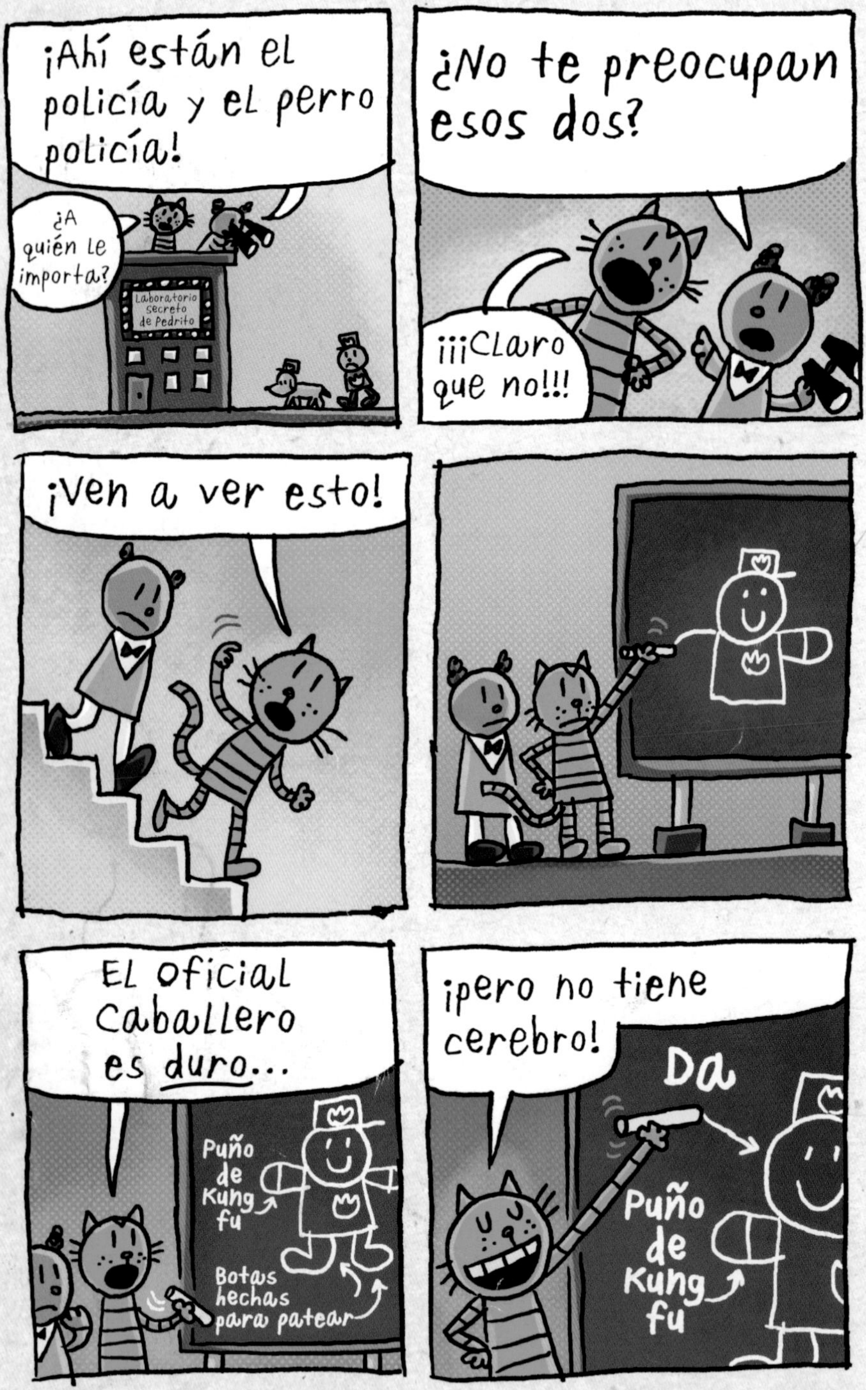
¡Ahí están el policía y el perro policía!
¿A quién le importa?
Laboratorio secreto de Pedrito
¿No te preocupan esos dos?
¡¡¡Claro que no!!!
¡Ven a ver esto!
El oficial Caballero es duro...
Puño de Kung fu
Botas hechas para patear
¡pero no tiene cerebro!
Da
Puño de Kung fu

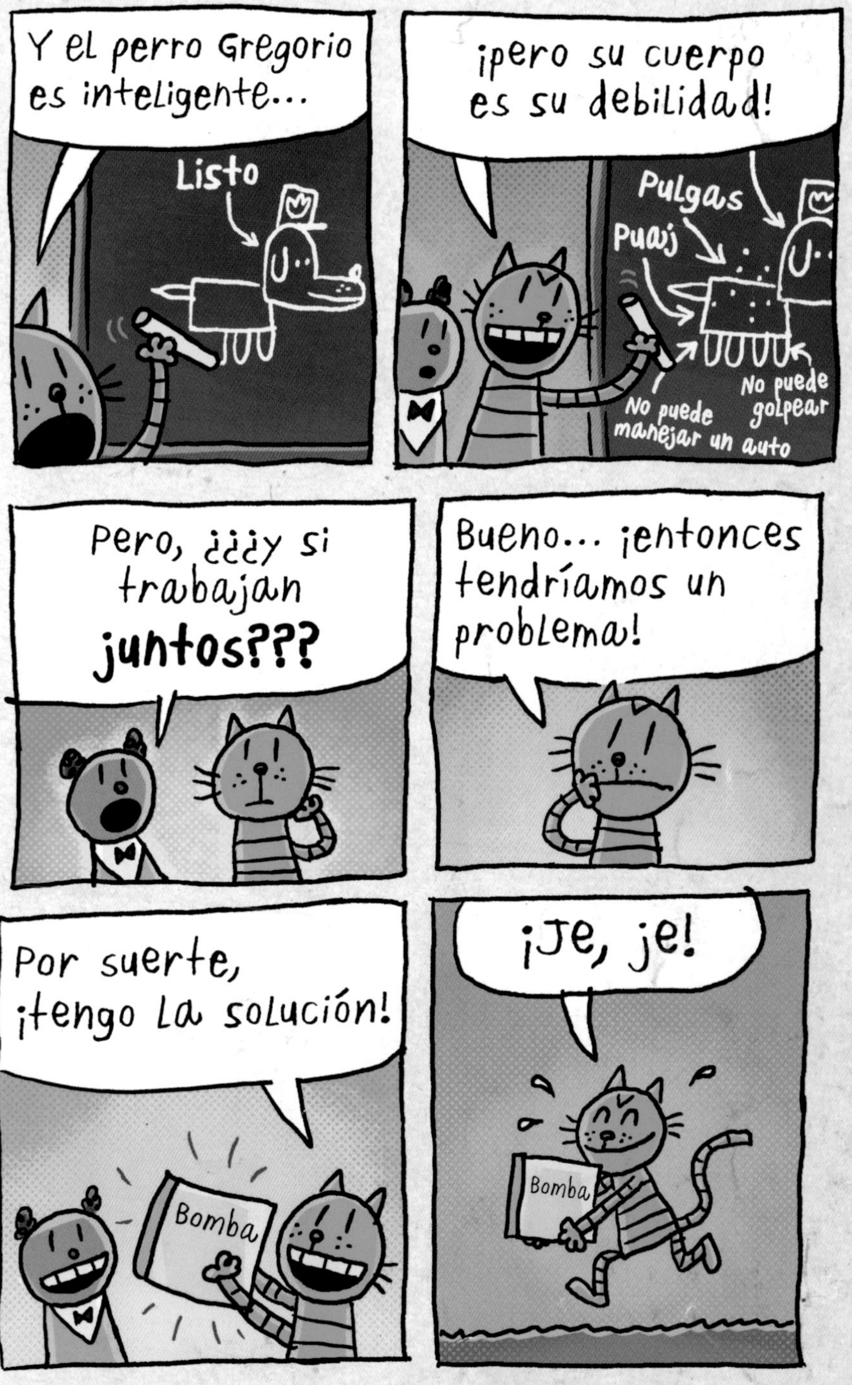
Y el perro Gregorio es inteligente...
Listo
¡pero su cuerpo es su debilidad!
Pulgas
Puaj
No puede golpear
No puede manejar un auto
Pero, ¿¿¿y si trabajan juntos???
Bueno... ¡entonces tendríamos un problema!
Por suerte, ¡tengo la solución!
Bomba
¡Je, je!
Bomba

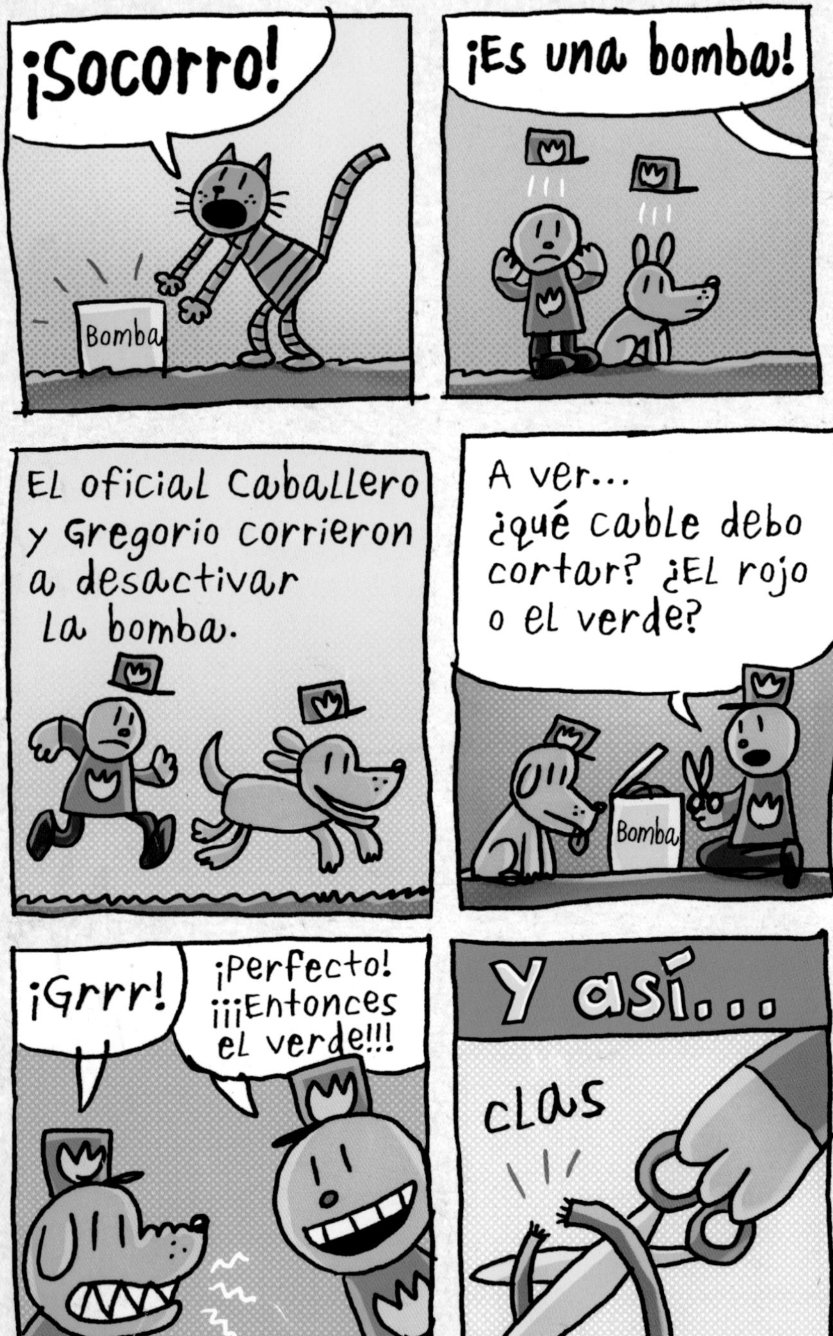
¡Socorro!
Bomba
¡Es una bomba!
El oficial Caballero y Gregorio corrieron a desactivar la bomba.
A ver... ¿qué cable debo cortar? ¿El rojo o el verde?
Bomba
¡Grrr!
¡Perfecto! ¡¡¡Entonces el verde!!!
Y así...
CLAS

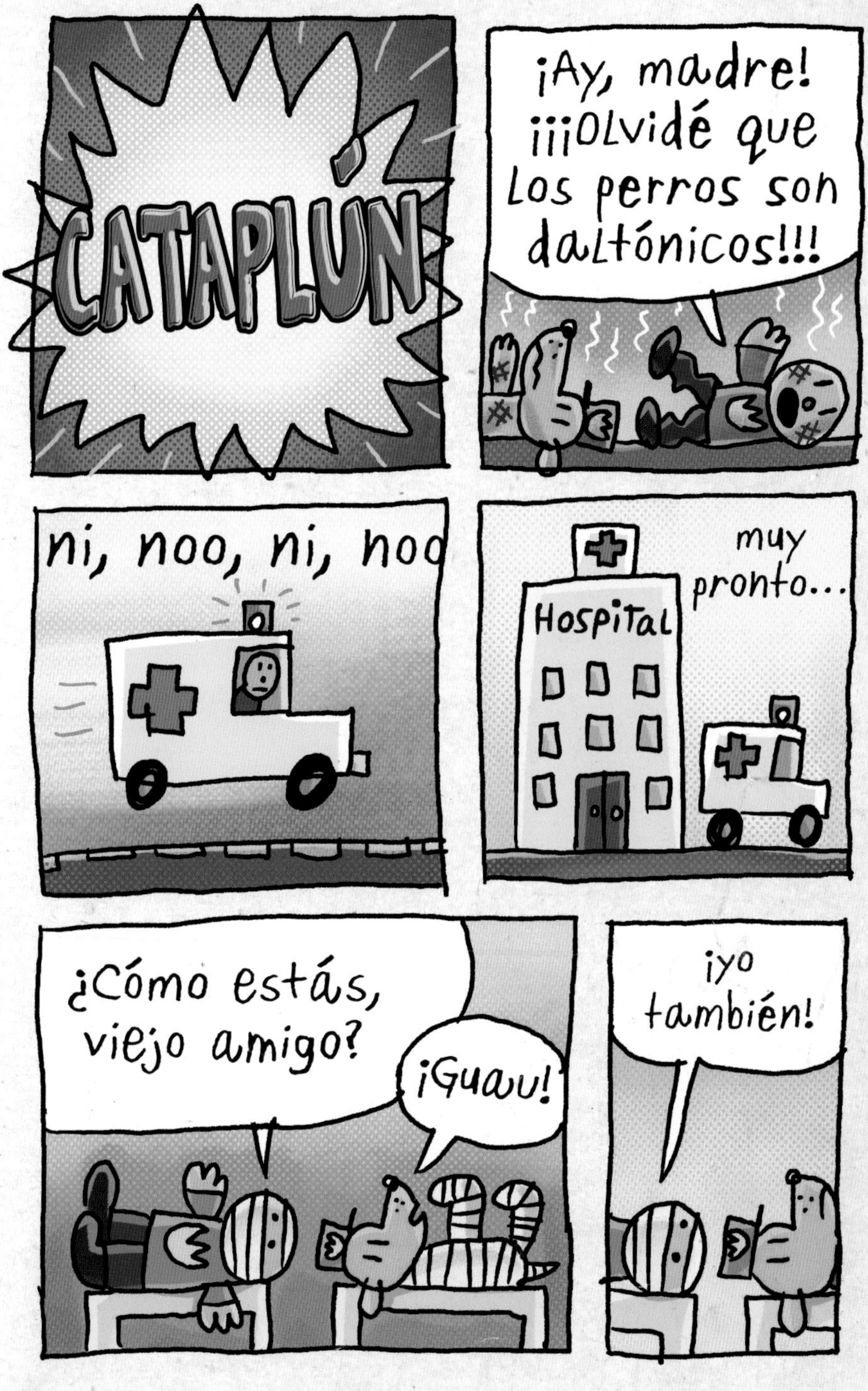
CATAPLÚN
¡Ay, madre! ¡¡¡Olvidé que los perros son daltónicos!!!
ni, noo, ni, noo
Hospital
muy pronto...
¿Cómo estás, viejo amigo?
¡Guau!
¡Yo también!

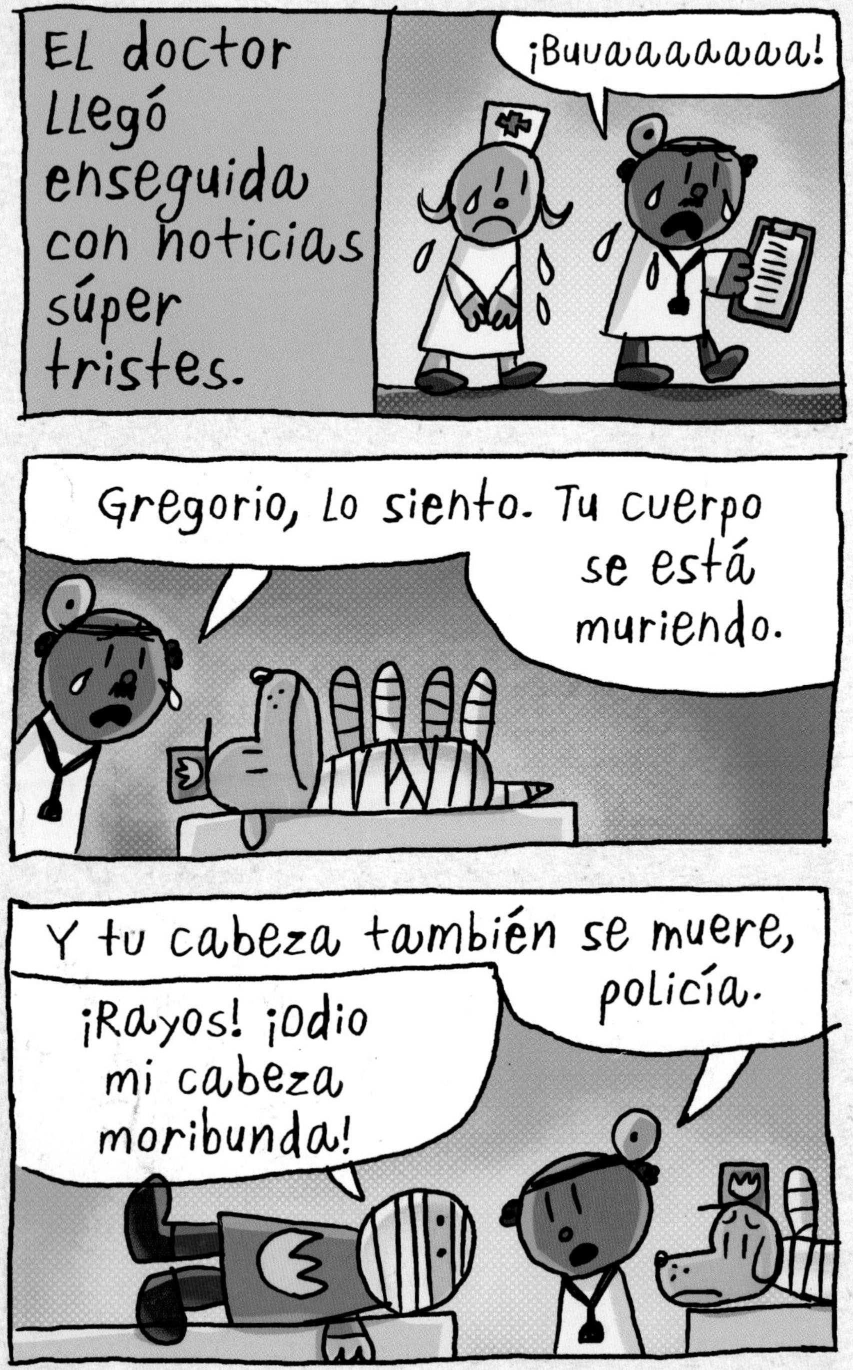
EL doctor LLegó enseguida con noticias súper tristes.
¡Buuaaaaaaaa!
Gregorio, Lo siento. Tu cuerpo se está muriendo.
Y tu cabeza también se muere, policía.
¡Rayos! ¡Odio mi cabeza moribunda!

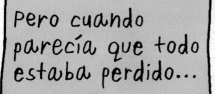
Pero cuando parecía que todo estaba perdido...

¡Oye!

señorita enfermera ←

¿Por qué no cosemos la cabeza de Gregorio al cuerpo del policía?

¡Buena idea, señorita enfermera! ¡¡¡Eres un genio!!!

¡Hurra!

Así que se sometieron a una gran operación. El doctor cortó la cabeza de Gregorio y la cosió al cuerpo del policía.

¡Qué suerte!

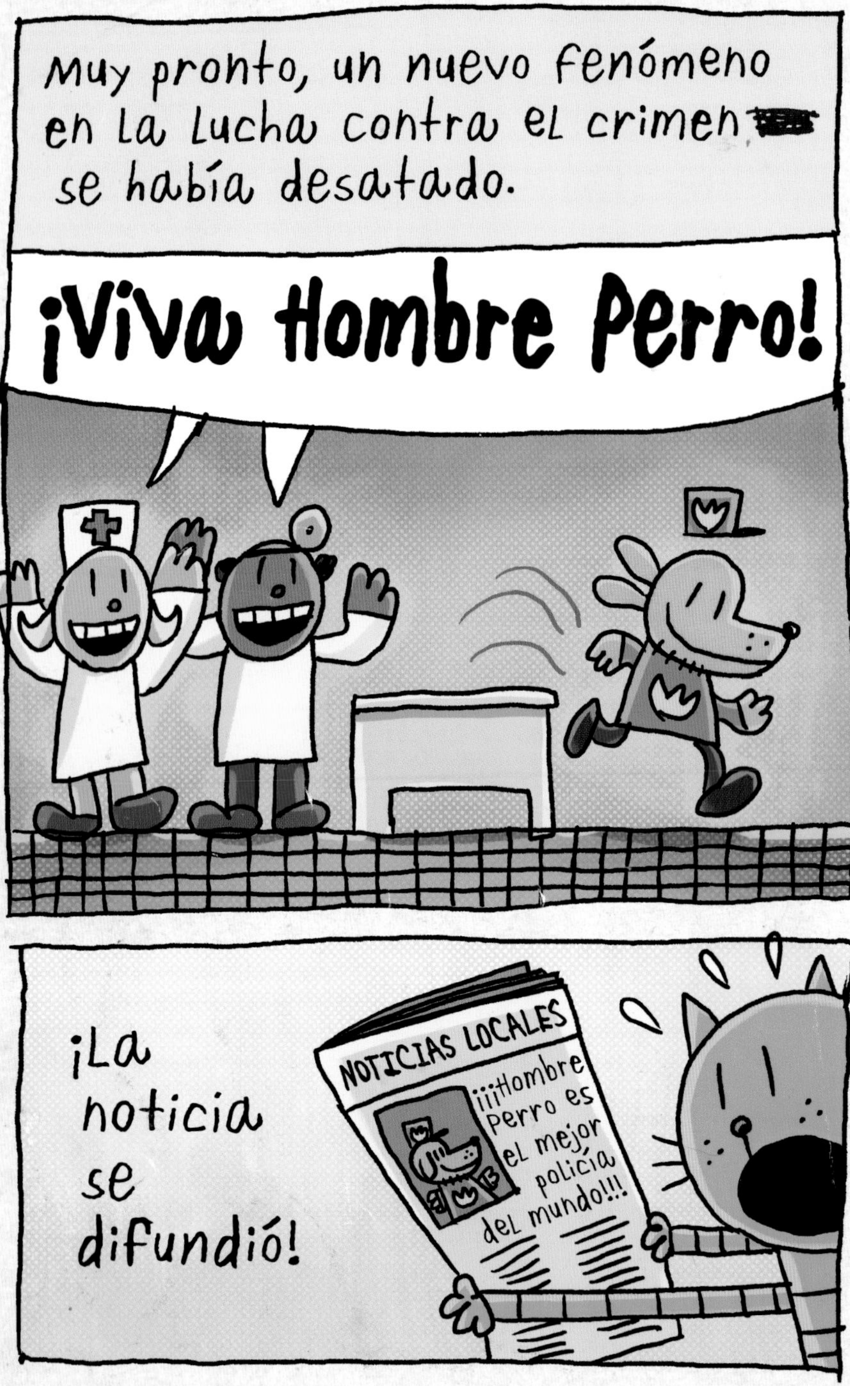
Muy pronto, un nuevo fenómeno en la lucha contra el crimen [redacted] se había desatado.
¡Viva Hombre Perro!
¡La noticia se difundió!
NOTICIAS LOCALES
¡¡¡Hombre Perro es el mejor policía del mundo!!!

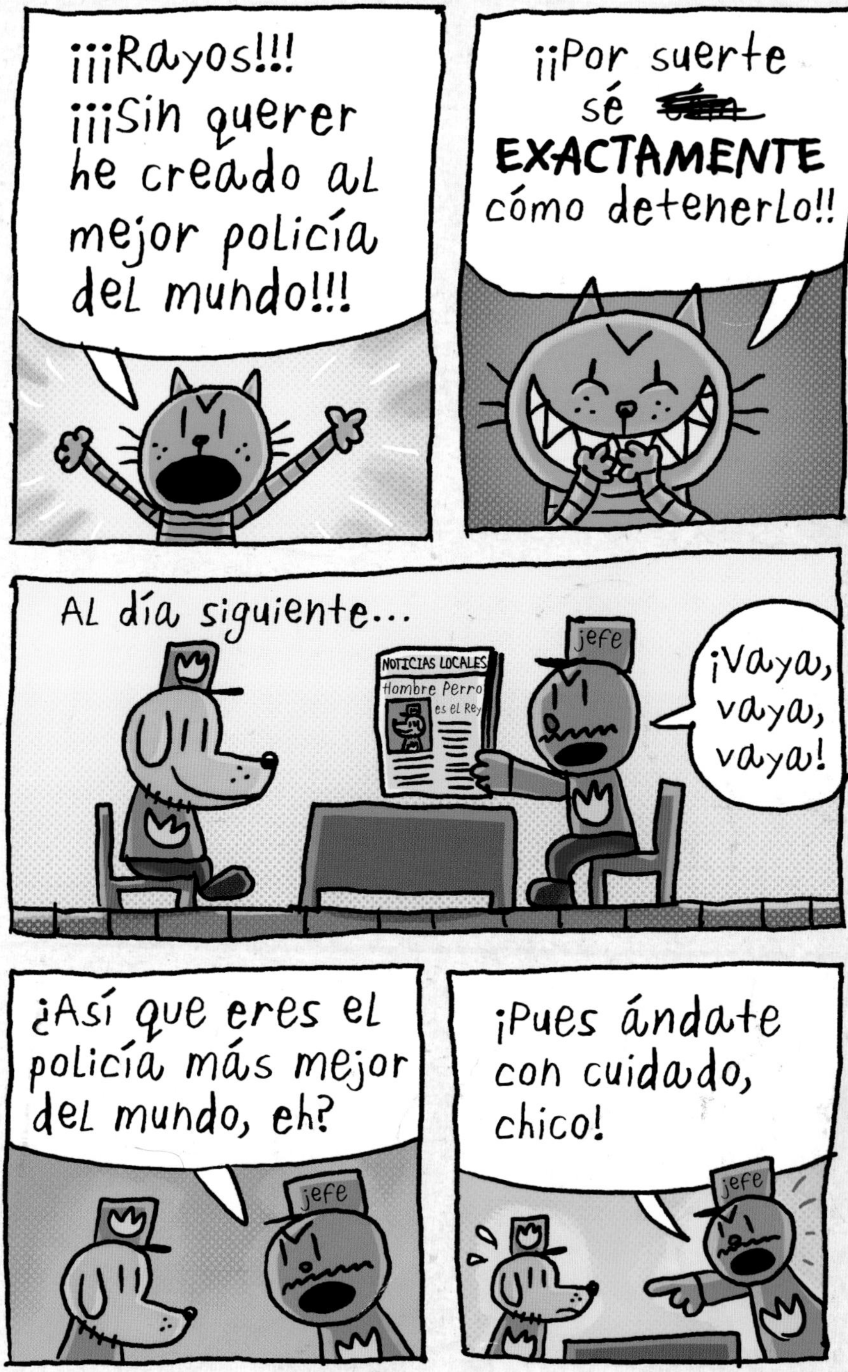
¡¡¡Rayos!!! ¡¡¡Sin querer he creado al mejor policía del mundo!!!
¡¡Por suerte sé EXACTAMENTE cómo detenerlo!!
Al día siguiente...
jefe
NOTICIAS LOCALES
Hombre Perro es el Rey
¡Vaya, vaya, vaya!
¿Así que eres el policía más mejor del mundo, eh?
jefe
¡Pues ándate con cuidado, chico!
jefe

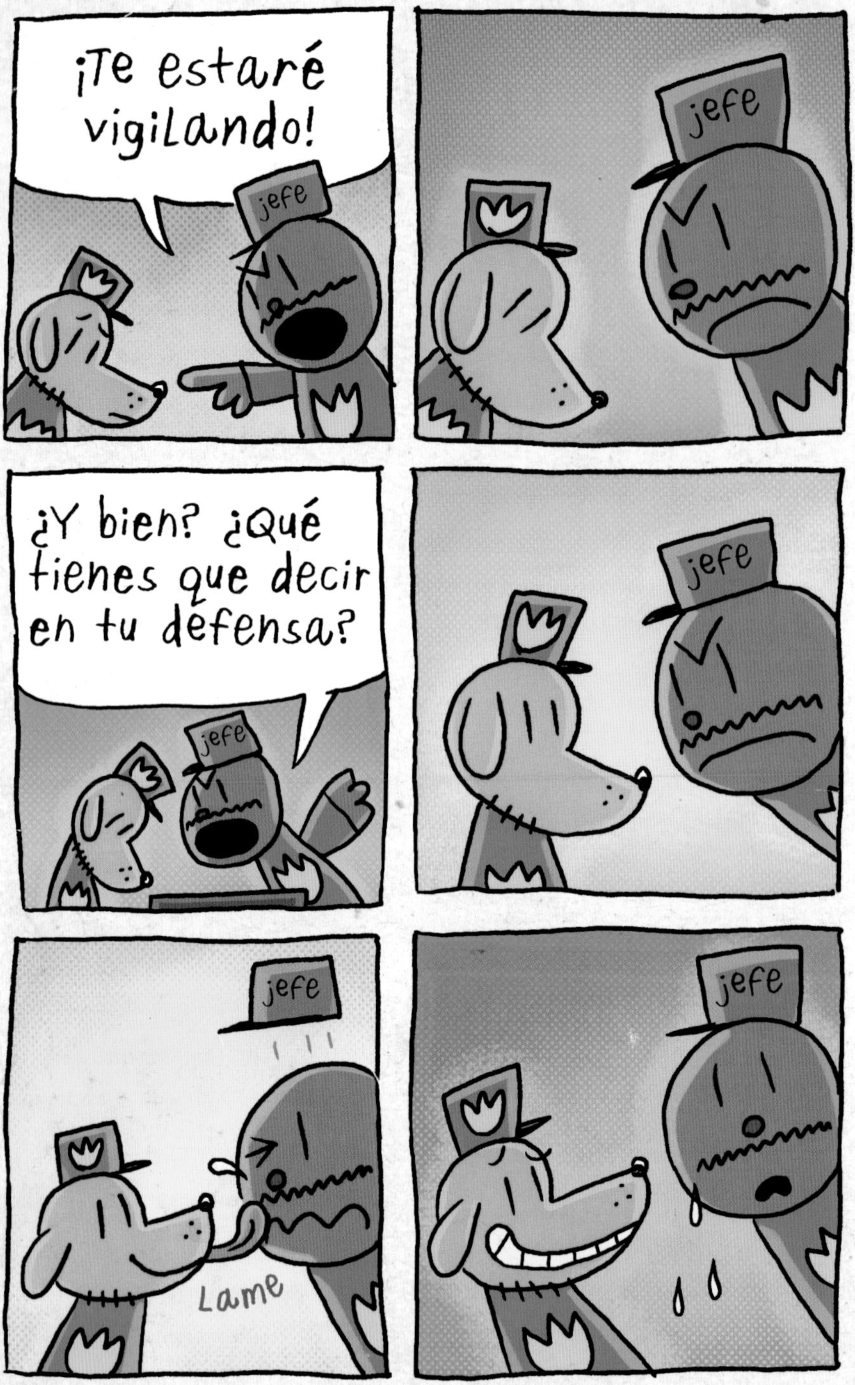
¡Te estaré vigilando!
jefe
jefe
¿Y bien? ¿Qué tienes que decir en tu defensa?
jefe
jefe
jefe
Lame
jefe

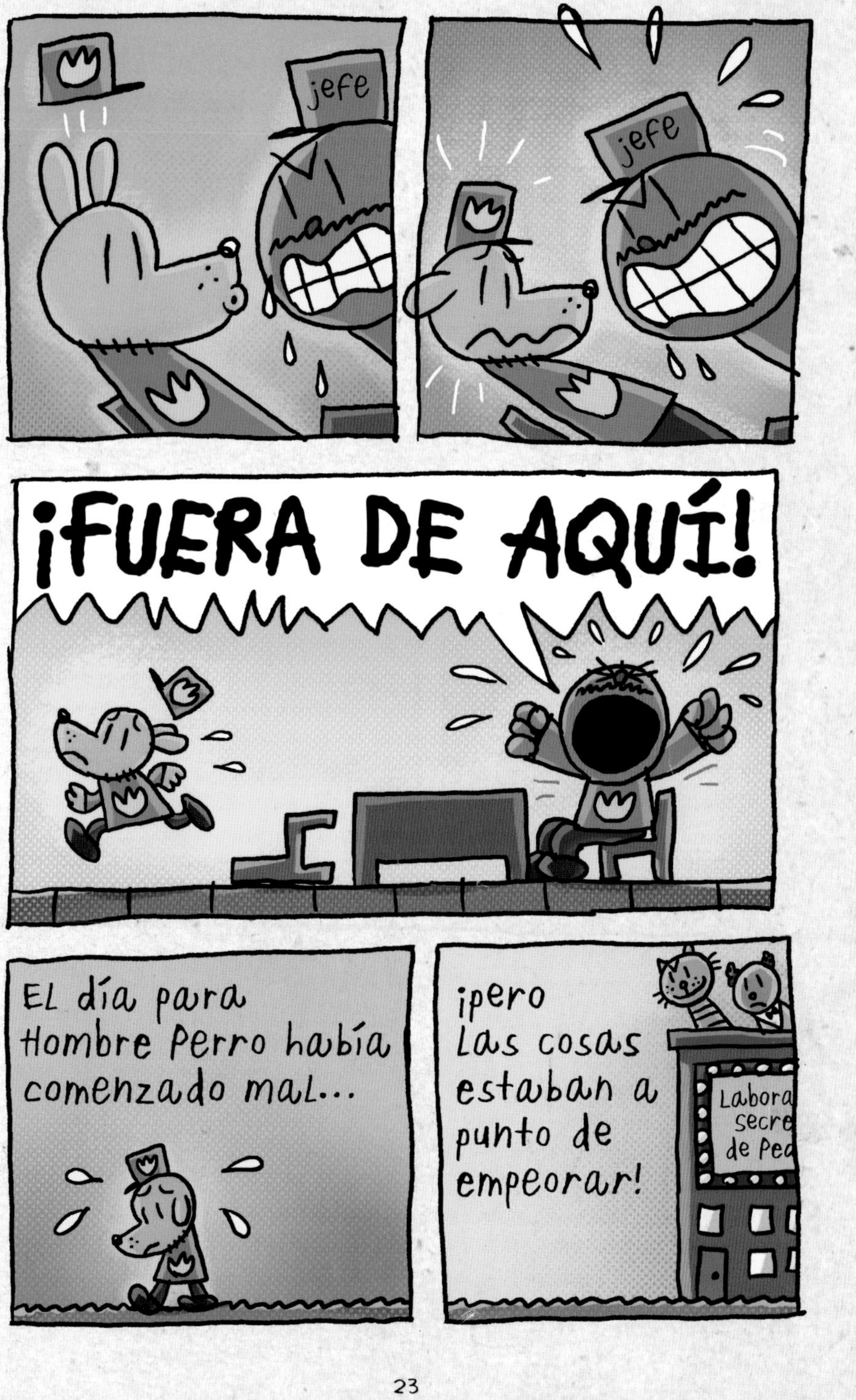
jefe
jefe
¡FUERA DE AQUÍ!
EL día para Hombre Perro había comenzado mal...
¡pero Las cosas estaban a punto de empeorar!

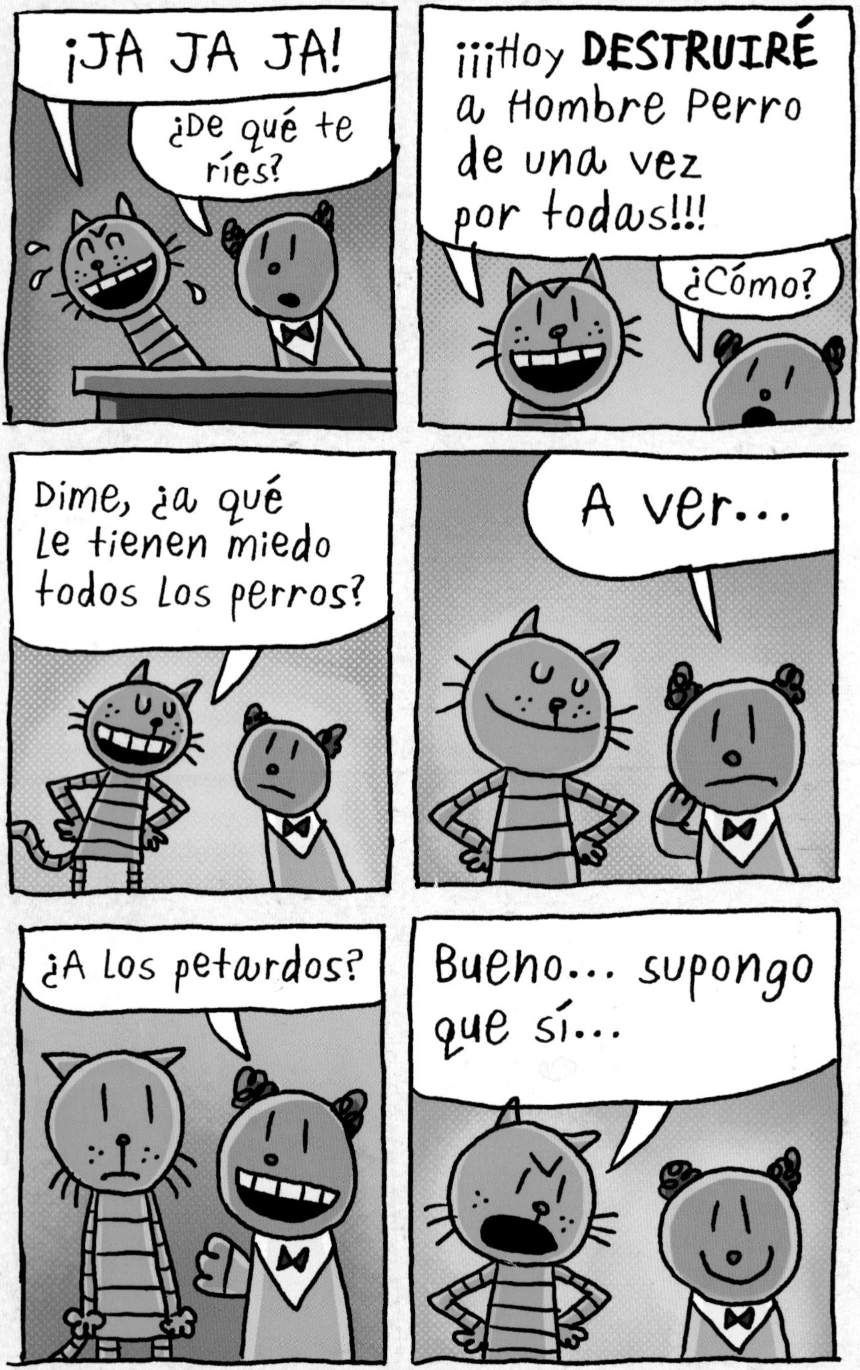
¡JA JA JA!
¿De qué te ríes?
¡¡¡Hoy **DESTRUIRÉ** a Hombre Perro de una vez por todas!!!
¿Cómo?
Dime, ¿a qué le tienen miedo todos los perros?
A ver...
¿A los petardos?
Bueno... supongo que sí...

Pero los perros **TAMBIÉN** temen a...

¡las aspiradoras!

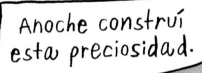

Anoche construí esta preciosidad.

Vaya, me parece que habría sido más fácil usar petardos.

¿Quién te preguntó?

Ejem... tú.

Zas

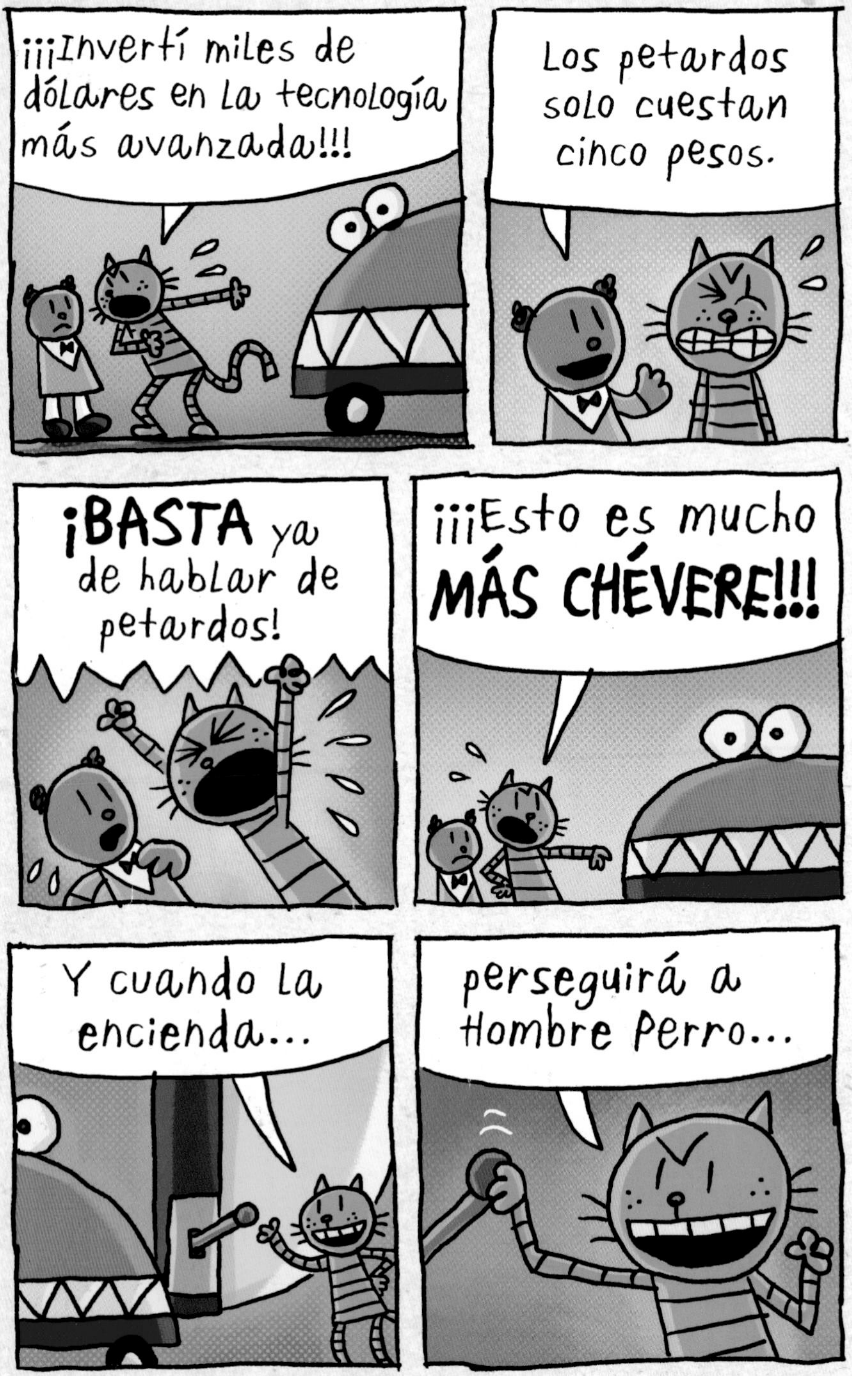
¡¡¡Invertí miles de dólares en la tecnología más avanzada!!!
Los petardos solo cuestan cinco pesos.
¡BASTA ya de hablar de petardos!
¡¡¡Esto es mucho MÁS CHÉVERE!!!
Y cuando la encienda...
perseguirá a Hombre Perro...

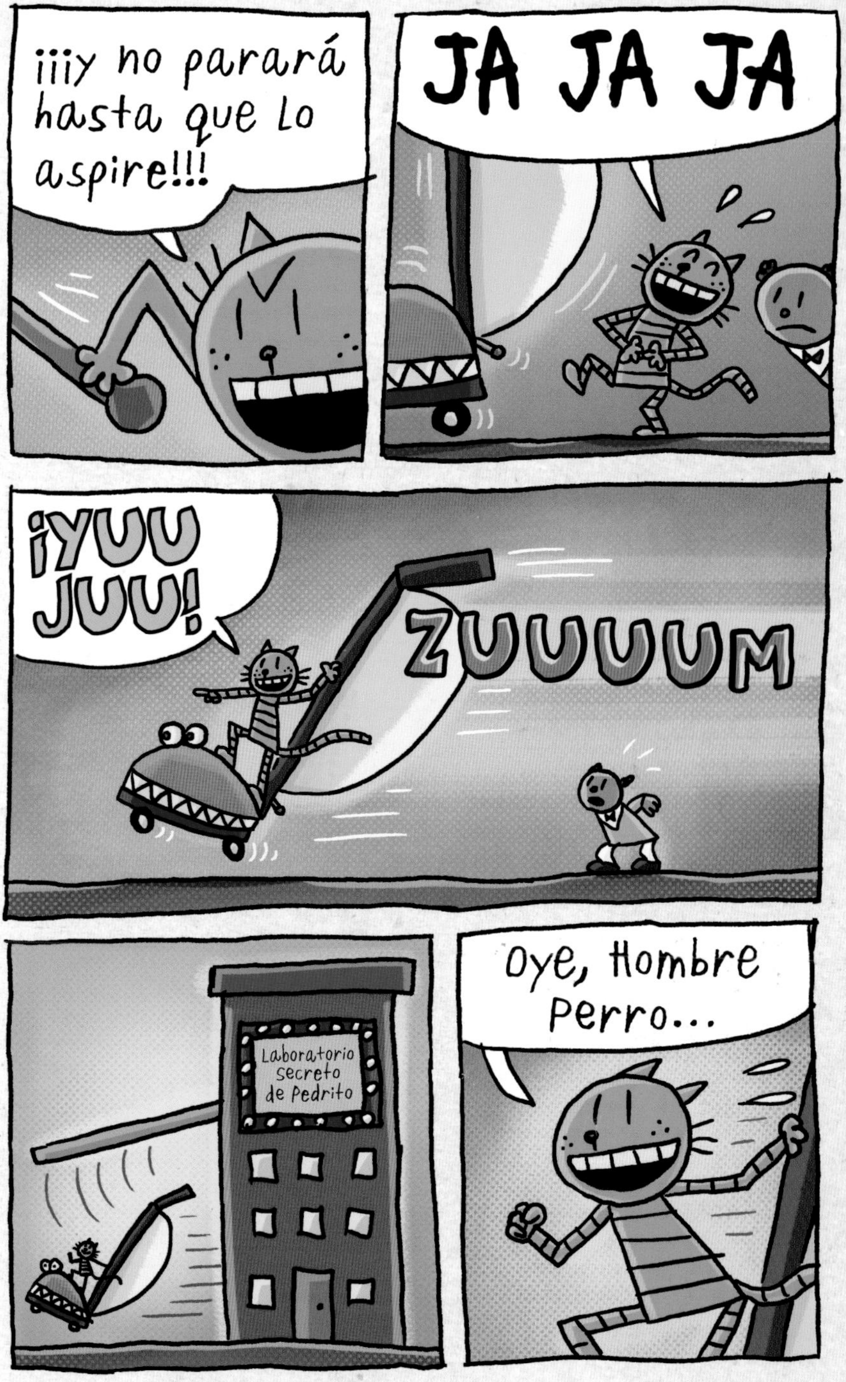
¡¡¡Y no parará hasta que lo aspire!!!
JA JA JA
¡YUU JUU!
ZUUUUM
Laboratorio secreto de Pedrito
Oye, Hombre Perro...

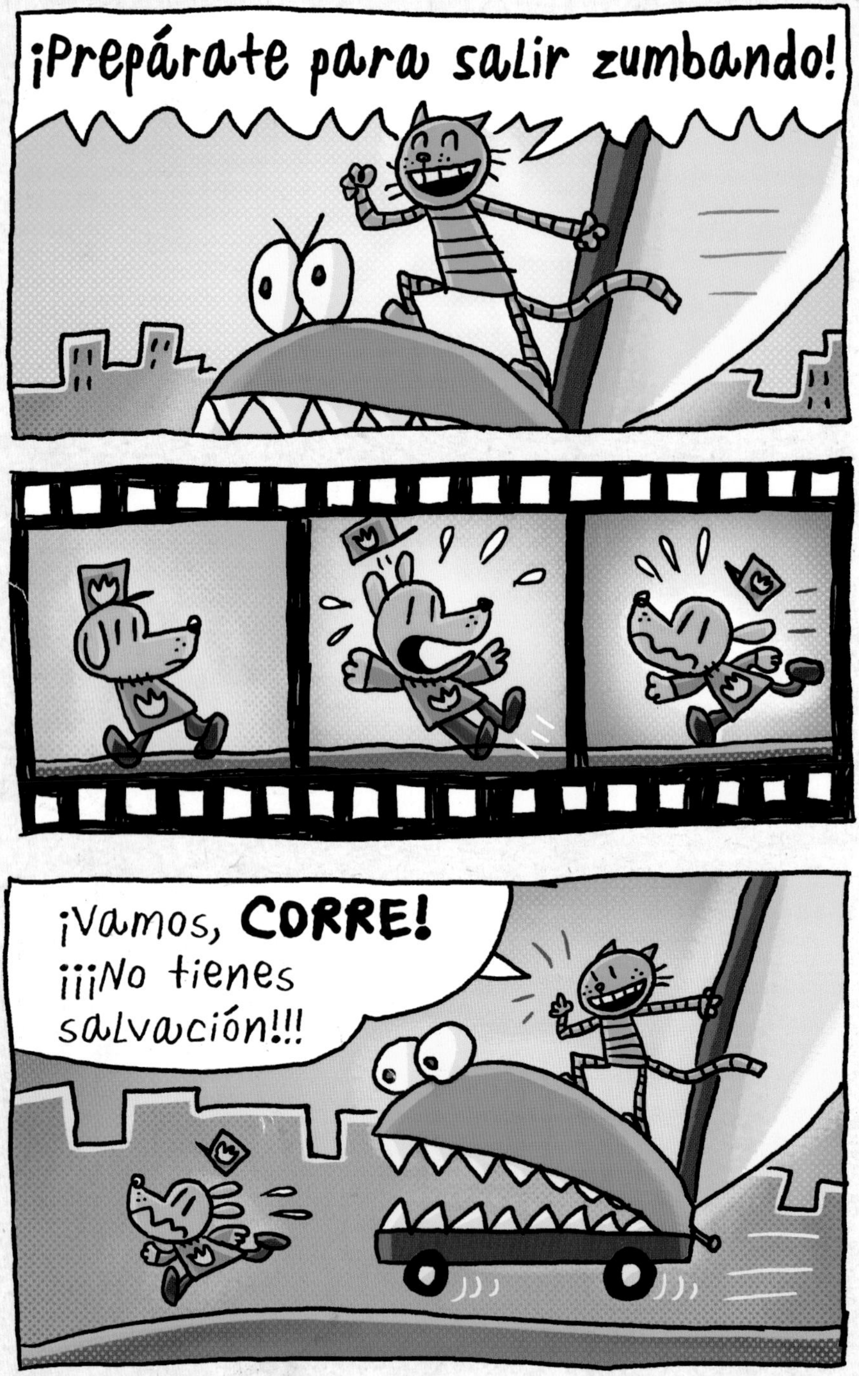
¡Prepárate para salir zumbando!
¡Vamos, **CORRE!** ¡¡¡No tienes salvación!!!

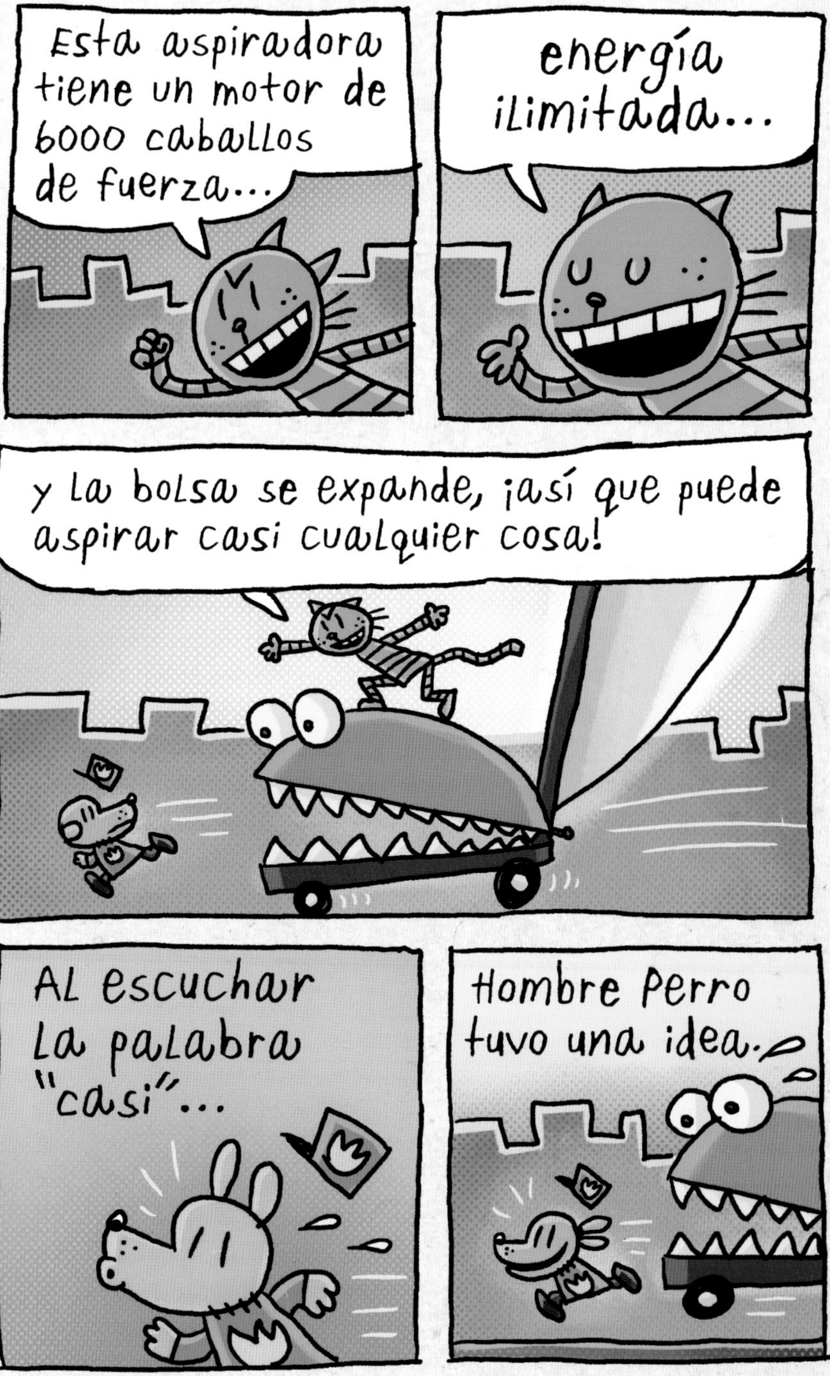
Esta aspiradora tiene un motor de 6000 caballos de fuerza...
energía ilimitada...
y la bolsa se expande, ¡así que puede aspirar casi cualquier cosa!
Al escuchar la palabra "casi"...
Hombre Perro tuvo una idea.

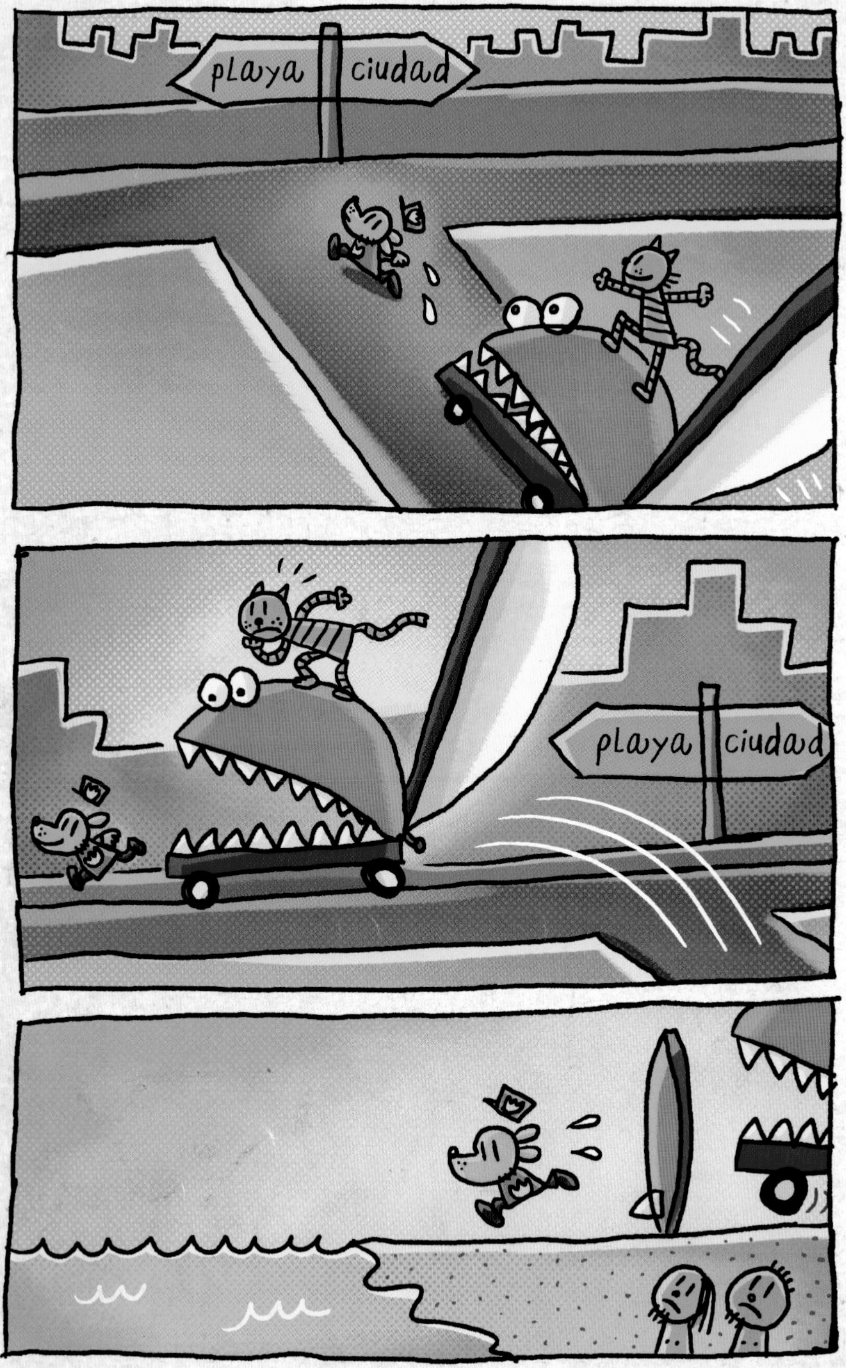
playa
ciudad
playa
ciudad

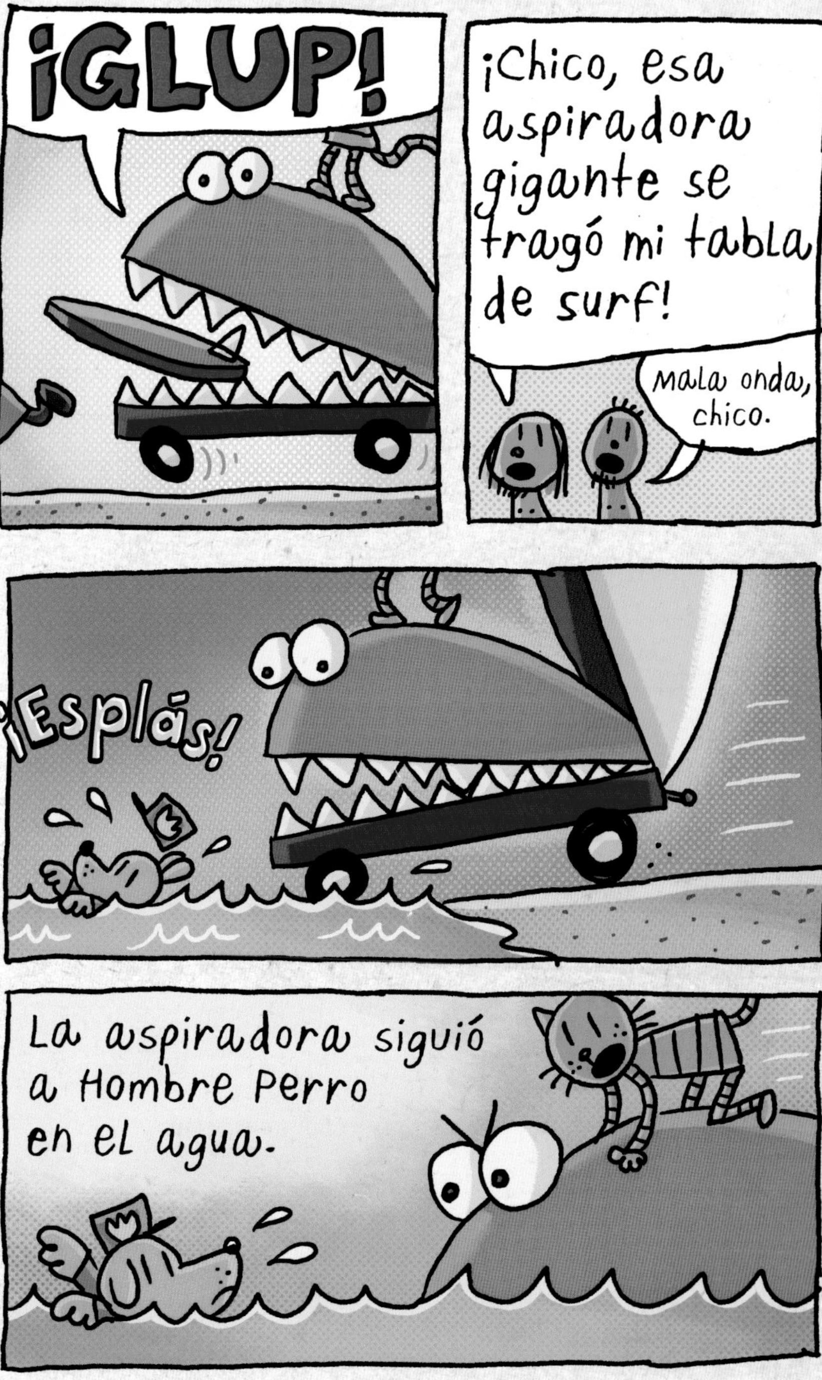
¡GLUP!
¡Chico, esa aspiradora gigante se tragó mi tabla de surf!
Mala onda, chico.
¡Esplás!
La aspiradora siguió a Hombre Perro en el agua.

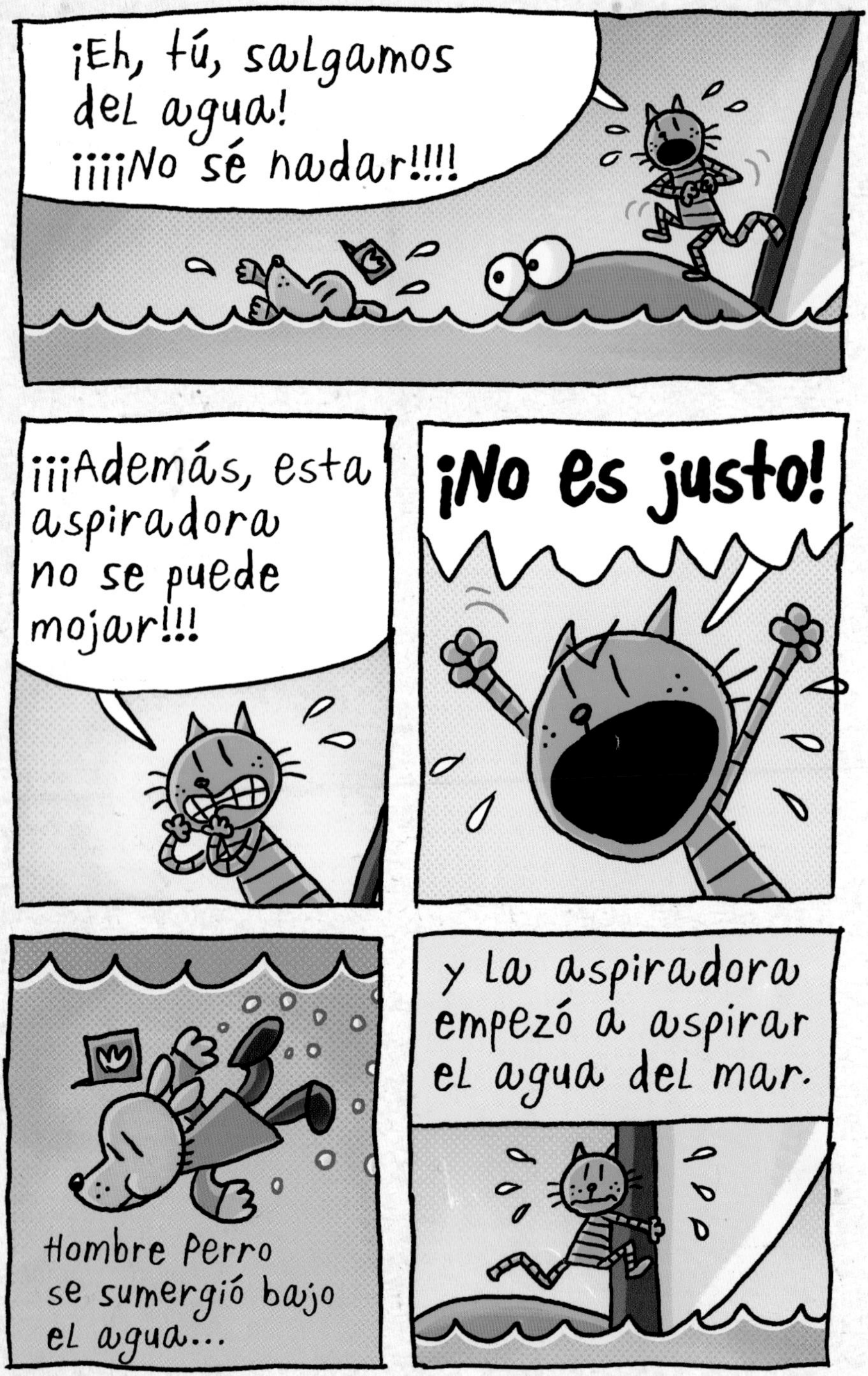
¡Eh, tú, salgamos del agua! ¡¡¡¡No sé nadar!!!!
¡¡¡Además, esta aspiradora no se puede mojar!!!
¡No es justo!
Hombre Perro se sumergió bajo el agua...
y la aspiradora empezó a aspirar el agua del mar.

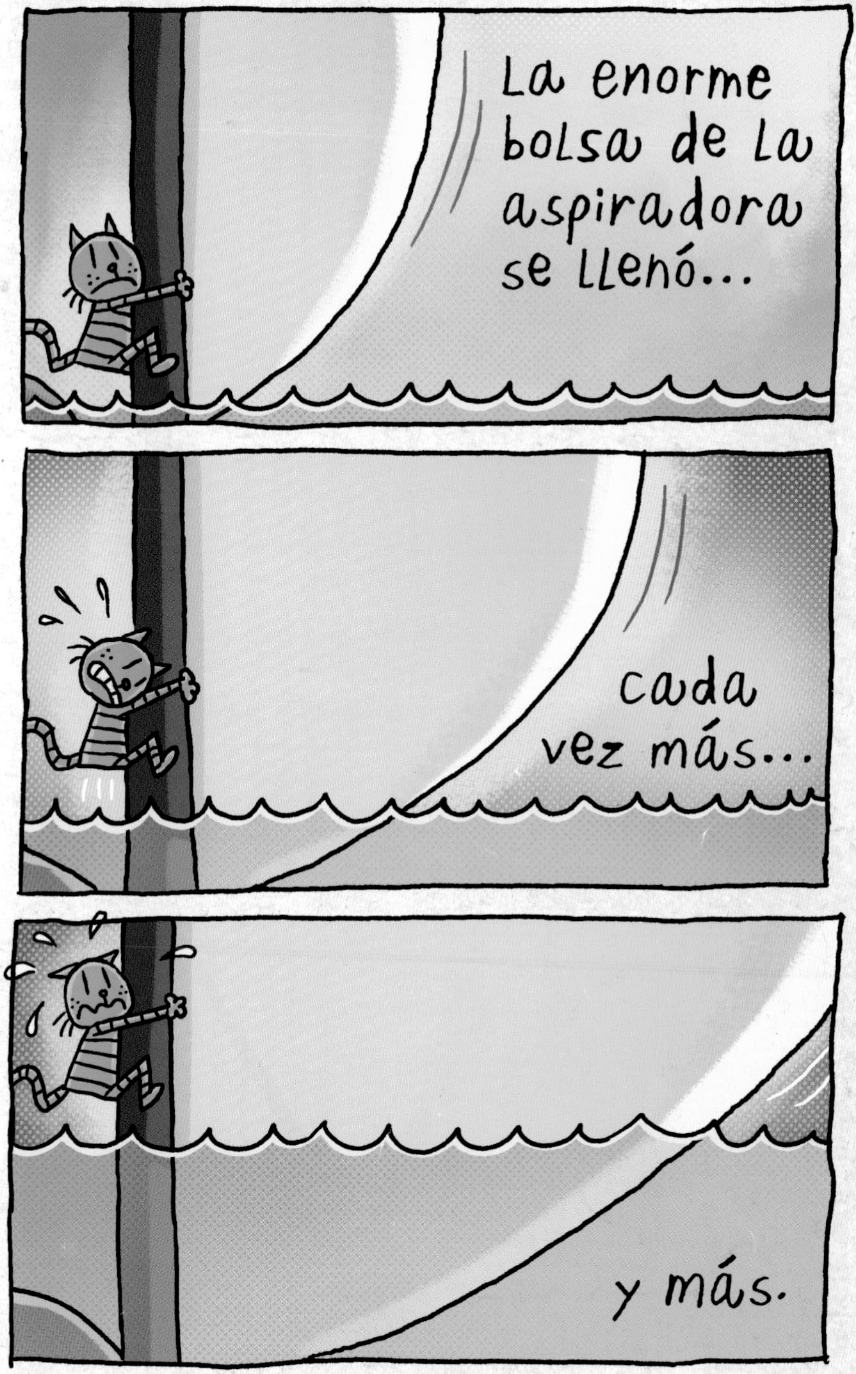
La enorme bolsa de la aspiradora se llenó...
cada vez más...
y más.

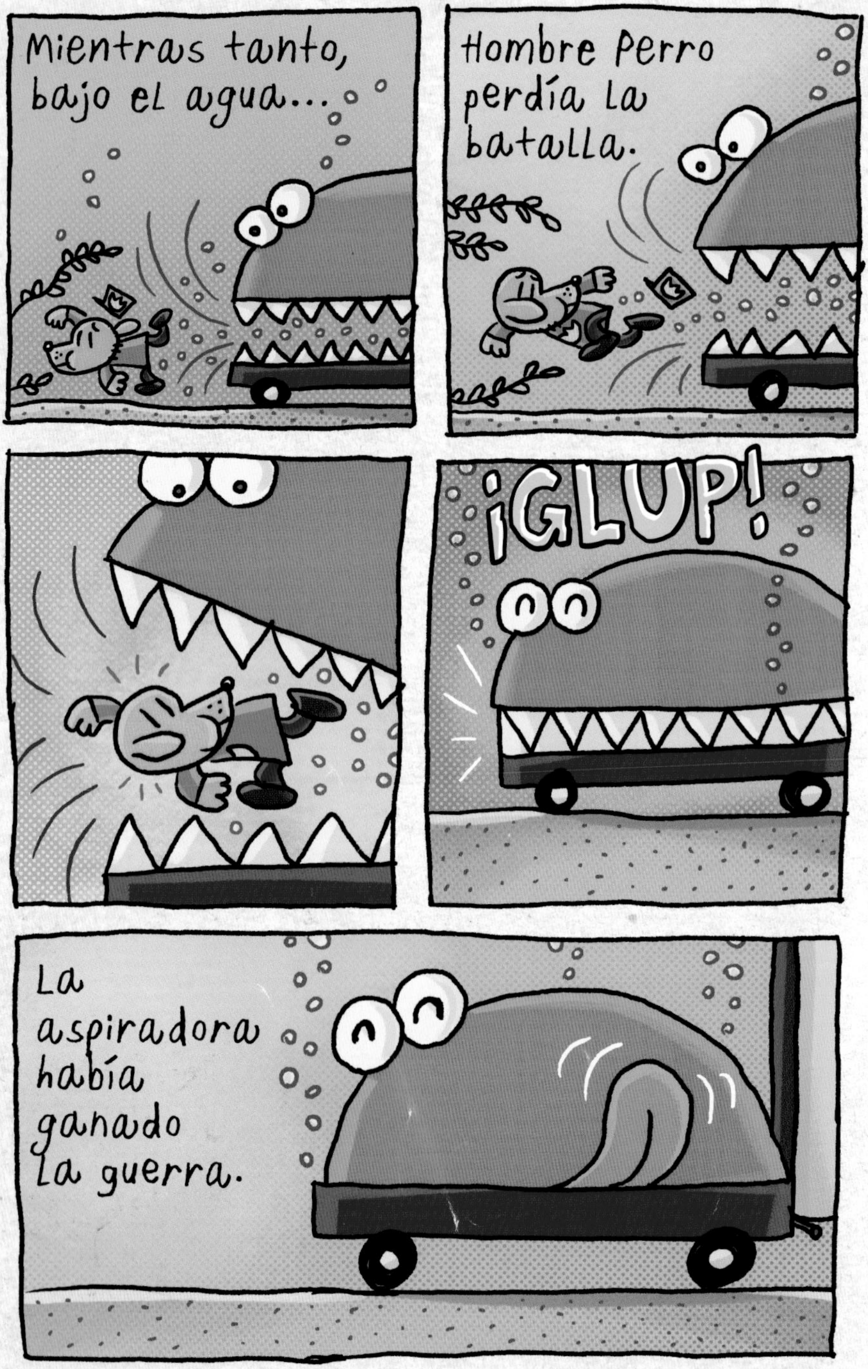
Mientras tanto, bajo el agua...
Hombre Perro perdía la batalla.
¡GLUP!
La aspiradora había ganado la guerra.

¿O quizás no?

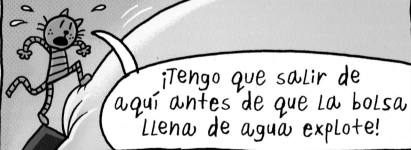

¡Tengo que salir de aquí antes de que la bolsa llena de agua explote!

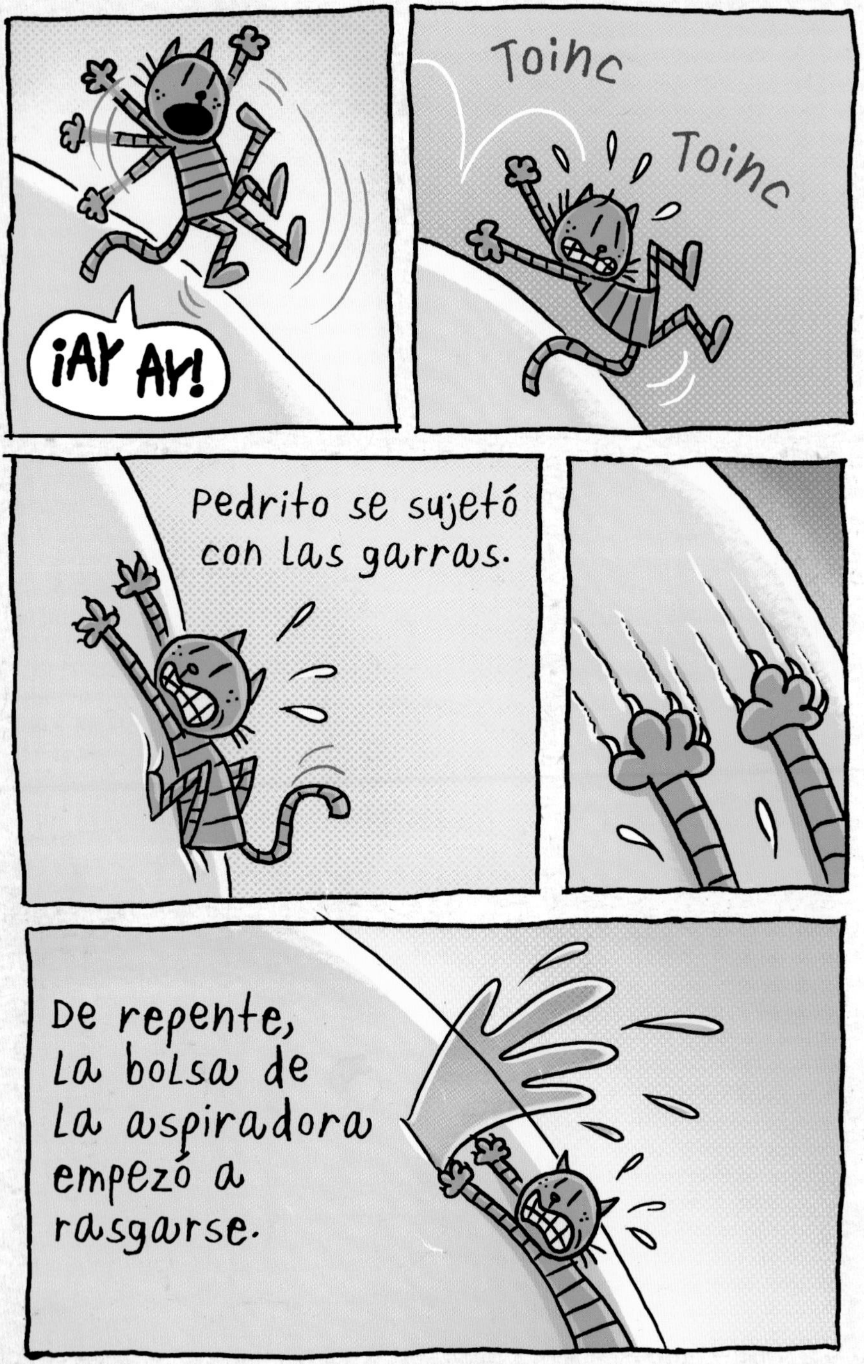

¡AY AY!
Toinc
Toinc
Pedrito se sujetó con las garras.
De repente, la bolsa de la aspiradora empezó a rasgarse.

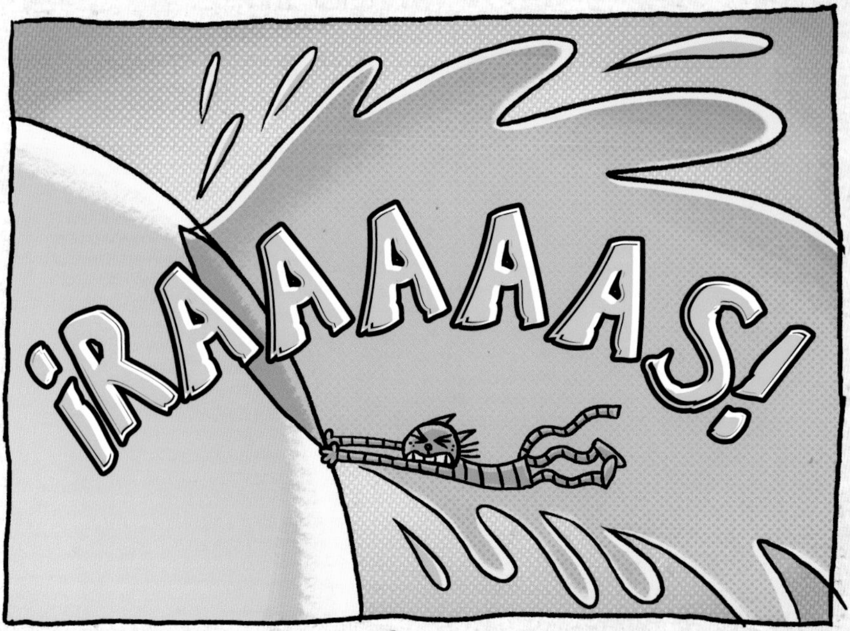
¡RAAAAAS!

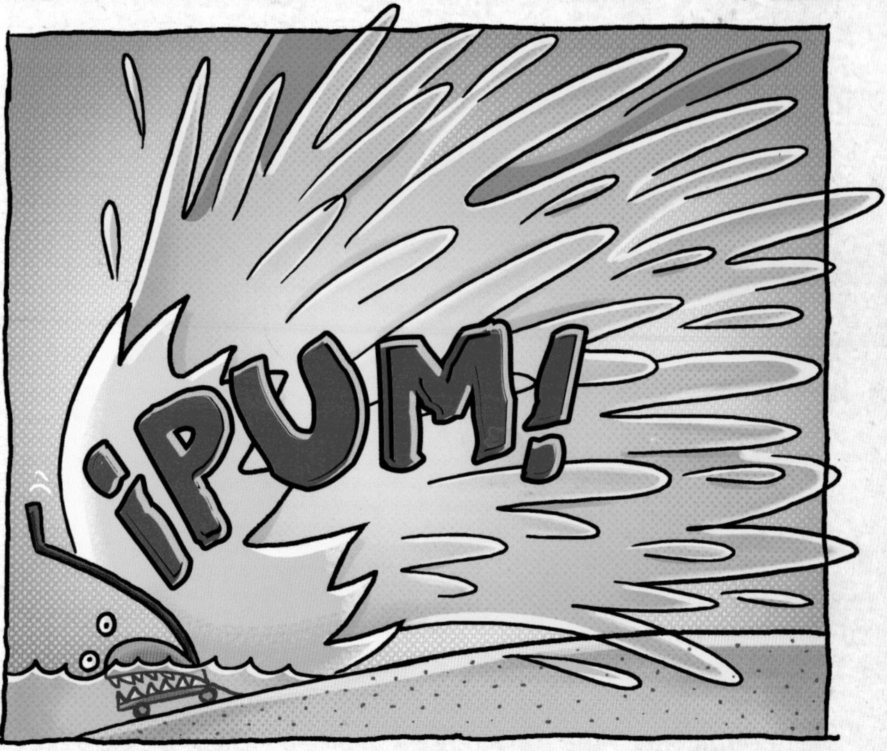
¡PUM!

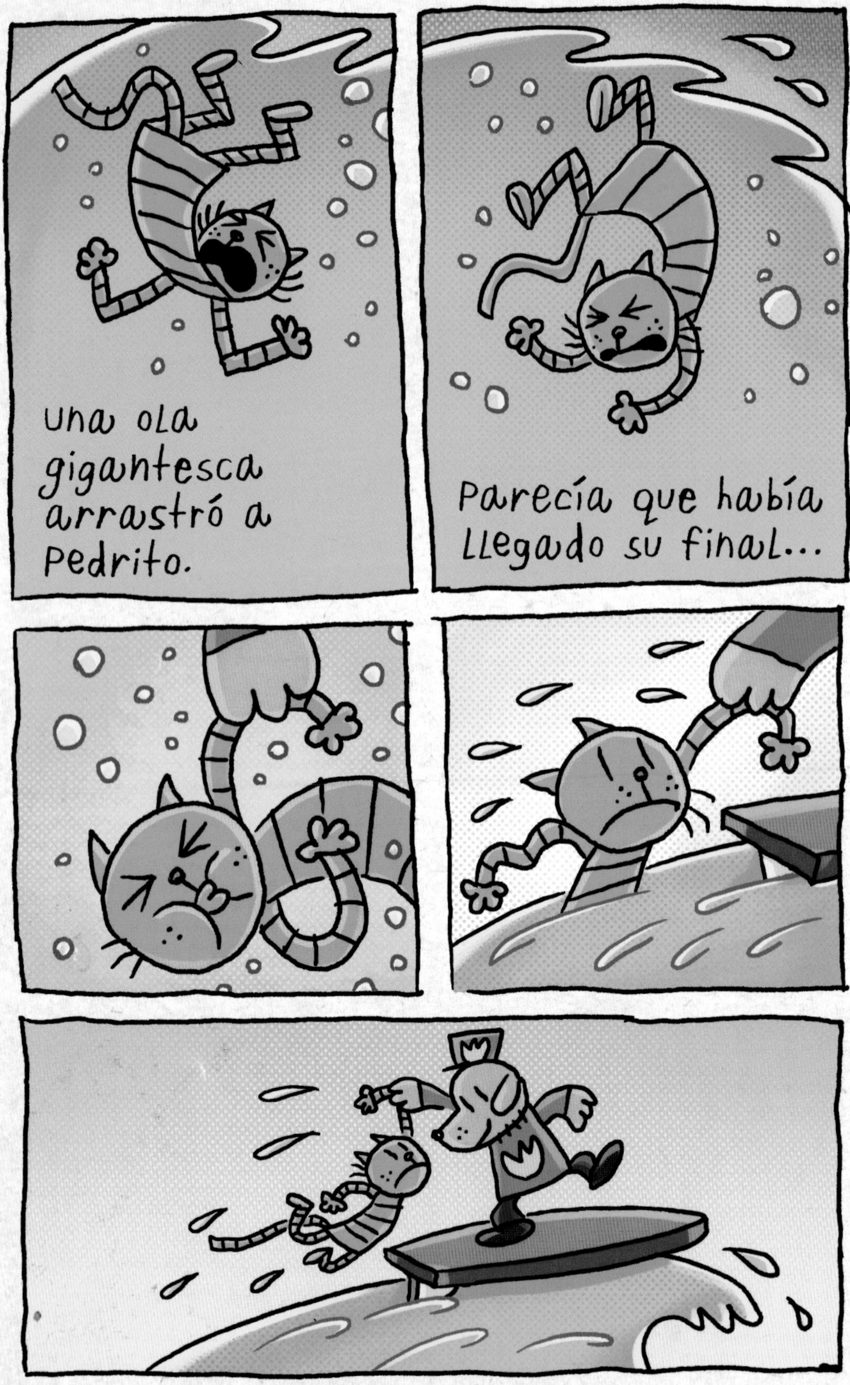
una ola gigantesca arrastró a Pedrito.
Parecía que había llegado su final...

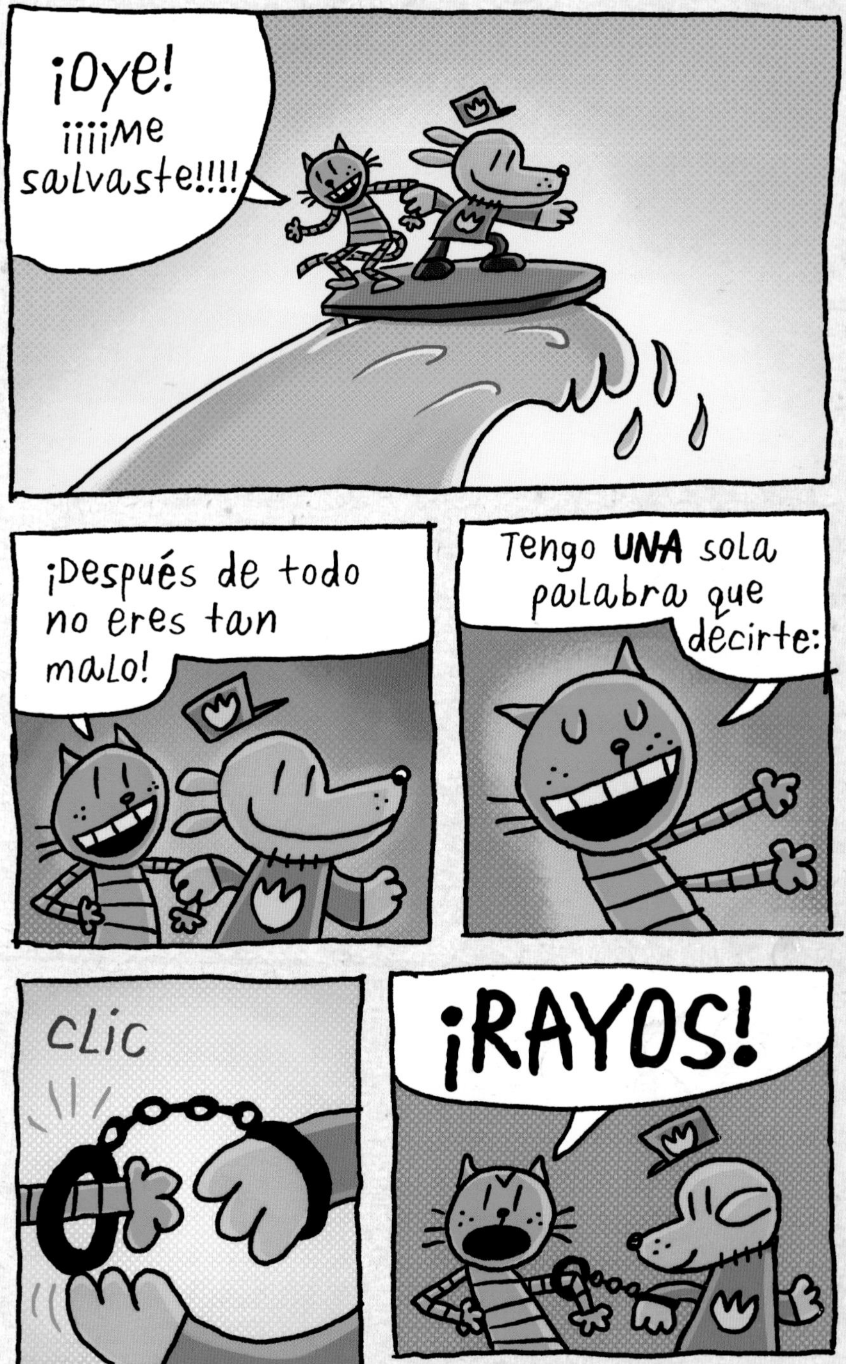
¡Oye!
¡¡¡¡Me salvaste!!!!
¡Después de todo no eres tan malo!
Tengo UNA sola palabra que decirte:
CLIC
¡RAYOS!

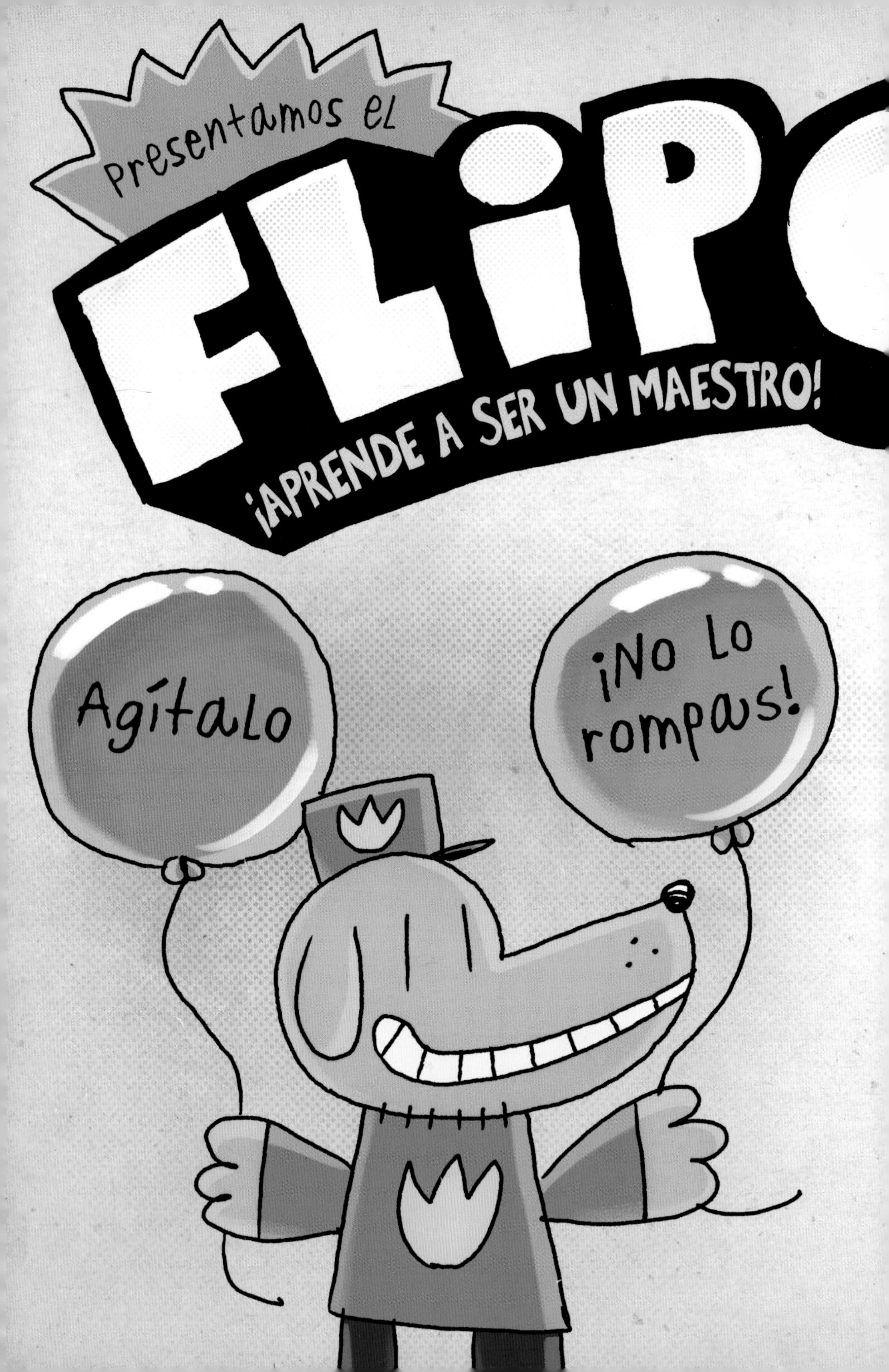
presentamos el
FLIPO
¡APRENDE A SER UN MAESTRO!
Agítalo
¡No lo rompas!

Extra cursi

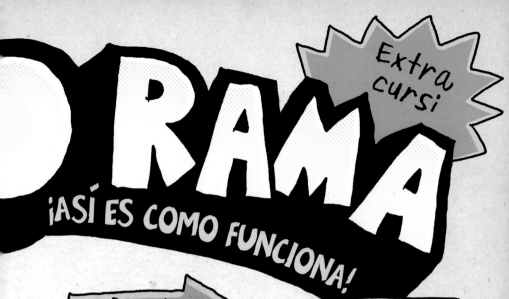

DRAMA

¡ASÍ ES COMO FUNCIONA!

Paso 1

Primero, coloca la mano izquierda dentro de las líneas de puntos donde dice "mano izquierda aquí". ¡Sujeta el libro abierto DEL TODO!

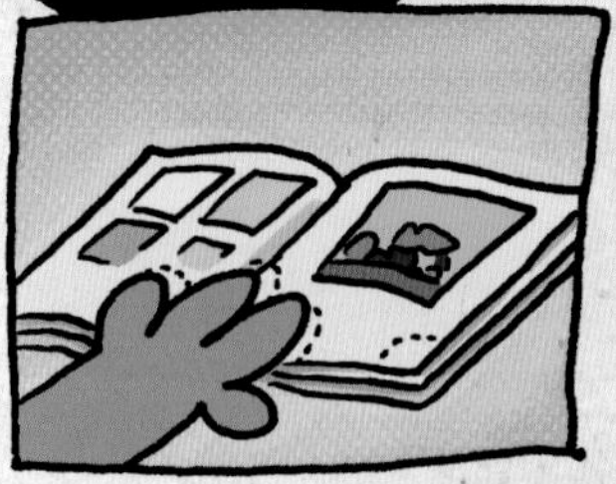

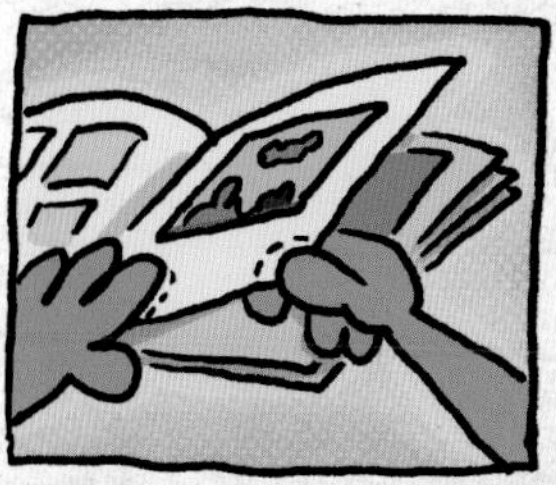

Paso 2

Sujeta la página de la derecha entre el pulgar y el índice de la mano derecha (dentro de las líneas que dicen "Pulgar derecho aquí").

Paso 3

Ahora agita rápidamente la página de la derecha hasta que parezca que la imagen está animada.

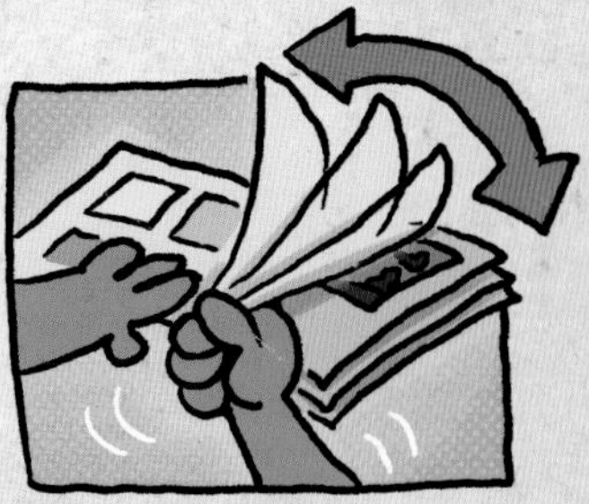

(¡Diversión asegurada con la incorporación de efectos sonoros personalizados!)

La ola gigantesca se fue haciendo cada vez más pequeña...

hasta que se detuvo en el lugar perfecto.

¡¡¡EH, POLICÍAS!!! ¡¡Hombre Perro capturó a Pedrito!!

¡¡¡Esto hay que celebrarlo!!!

Acuérdense de agitar solo la página 43. Mientras lo hacen, asegúrense de que pueden ver la ilustración de la página 43 **Y** la de la página 45.

Mano izquierda aquí.

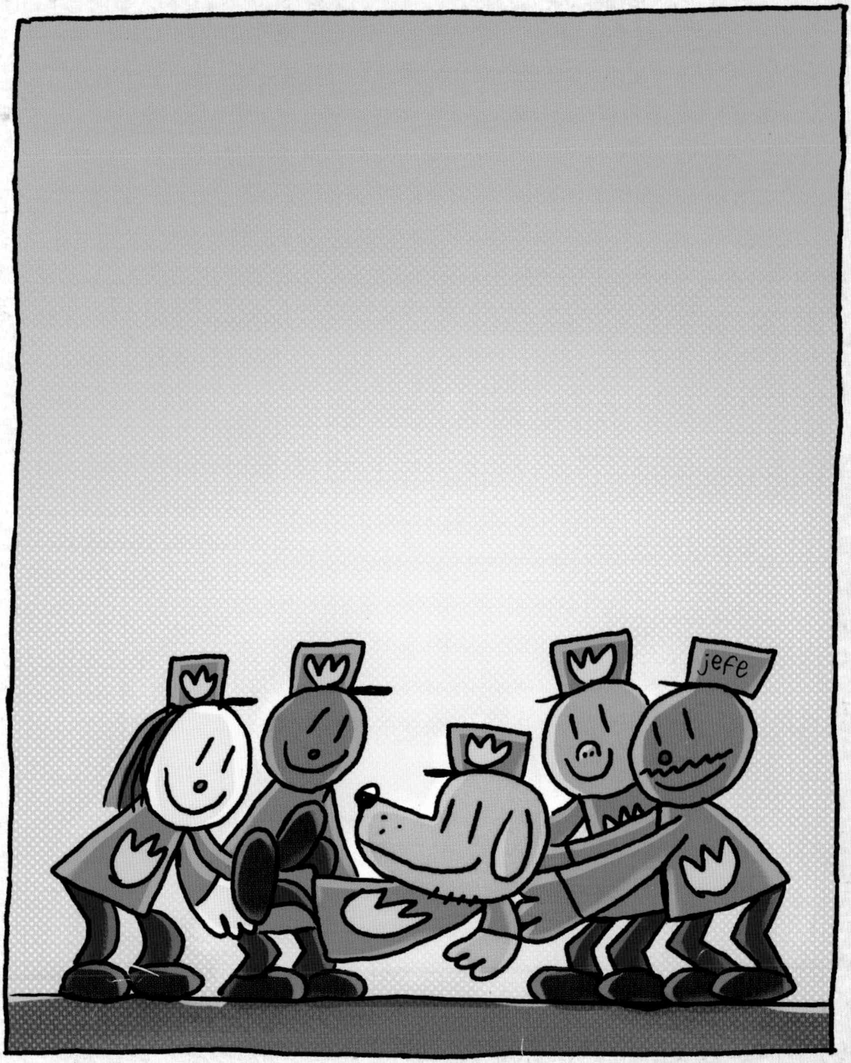
jefe

¡Viva Hombre Perro!

Pulgar derecho aquí.

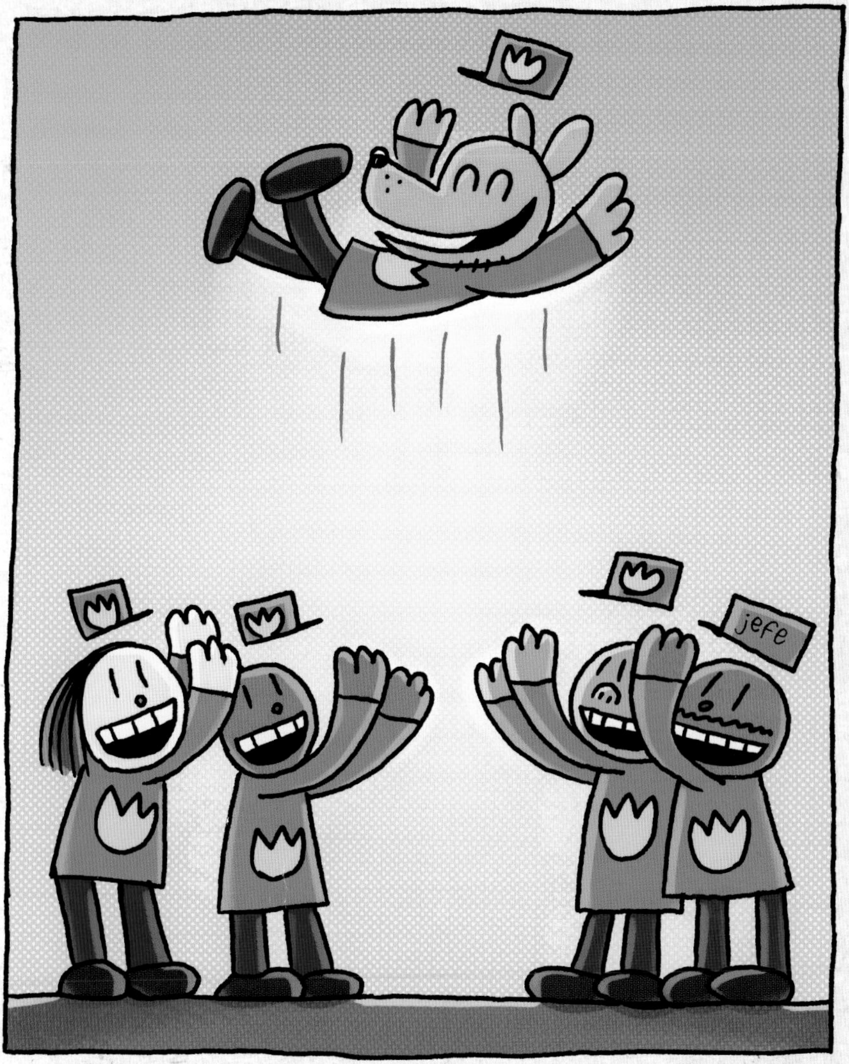
jefe

¡Viva Hombre Perro!

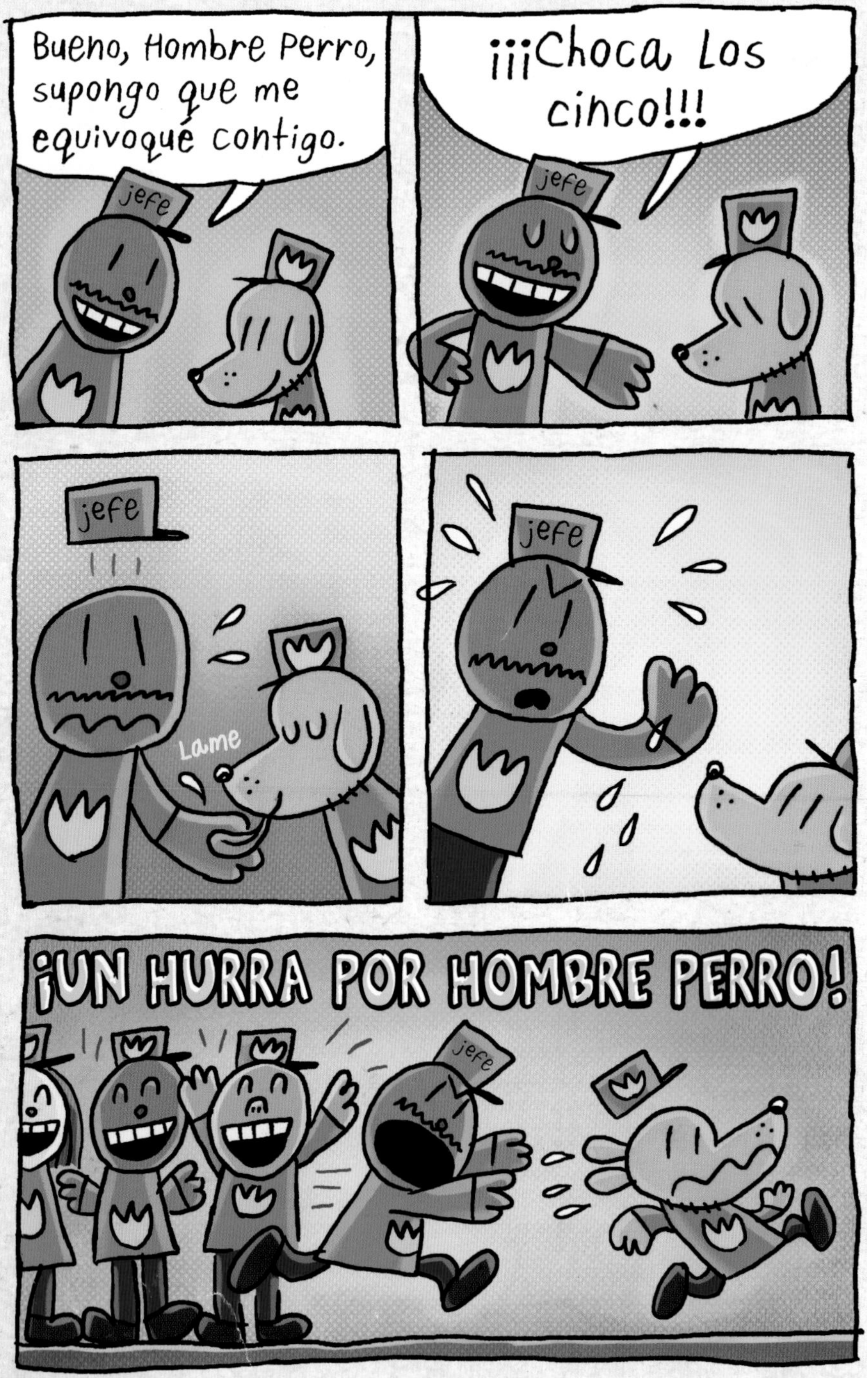
Bueno, Hombre Perro, supongo que me equivoqué contigo.
jefe
¡¡¡Choca los cinco!!!
jefe
jefe
Lame
jefe
¡UN HURRA POR HOMBRE PERRO!
jefe

CAPÍTULO 2
ROBO JEFE

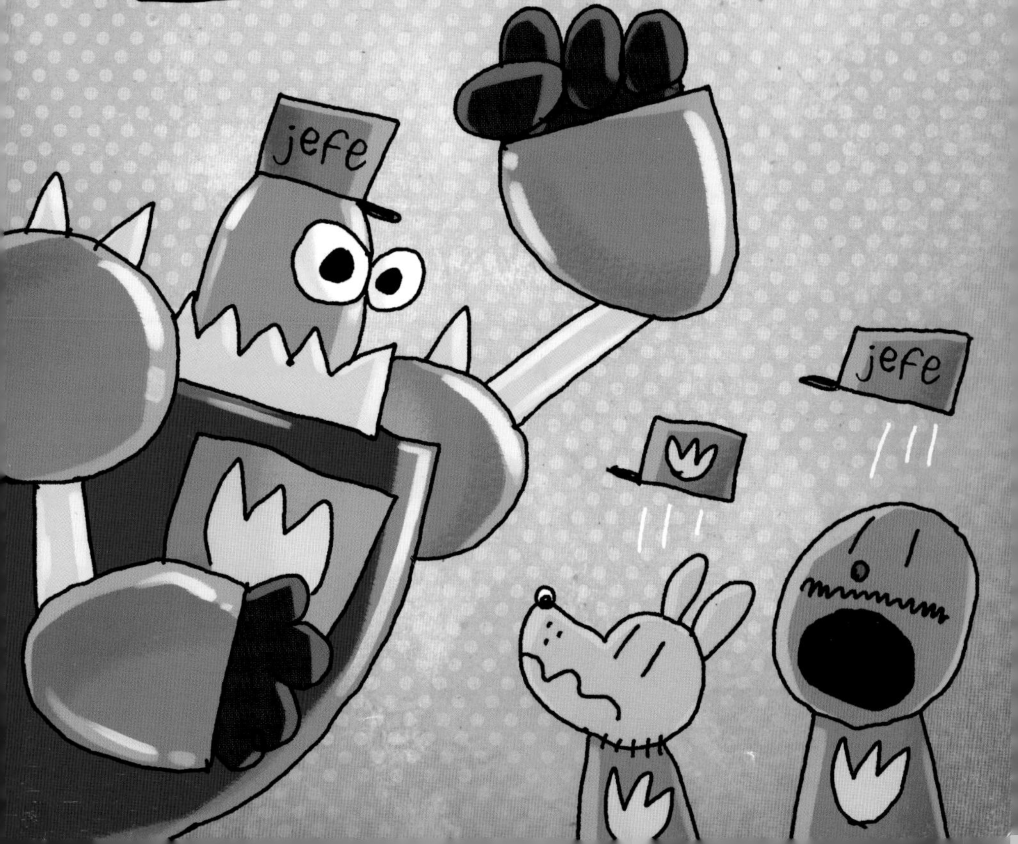
jefe
jefe

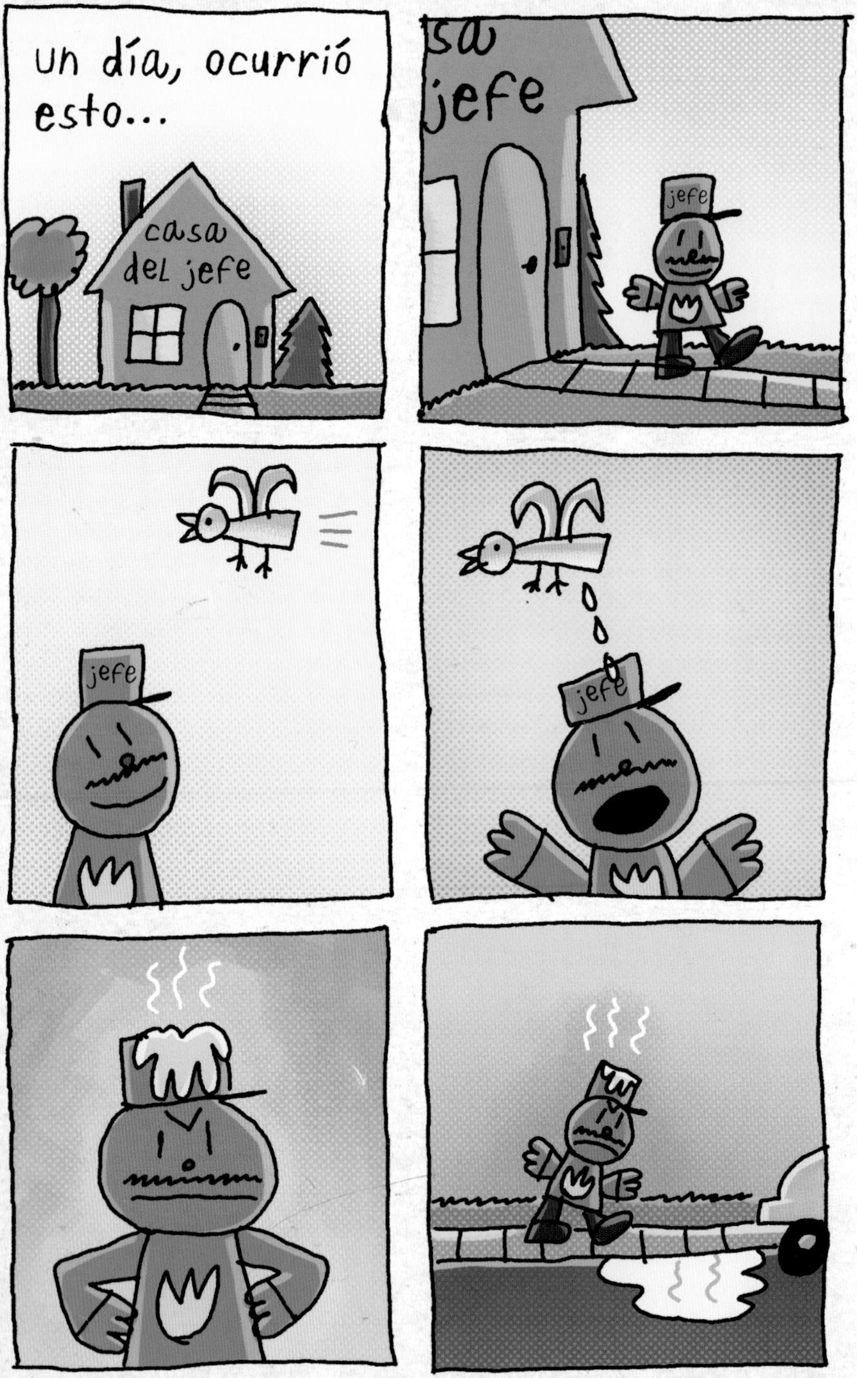
un día, ocurrió esto...
casa del jefe
sa jefe
jefe
jefe
jefe

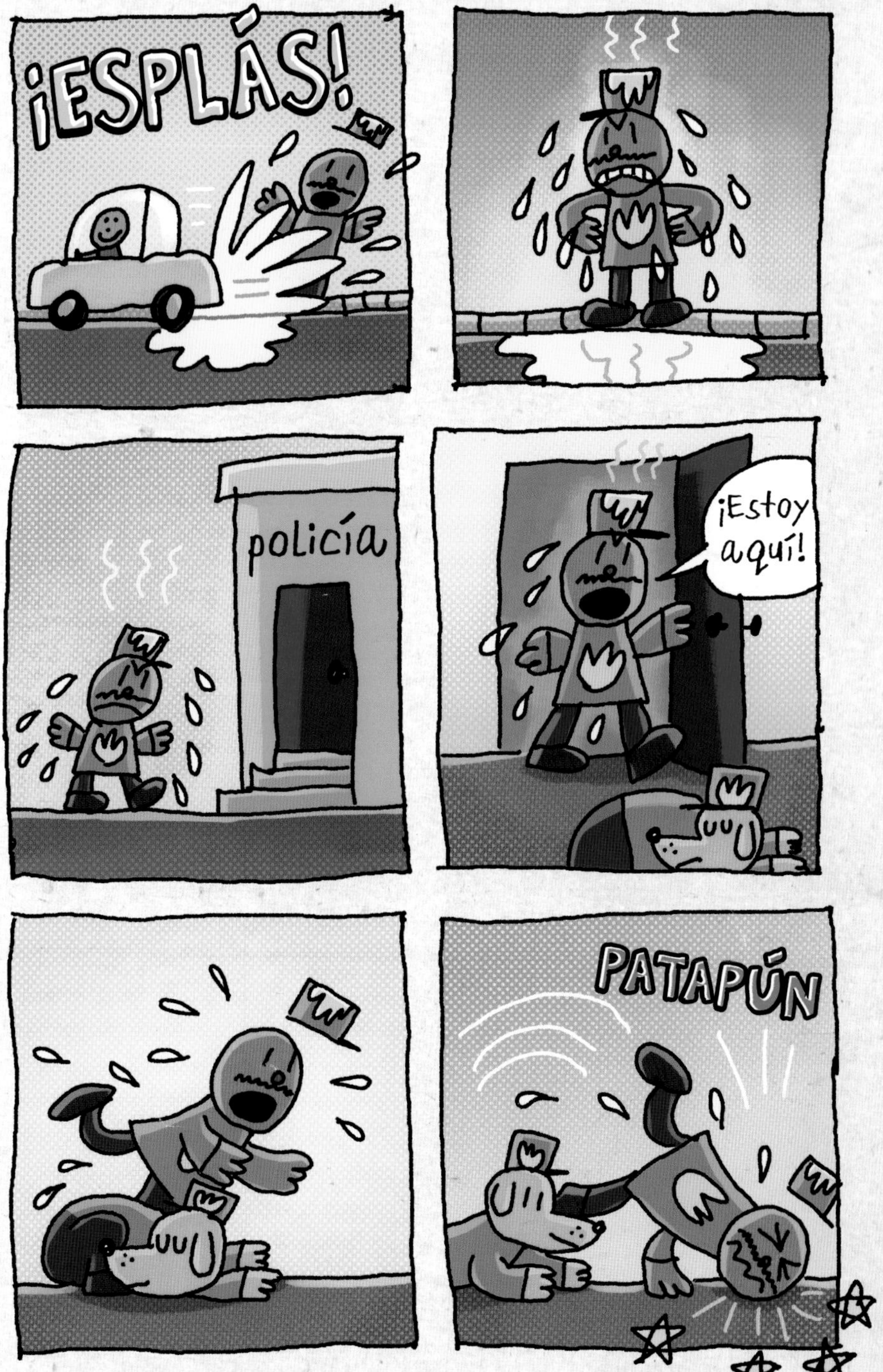
¡ESPLÁS!
policía
¡Estoy aquí!
PATAPÚN

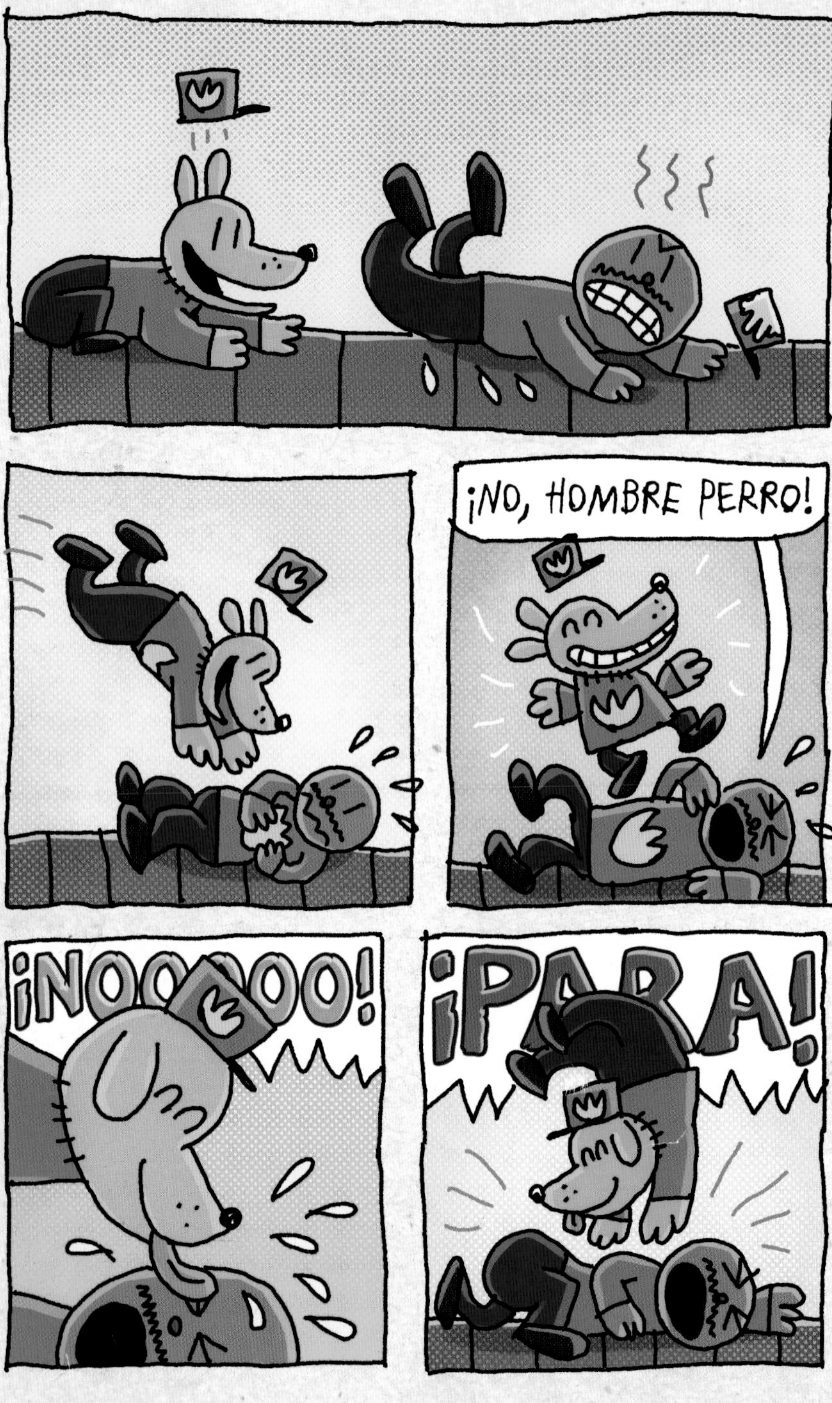
¡NO, HOMBRE PERRO!
¡NOOOOO!
¡PARA!

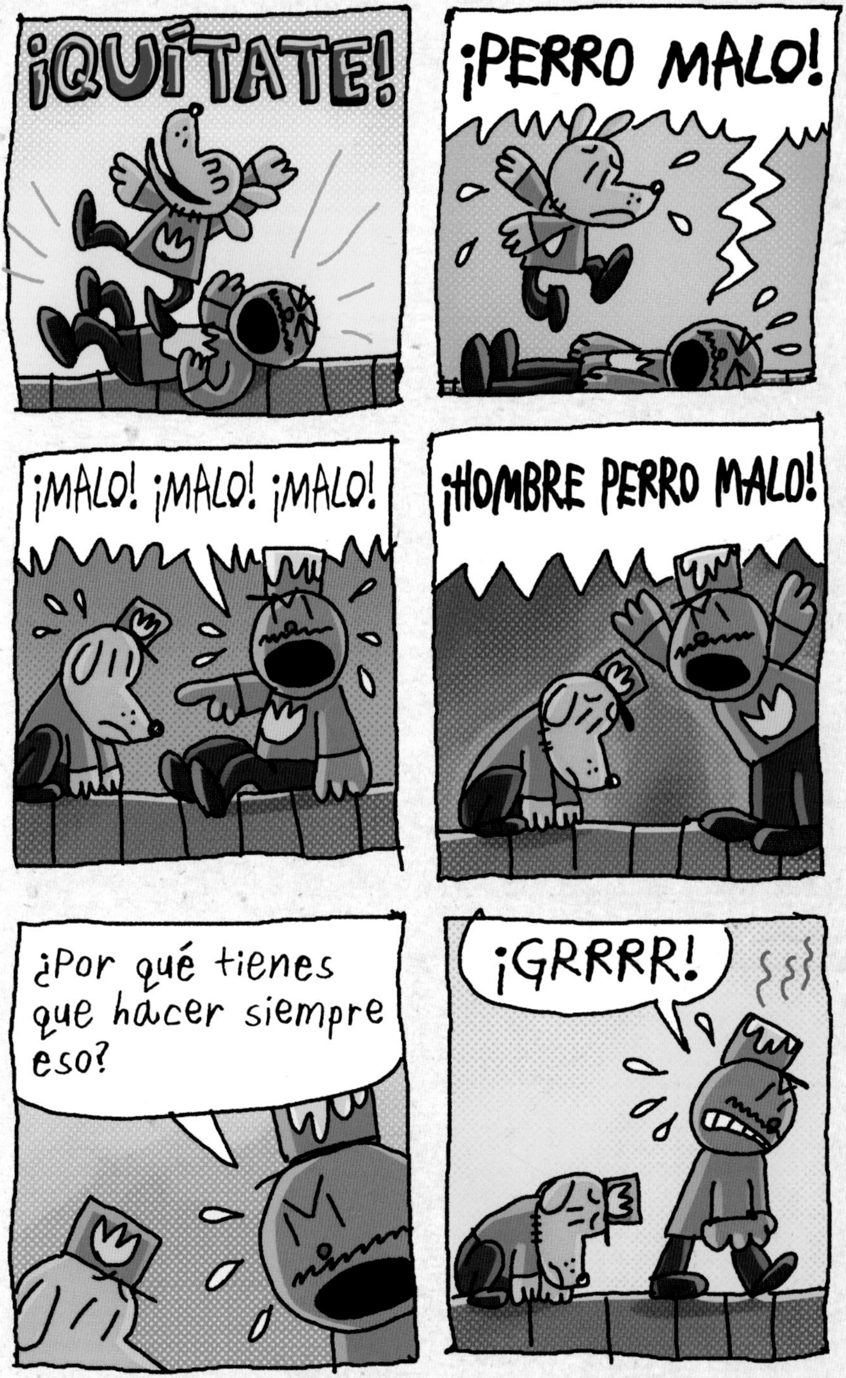

¡QUÍTATE!
¡PERRO MALO!
¡MALO! ¡MALO! ¡MALO!
¡HOMBRE PERRO MALO!
¿Por qué tienes que hacer siempre eso?
¡GRRRR!

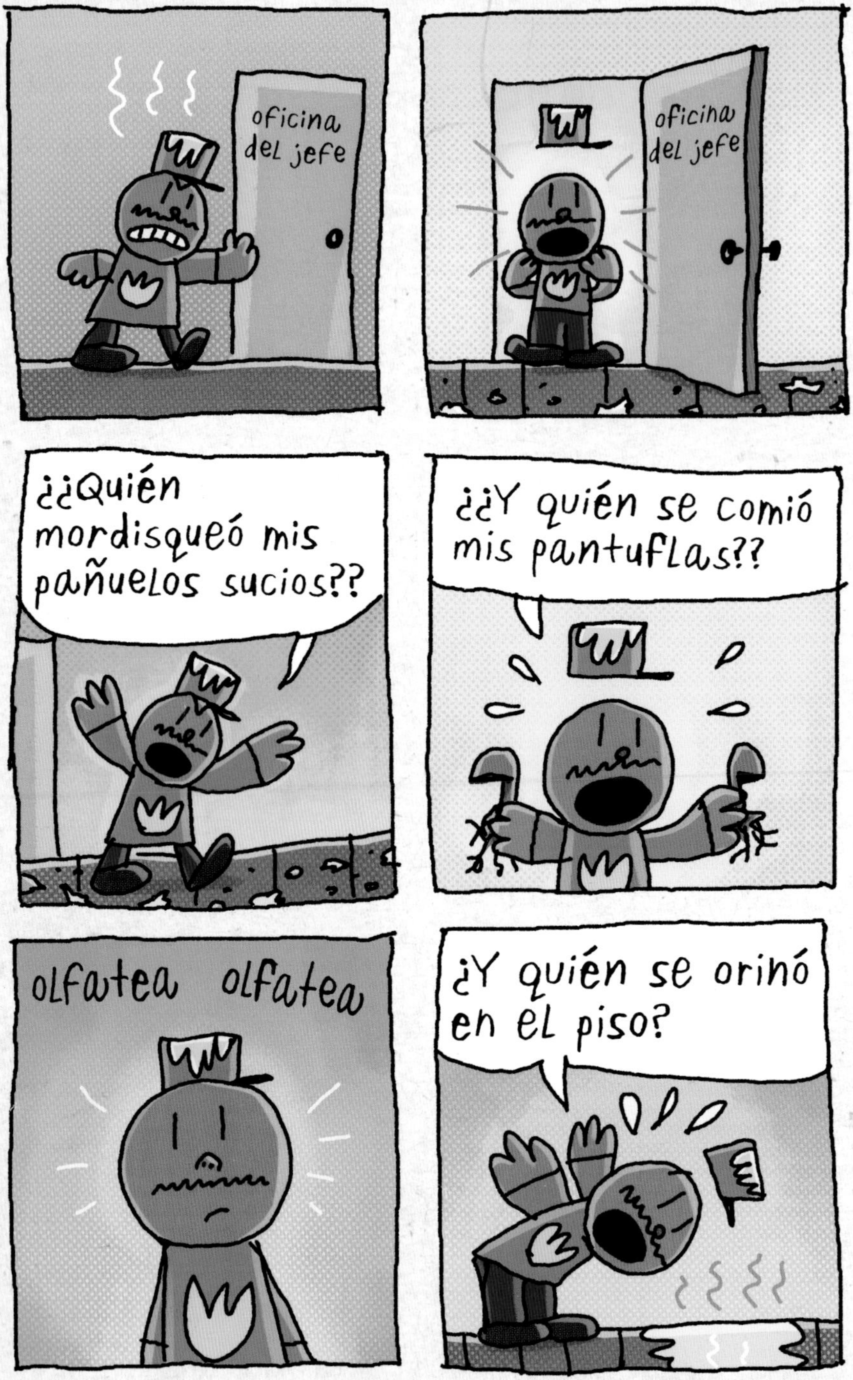
oficina del jefe
oficina del jefe
¿¿Quién mordisqueó mis pañuelos sucios??
¿¿Y quién se comió mis pantuflas??
olfatea olfatea
¿Y quién se orinó en el piso?

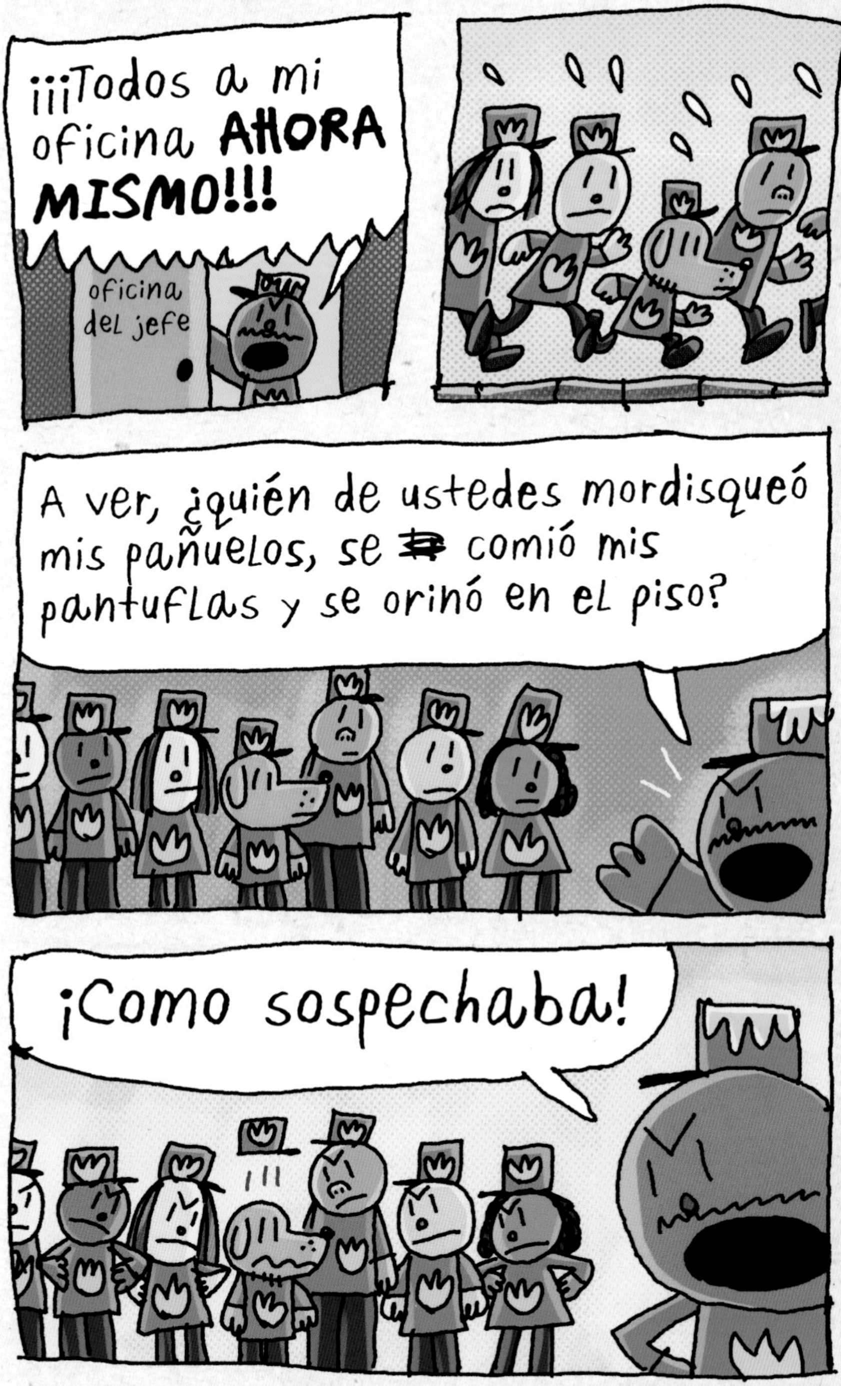
¡¡¡Todos a mi oficina AHORA MISMO!!!
oficina del jefe
A ver, ¿quién de ustedes mordisqueó mis pañuelos, se comió mis pantuflas y se orinó en el piso?
¡Como sospechaba!

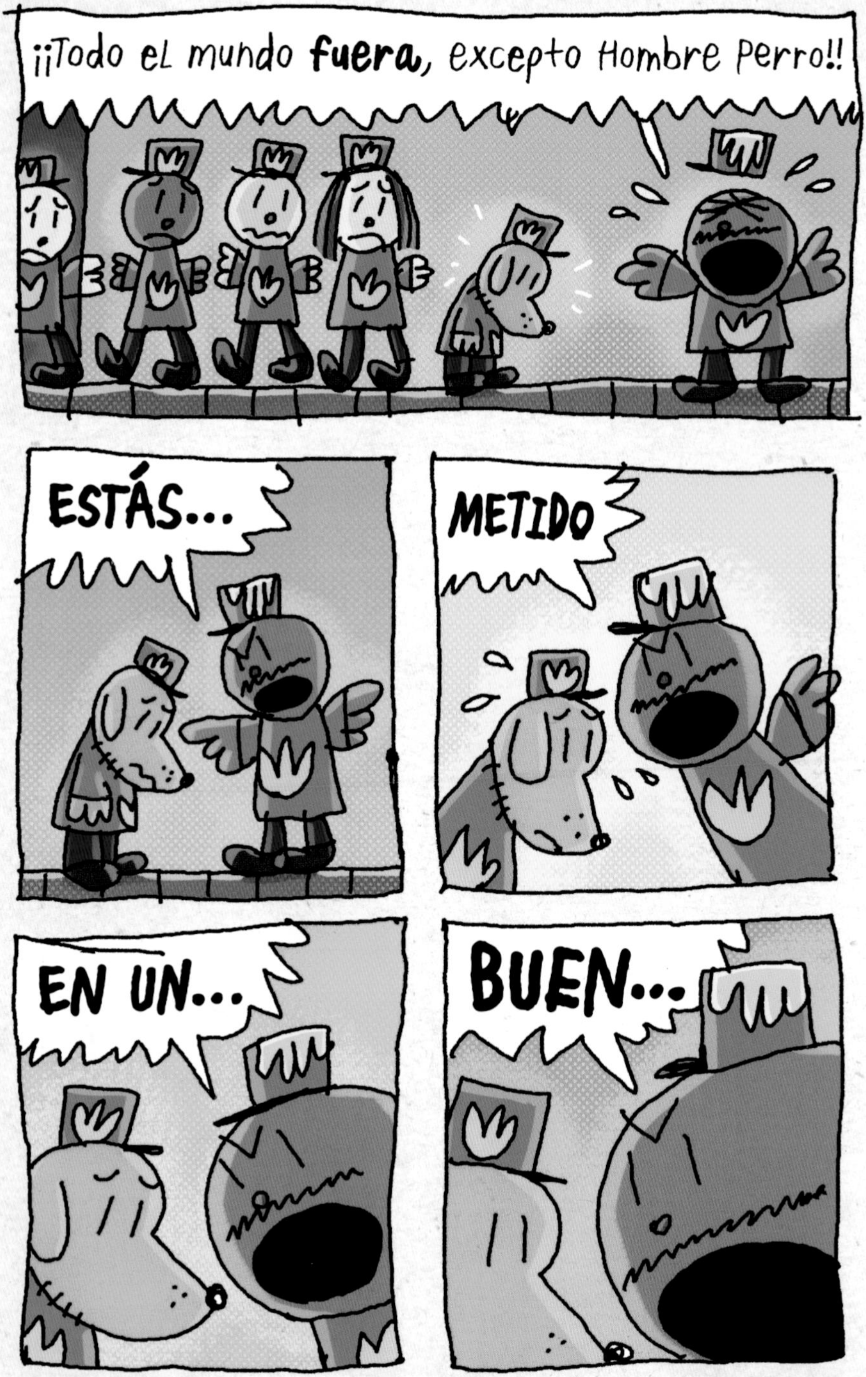
¡¡Todo el mundo **fuera**, excepto Hombre Perro!!
ESTÁS...
METIDO
EN UN...
BUEN...

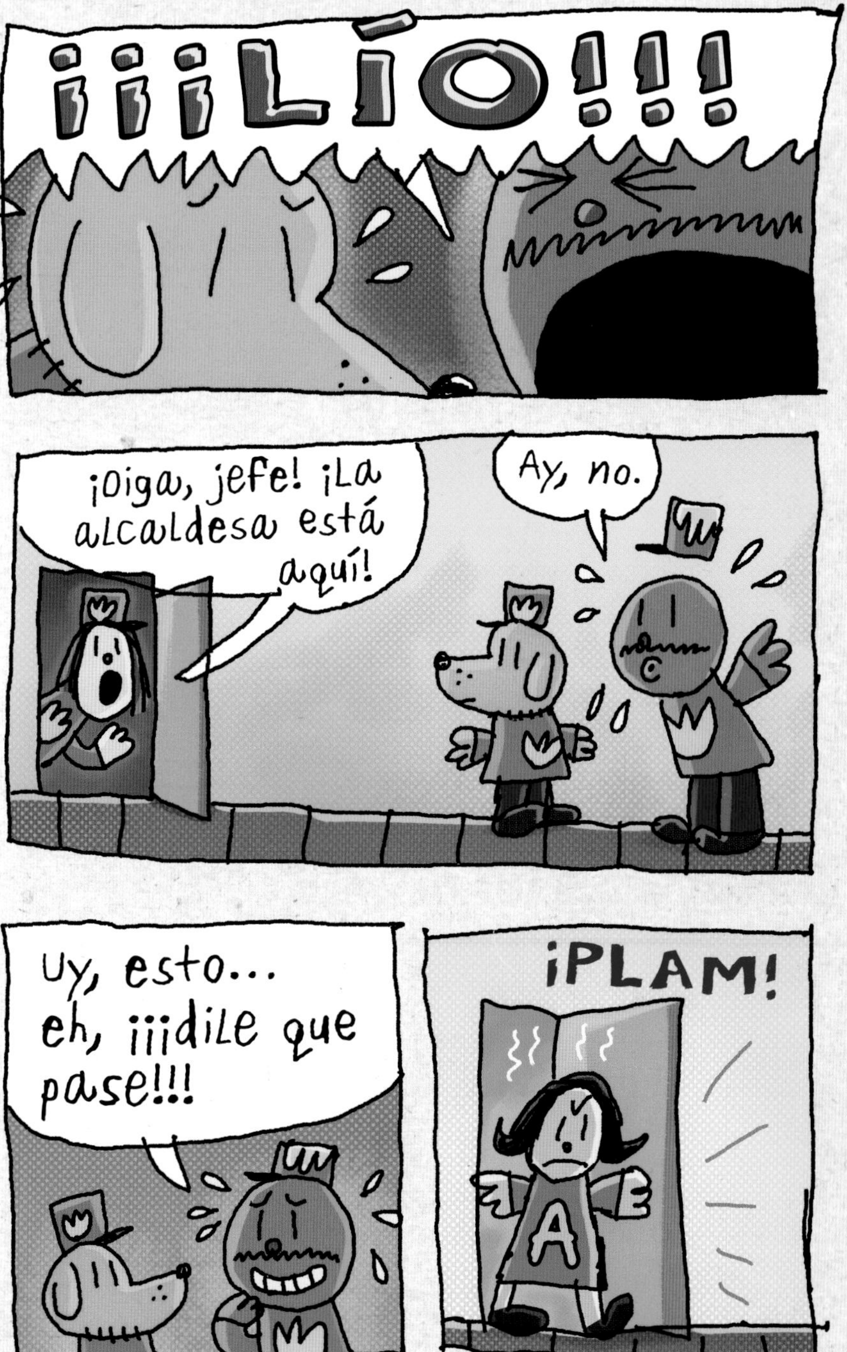
¡¡¡LÍO!!!
¡Oiga, jefe! ¡La alcaldesa está aquí!
Ay, no.
Uy, esto... eh, ¡¡¡dile que pase!!!
¡PLAM!

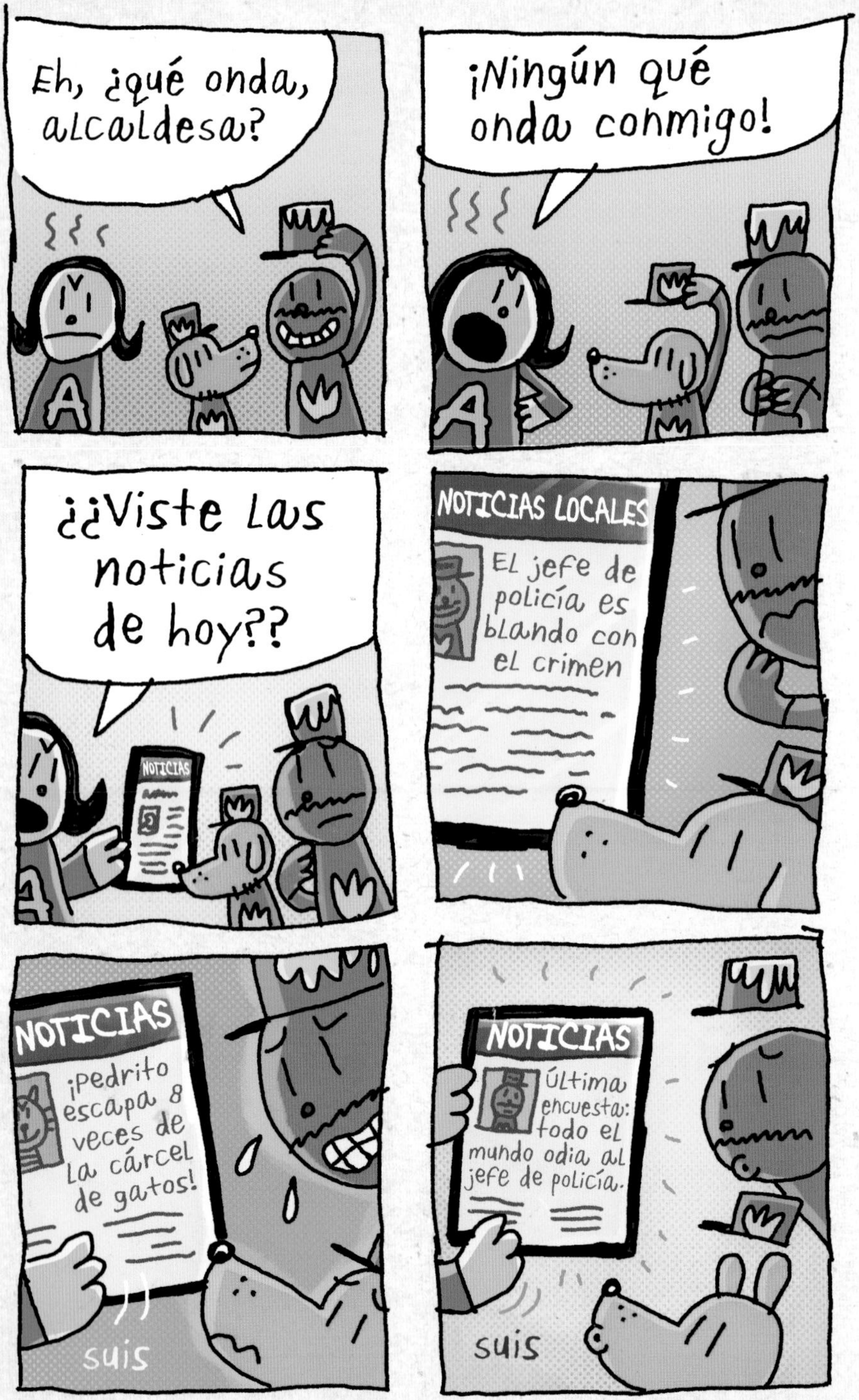
Eh, ¿qué onda, alcaldesa?
¡Ningún qué onda conmigo!
¿¿Viste las noticias de hoy??
NOTICIAS
NOTICIAS LOCALES
El jefe de policía es blando con el crimen
NOTICIAS
¡Pedrito escapa 8 veces de la cárcel de gatos!
suis
NOTICIAS
Última encuesta: todo el mundo odia al jefe de policía.
suis

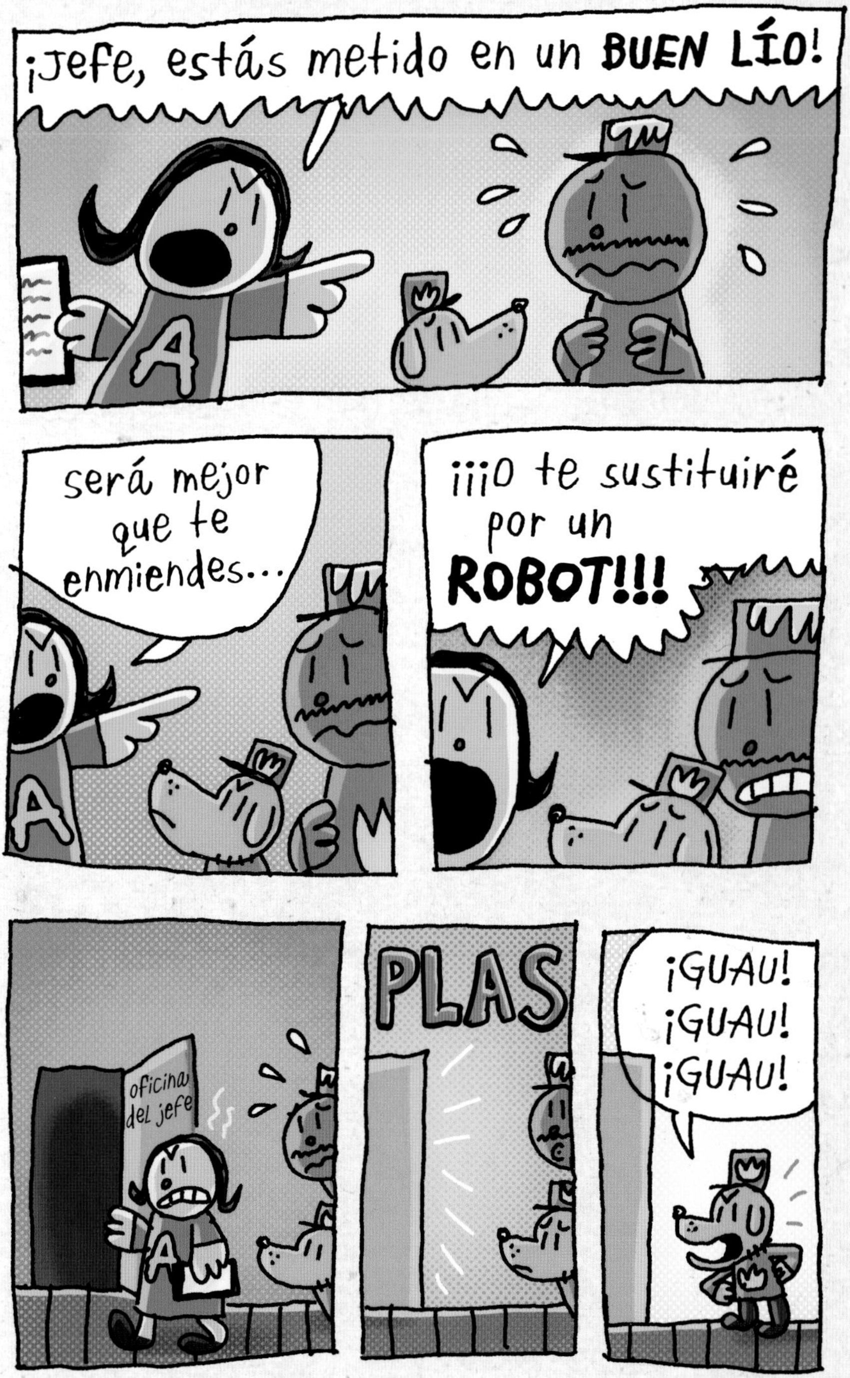
¡Jefe, estás metido en un BUEN LÍO!
será mejor que te enmiendes...
¡¡¡O te sustituiré por un ROBOT!!!
oficina del jefe
PLAS
¡GUAU! ¡GUAU! ¡GUAU!

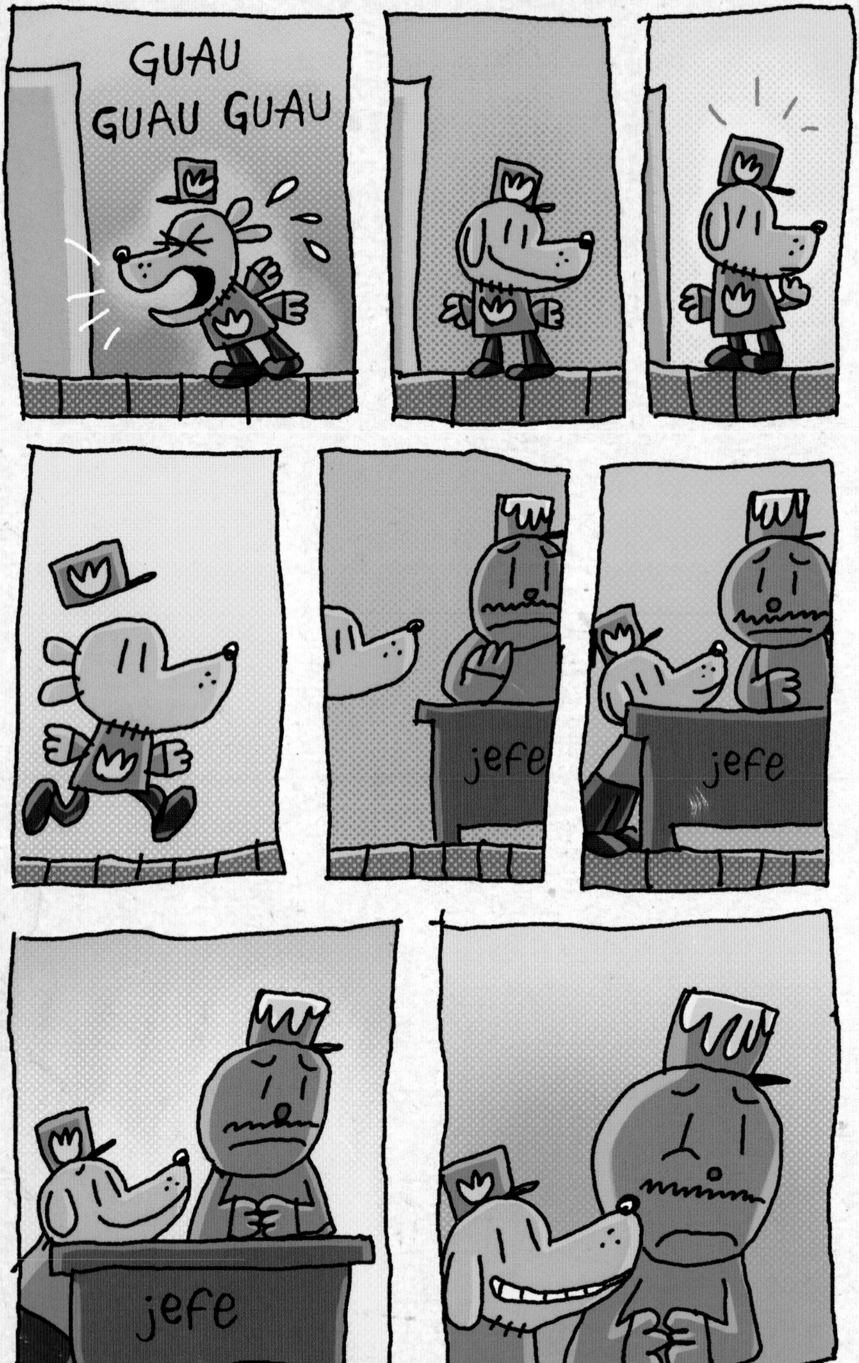
GUAU
GUAU GUAU
jefe
jefe
jefe

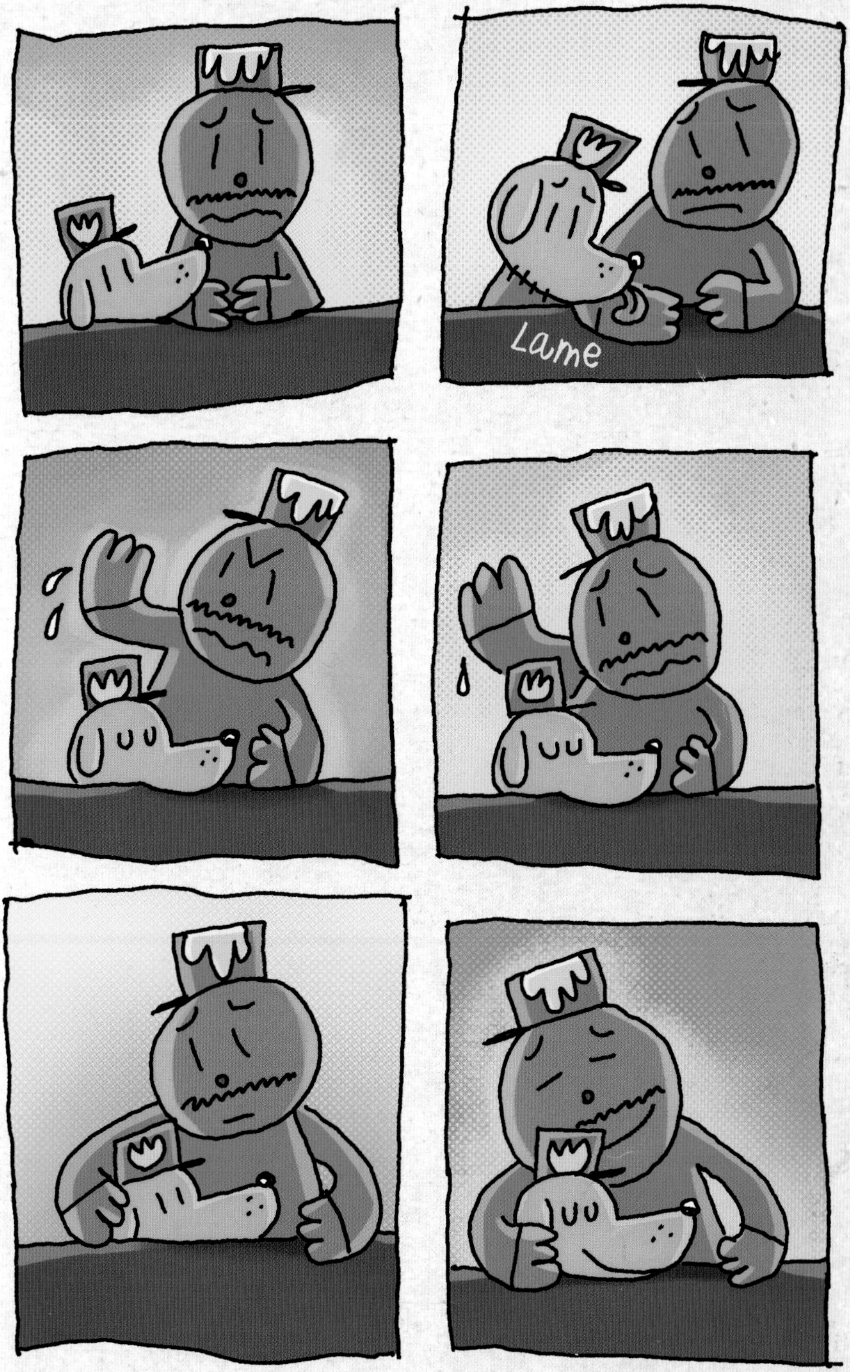
Lame

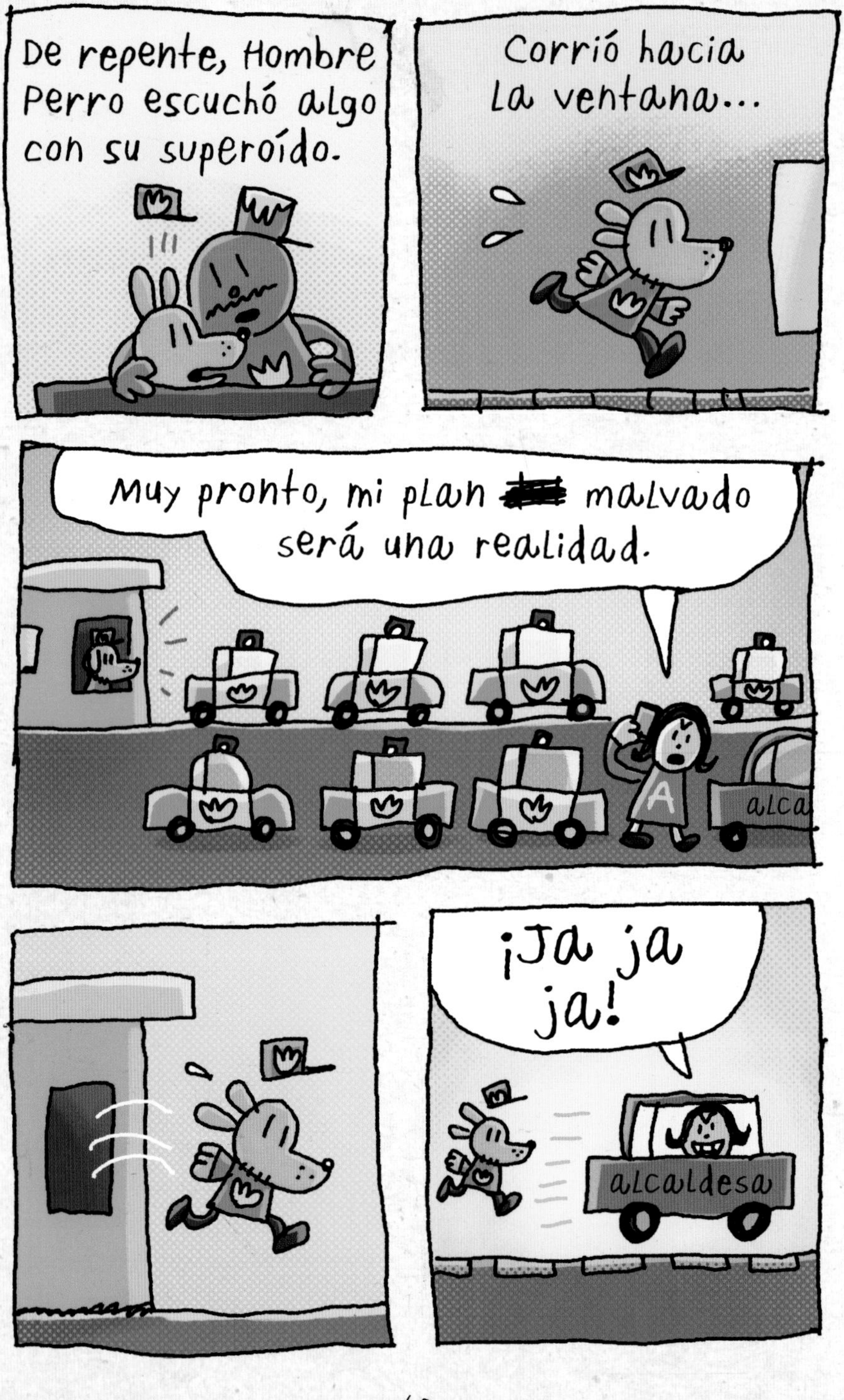
De repente, Hombre Perro escuchó algo con su superoído.
Corrió hacia la ventana...
Muy pronto, mi plan [redacted] malvado será una realidad.
A
alca
¡Ja ja ja!
alcaldesa

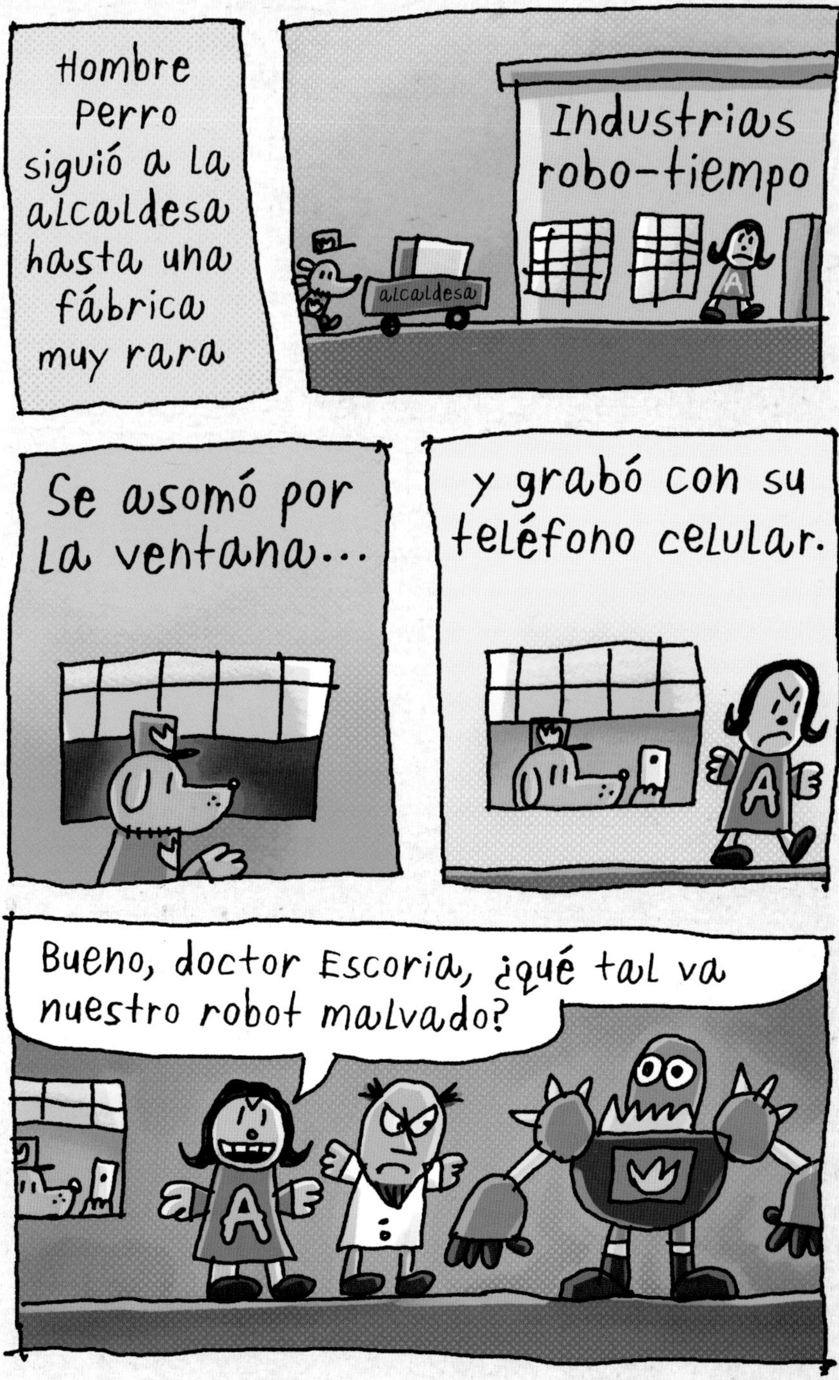
Hombre Perro siguió a la alcaldesa hasta una fábrica muy rara
Industrias robo-tiempo
alcaldesa
Se asomó por la ventana...
y grabó con su teléfono celular.
Bueno, doctor Escoria, ¿qué tal va nuestro robot malvado?

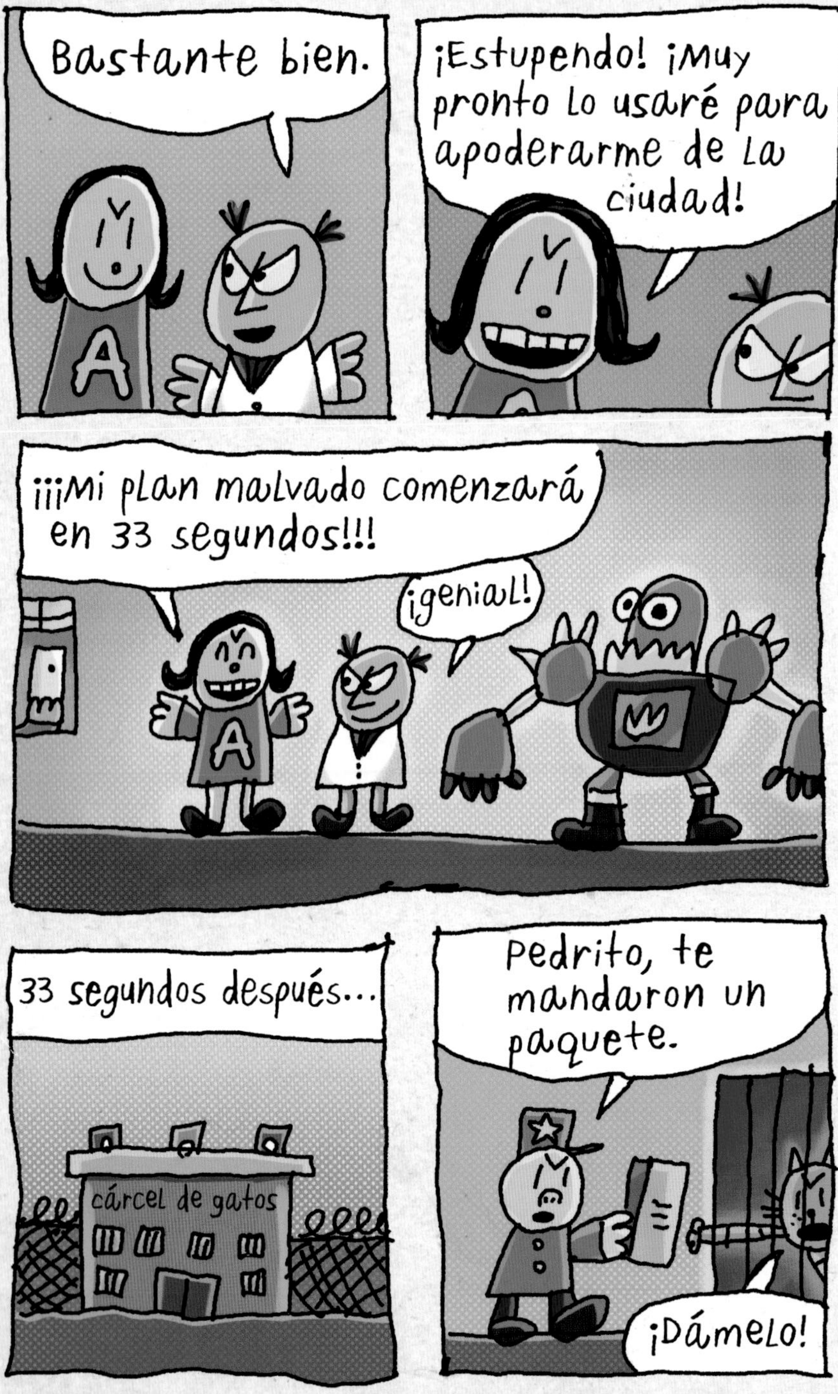
Bastante bien.
¡Estupendo! ¡Muy pronto lo usaré para apoderarme de la ciudad!
¡¡¡Mi plan malvado comenzará en 33 segundos!!!
¡genial!
33 segundos después...
cárcel de gatos
Pedrito, te mandaron un paquete.
¡Dámelo!

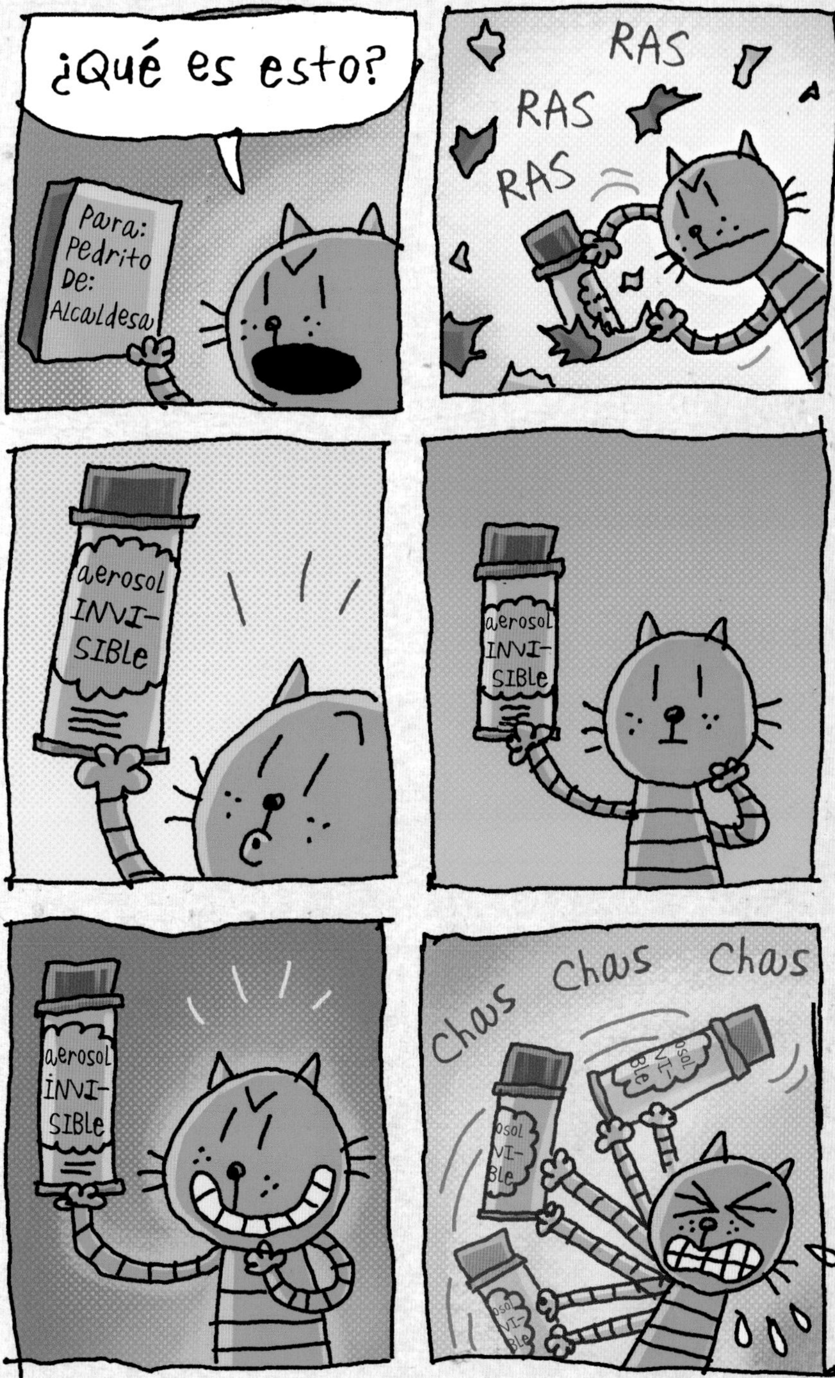

¿Qué es esto?
Para: Pedrito De: Alcaldesa
RAS
RAS
RAS
aerosol INVI-SIBLe
aerosol INVI-SIBLe
aerosol INVI-SIBLe
Chas
Chas
Chas

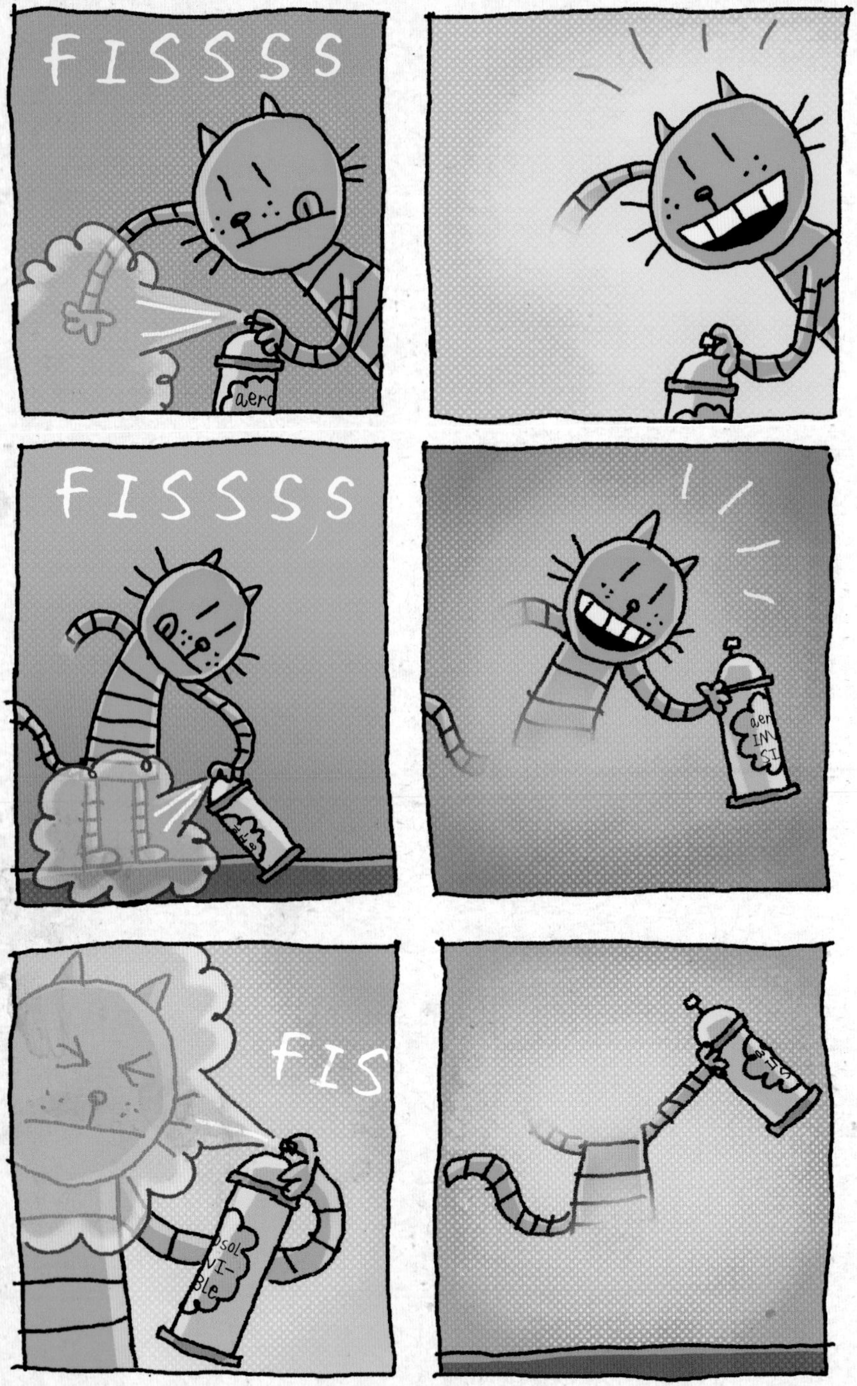
FISSSS
FISSSS
FIS

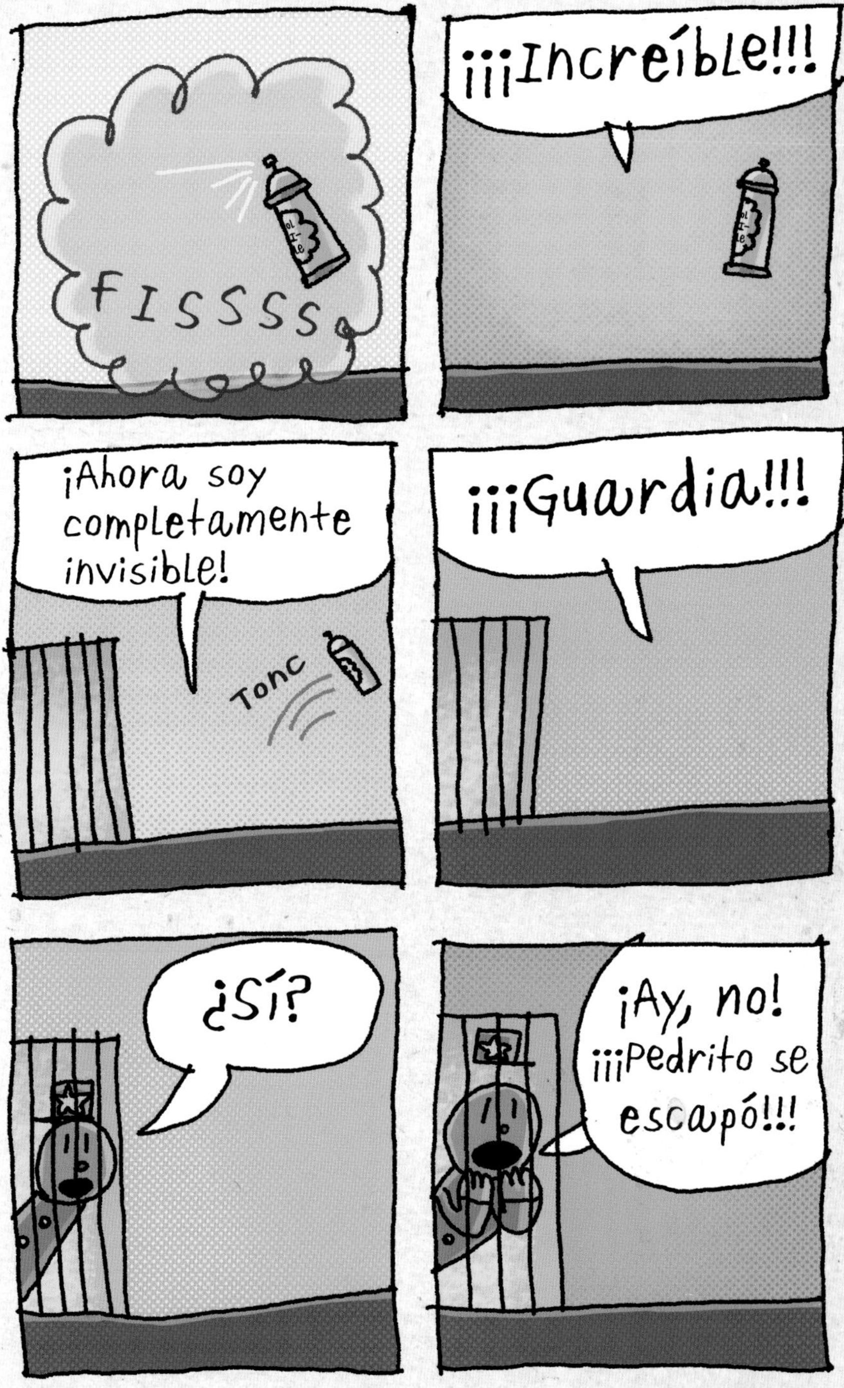
FISSSS
¡¡¡Increíble!!!
¡Ahora soy completamente invisible!
Tonc
¡¡¡Guardia!!!
¿Sí?
¡Ay, no! ¡¡¡Pedrito se escapó!!!

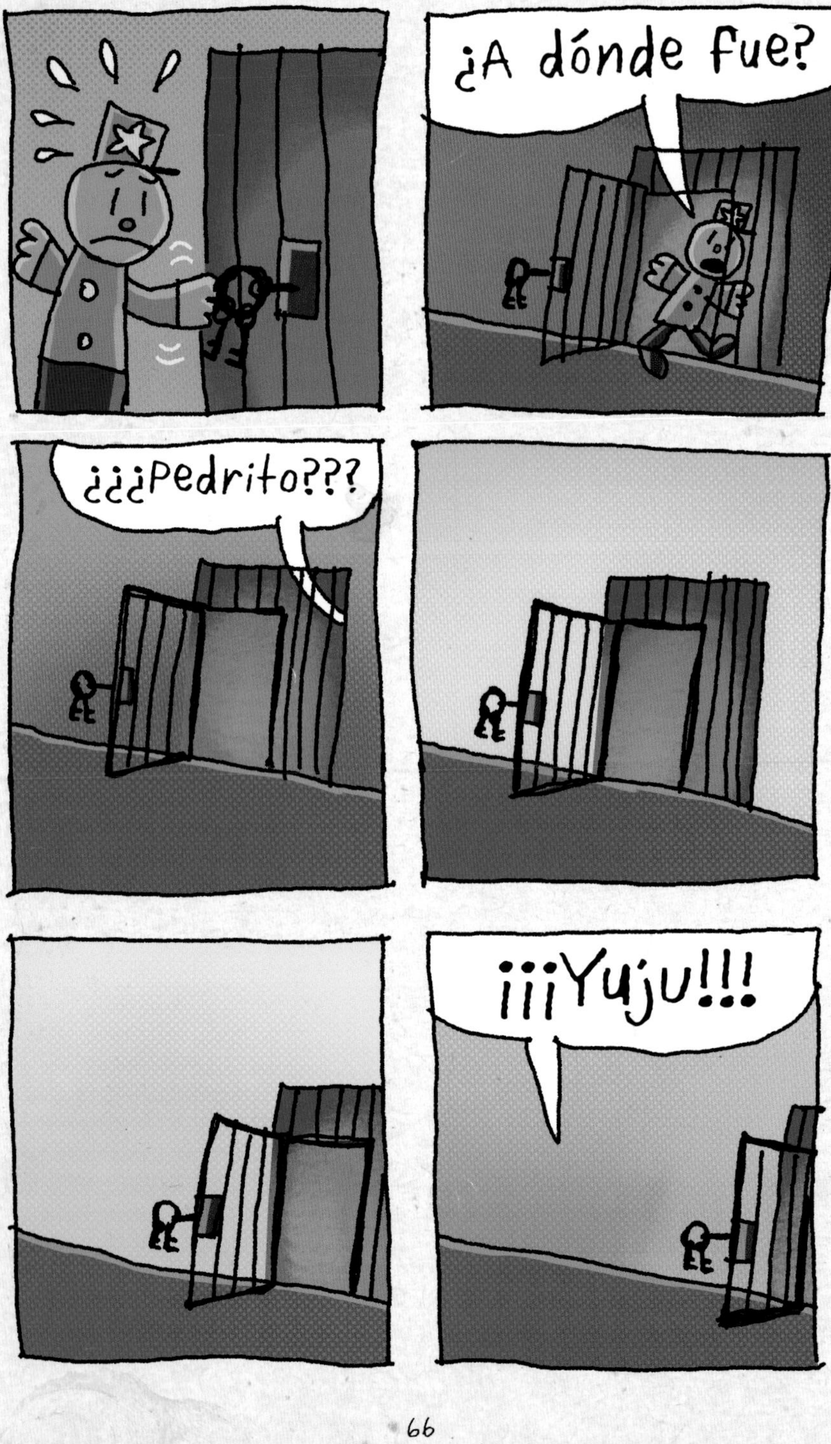
¿A dónde fue?
¿¿¿Pedrito???
¡¡¡Yuju!!!

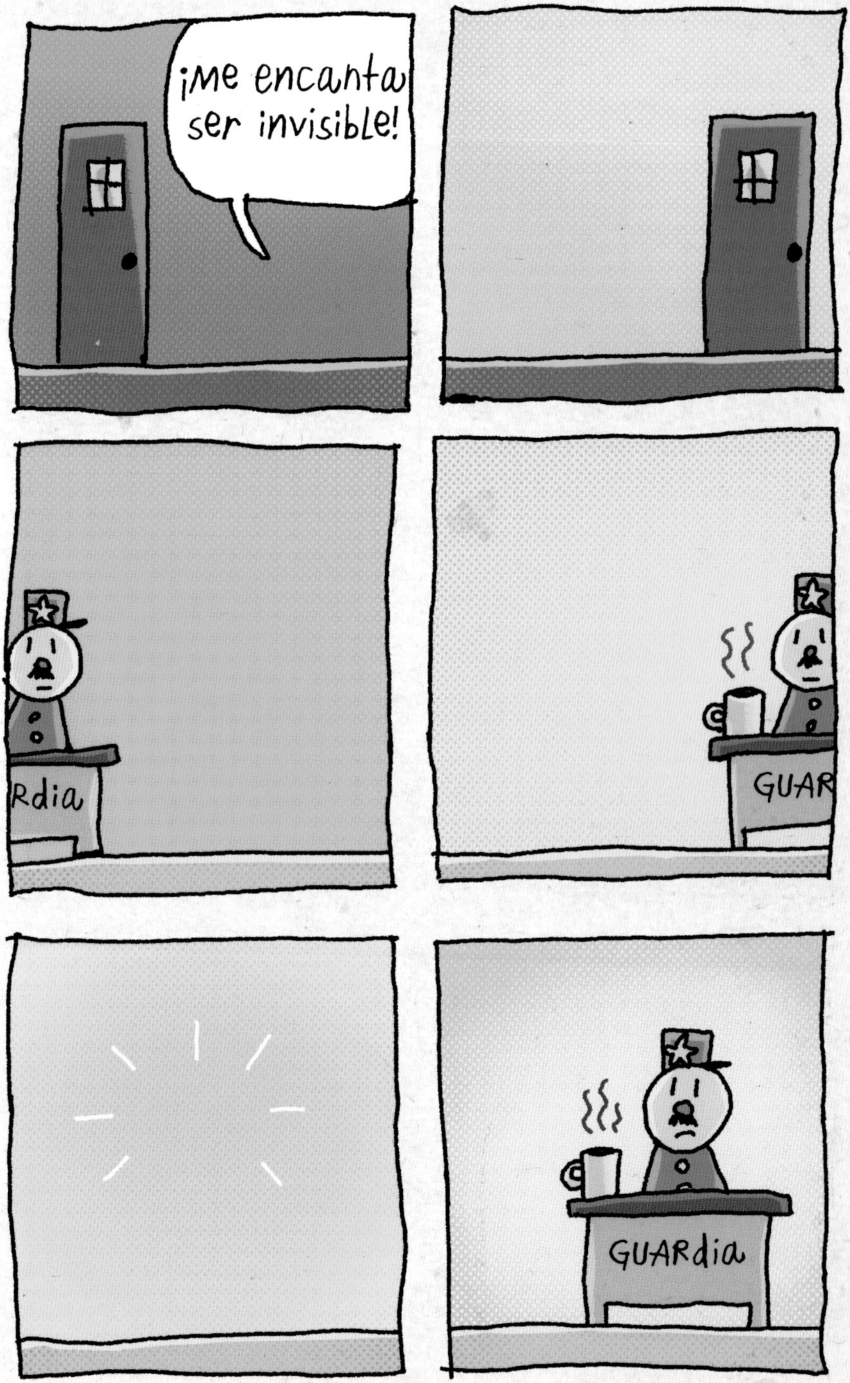

¡Me encanta ser invisible!
Rdia
GUAR
GUARdia

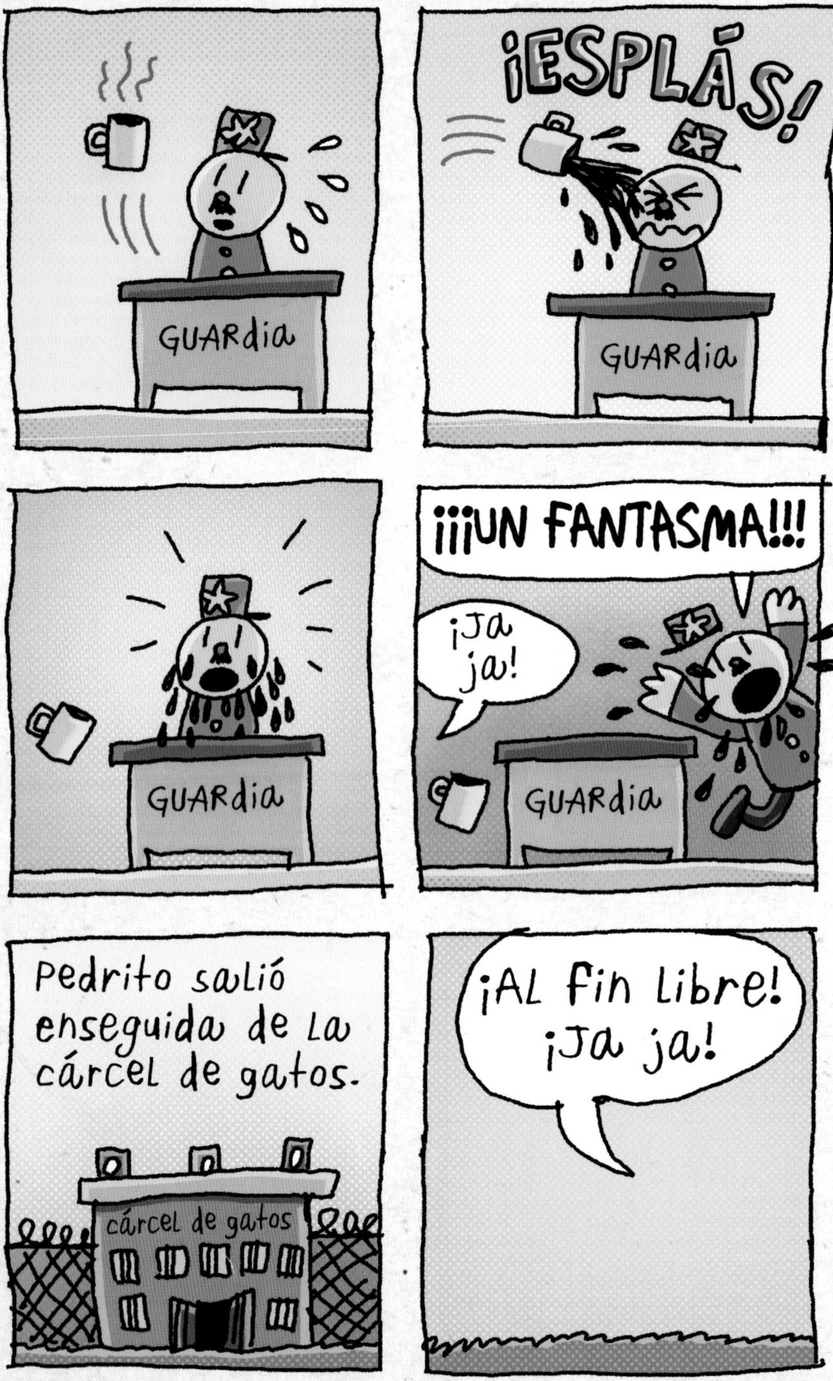
GUARDIA
¡ESPLÁS!
GUARDIA
GUARDIA
¡¡¡UN FANTASMA!!!
¡Ja ja!
GUARDIA
Pedrito salió enseguida de la cárcel de gatos.
cárcel de gatos
¡AL fin Libre! ¡Ja ja!

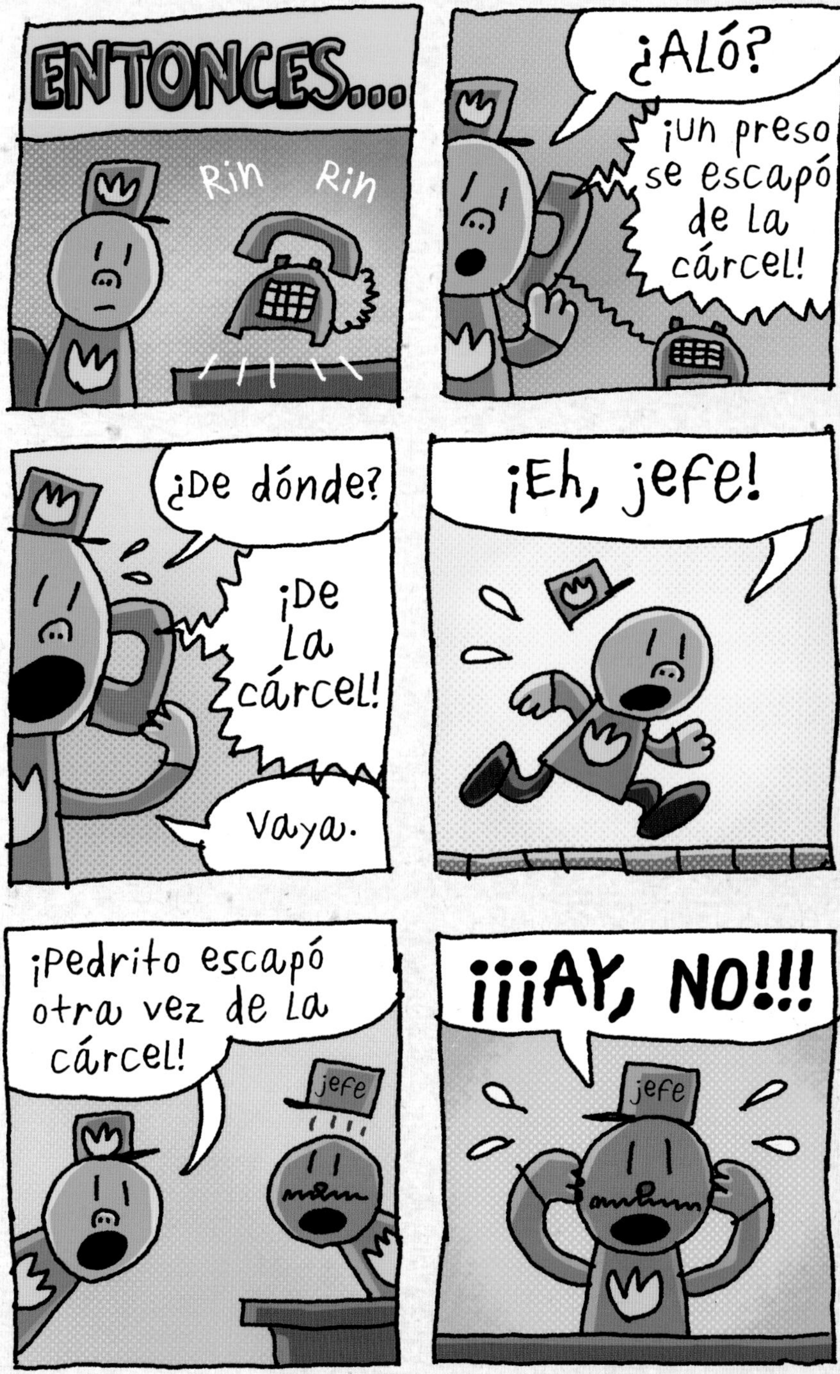
ENTONCES...
Rin Rin
¿ALÓ?
¡Un preso se escapó de la cárcel!
¿De dónde?
¡De la cárcel!
Vaya.
¡Eh, jefe!
¡Pedrito escapó otra vez de la cárcel!
jefe
¡¡¡AY, NO!!!
jefe

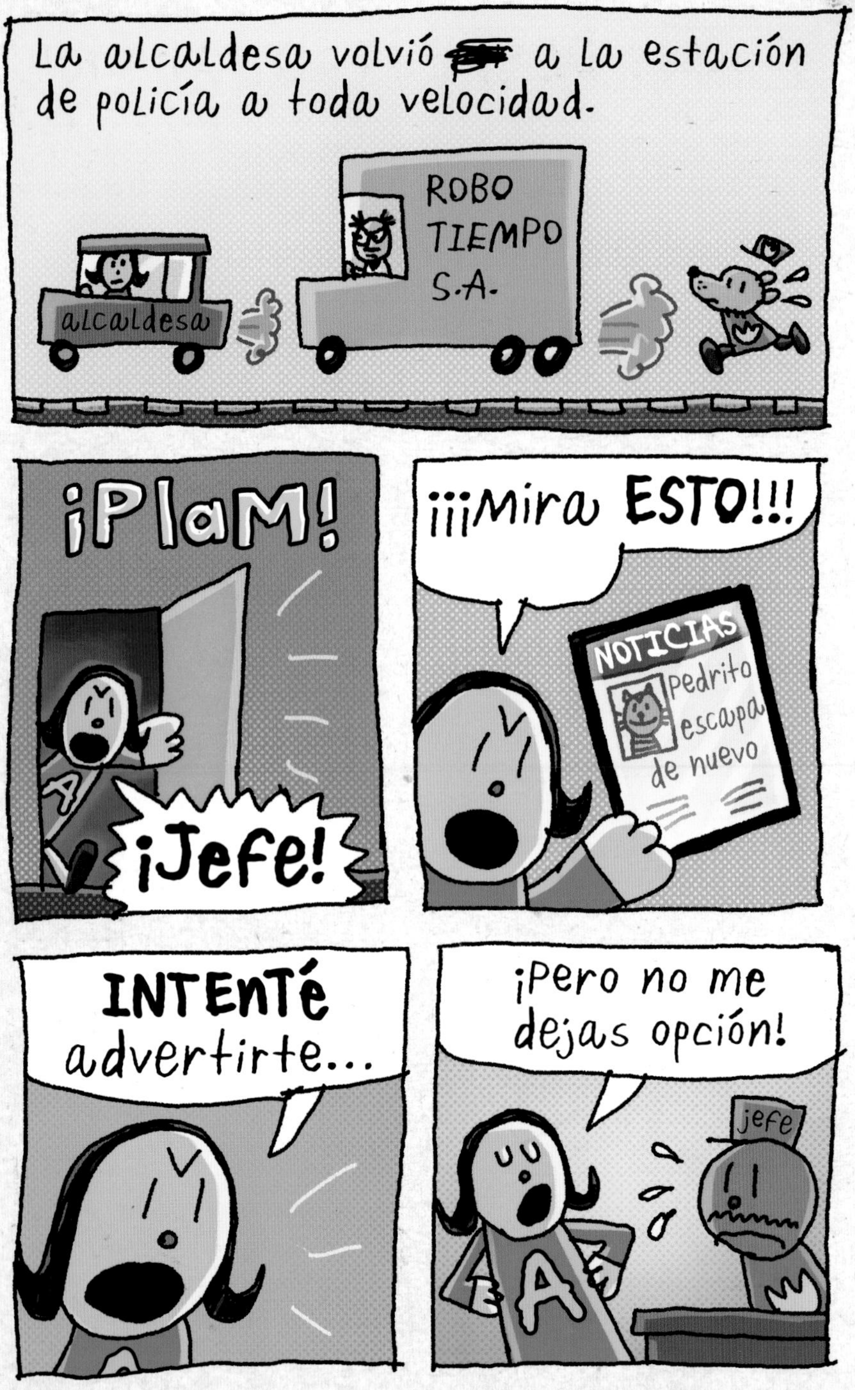
La alcaldesa volvió a la estación de policía a toda velocidad.
alcaldesa
ROBO TIEMPO S.A.
¡PlaM!
¡Jefe!
¡¡¡Mira ESTO!!!
NOTICIAS
pedrito escapa de nuevo
INTENTÉ advertirte...
¡Pero no me dejas opción!
jefe

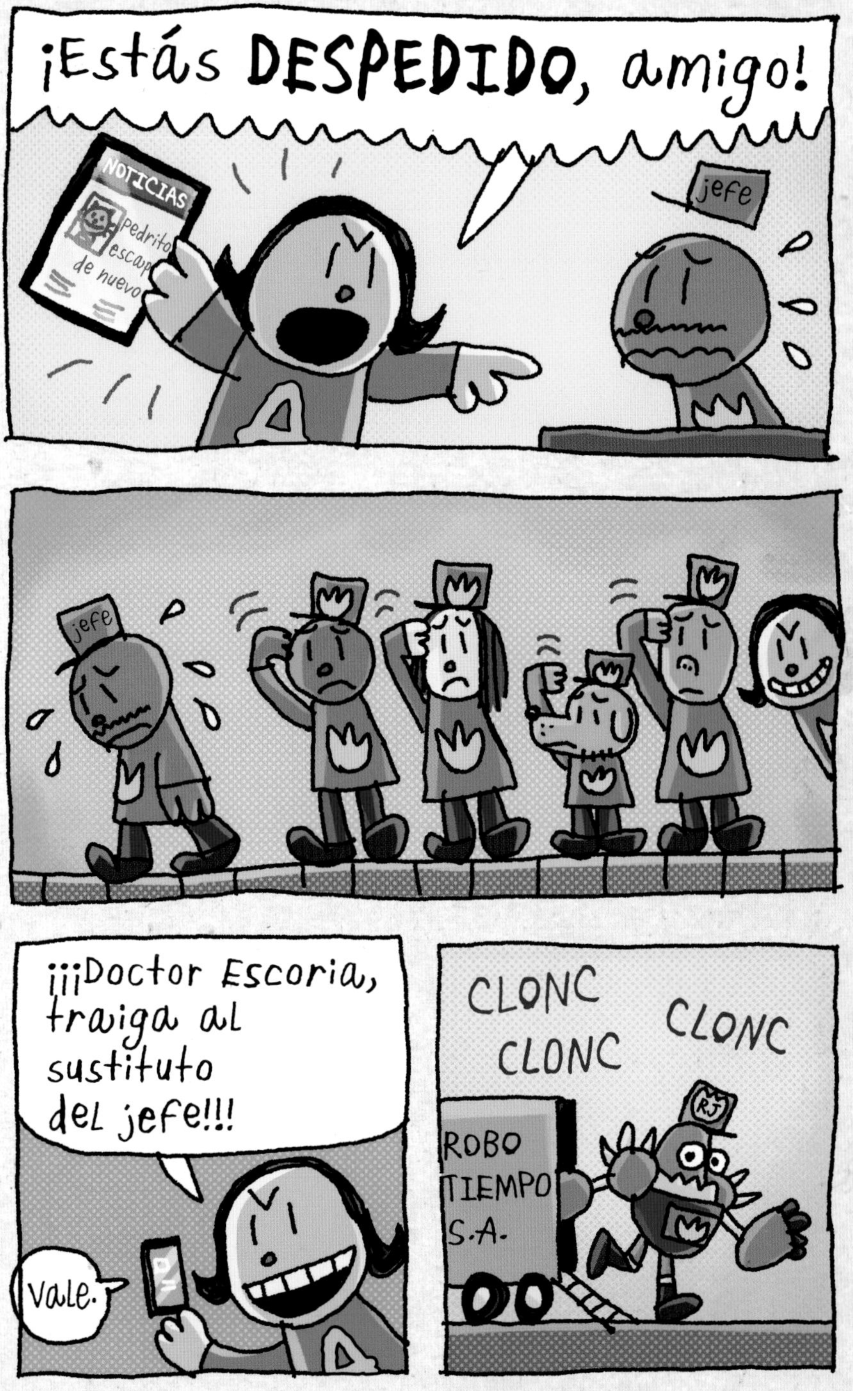
¡Estás **DESPEDIDO**, amigo!
NOTICIAS
Pedrito escapa de nuevo
jefe
jefe
¡¡¡Doctor Escoria, traiga al sustituto del jefe!!!
Vale.
CLONC
CLONC
CLONC
ROBO TIEMPO S.A.
RJ

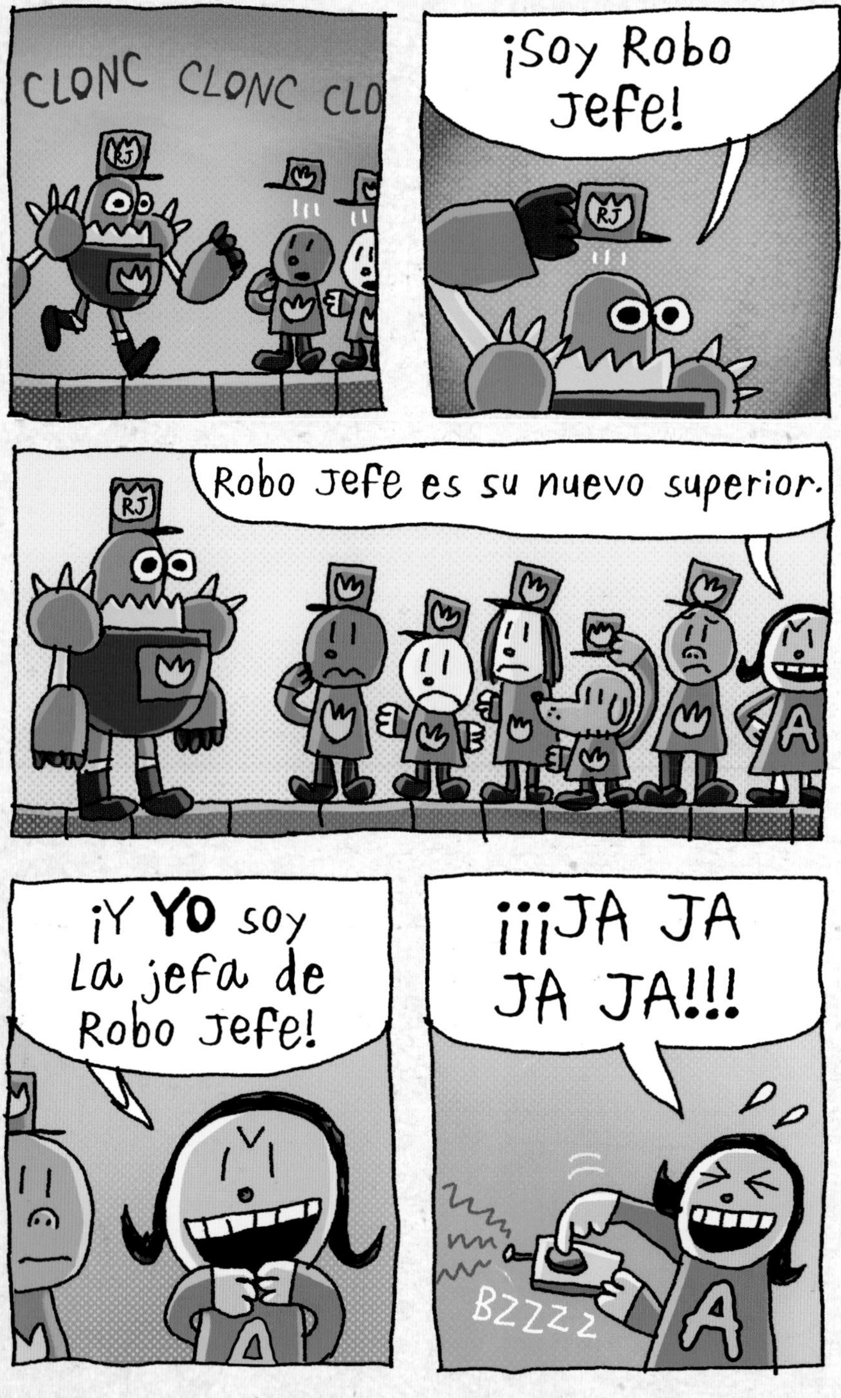
CLONC CLONC CLO
¡Soy Robo Jefe!
Robo Jefe es su nuevo superior.
¡Y **YO** soy la jefa de Robo Jefe!
¡¡¡JA JA JA JA!!!
BZZZZ

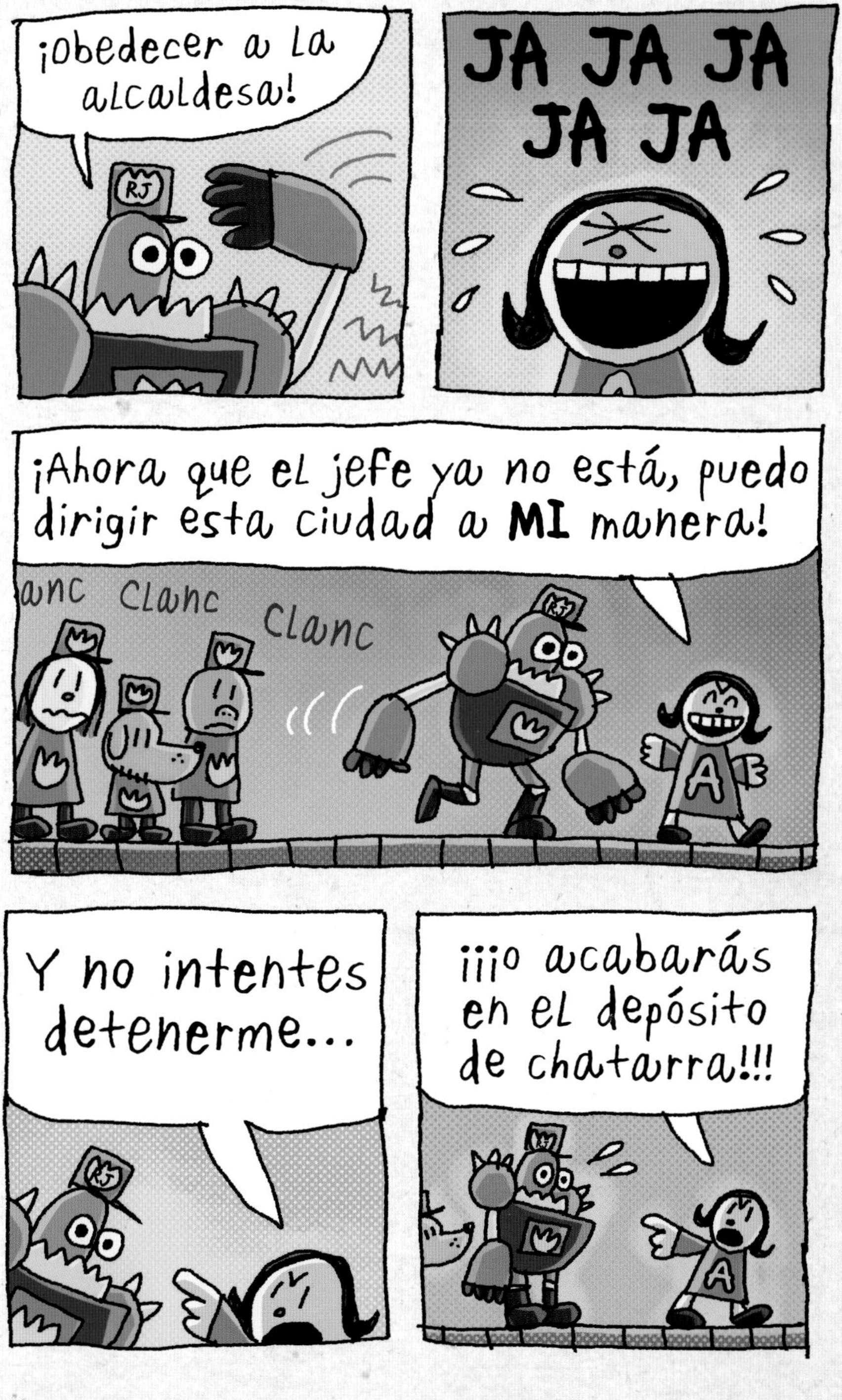
¡Obedecer a la alcaldesa!
JA JA JA JA JA
¡Ahora que el jefe ya no está, puedo dirigir esta ciudad a MI manera!
anc clanc clanc
Y no intentes detenerme...
¡¡¡O acabarás en el depósito de chatarra!!!

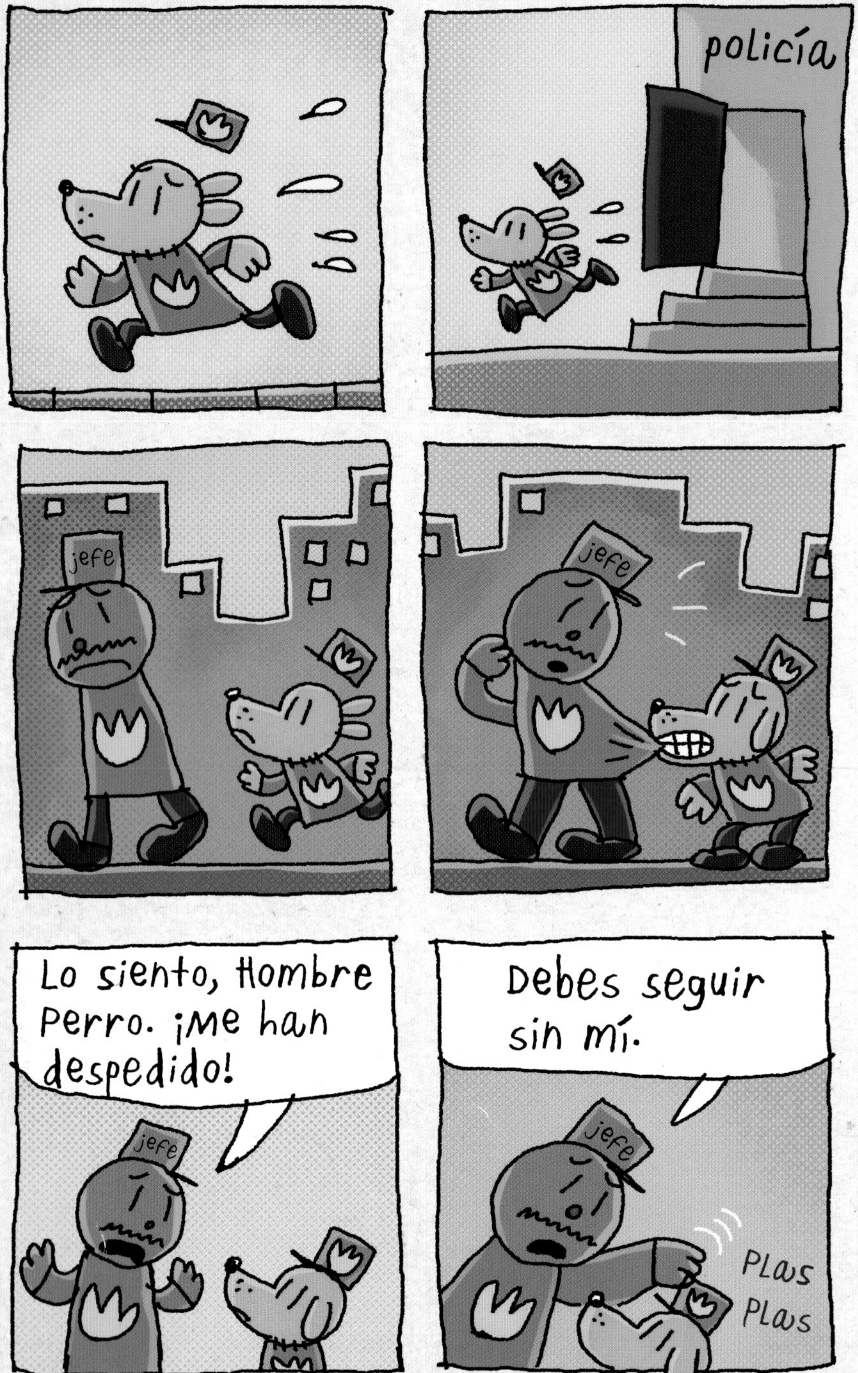
policía
jefe
jefe
Lo siento, Hombre Perro. ¡Me han despedido!
jefe
Debes seguir sin mí.
jefe
Plas
Plas

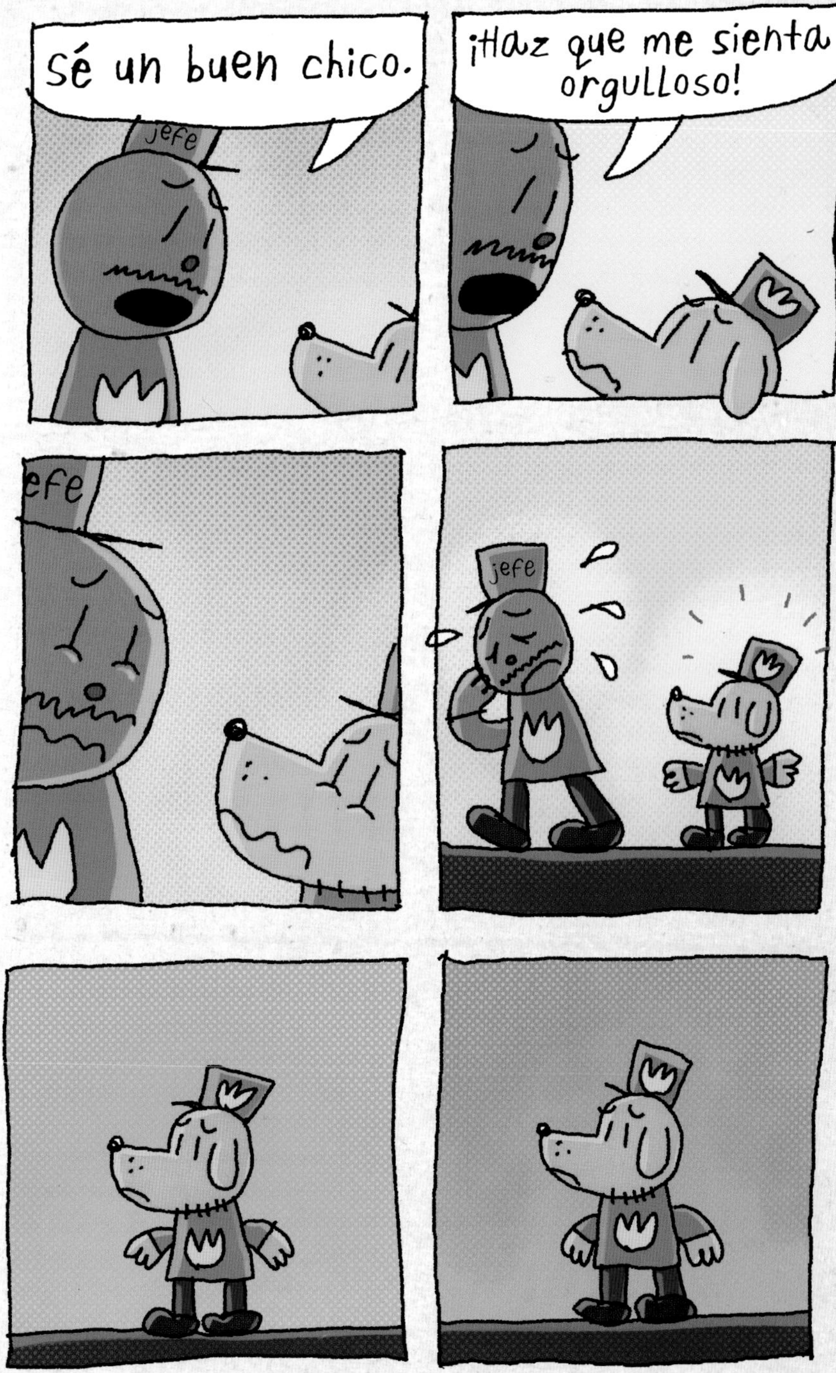
Sé un buen chico.
¡Haz que me sienta orgulloso!
jefe
jefe
jefe
jefe

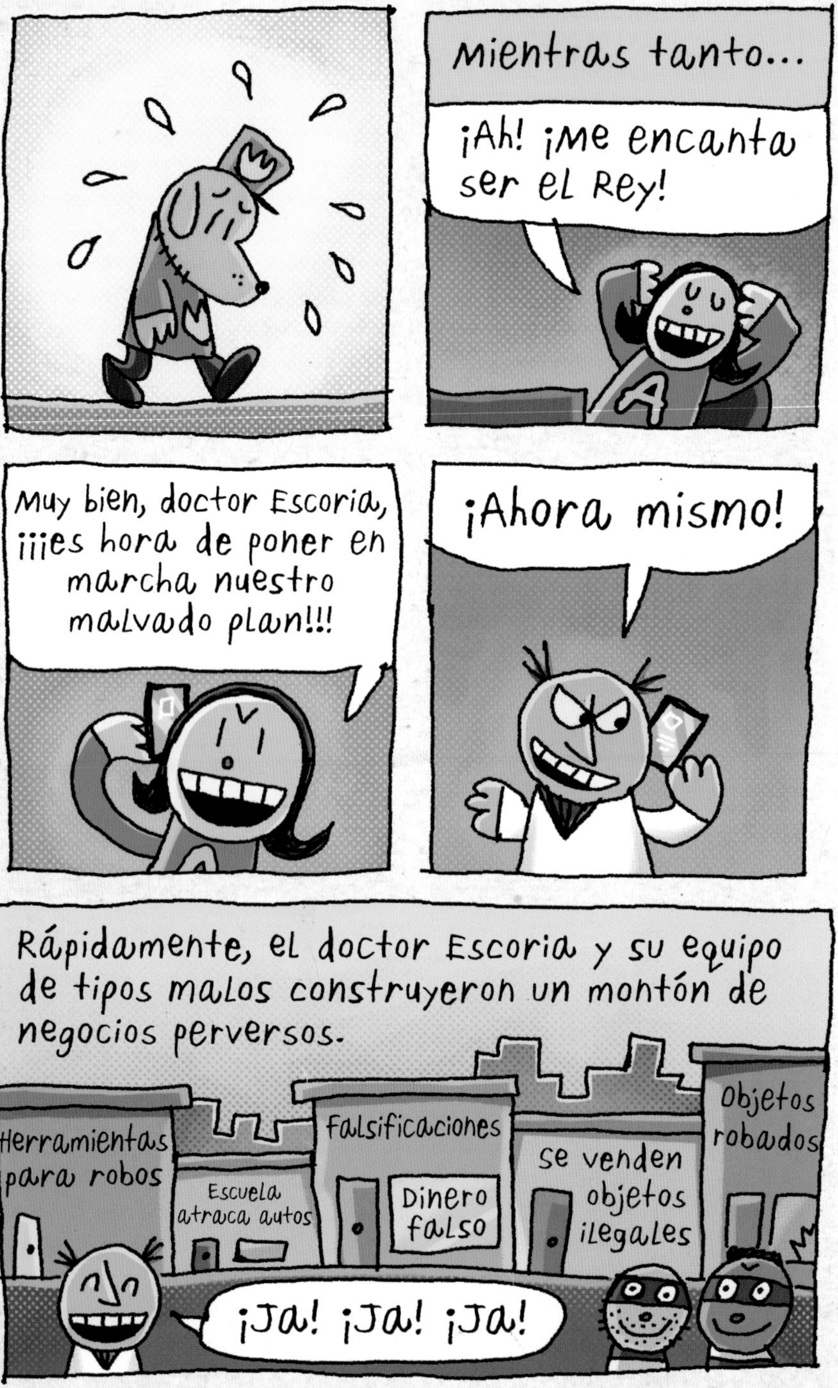
Mientras tanto...
¡Ah! ¡Me encanta ser el Rey!
Muy bien, doctor Escoria, ¡¡¡es hora de poner en marcha nuestro malvado plan!!!
¡Ahora mismo!
Rápidamente, el doctor Escoria y su equipo de tipos malos construyeron un montón de negocios perversos.
Herramientas para robos
Escuela atraca autos
Falsificaciones
Dinero falso
Se venden objetos ilegales
Objetos robados
¡Ja! ¡Ja! ¡Ja!

Y a los policías se les ordenó que no se acercaran.

¡¡¡No se acerquen a los nuevos comercios de la alcaldesa o serán despedidos!!!

Era el crimen perfecto...

¡JA!
¡JA!
¡JA!

¡Salvo por una cosa!

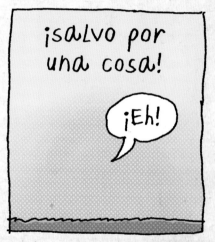

¡Eh!

¡Mira todos esos comercios perversos!

EL palacio de los Hackers

SÚPER TIMO

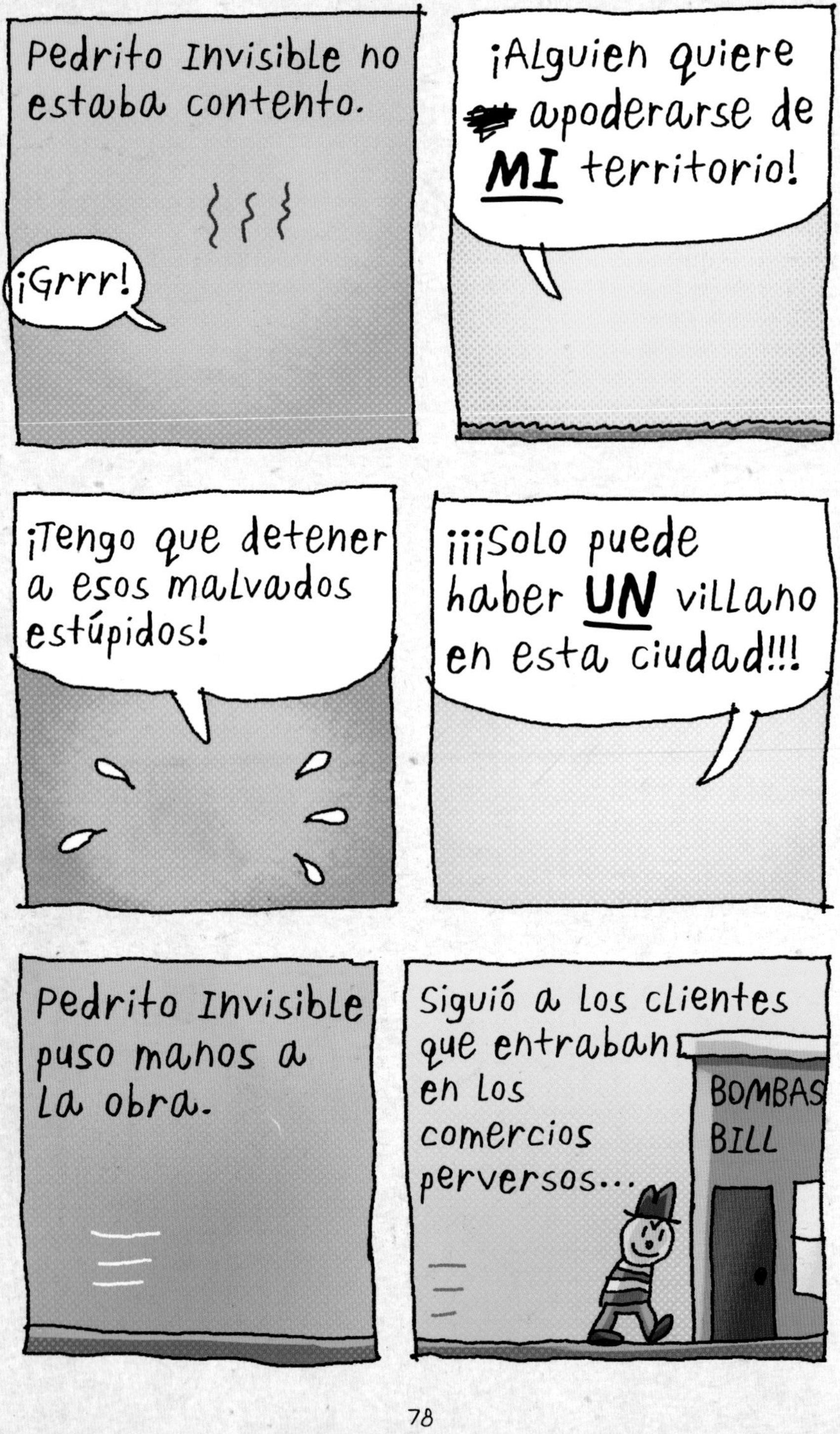
Pedrito Invisible no estaba contento.
¡Grrr!
¡Alguien quiere apoderarse de MI territorio!
¡Tengo que detener a esos malvados estúpidos!
¡¡¡Solo puede haber UN villano en esta ciudad!!!
Pedrito Invisible puso manos a la obra.
Siguió a los clientes que entraban en los comercios perversos…
BOMBAS BILL

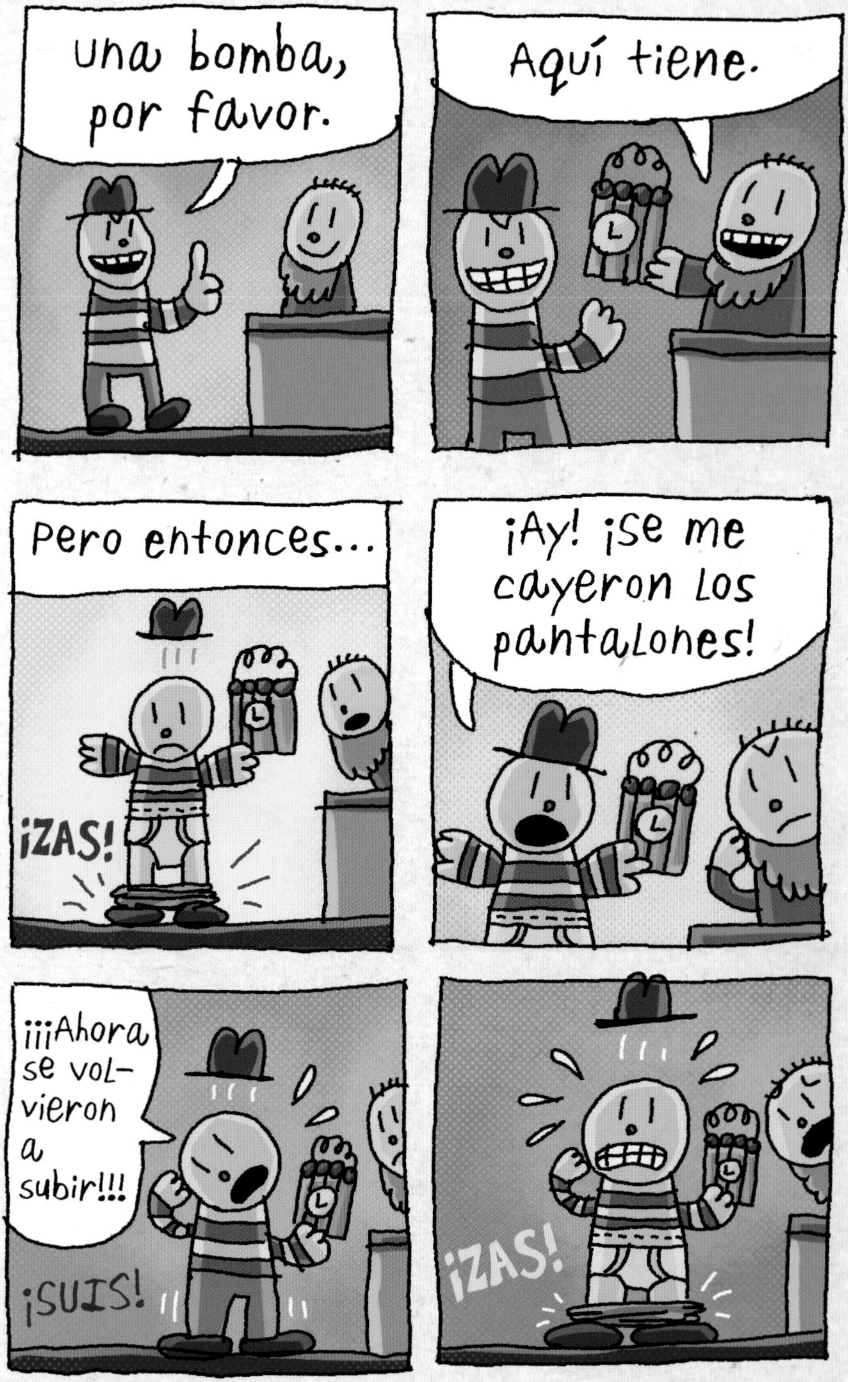
Una bomba, por favor.
Aquí tiene.
Pero entonces...
¡ZAS!
¡Ay! ¡Se me cayeron los pantalones!
¡¡¡Ahora se vol-vieron a subir!!!
¡SUIS!
¡ZAS!

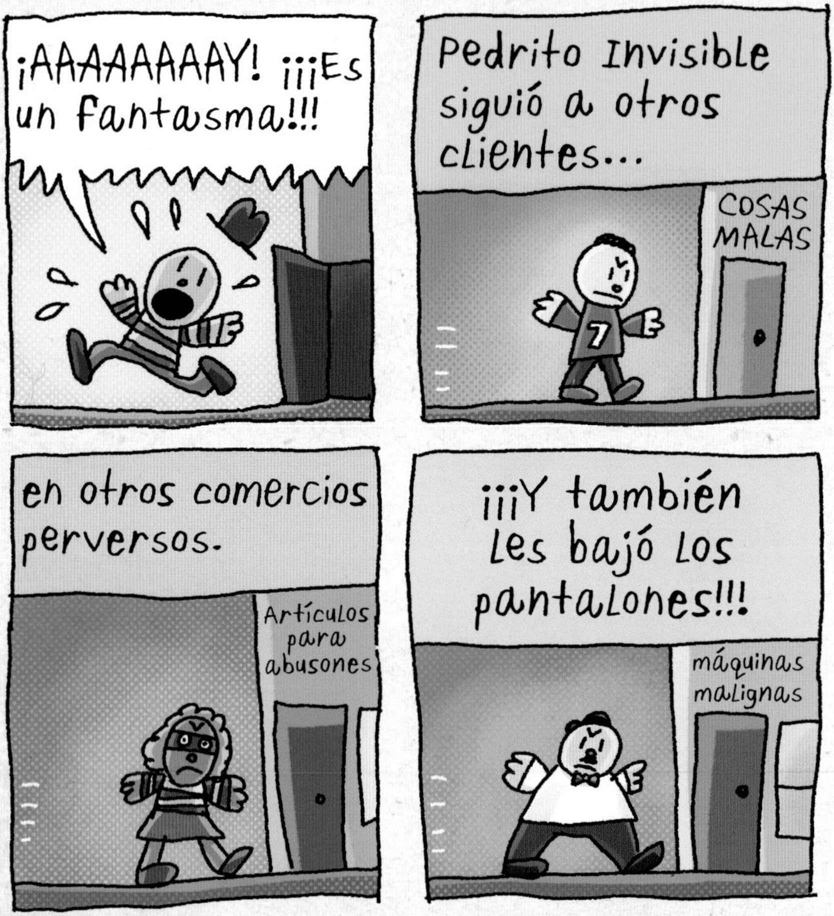
¡AAAAAAAAY! ¡¡¡Es un fantasma!!!
Pedrito Invisible siguió a otros clientes...
COSAS MALAS
en otros comercios perversos.
Artículos para abusones
¡¡¡Y también les bajó los pantalones!!!
máquinas malignas

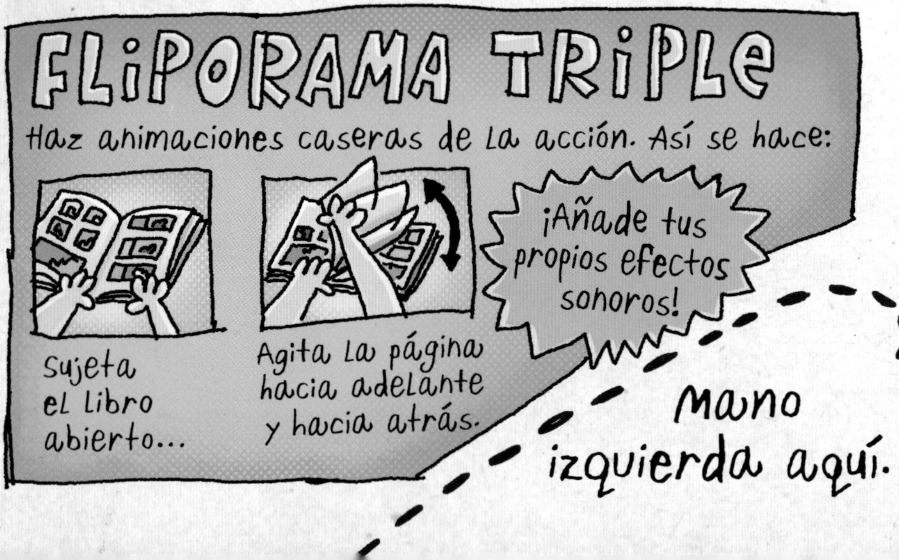
FLIPORAMA TRIPLE
Haz animaciones caseras de la acción. Así se hace:
Sujeta el libro abierto...
Agita la página hacia adelante y hacia atrás.
¡Añade tus propios efectos sonoros!
Mano izquierda aquí.

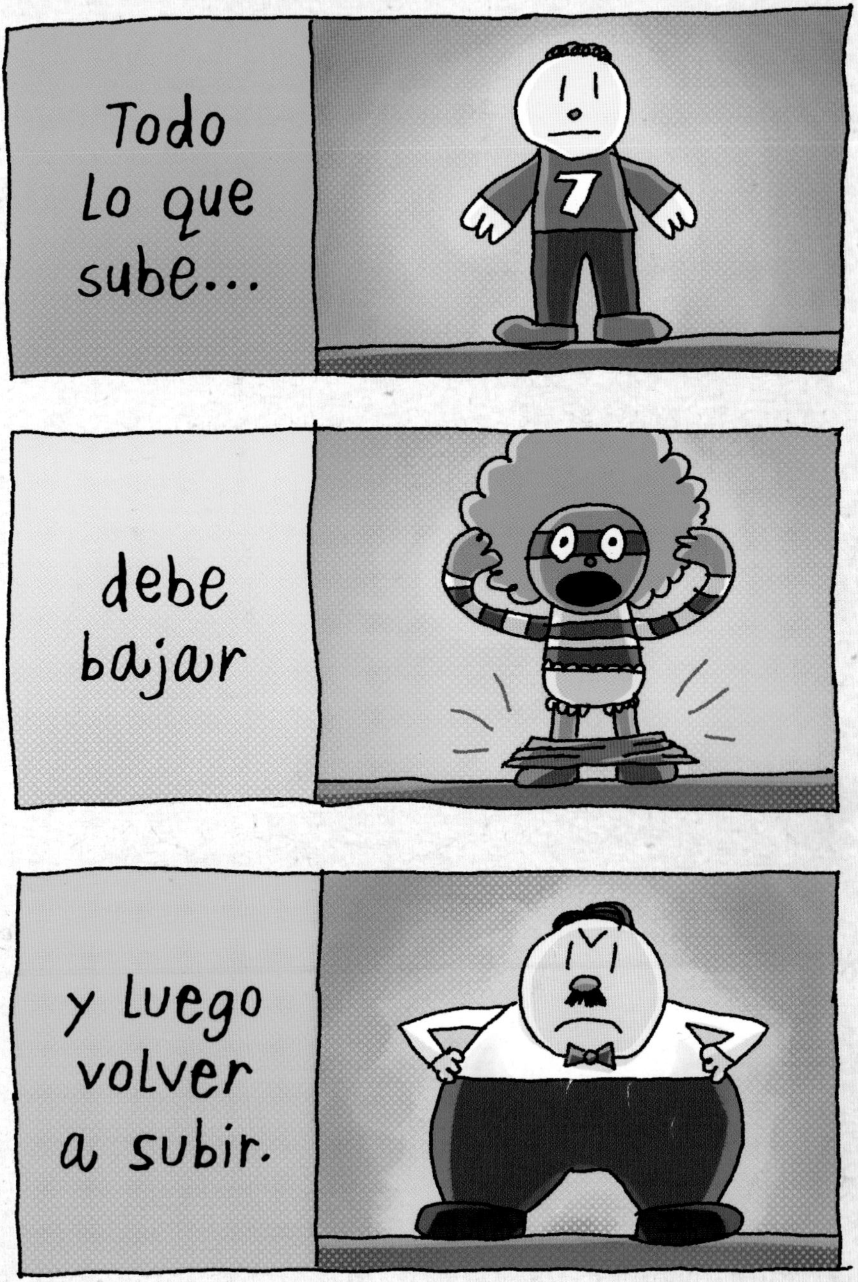
Todo lo que sube...
debe bajar
y luego volver a subir.

Pulgar derecho aquí.

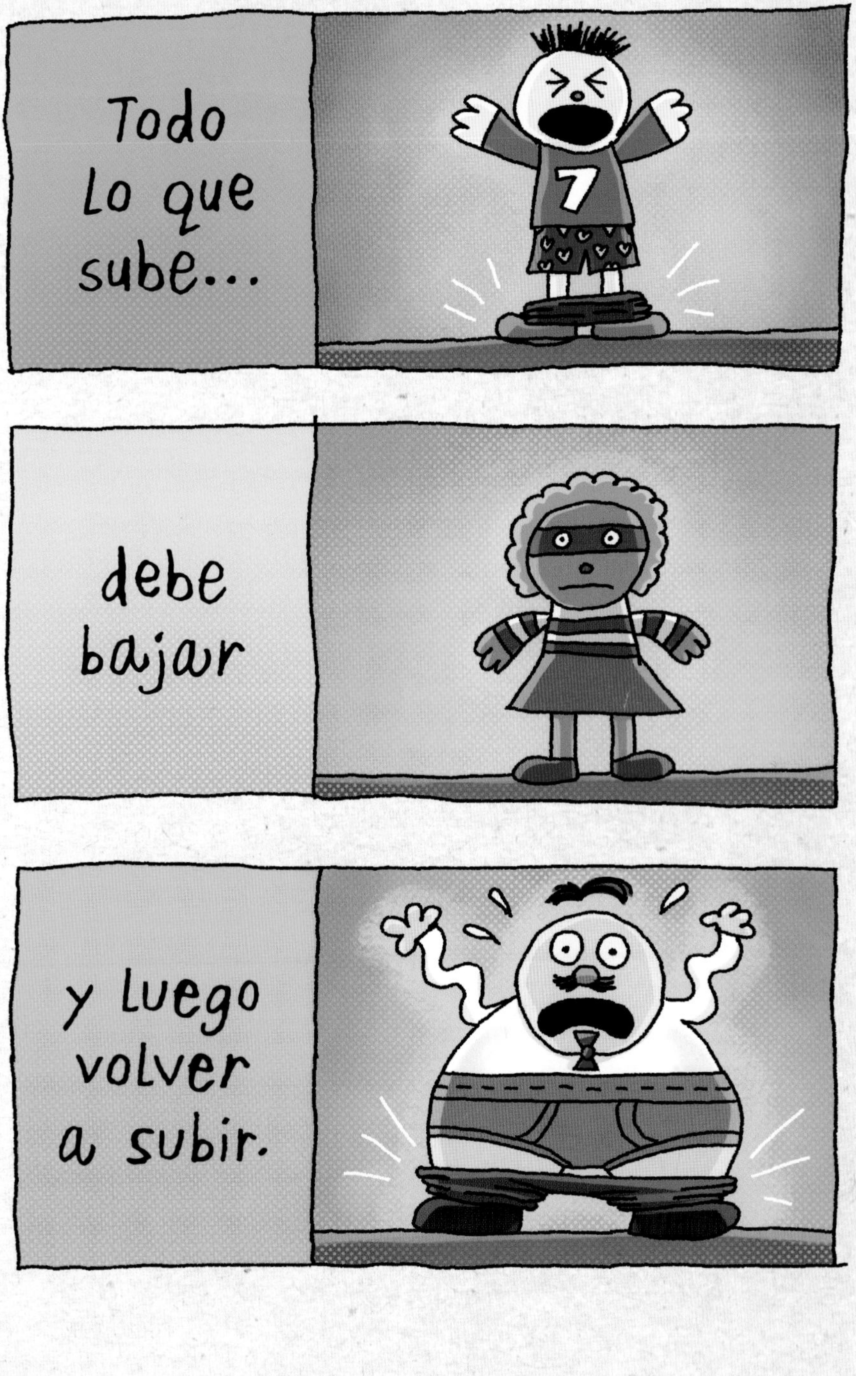
Todo lo que sube...
7
debe bajar
y luego volver a subir.

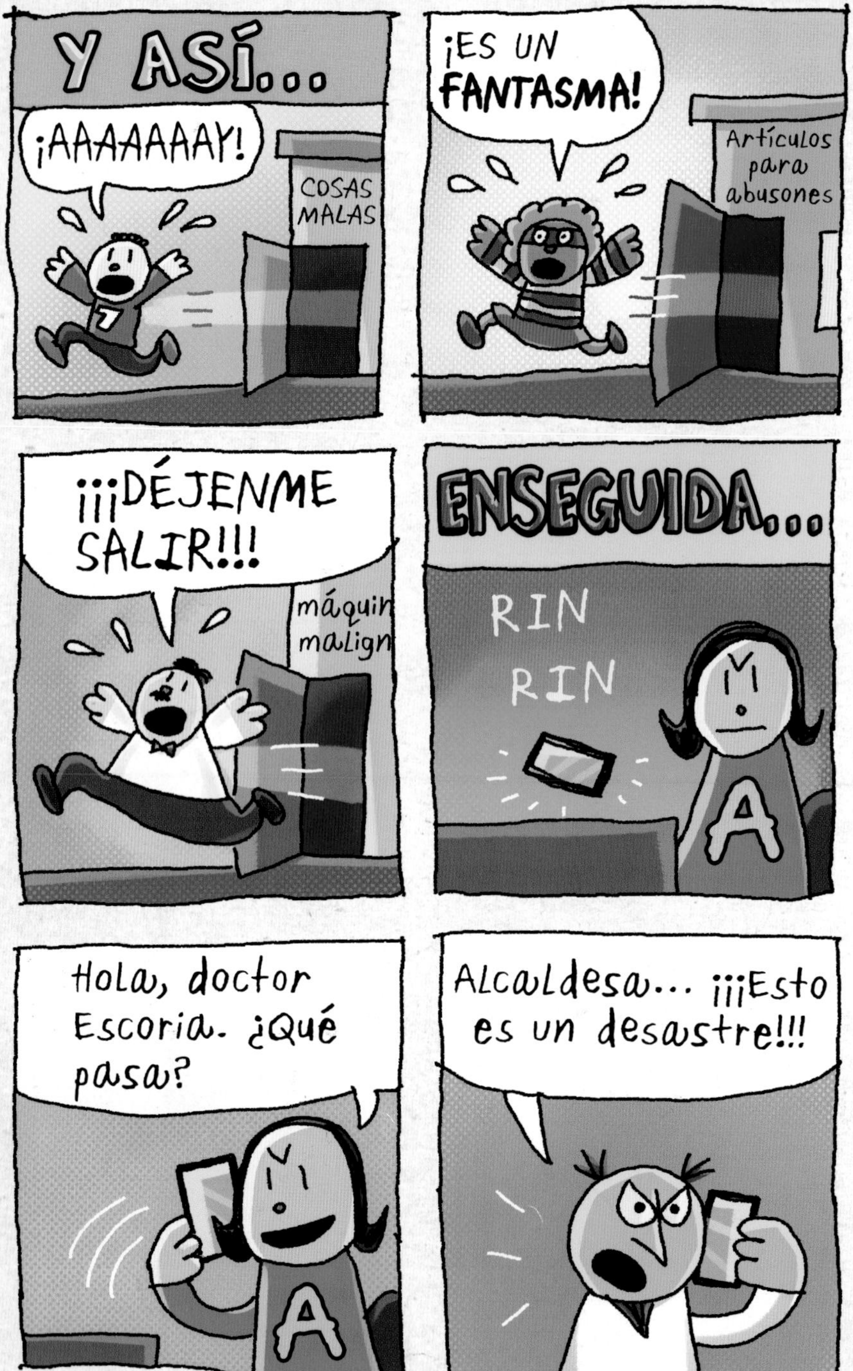
Y ASÍ...
¡AAAAAAAY!
COSAS MALAS
¡ES UN FANTASMA!
Artículos para abusones
¡¡¡DÉJENME SALIR!!!
máquin malign
ENSEGUIDA...
RIN RIN
Hola, doctor Escoria. ¿Qué pasa?
Alcaldesa... ¡¡¡Esto es un desastre!!!

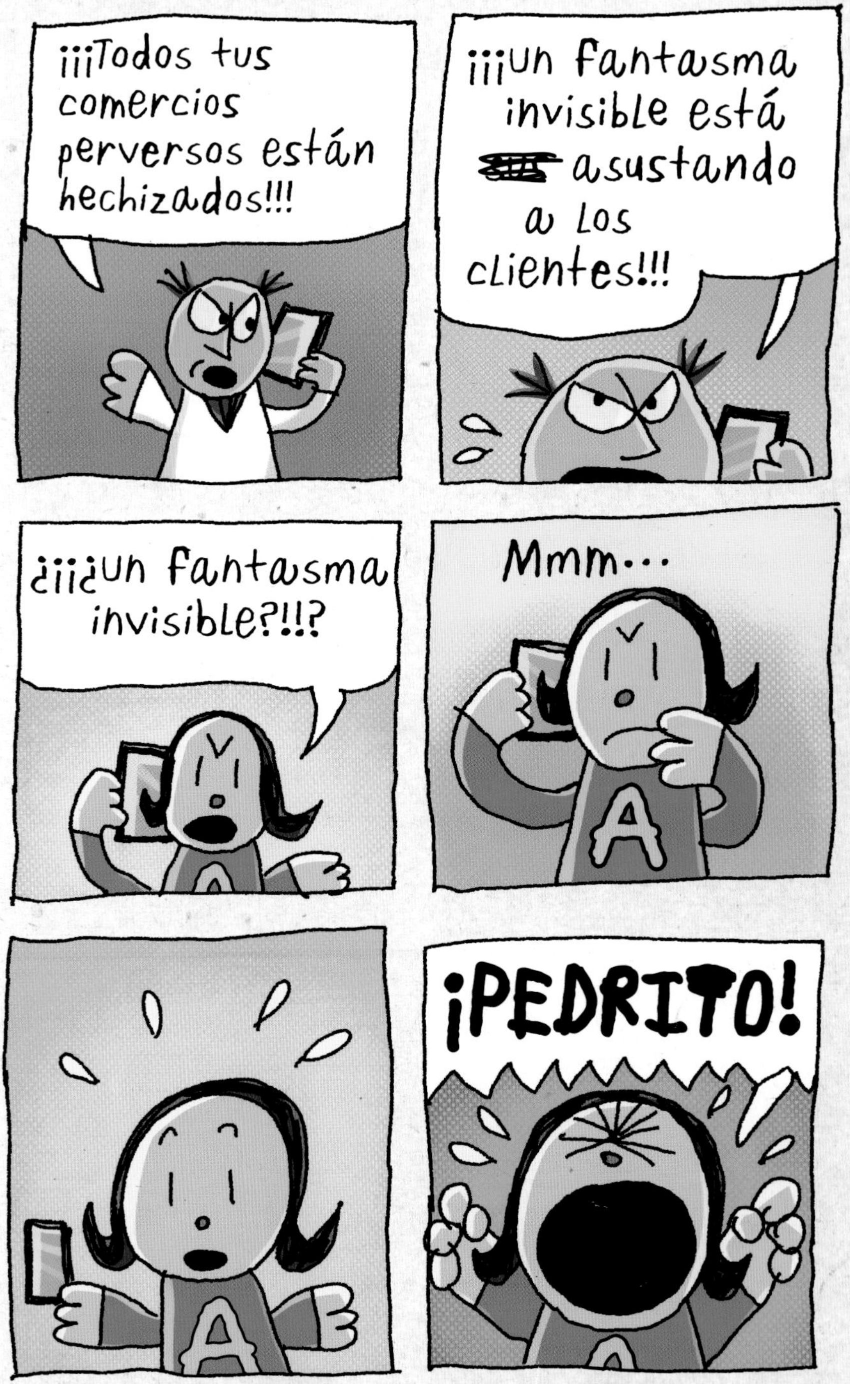
¡¡¡Todos tus comercios perversos están hechizados!!!
¡¡¡Un fantasma invisible está asustando a los clientes!!!
¿¡¡¿Un fantasma invisible?!!?
Mmm...
¡PEDRITO!

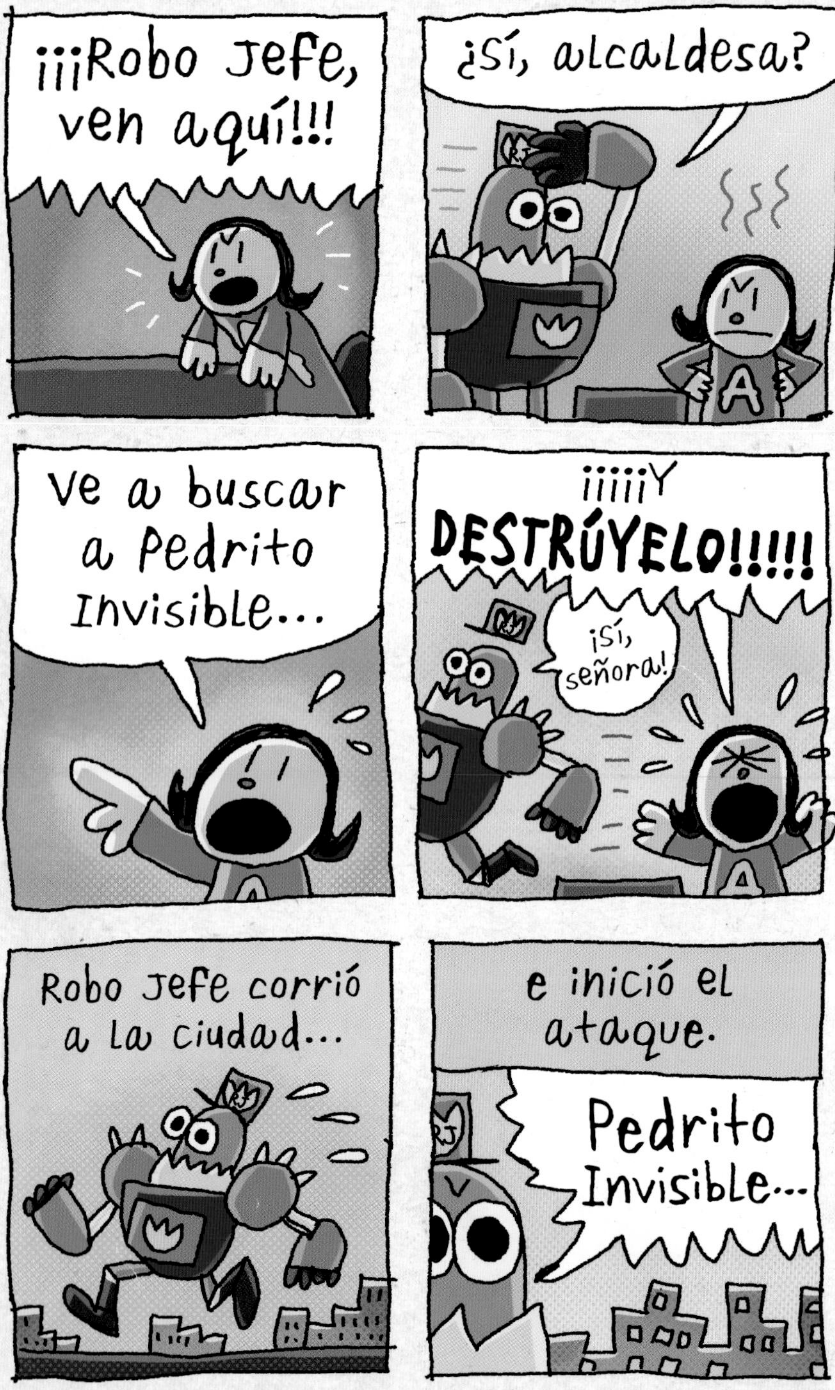
¡¡¡Robo Jefe, ven aquí!!!
¿Sí, alcaldesa?
Ve a buscar a Pedrito Invisible...
¡¡¡¡¡Y DESTRÚYELO!!!!!
¡Sí, señora!
Robo Jefe corrió a la ciudad...
e inició el ataque.
Pedrito Invisible...

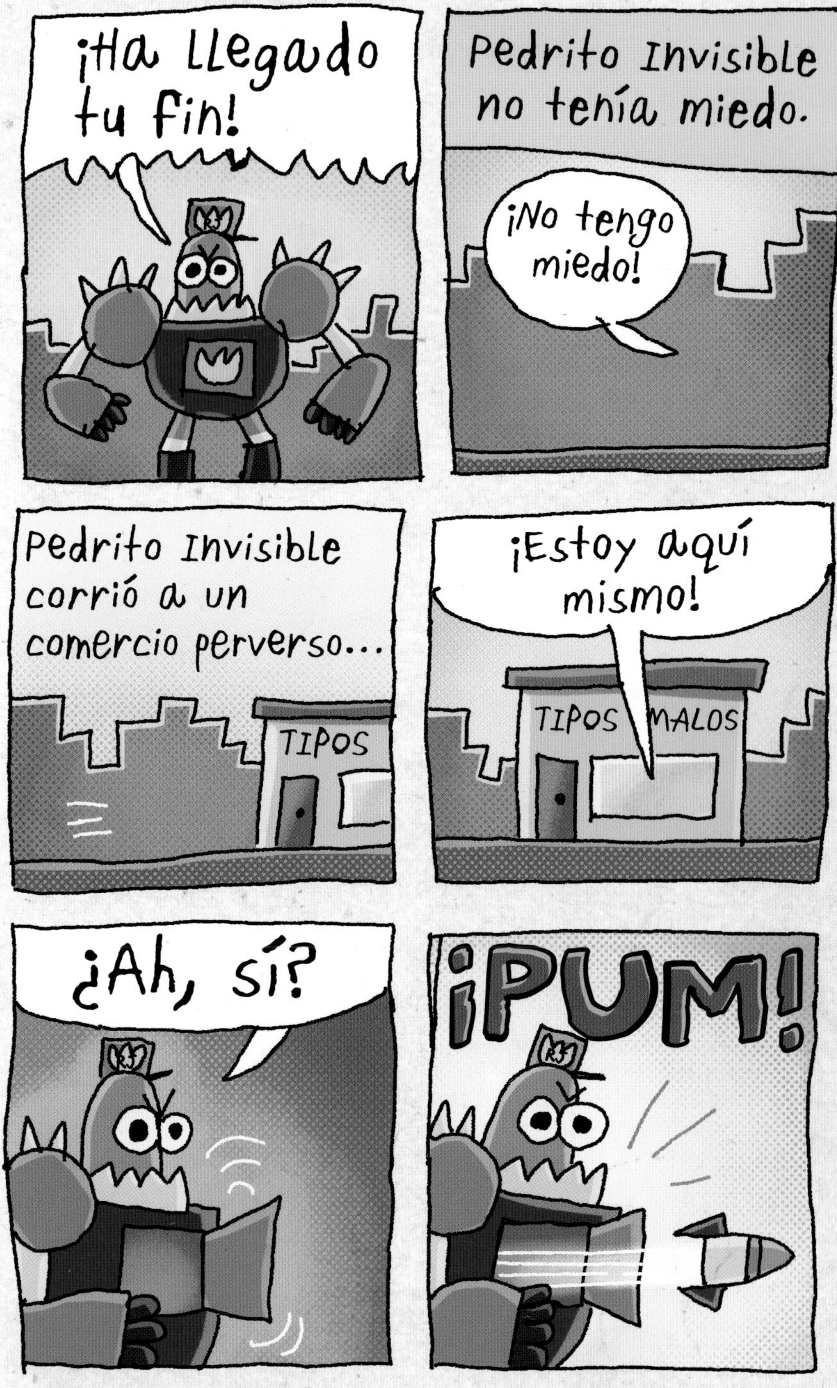
¡Ha llegado tu fin!
Pedrito Invisible no tenía miedo.
¡No tengo miedo!
Pedrito Invisible corrió a un comercio perverso...
TIPOS
¡Estoy aquí mismo!
TIPOS MALOS
¿Ah, sí?
¡PUM!

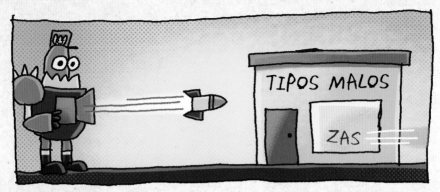

Pedrito Invisible ~~bobito~~ se escabulló justo a tiempo.

¡Yuju!

Corrió a otro comercio perverso...

¡Ja! ¡Ja!

Bicis malvadas

¡Eh, Robo tipo! ¡¡¡Ahora estoy aquí!!!

Bicis malvadas

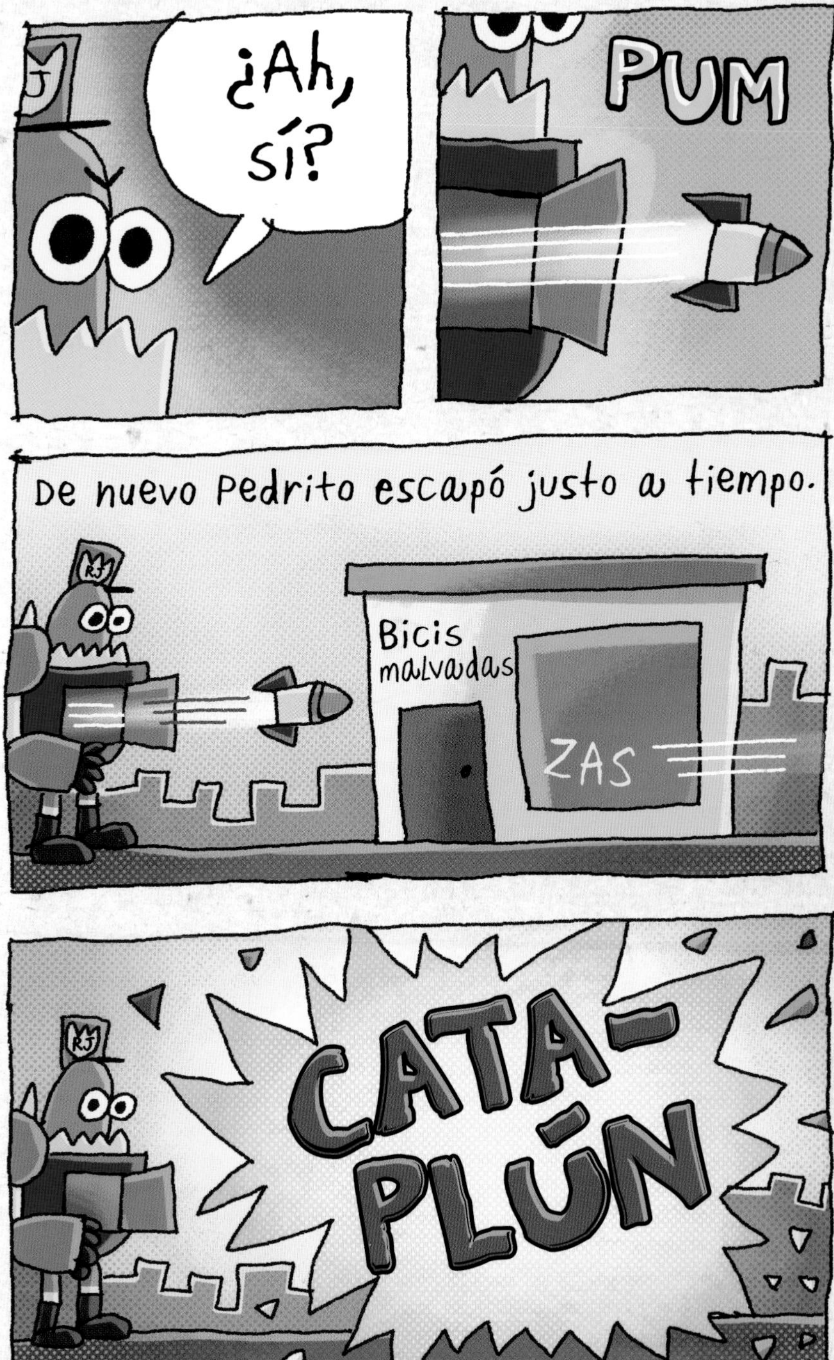
¿Ah, sí?
PUM
De nuevo Pedrito escapó justo a tiempo.
Bicis malvadas
ZAS
CATA-PLÚN

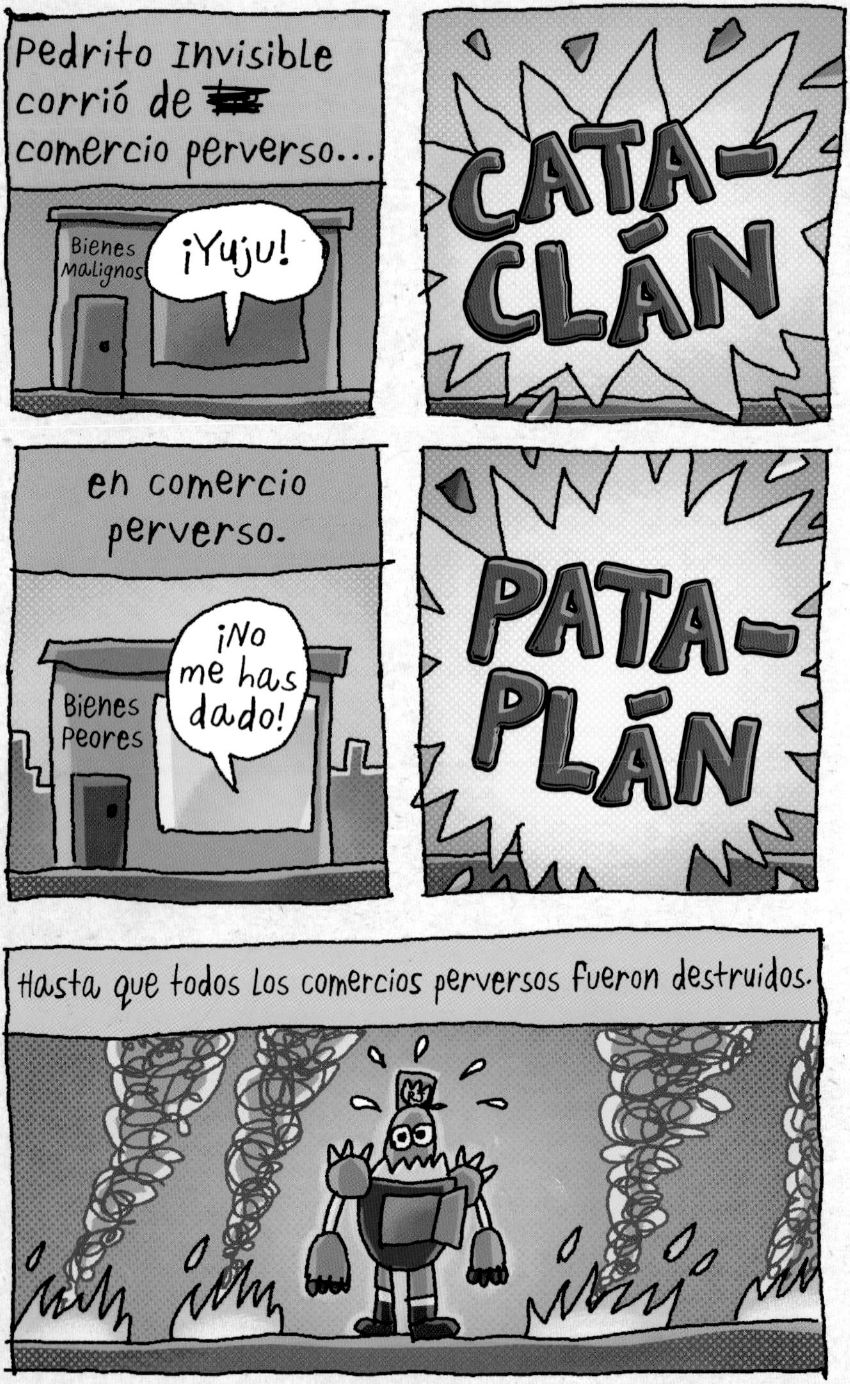
Pedrito Invisible corrió de [redacted] comercio perverso...
Bienes Malignos
¡Yuju!
CATA-CLÁN
en comercio perverso.
Bienes Peores
¡No me has dado!
PATA-PLÁN
Hasta que todos los comercios perversos fueron destruidos.

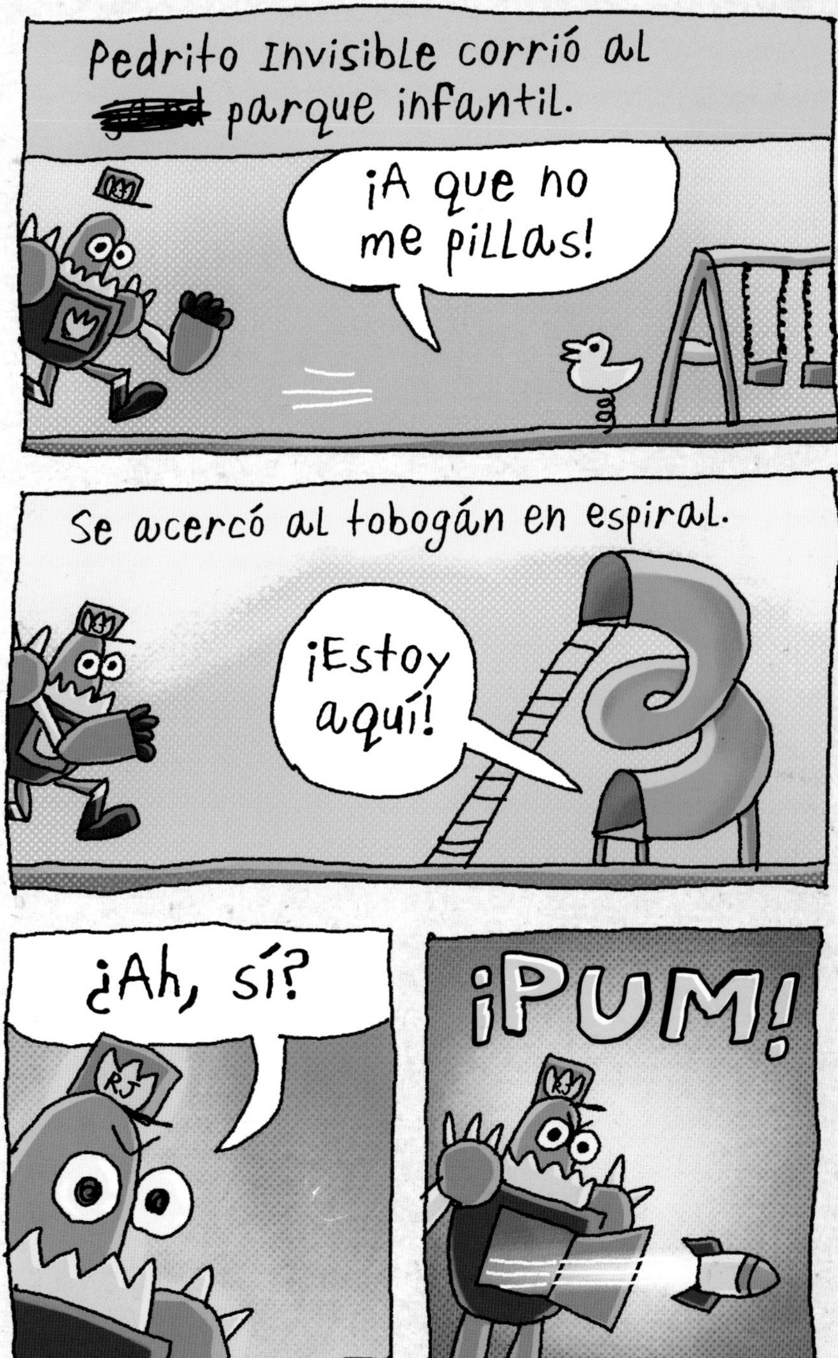
Pedrito Invisible corrió al parque infantil.
¡A que no me pillas!
Se acercó al tobogán en espiral.
¡Estoy aquí!
¿Ah, sí?
¡PUM!

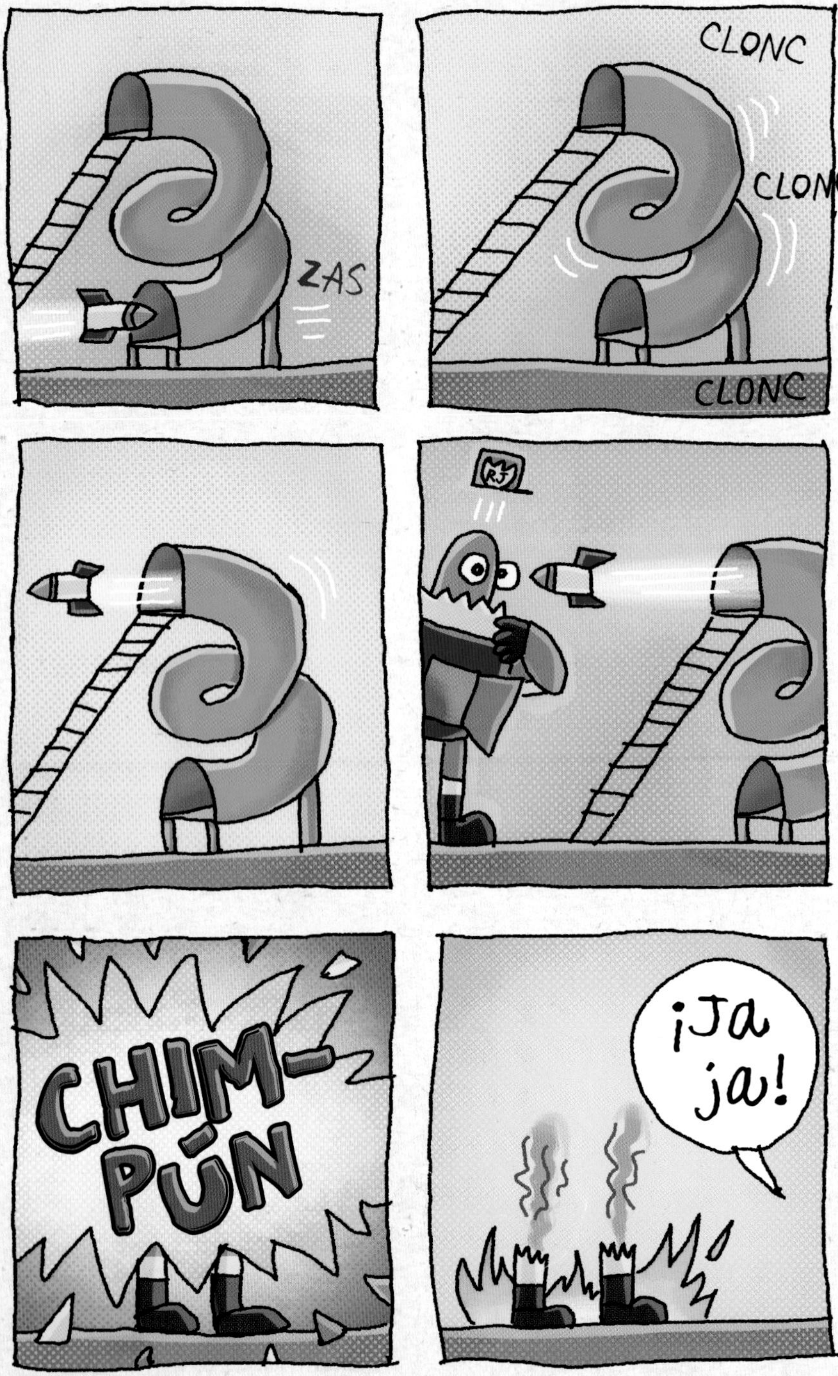
ZAS
CLONC
CLONC
CLONC
CHIM-PÚN
¡Ja ja!

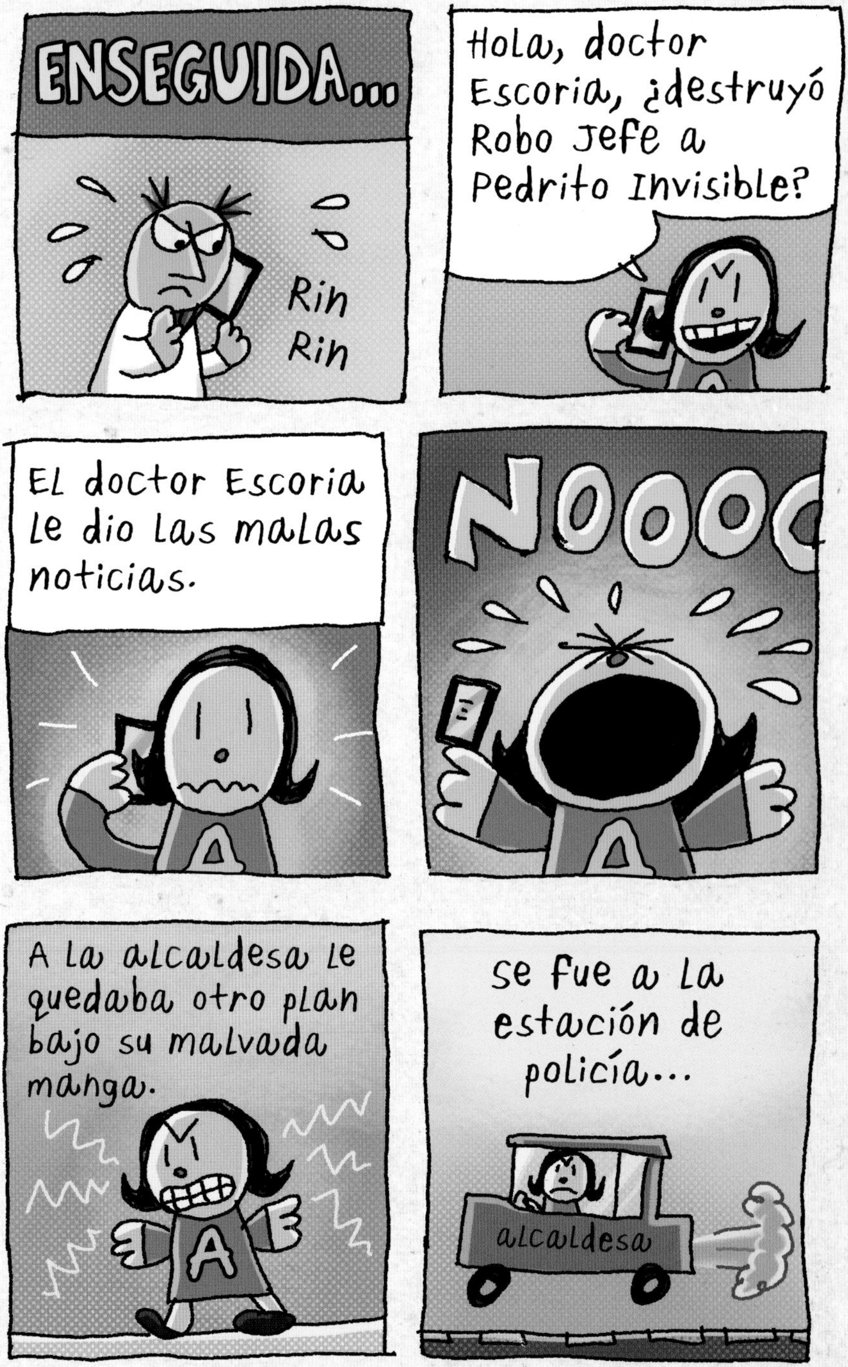

ENSEGUIDA...
Rin Rin
Hola, doctor Escoria, ¿destruyó Robo Jefe a Pedrito Invisible?
El doctor Escoria le dio las malas noticias.
NOOOO
A la alcaldesa le quedaba otro plan bajo su malvada manga.
se fue a la estación de policía...
alcaldesa

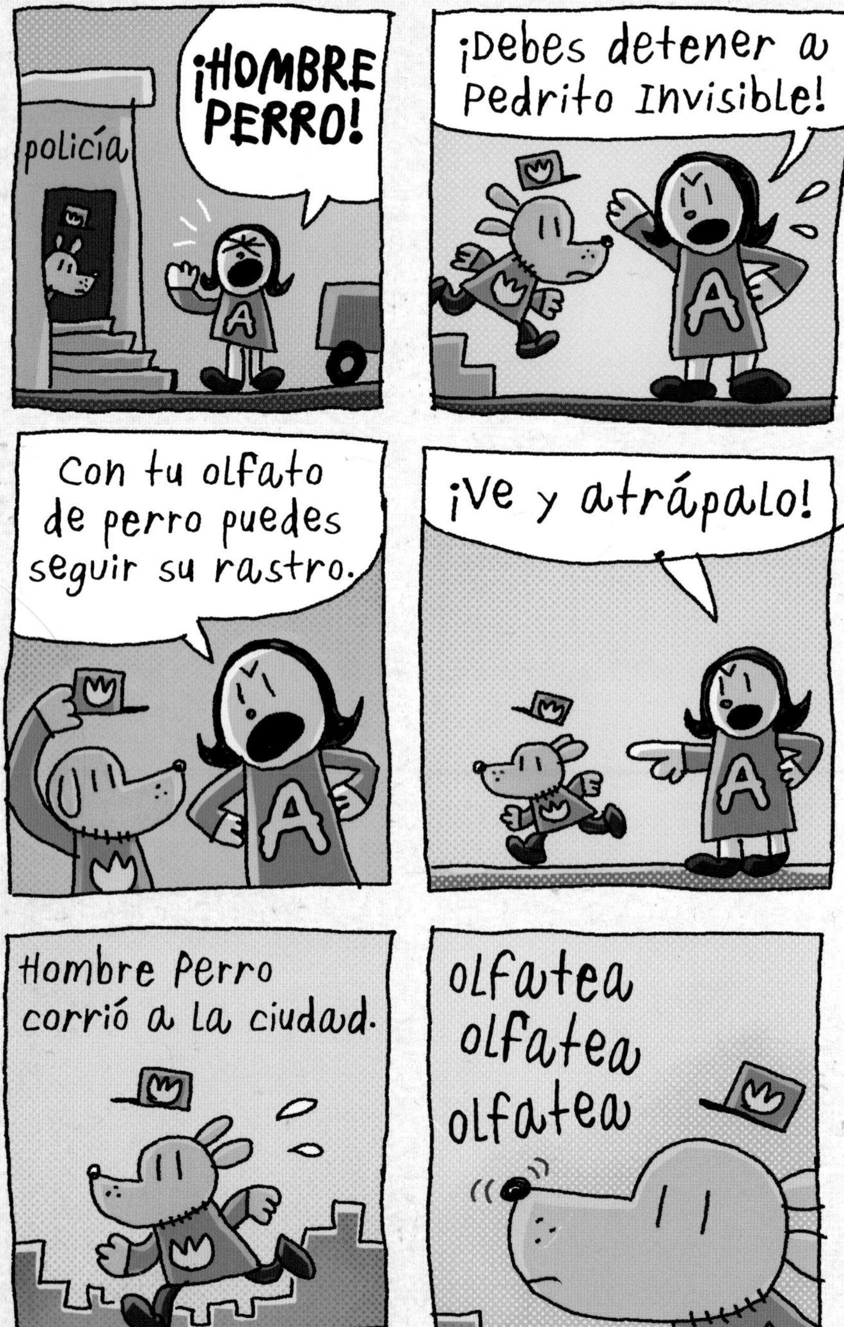
policía
¡HOMBRE PERRO!
¡Debes detener a Pedrito Invisible!
Con tu olfato de perro puedes seguir su rastro.
¡Ve y atrápalo!
Hombre Perro corrió a la ciudad.
olfatea
olfatea
olfatea

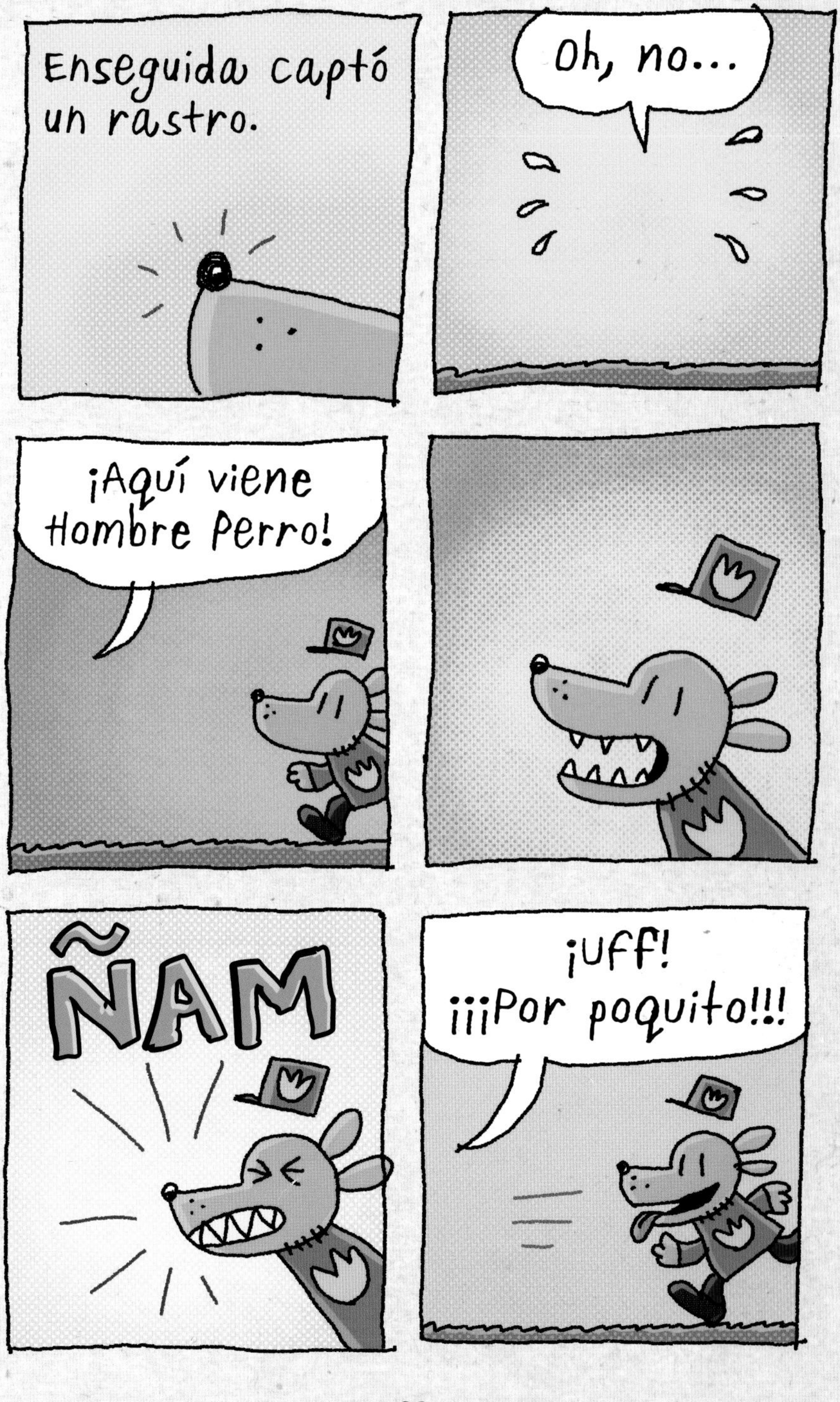
Enseguida captó un rastro.
Oh, no...
¡Aquí viene Hombre Perro!
ÑAM
¡Uff!
¡¡¡Por poquito!!!

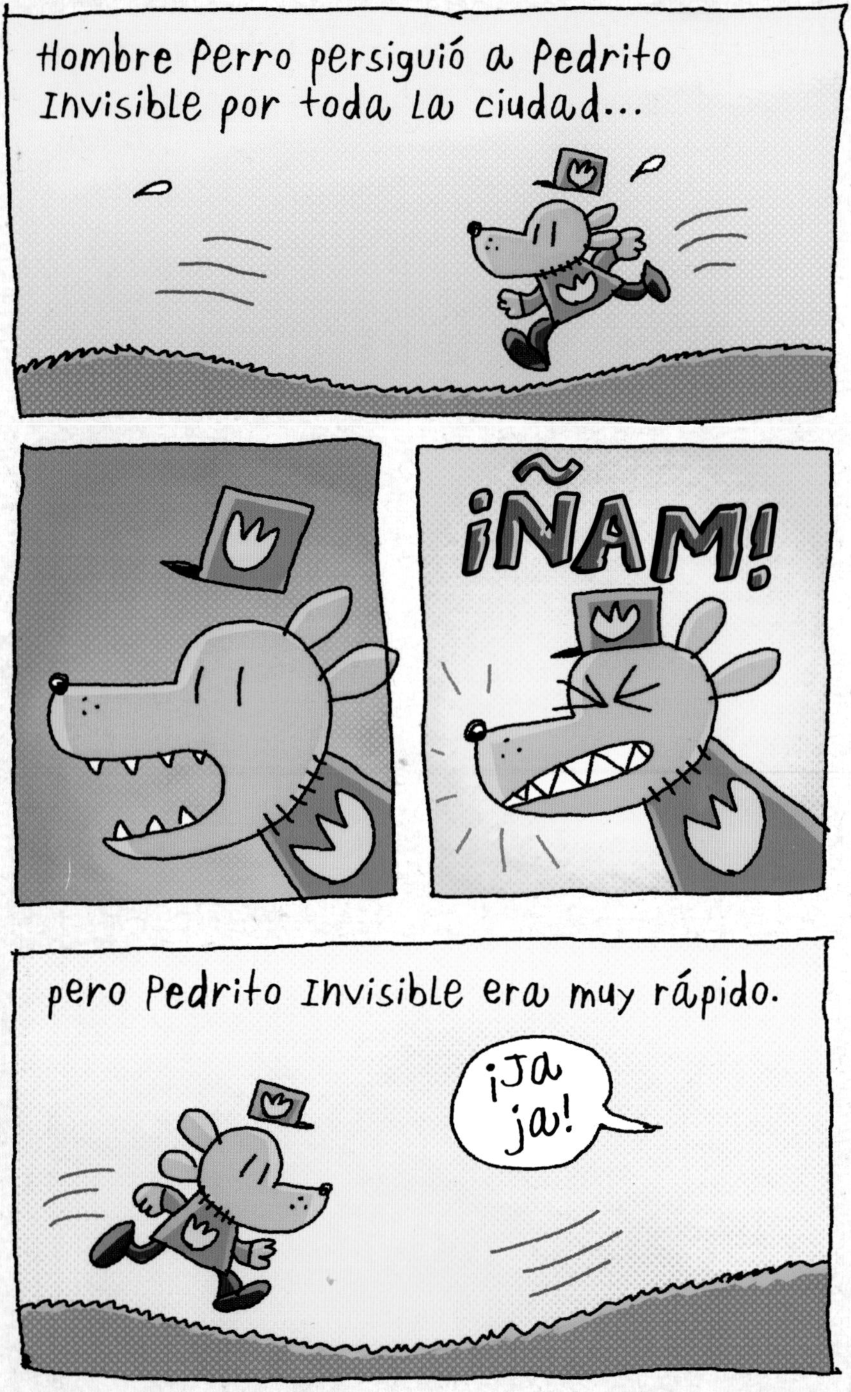
Hombre Perro persiguió a Pedrito Invisible por toda la ciudad...
¡ÑAM!
pero Pedrito Invisible era muy rápido.
¡Ja ja!

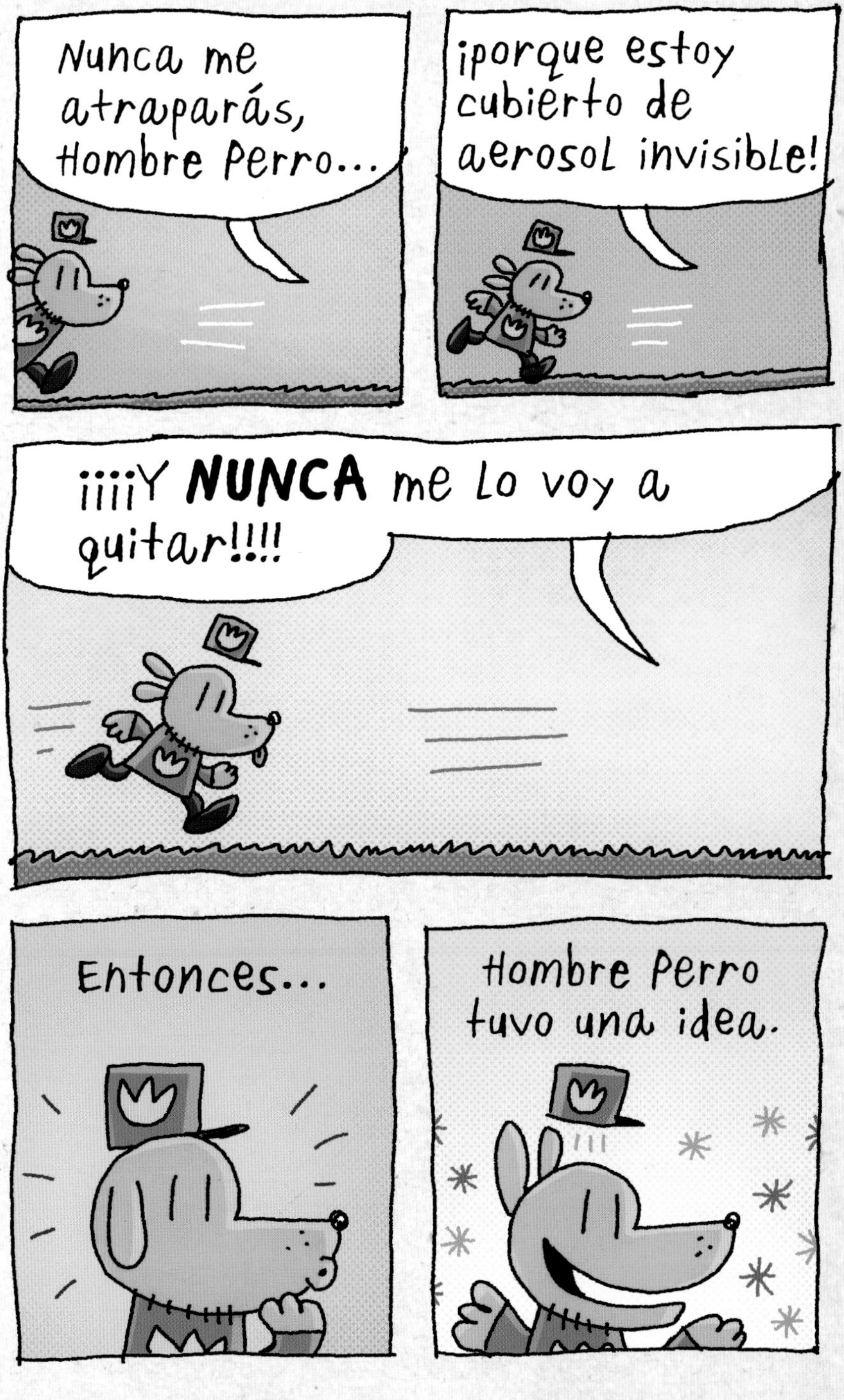
Nunca me atraparás, Hombre Perro...
¡porque estoy cubierto de aerosol invisible!
¡¡¡¡Y **NUNCA** me lo voy a quitar!!!!
Entonces...
Hombre Perro tuvo una idea.

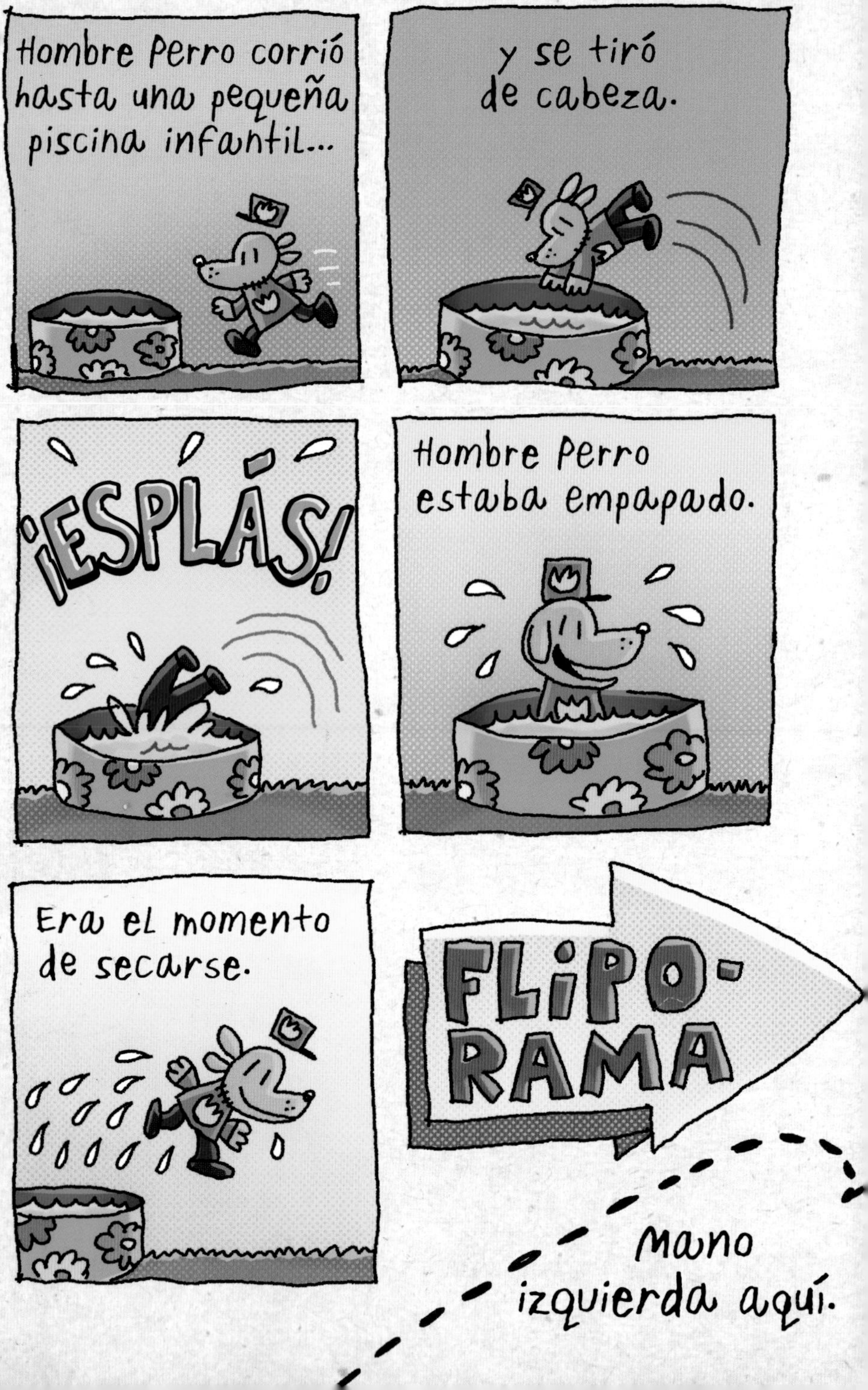
Hombre Perro corrió hasta una pequeña piscina infantil...
y se tiró de cabeza.
¡ESPLÁS!
Hombre Perro estaba empapado.
Era el momento de secarse.
FLIPO-RAMA
Mano izquierda aquí.

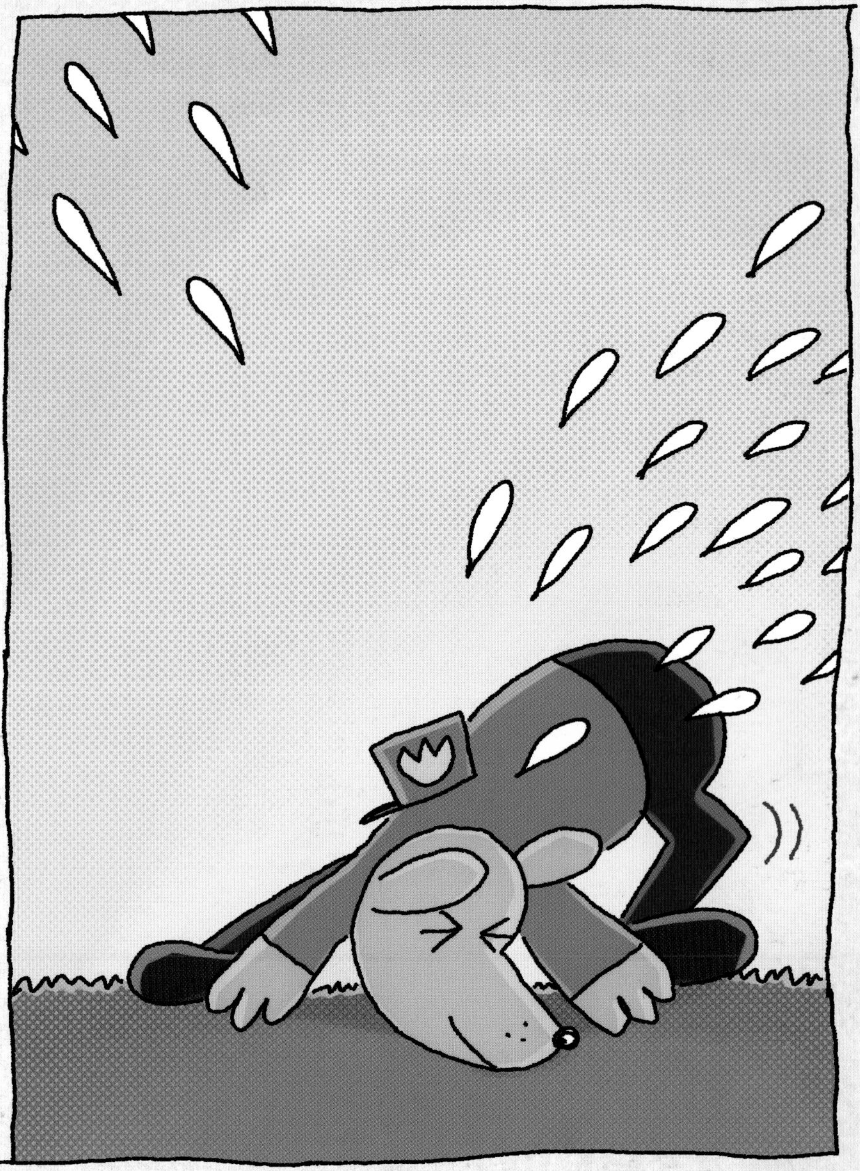

Súper salpicador

Pulgar derecho aquí.

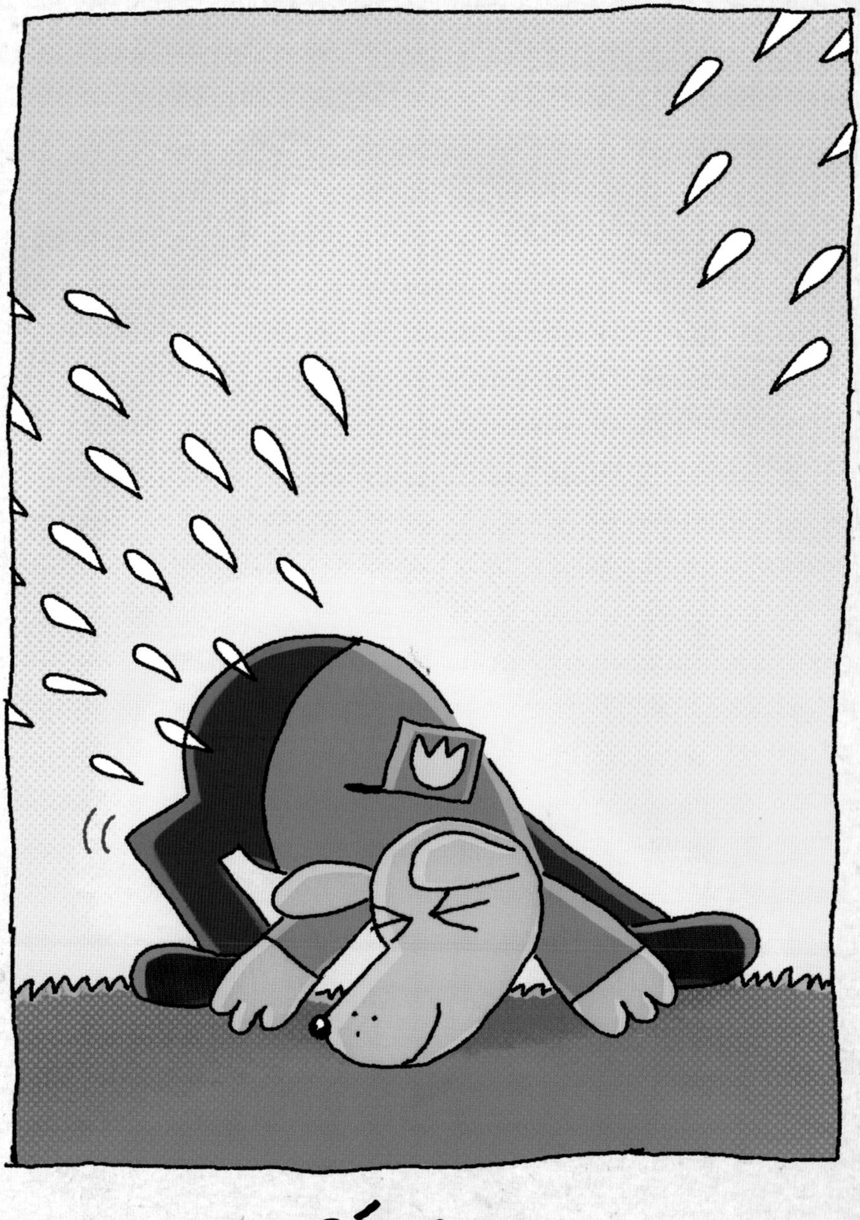

Súper
salpicador

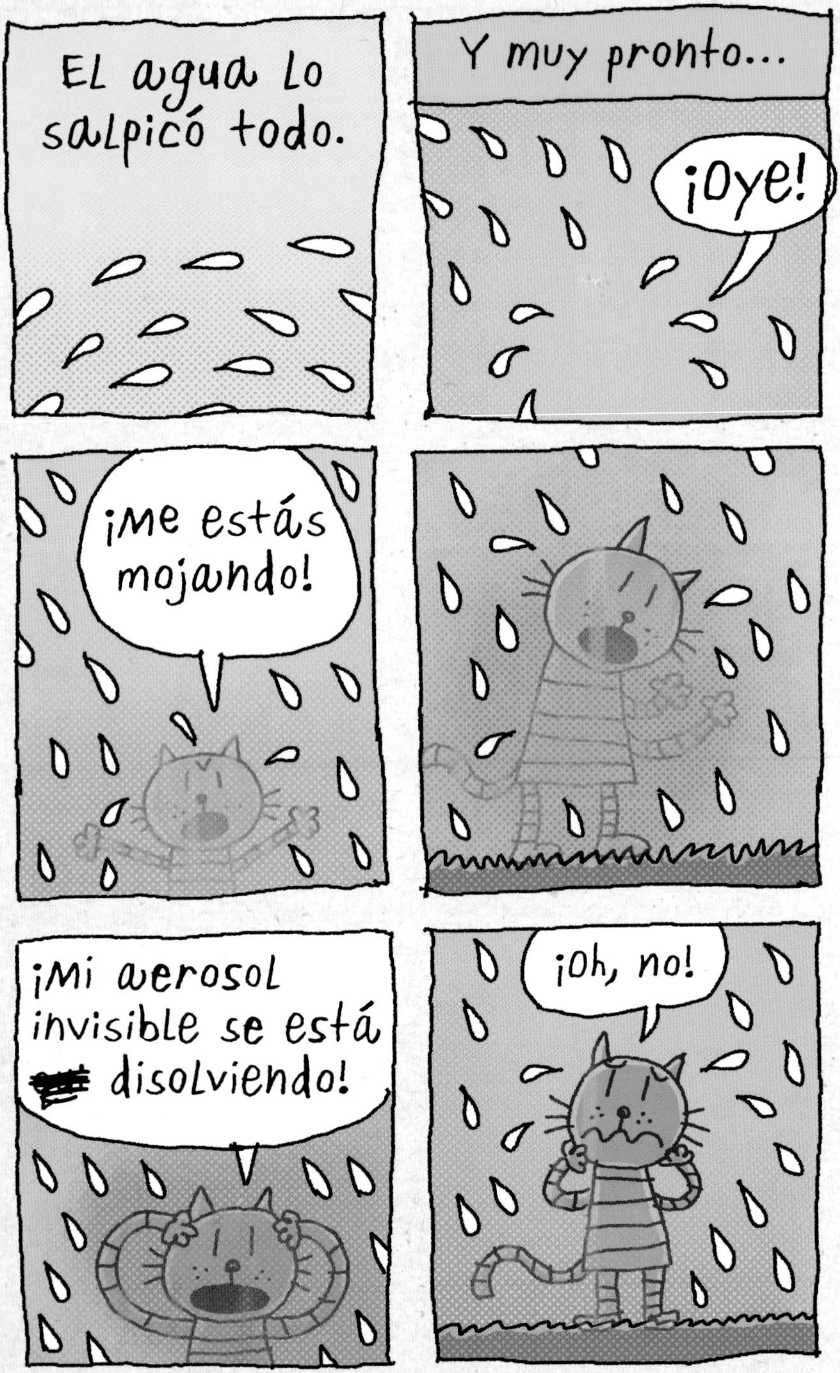
El agua lo salpicó todo.
Y muy pronto...
¡Oye!
¡Me estás mojando!
¡Mi aerosol invisible se está disolviendo!
¡Oh, no!

Ahora Hombre Perro podía oler y ver a Pedrito.

¡NO, espera!

¡¡¡Puedo ~~explicar~~ explicarlo!!!

¡Clic!

¡¡¡Rayos!!!

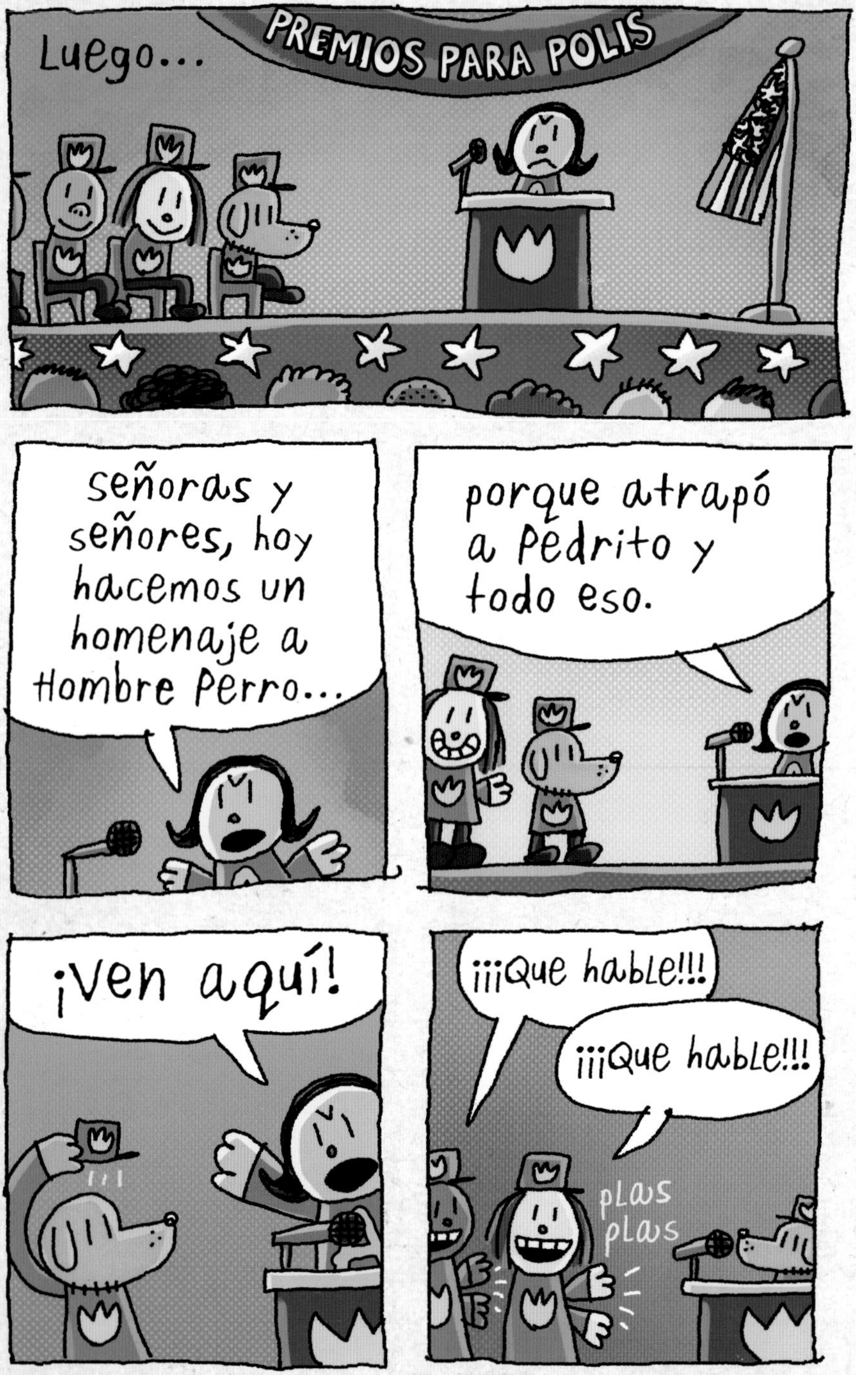
Luego...
PREMIOS PARA POLIS
señoras y señores, hoy hacemos un homenaje a Hombre Perro...
porque atrapó a Pedrito y todo eso.
¡Ven aquí!
¡¡¡Que hable!!!
¡¡¡Que hable!!!
plas plas

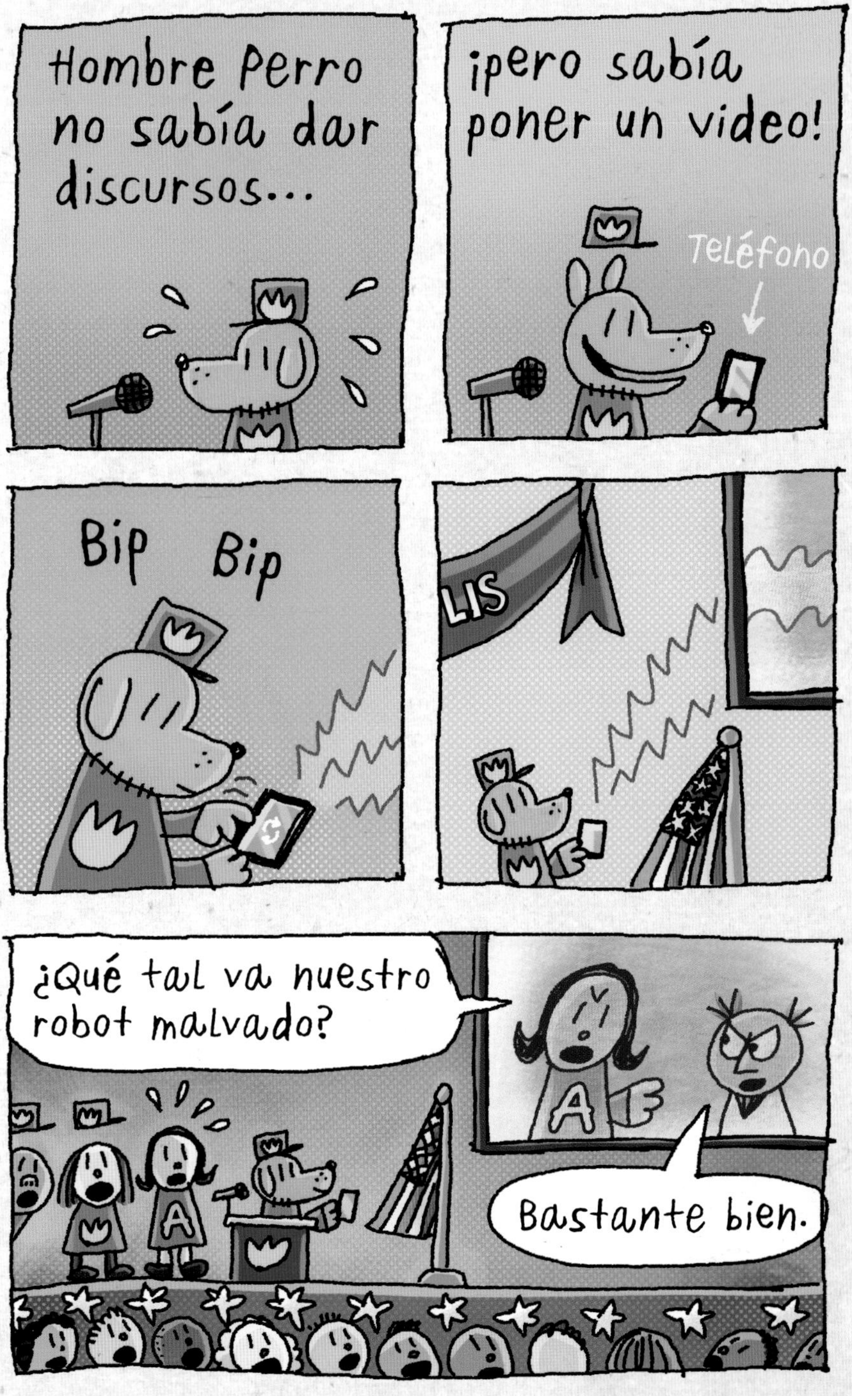
Hombre Perro no sabía dar discursos...
¡pero sabía poner un video!
Teléfono
Bip Bip
LIS
¿Qué tal va nuestro robot malvado?
Bastante bien.

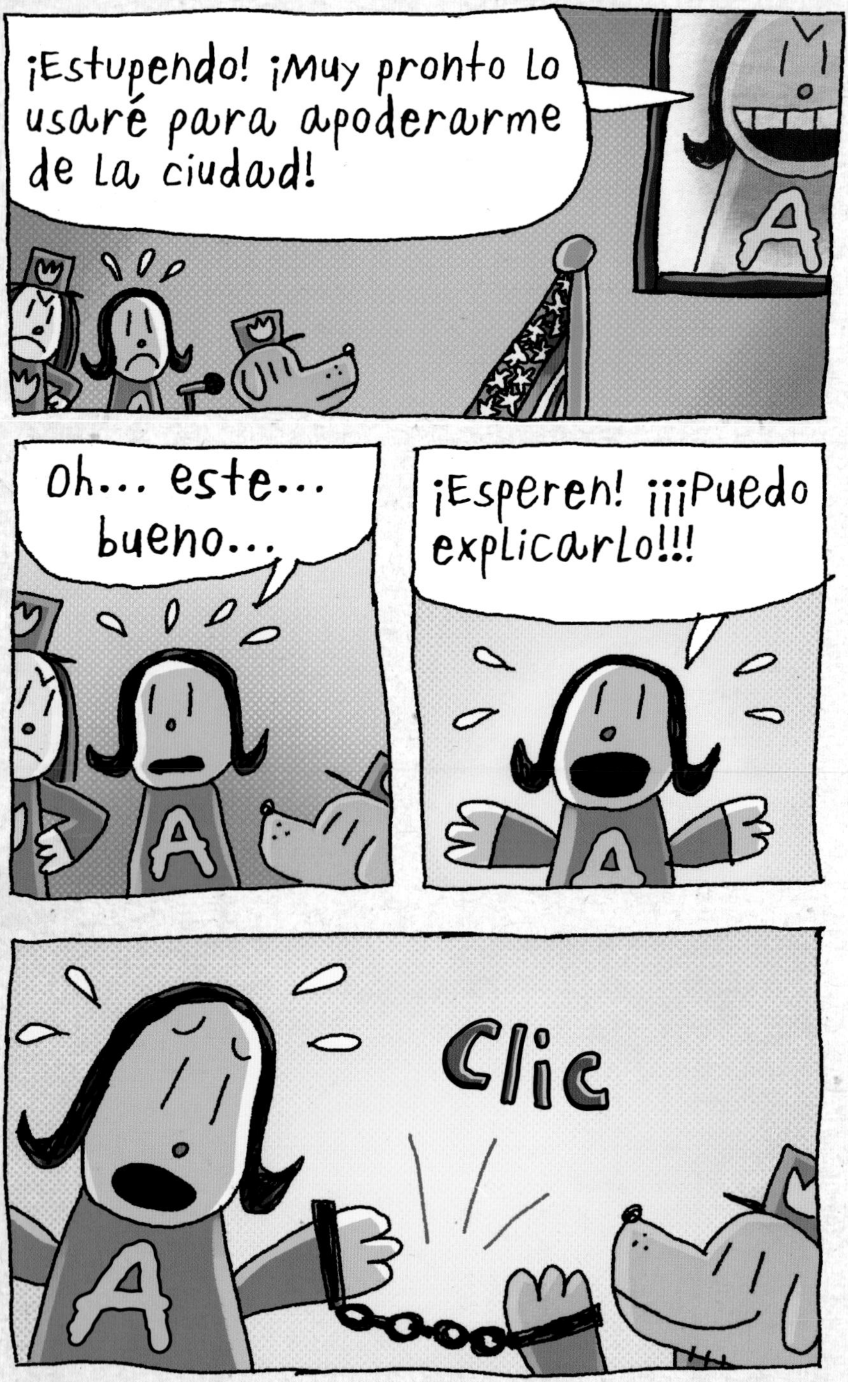
¡Estupendo! ¡Muy pronto lo usaré para apoderarme de la ciudad!
Oh... este... bueno...
¡Esperen! ¡¡¡Puedo explicarlo!!!
Clic

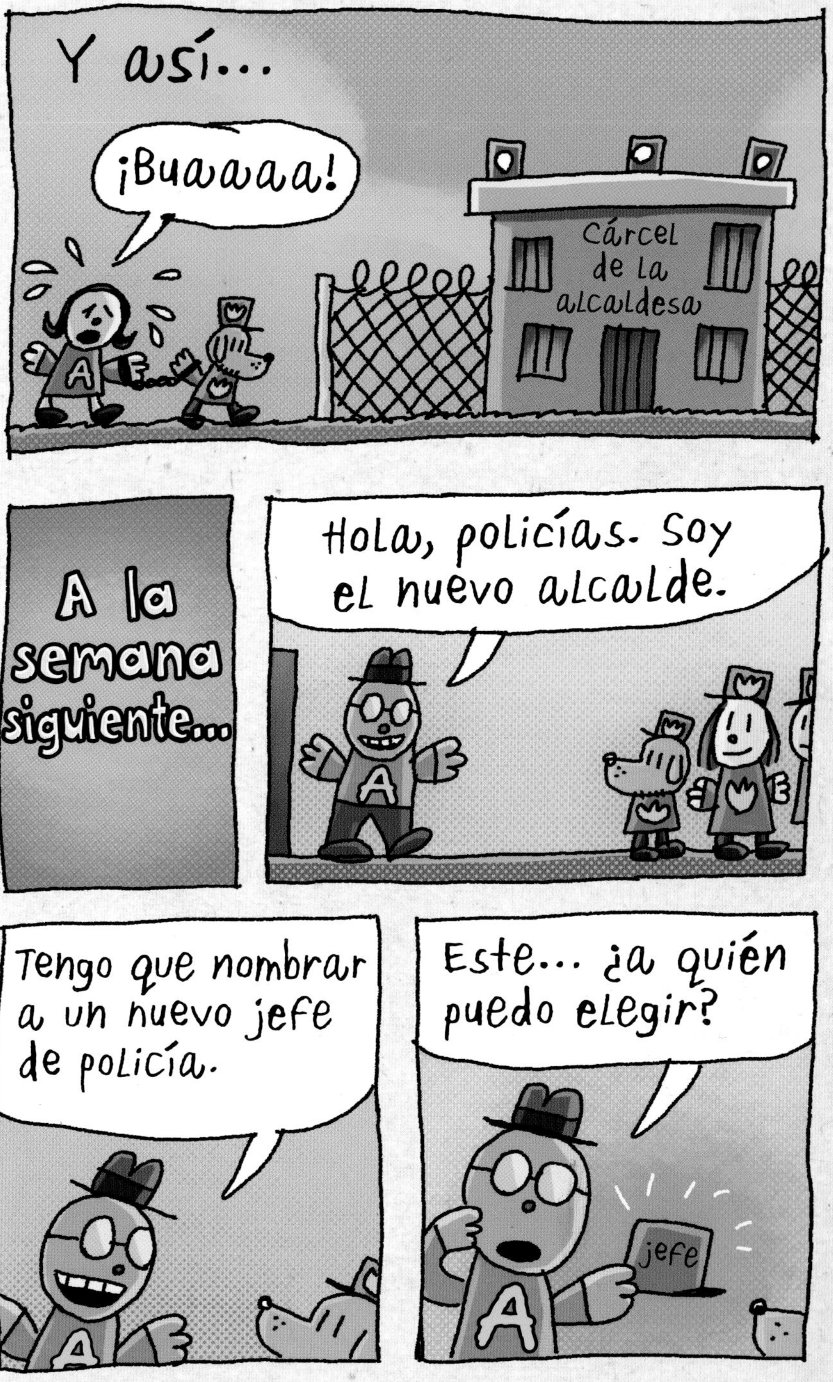
Y así...
¡Buaaaa!
Cárcel de la alcaldesa
A
A la semana siguiente...
Hola, policías. Soy el nuevo alcalde.
A
Tengo que nombrar a un nuevo jefe de policía.
Este... ¿a quién puedo elegir?
jefe
A

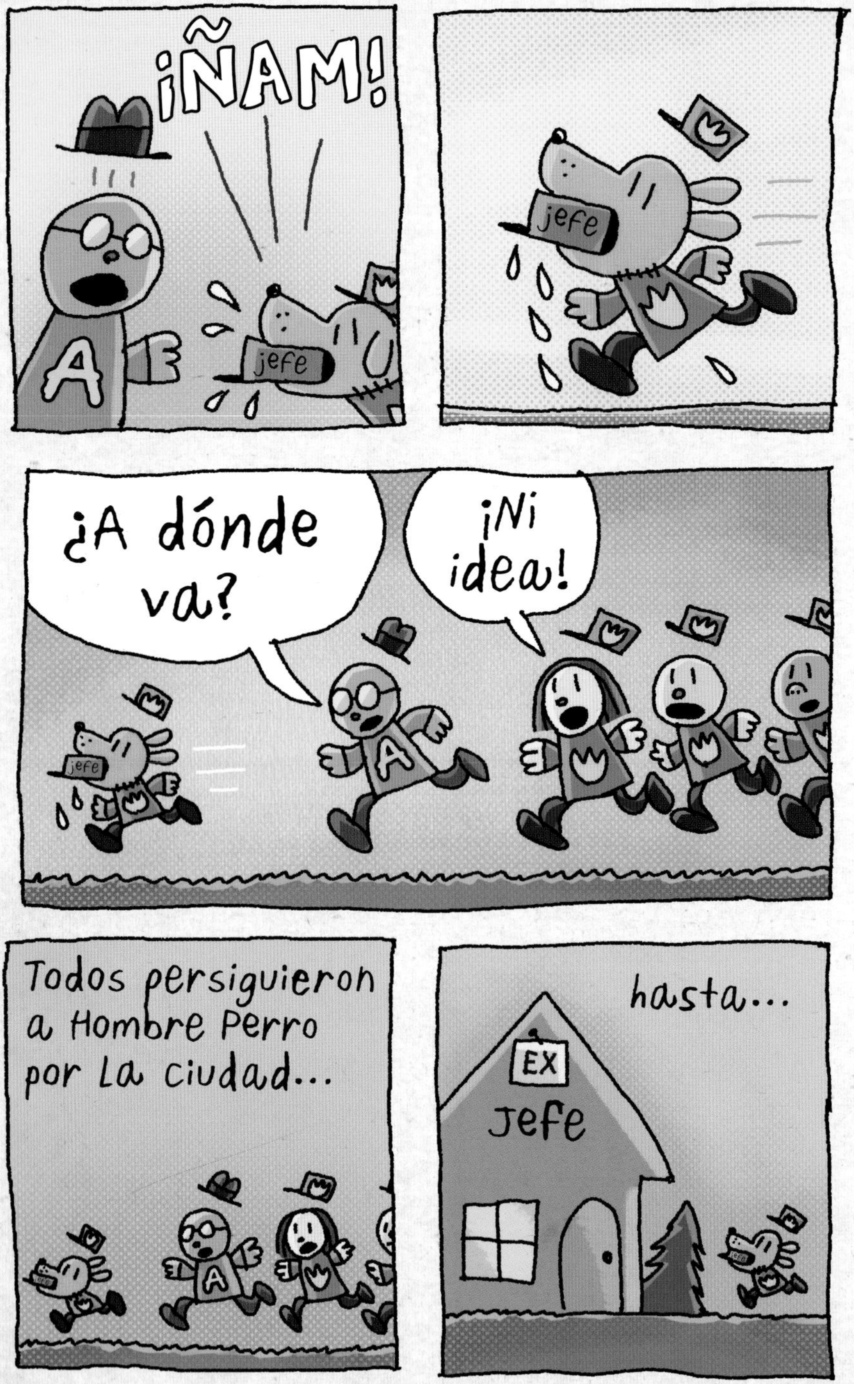
¡ÑAM!
jefe
jefe
¿A dónde va?
¡Ni idea!
jefe
Todos persiguieron a Hombre Perro por la ciudad...
hasta...
EX
Jefe

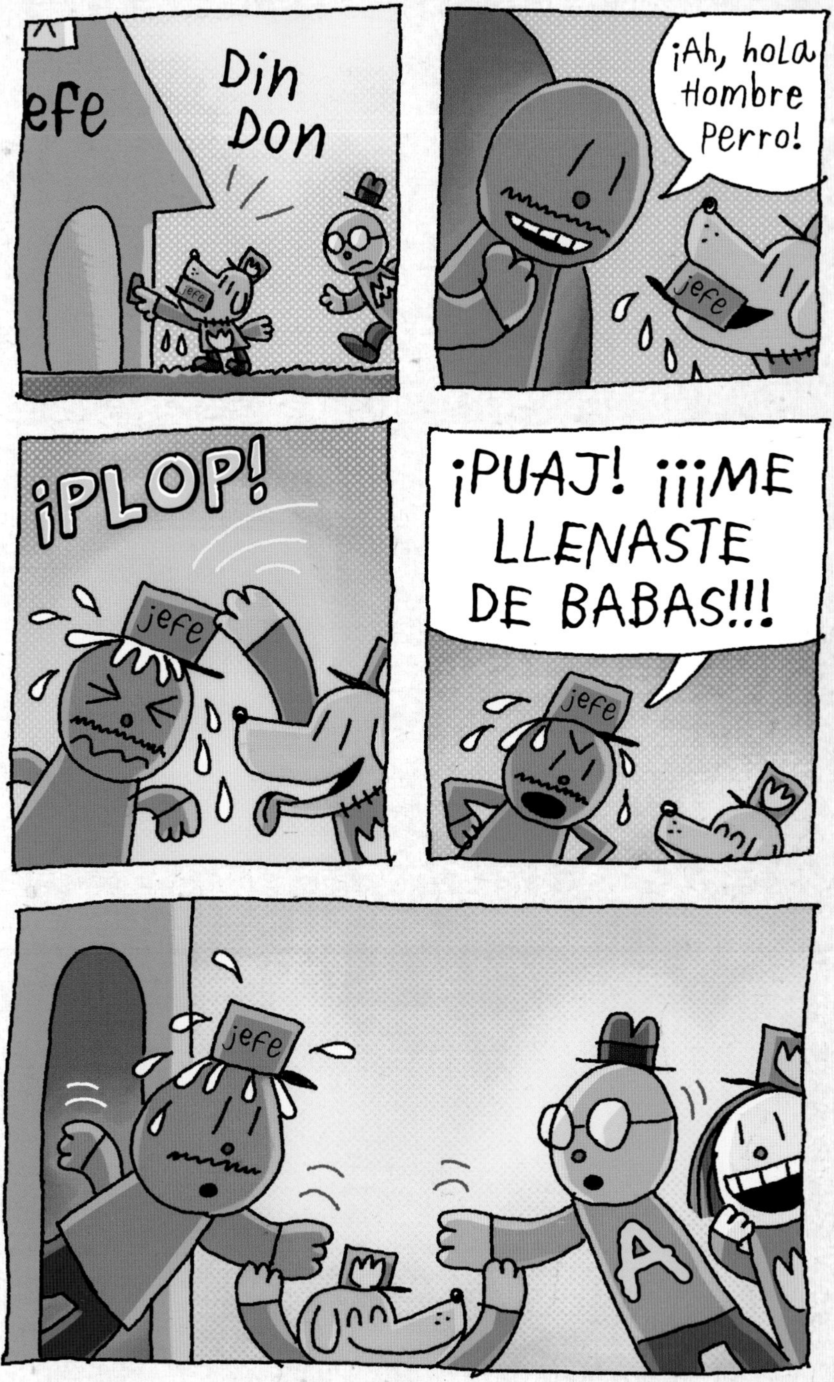
efe
Din Don
¡Ah, hola Hombre Perro!
jefe
¡PLOP!
jefe
¡PUAJ! ¡¡¡ME LLENASTE DE BABAS!!!
jefe
jefe
A

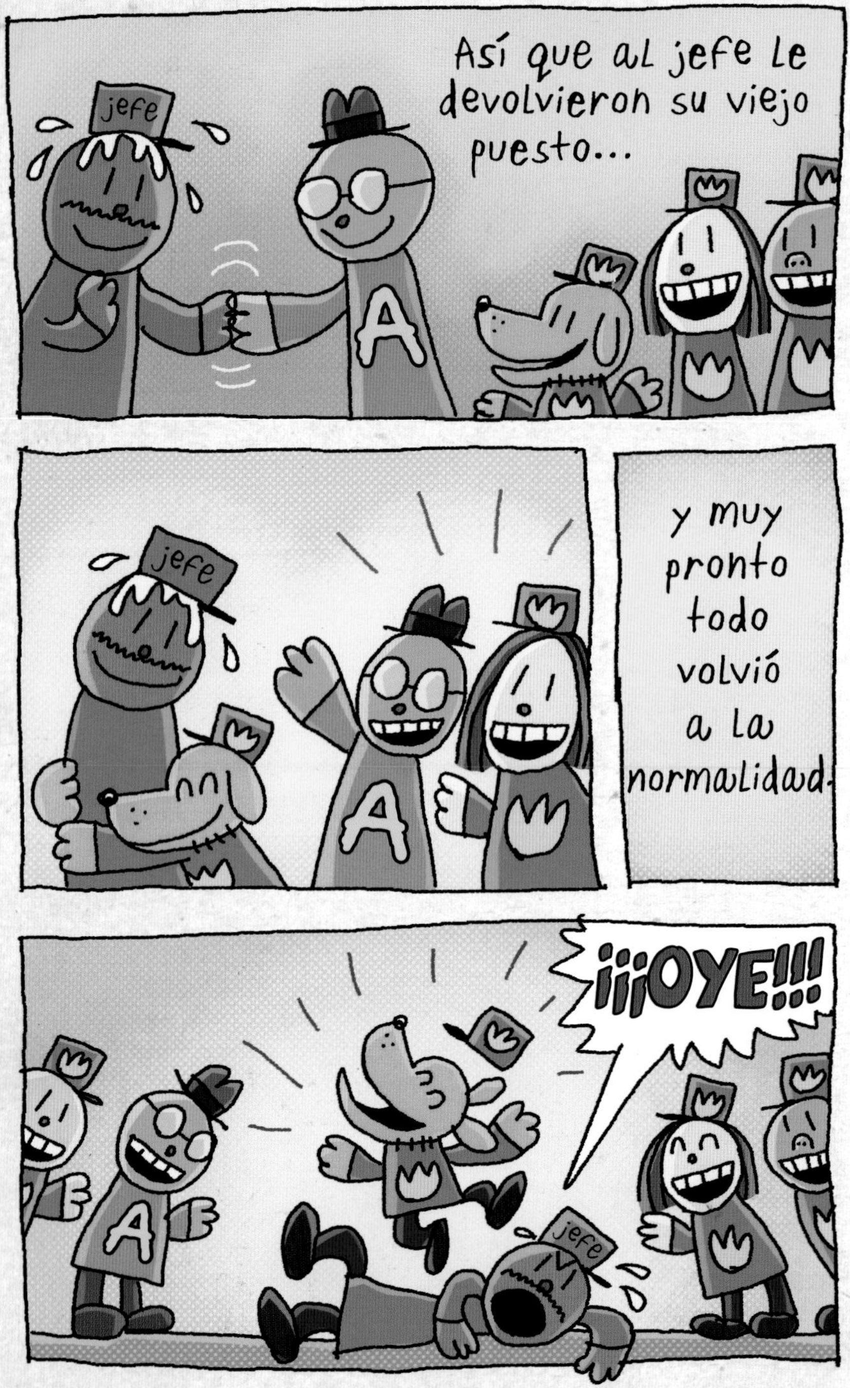
Así que al jefe le devolvieron su viejo puesto...
jefe
y muy pronto todo volvió a la normalidad.
jefe
¡¡¡OYE!!!
jefe

CAPÍTULO 3

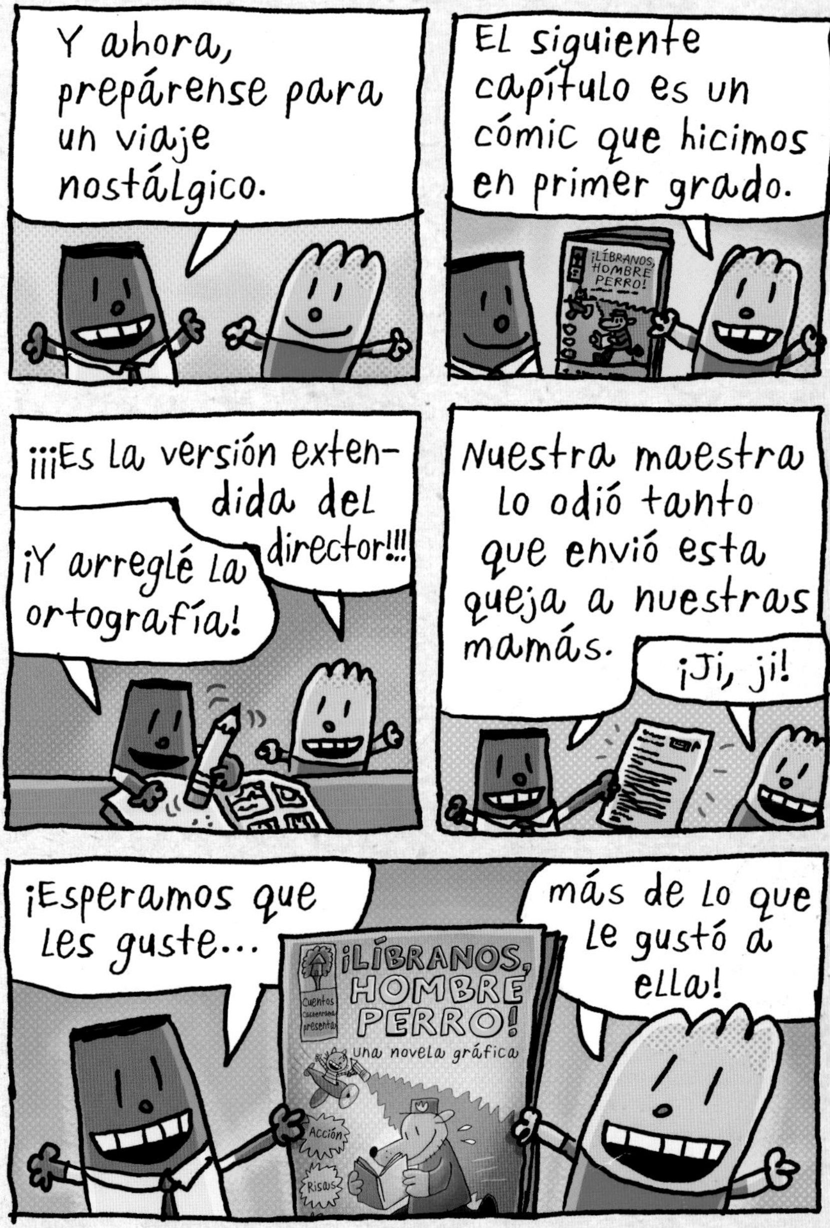
Y ahora, prepárense para un viaje nostálgico.
El siguiente capítulo es un cómic que hicimos en primer grado.
¡LÍBRANOS, HOMBRE PERRO!
¡¡¡Es la versión extendida del director!!!
¡Y arreglé la ortografía!
Nuestra maestra lo odió tanto que envió esta queja a nuestras mamás.
¡Ji, ji!
¡Esperamos que les guste...
más de lo que le gustó a ella!
¡LÍBRANOS, HOMBRE PERRO!
Una novela gráfica
Cuentos
Acción
Risas

Escuela Primaria Jerónimo Chumillas

Ponemos el "miento" en el conocimiento

Estimados señor y señora Betanzos:

De nuevo me pongo en contacto con ustedes para informarles de la actitud perturbadora de su hijo en mi clase.

Como tarea, les encargué a los estudiantes que ESCRIBIERAN un anuncio cuyo objetivo fuera promover la lectura. Les dije expresamente a su hijo y a su amigo Berto Henares (estoy enviando una nota prácticamente idéntica a la madre de Berto) que NO hicieran un cómic.

Como siempre, hicieron lo que se les había dicho que no hicieran (adjunto puede ver el cómic). Cuando le pregunté a Jorge por qué había desobedecido, dijo que no era un cómic sino una novela gráfica. Me estoy hartando de las faltas de respeto de Jorge.

En numerosas ocasiones les he dicho a los dos chicos que la clase no es lugar para desarrollar la creatividad, pero continúan haciendo estos horribles y ofensivos cuentos. Como pueden ver, este cómic contiene numerosas referencias a heces humanas y de animales. También incluye una escena muy cuestionable donde se desprecia a individuos sin casa y hambrientos. Hay escenas violentas, desnudos y personajes fumando, y no quiero ni mencionar la ortografía y la gramática. Francamente, encuentro muy perturbador el pequeño bebé bolsa de basura del final. ¡Es que ni siquiera es posible!

El comportamiento insolente y provocador de Jorge, así como estos cómics cada vez más repugnantes y escatológicos, están convirtiendo mi clase en un zoológico. He hablado con el señor Carrasquilla acerca de Hombre Perro en numerosas ocasiones. Los dos creemos que deberían considerar tratamiento psicológico para su hijo, o por lo menos, recetarle algún tipo de medicina que modifique su conducta y cure su "vena creativa".

Con gran pesar se despide,

Sra. Espinoza

Señora Espinoza
Maestra de Primer Grado

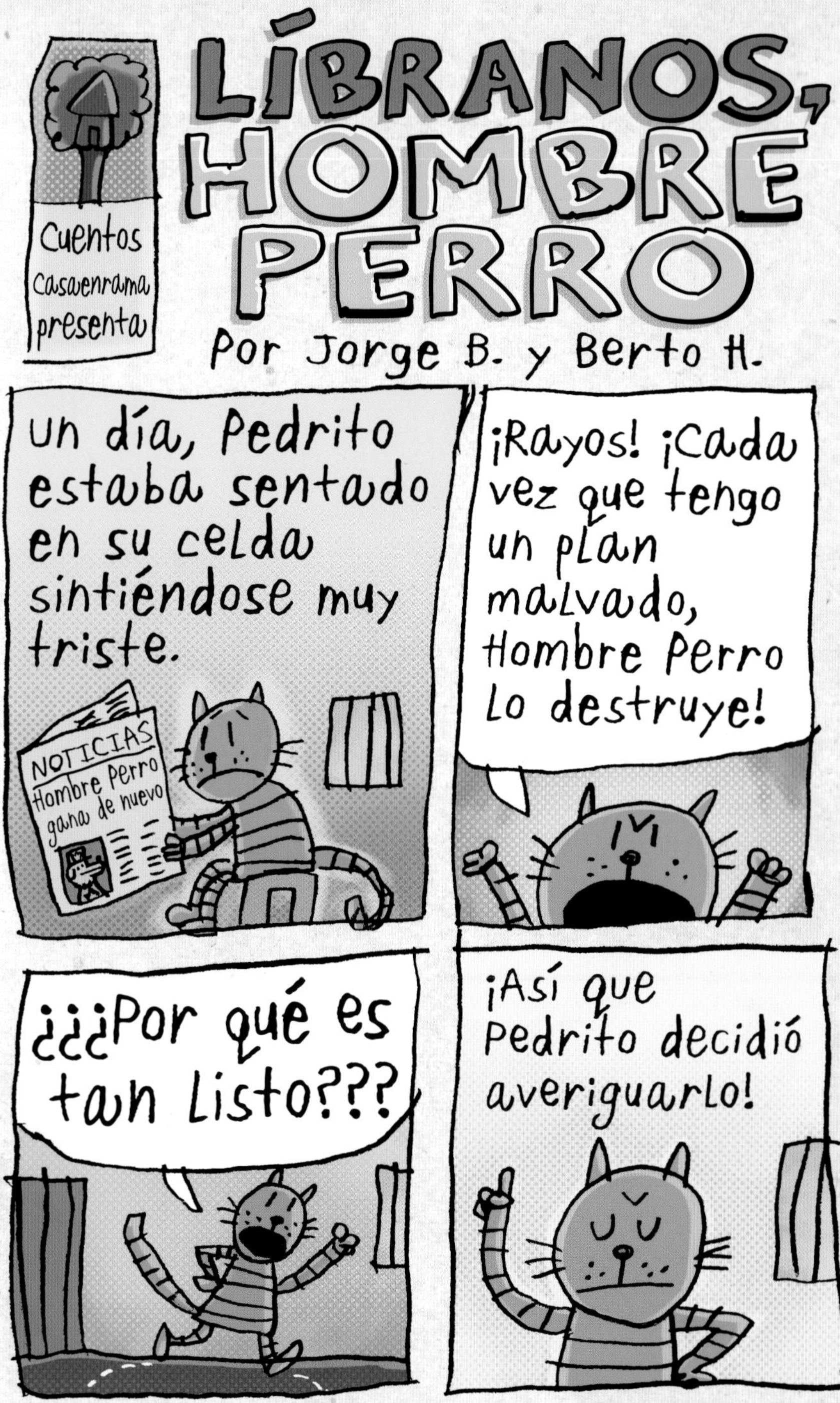
Cuentos Casaenrama presenta
LÍBRANOS, HOMBRE PERRO
Por Jorge B. y Berto H.
Un día, Pedrito estaba sentado en su celda sintiéndose muy triste.
NOTICIAS
Hombre Perro gana de nuevo
¡Rayos! ¡Cada vez que tengo un plan malvado, Hombre Perro lo destruye!
¿¿¿Por qué es tan listo???
¡Así que Pedrito decidió averiguarlo!

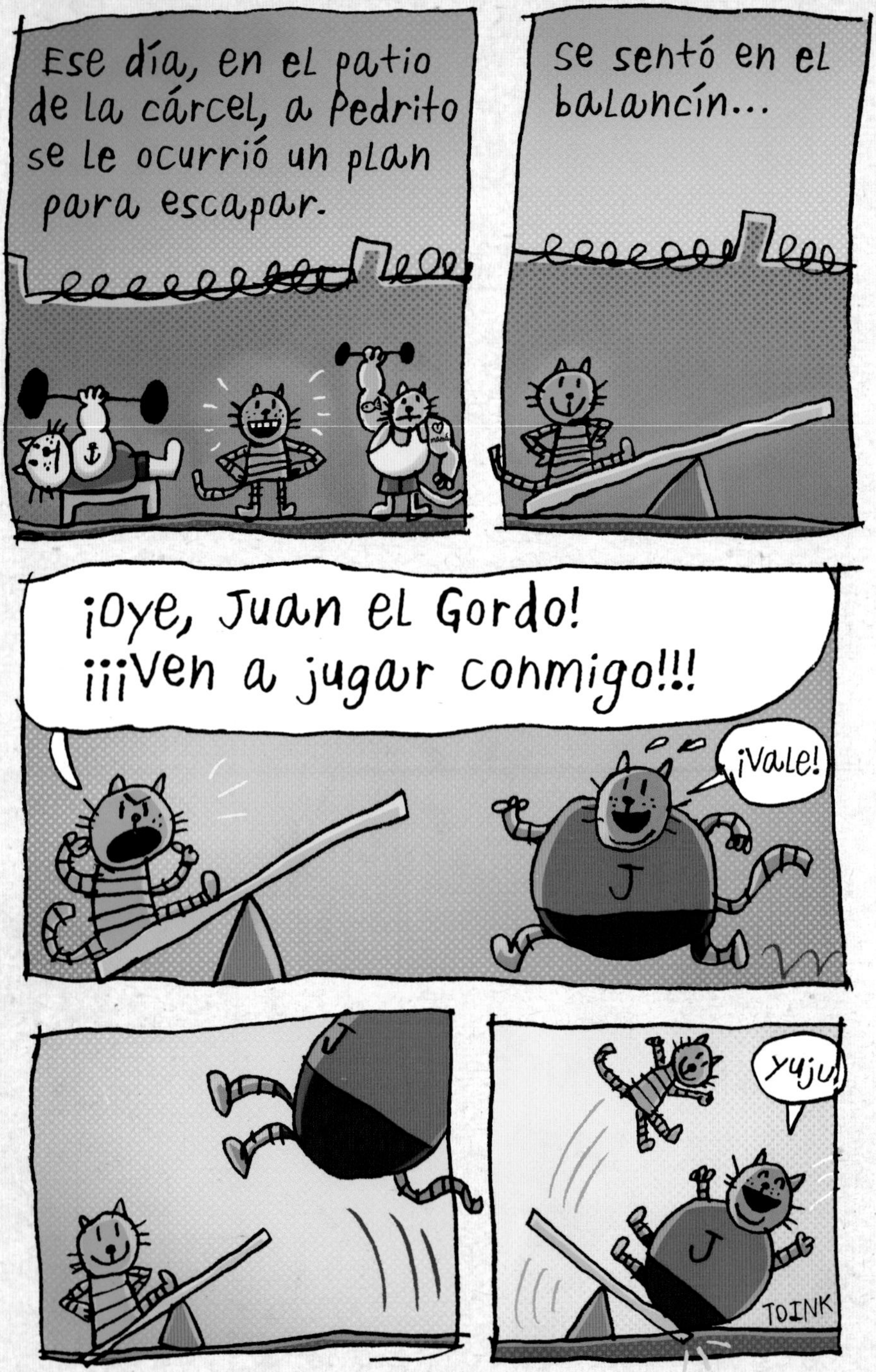

Ese día, en el patio de la cárcel, a Pedrito se le ocurrió un plan para escapar.
se sentó en el balancín...
¡Oye, Juan el Gordo! ¡¡¡Ven a jugar conmigo!!!
¡Vale!
Yuju
TOINK

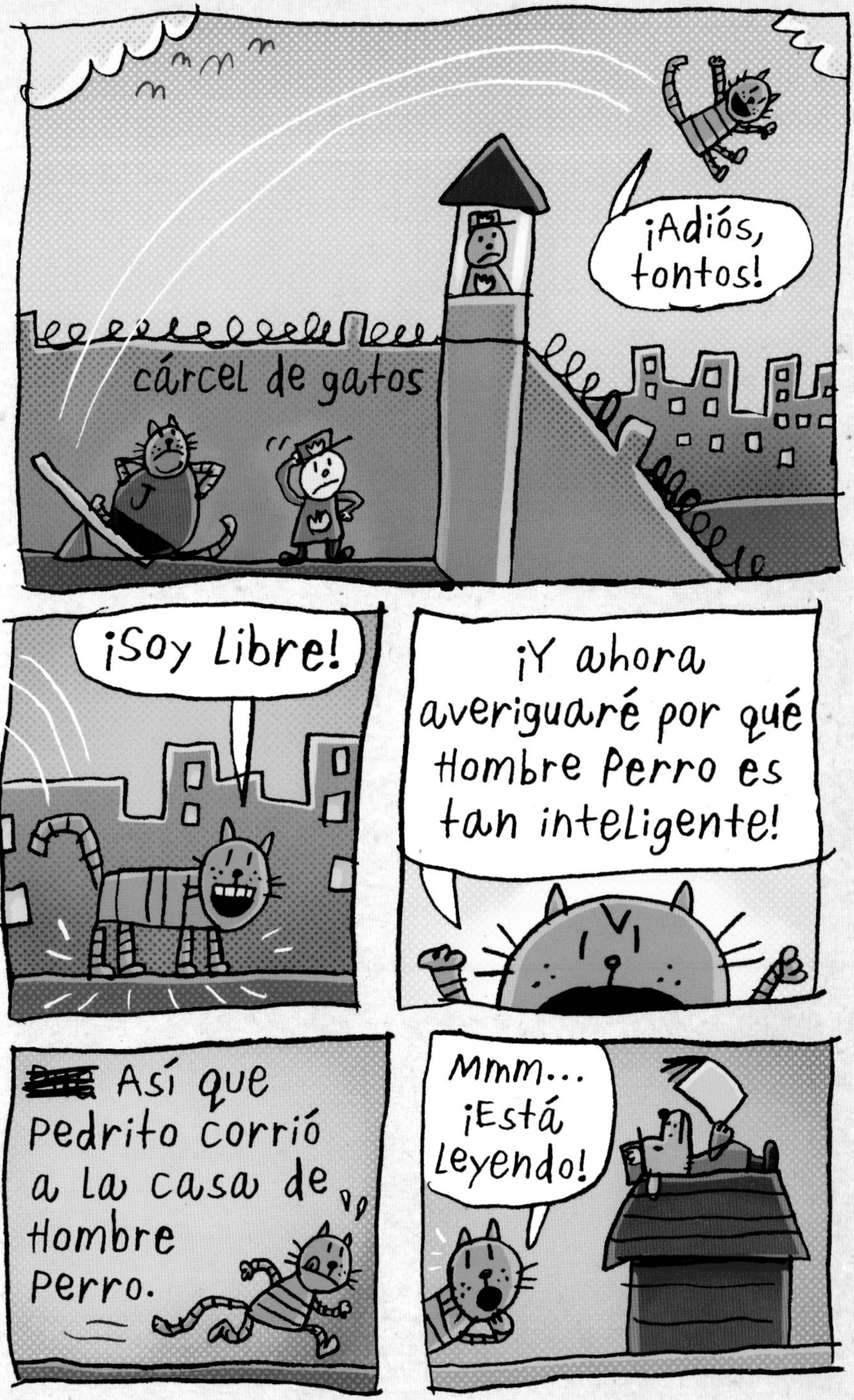
¡Adiós, tontos!
cárcel de gatos
¡Soy Libre!
¡Y ahora averiguaré por qué Hombre Perro es tan inteligente!
Así que pedrito corrió a la casa de Hombre Perro.
Mmm... ¡Está Leyendo!

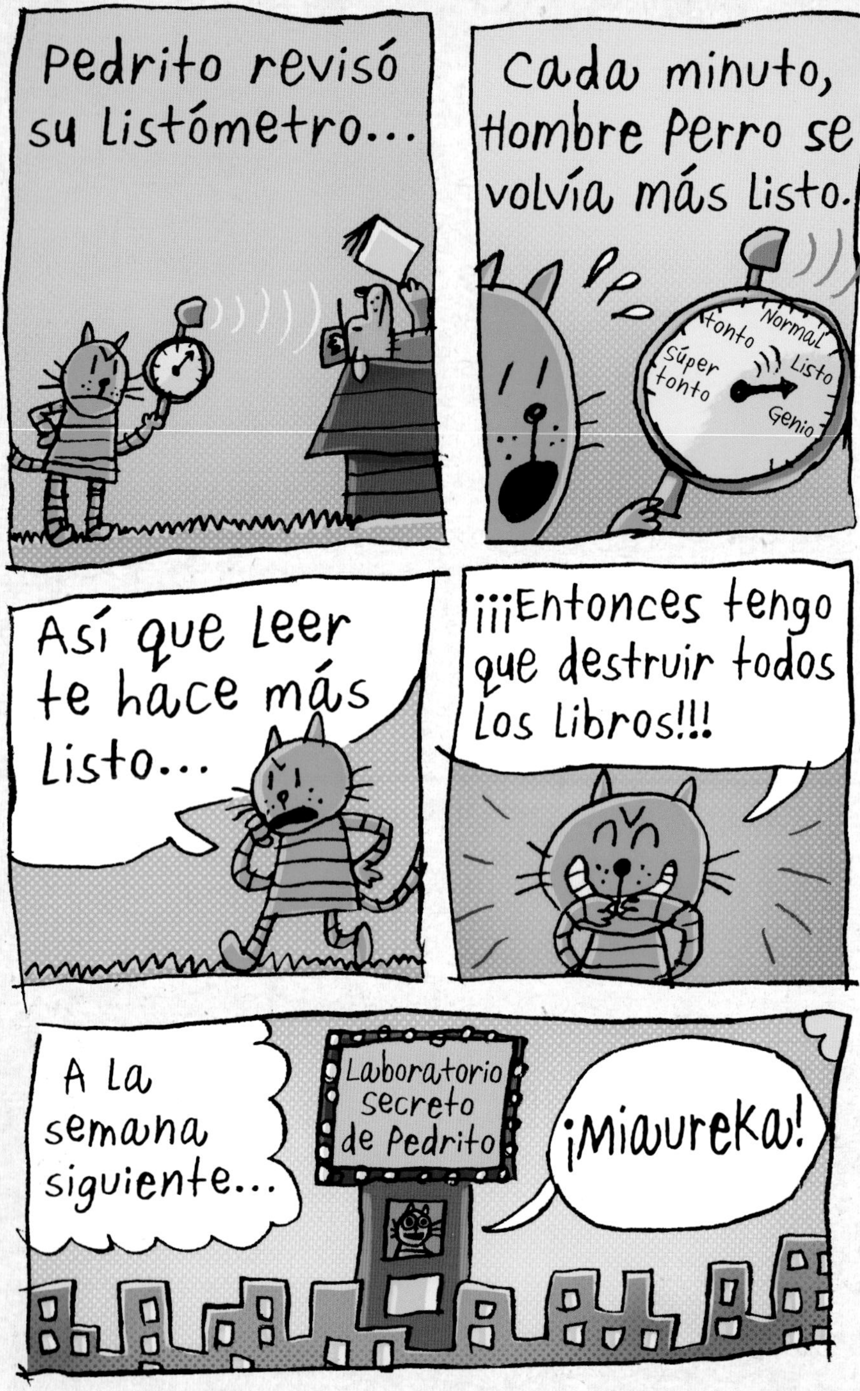
Pedrito revisó su Listómetro...
Cada minuto, Hombre Perro se volvía más listo.
tonto
Normal
Súper tonto
Listo
Genio
Así que leer te hace más listo...
¡¡¡Entonces tengo que destruir todos los libros!!!
A la semana siguiente...
Laboratorio secreto de Pedrito
¡Miaureka!

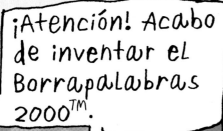

¡Atención! Acabo de inventar el Borrapalabras 2000™.

Lo apuntó a un libro...

¡ZAZ!

¡¡¡Funcionó!!! ¡¡¡Borró las palabras!!!

Pedrito corrió por todas partes disparándole a todo lo que veía.

PARE

¡Ja ja!

¡TRAS!

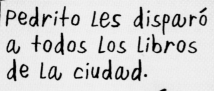

Pedrito les disparó a todos los libros de la ciudad.

ZAZ

Librería

¡Todos nuestros libros están en blanco!

Ja ja

Librería

Luego les disparó a todos los libros del país.

Escuela

A estos también.

Y a estos.

ZAZ

Biblioteca

¡¡¡Después Pedrito se subió a un avión y les disparó a todos los libros de la Tierra!!!

¡Yuju!

zaz

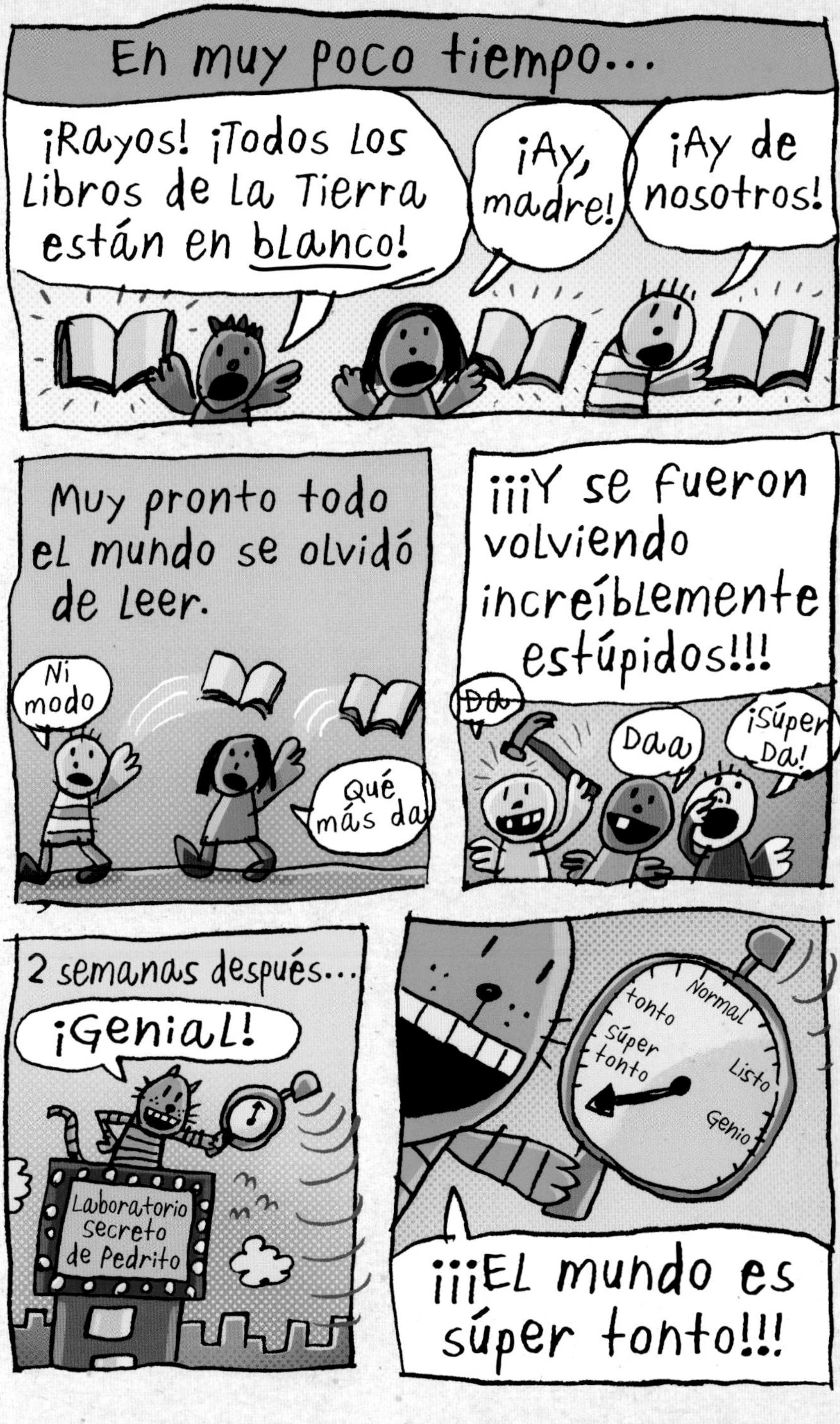
En muy poco tiempo...
¡Rayos! ¡Todos los libros de la Tierra están en blanco!
¡Ay, madre!
¡Ay de nosotros!
Muy pronto todo el mundo se olvidó de leer.
Ni modo
Qué más da
¡¡¡Y se fueron volviendo increíblemente estúpidos!!!
Da
Daa
¡Súper Da!
2 semanas después...
¡Genial!
Laboratorio secreto de Pedrito
Normal
tonto
Súper tonto
Listo
Genio
¡¡¡El mundo es súper tonto!!!

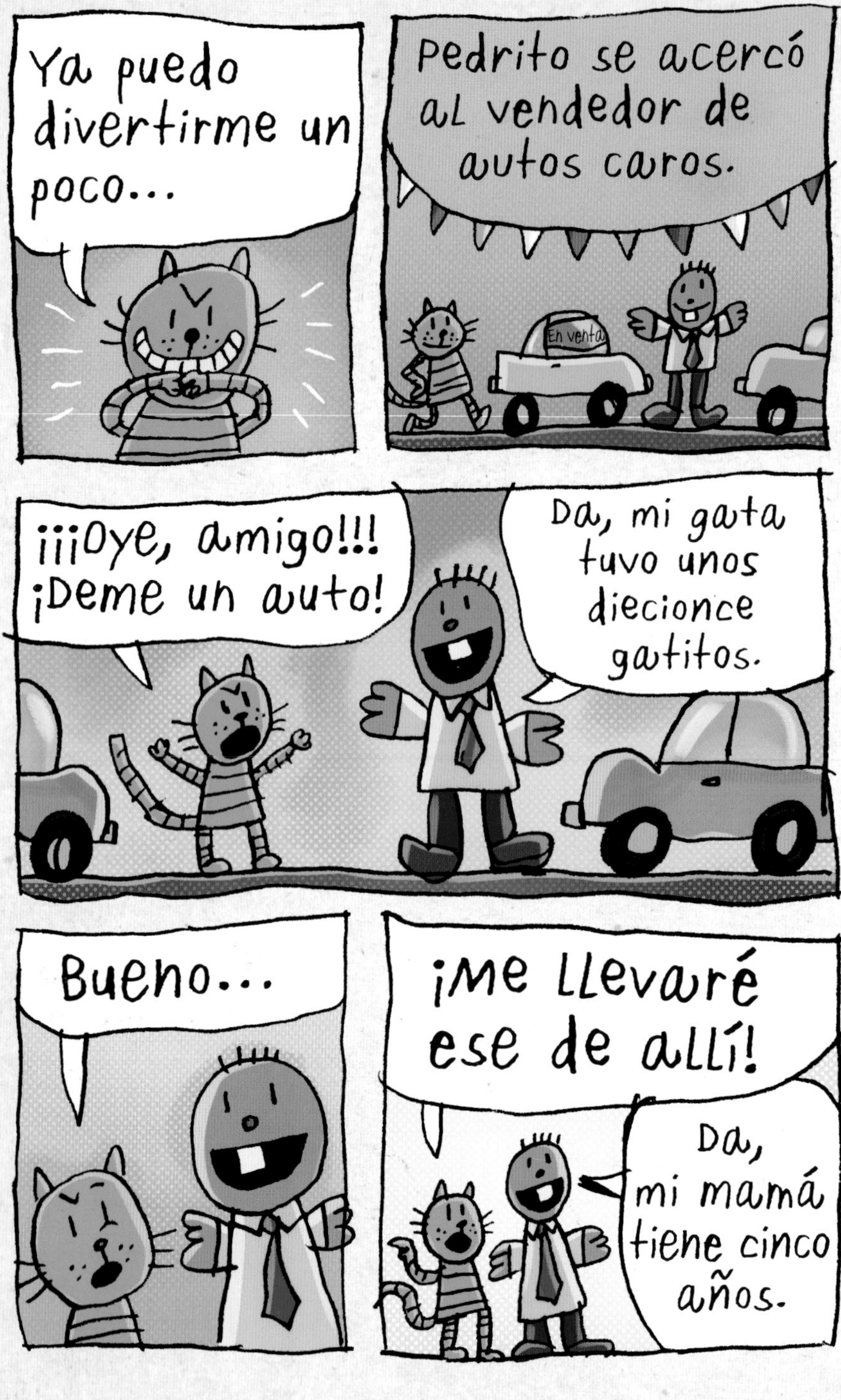
Ya puedo divertirme un poco...
Pedrito se acercó al vendedor de autos caros.
En venta
¡¡¡Oye, amigo!!! ¡Deme un auto!
Da, mi gata tuvo unos diecionce gatitos.
Bueno...
¡Me llevaré ese de allí!
Da, mi mamá tiene cinco años.

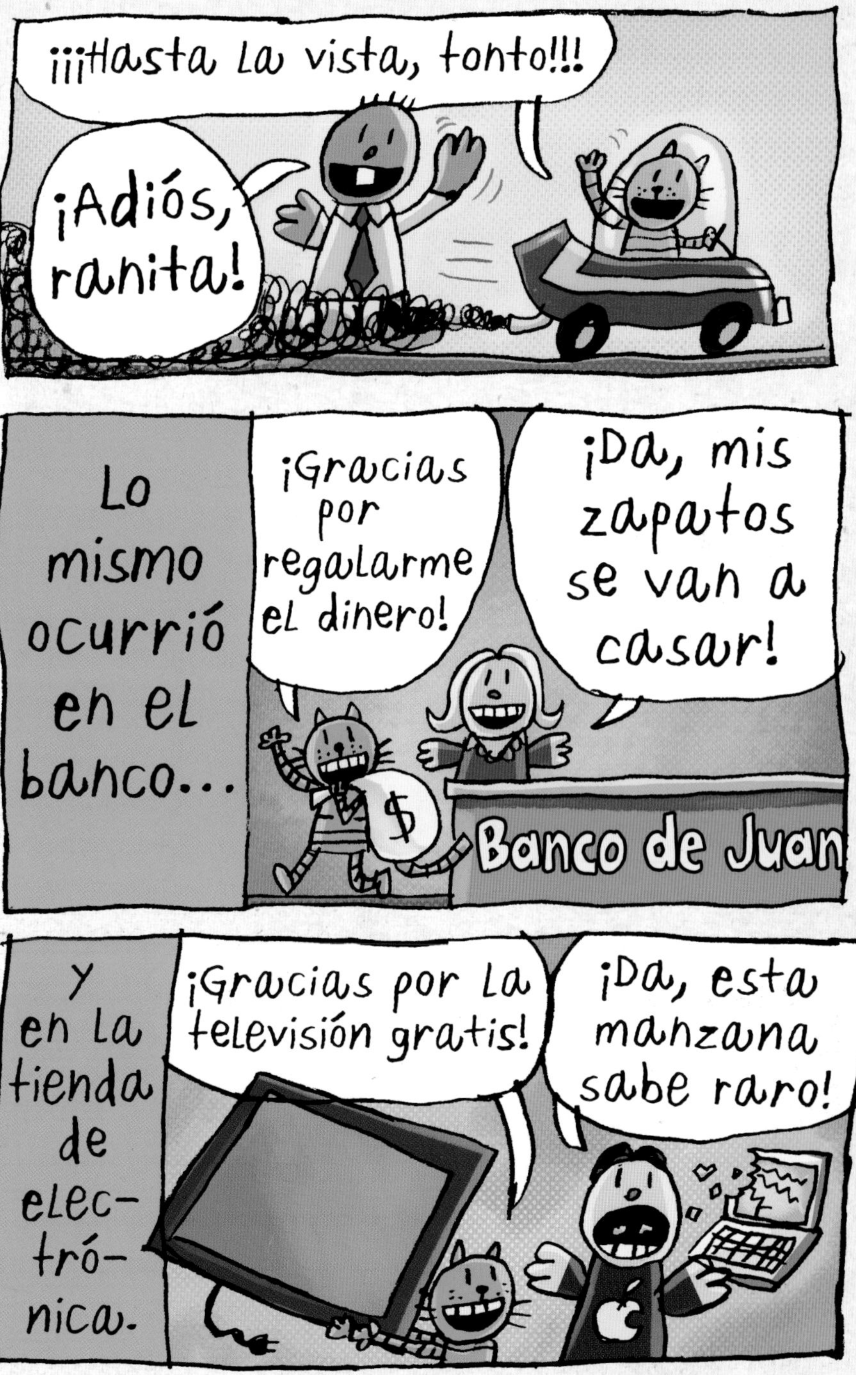
¡¡¡Hasta la vista, tonto!!!
¡Adiós, ranita!
Lo mismo ocurrió en el banco...
¡Gracias por regalarme el dinero!
¡Da, mis zapatos se van a casar!
$
Banco de Juan
Y en la tienda de electrónica.
¡Gracias por la televisión gratis!
¡Da, esta manzana sabe raro!

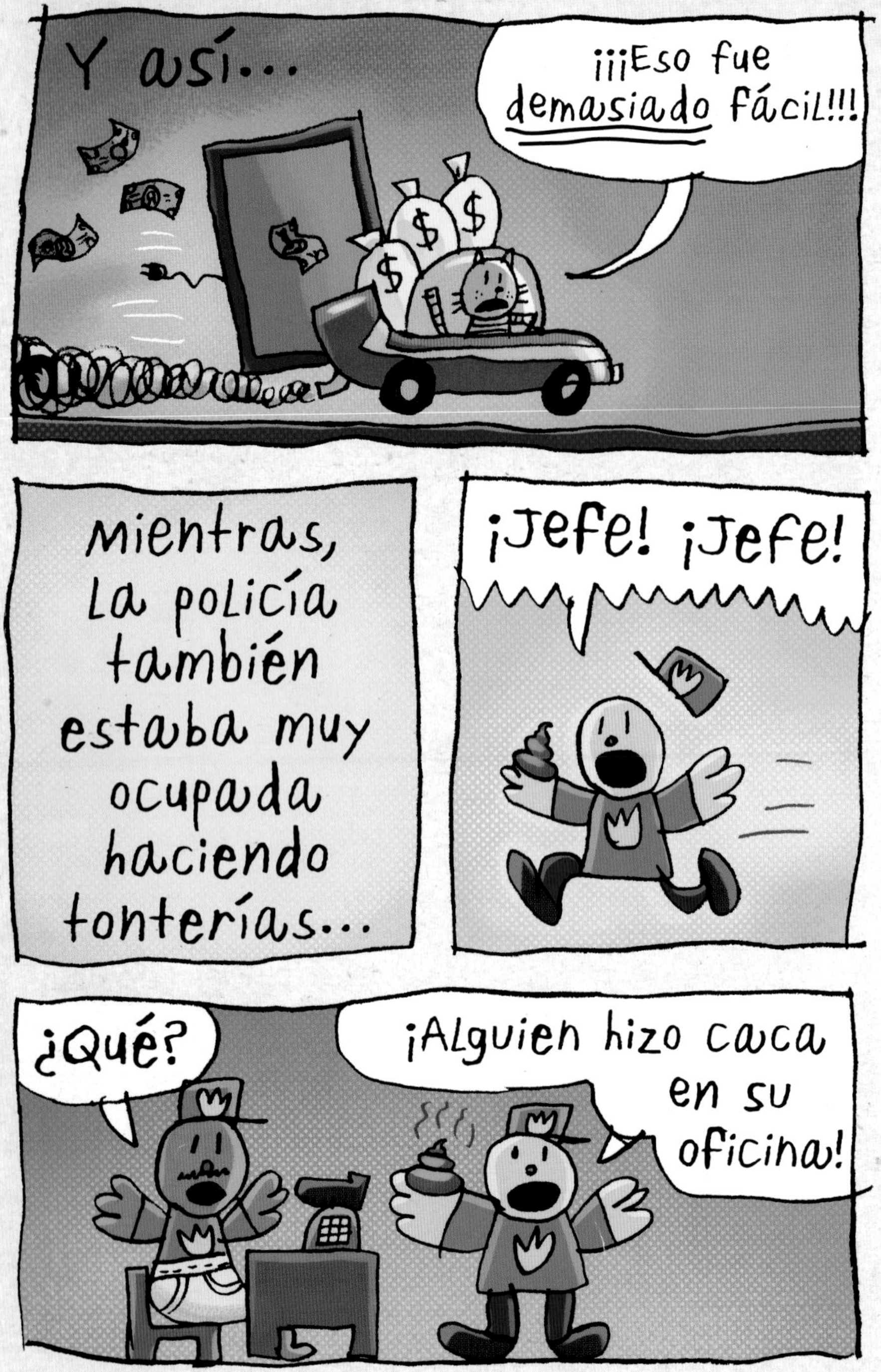
Y así...
¡¡¡Eso fue demasiado fácil!!!
Mientras, la policía también estaba muy ocupada haciendo tonterías...
¡Jefe! ¡Jefe!
¿Qué?
¡Alguien hizo caca en su oficina!

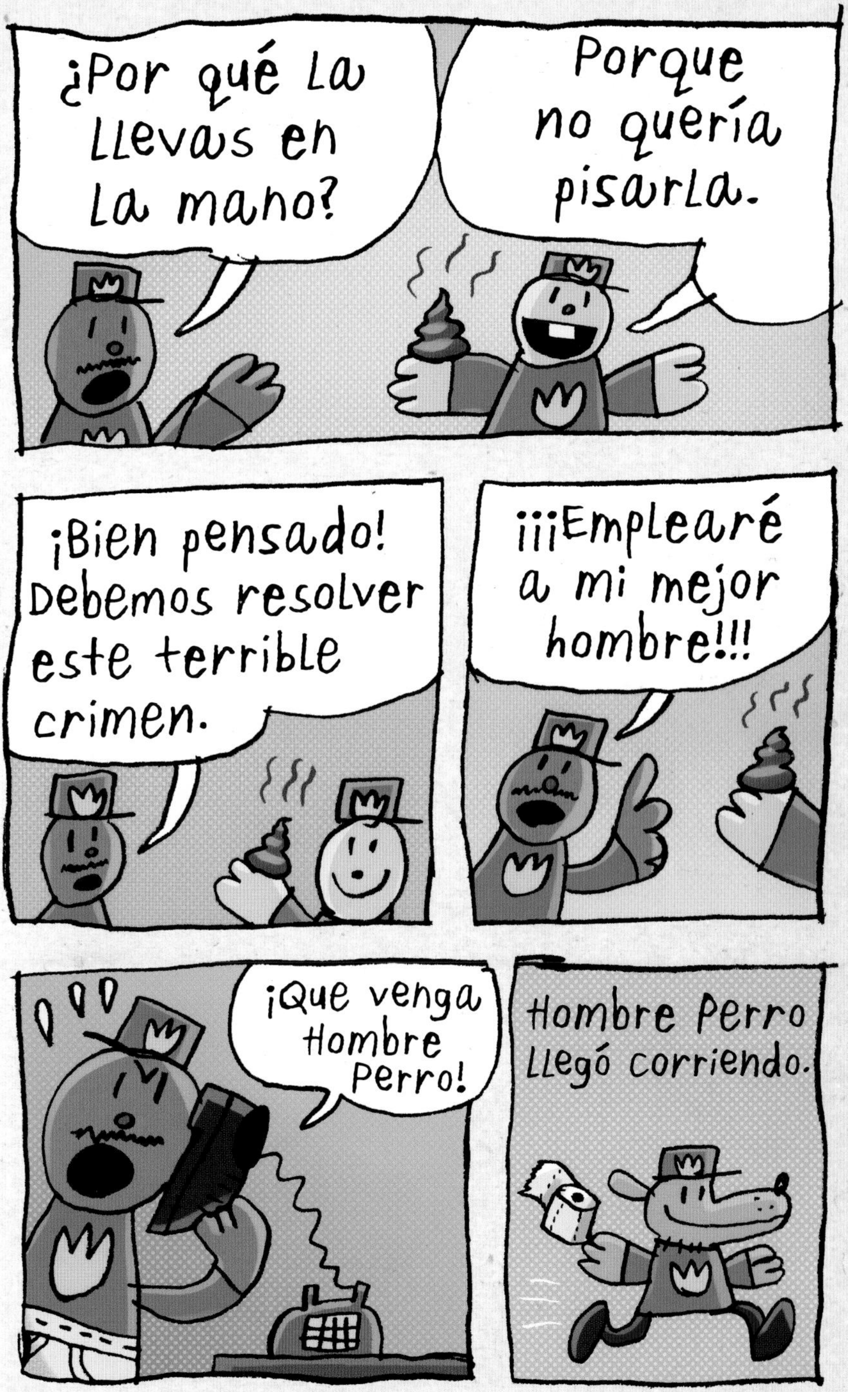
¿Por qué la llevas en la mano?
Porque no quería pisarla.
¡Bien pensado! Debemos resolver este terrible crimen.
¡¡¡Emplearé a mi mejor hombre!!!
¡Que venga Hombre Perro!
Hombre Perro llegó corriendo.

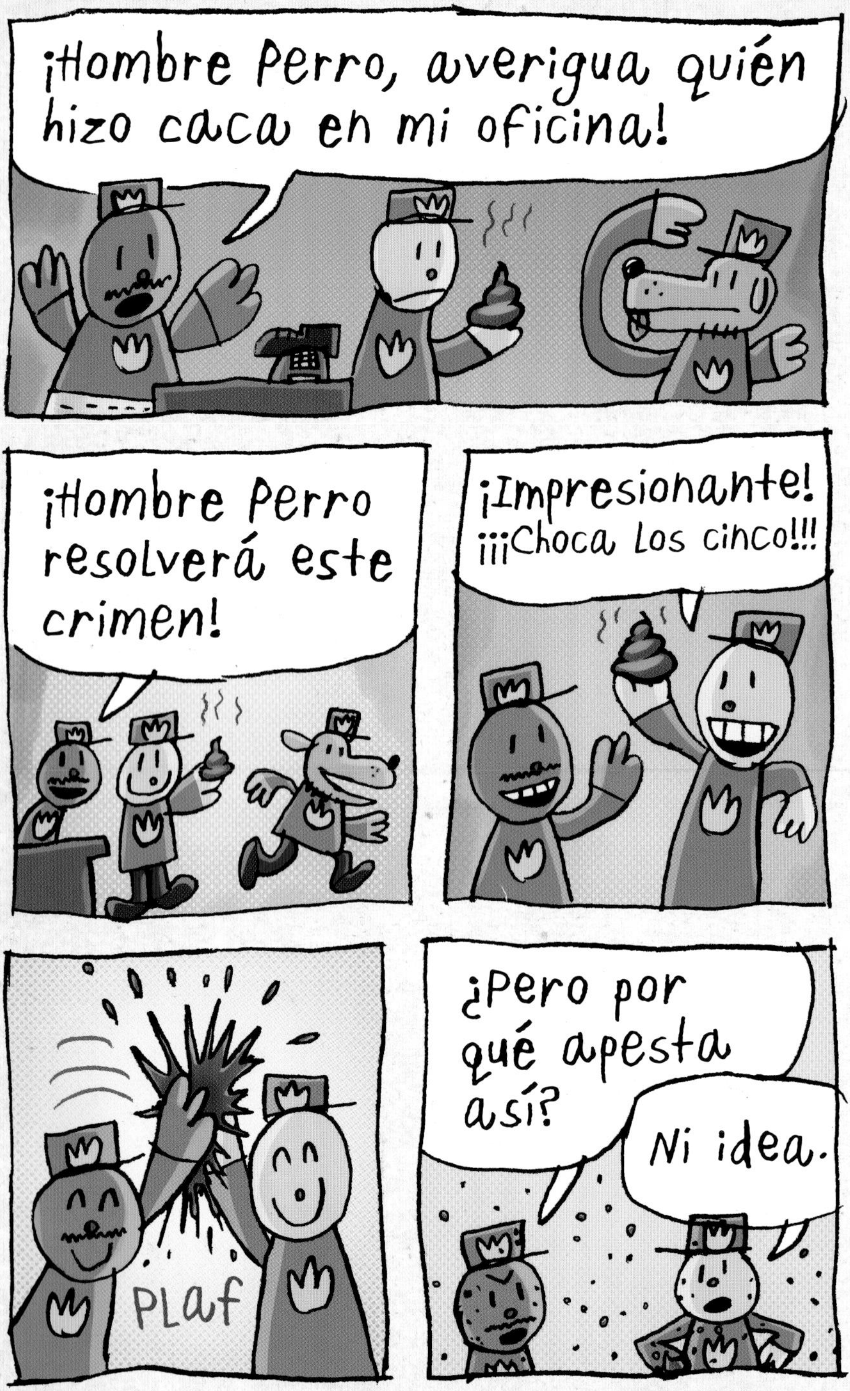
¡Hombre Perro, averigua quién hizo caca en mi oficina!
¡Hombre Perro resolverá este crimen!
¡Impresionante! ¡¡¡Choca los cinco!!!
PLAF
¿Pero por qué apesta así?
Ni idea.

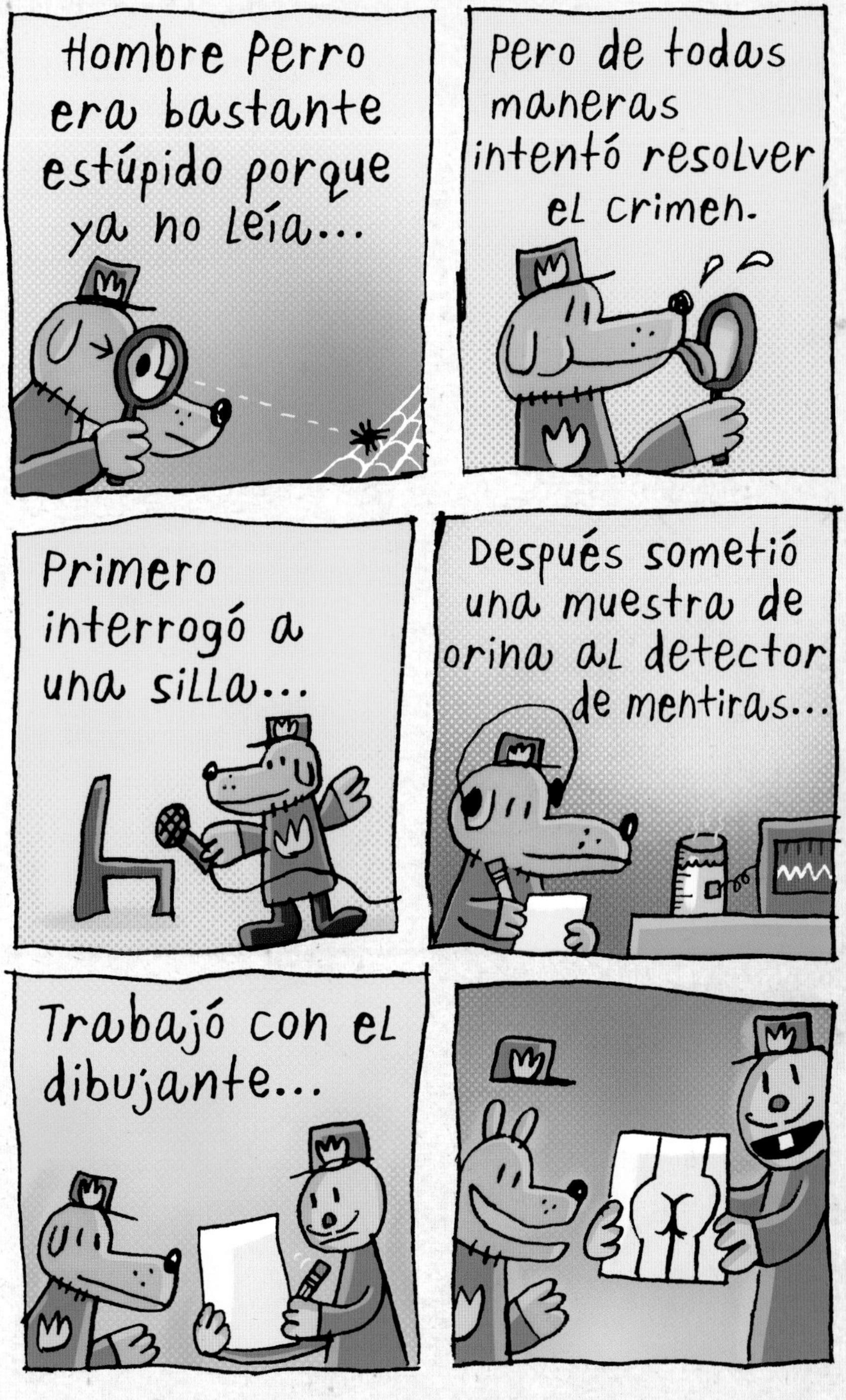
Hombre Perro era bastante estúpido porque ya no leía...
Pero de todas maneras intentó resolver el crimen.
Primero interrogó a una silla...
Después sometió una muestra de orina al detector de mentiras...
Trabajó con el dibujante...

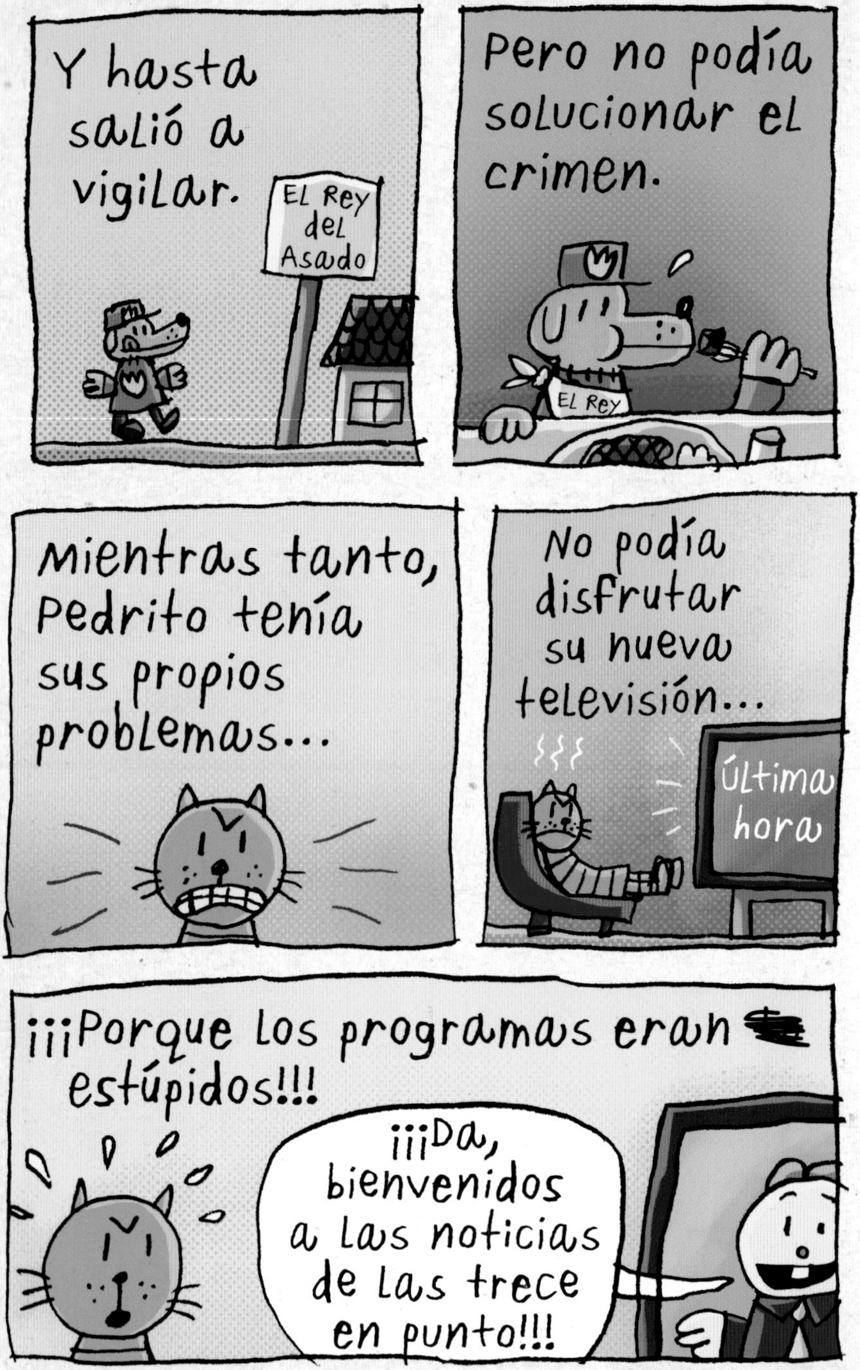
Y hasta salió a vigilar.
EL Rey deL Asado
Pero no podía solucionar eL crimen.
EL Rey
Mientras tanto, Pedrito tenía sus propios problemas...
No podía disfrutar su nueva televisión...
ÚLtima hora
¡¡¡Porque Los programas eran estúpidos!!!
¡¡¡Da, bienvenidos a Las noticias de Las trece en punto!!!

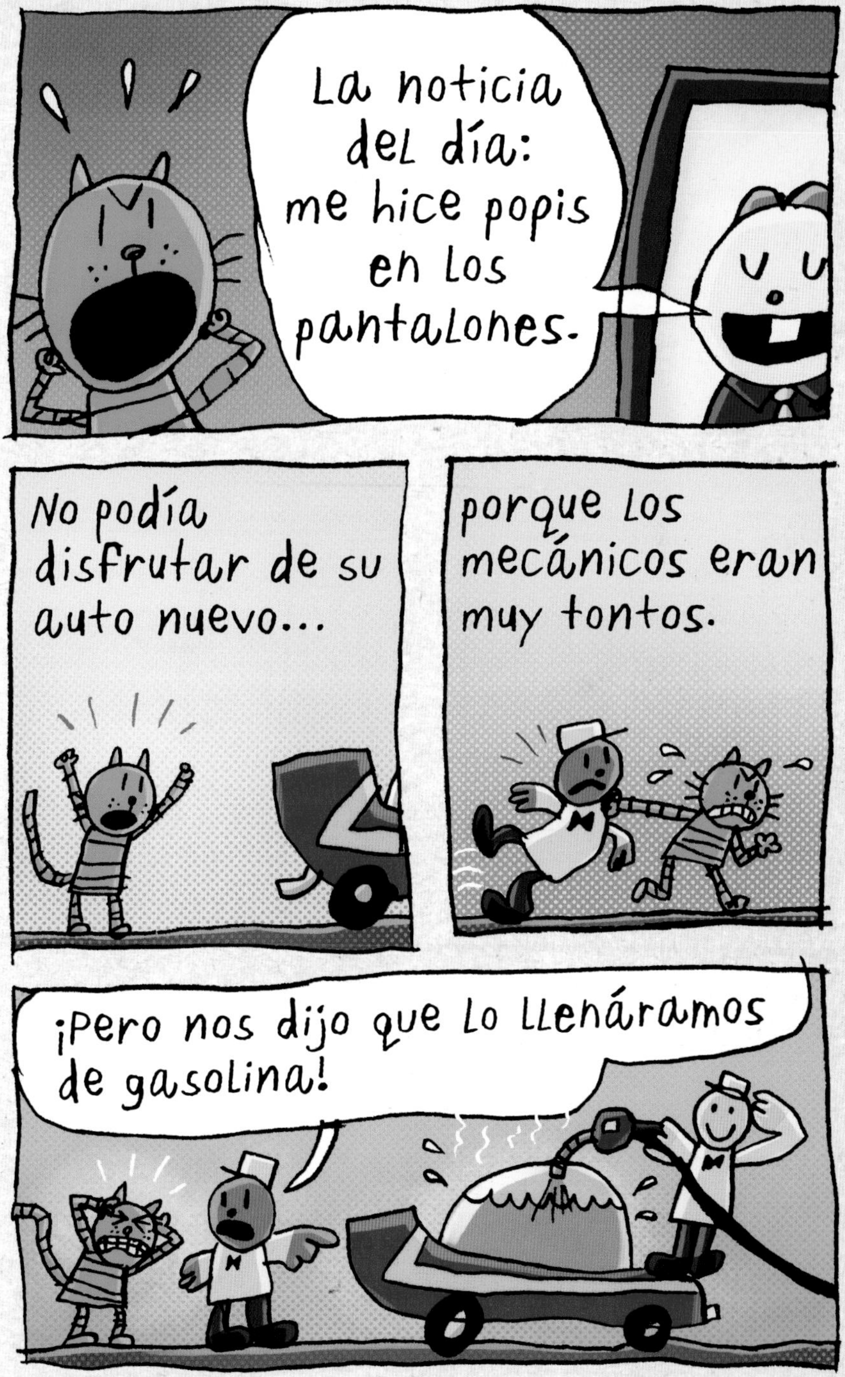
La noticia del día: me hice popis en los pantalones.
No podía disfrutar de su auto nuevo...
porque los mecánicos eran muy tontos.
¡Pero nos dijo que lo llenáramos de gasolina!

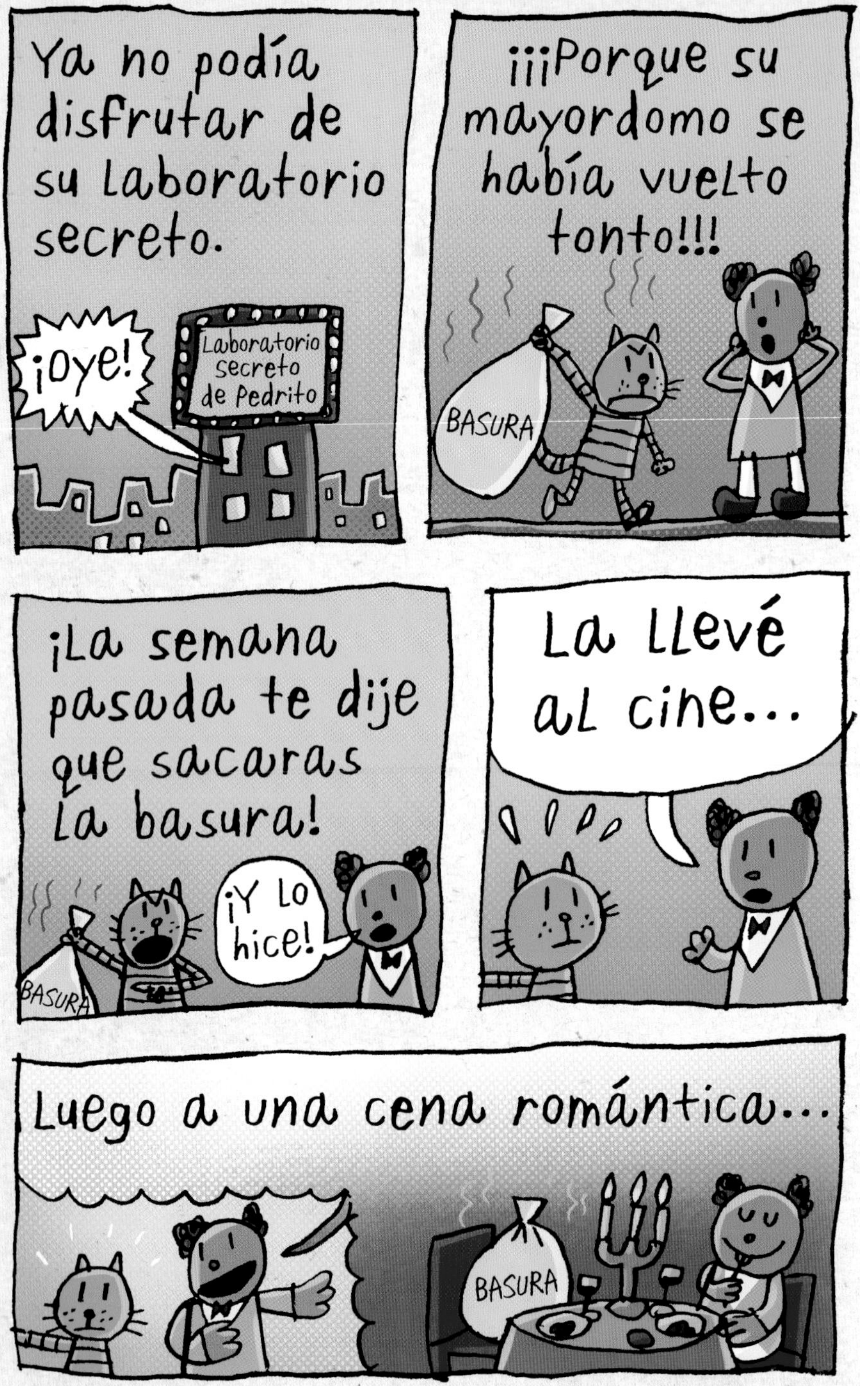
Ya no podía disfrutar de su laboratorio secreto.
¡Oye!
Laboratorio secreto de Pedrito
¡¡¡Porque su mayordomo se había vuelto tonto!!!
BASURA
¡La semana pasada te dije que sacaras la basura!
BASURA
¡Y lo hice!
La llevé al cine...
Luego a una cena romántica...
BASURA

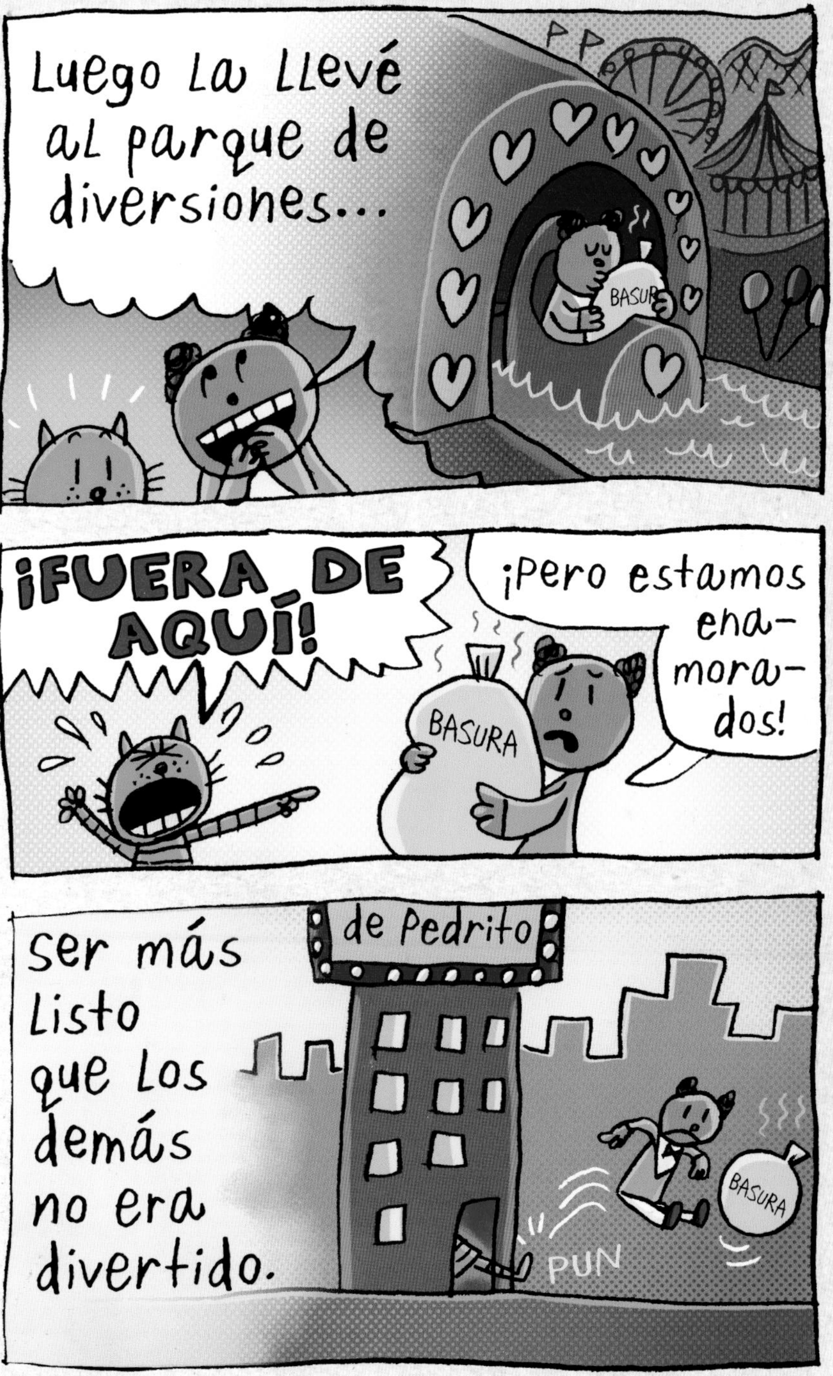
Luego la llevé al parque de diversiones...
BASURA
¡FUERA DE AQUÍ!
¡Pero estamos enamorados!
BASURA
de Pedrito
ser más listo que los demás no era divertido.
PUN
BASURA

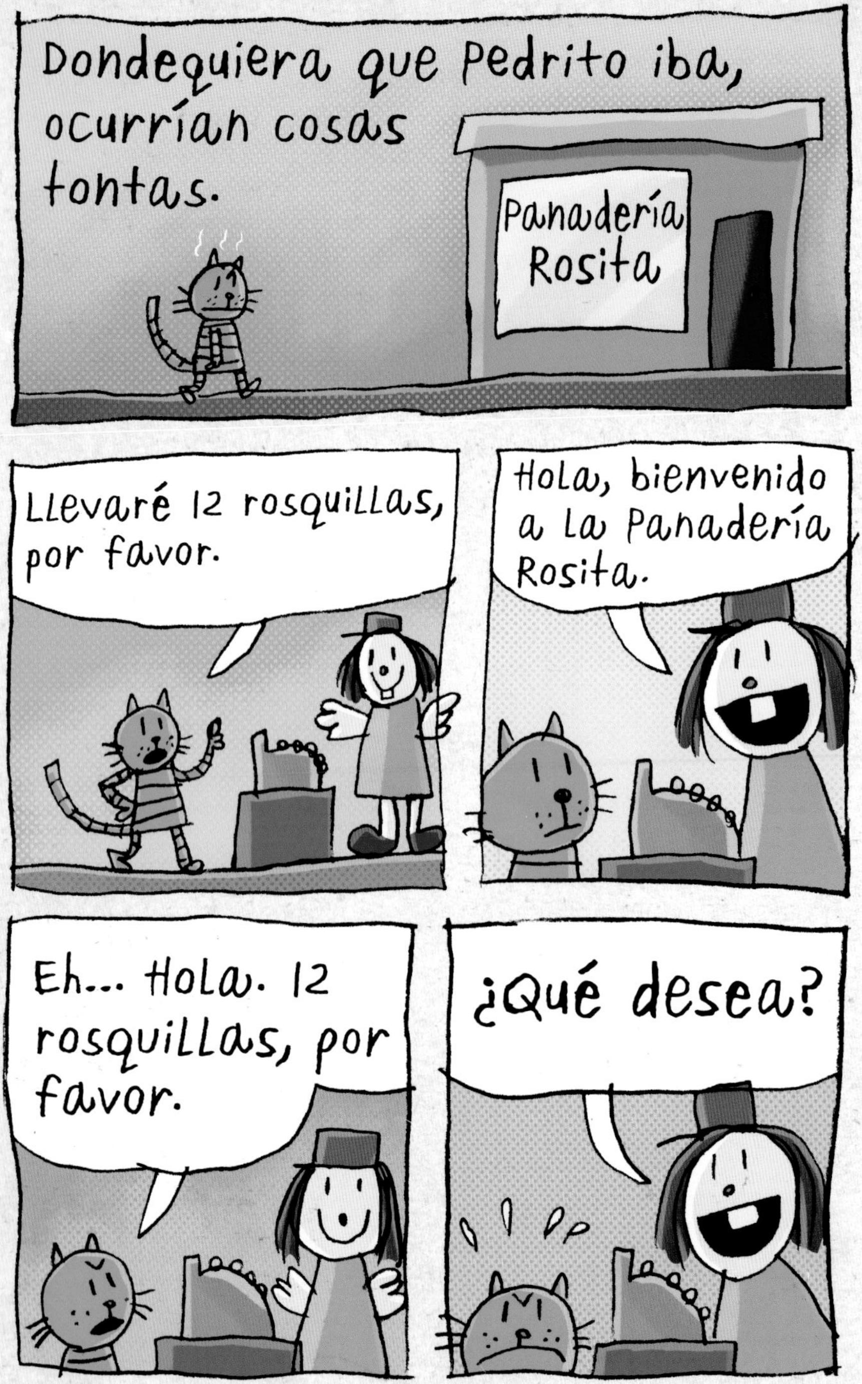
Dondequiera que Pedrito iba, ocurrían cosas tontas.
Panadería Rosita
Hola, bienvenido a la Panadería Rosita.
Llevaré 12 rosquillas, por favor.
¿Qué desea?
Eh... Hola. 12 rosquillas, por favor.

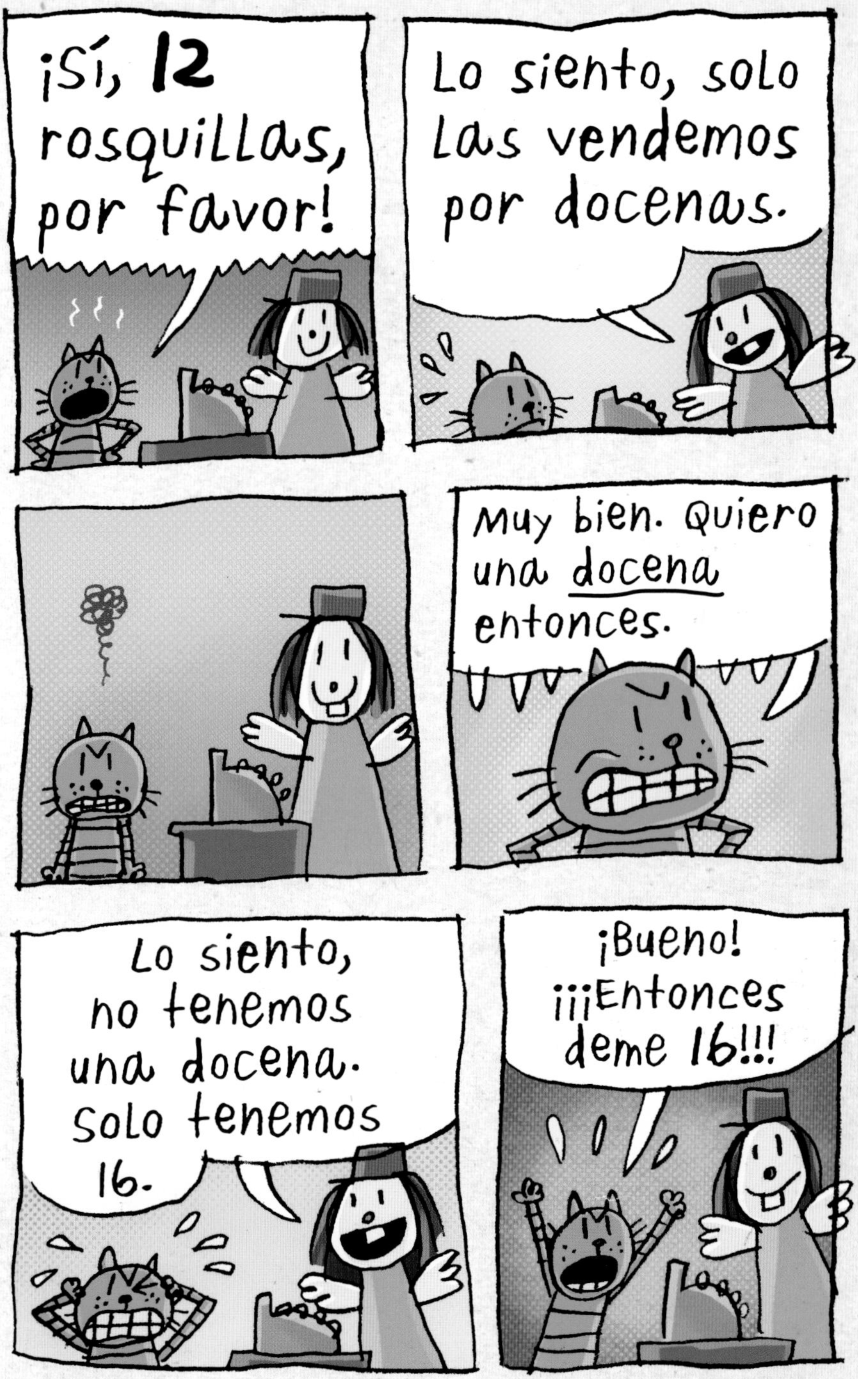
¡Sí, 12 rosquillas, por favor!
Lo siento, solo las vendemos por docenas.
Muy bien. Quiero una docena entonces.
Lo siento, no tenemos una docena. Solo tenemos 16.
¡Bueno! ¡¡¡Entonces deme 16!!!

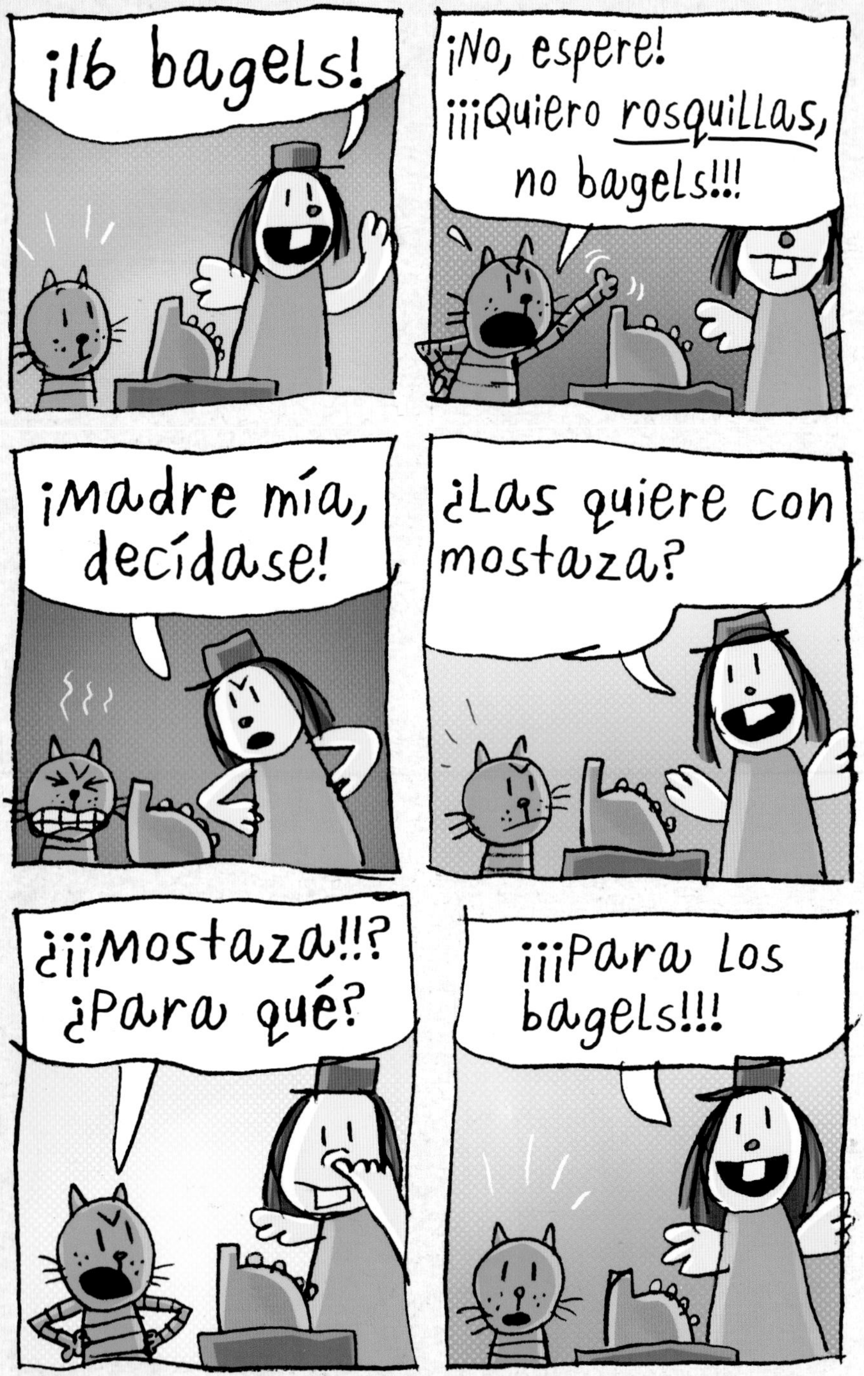
¡16 bagels!
¡No, espere! ¡¡¡Quiero rosquillas, no bagels!!!
¡Madre mía, decídase!
¿Las quiere con mostaza?
¿¡¡Mostaza!!? ¿Para qué?
¡¡¡Para los bagels!!!

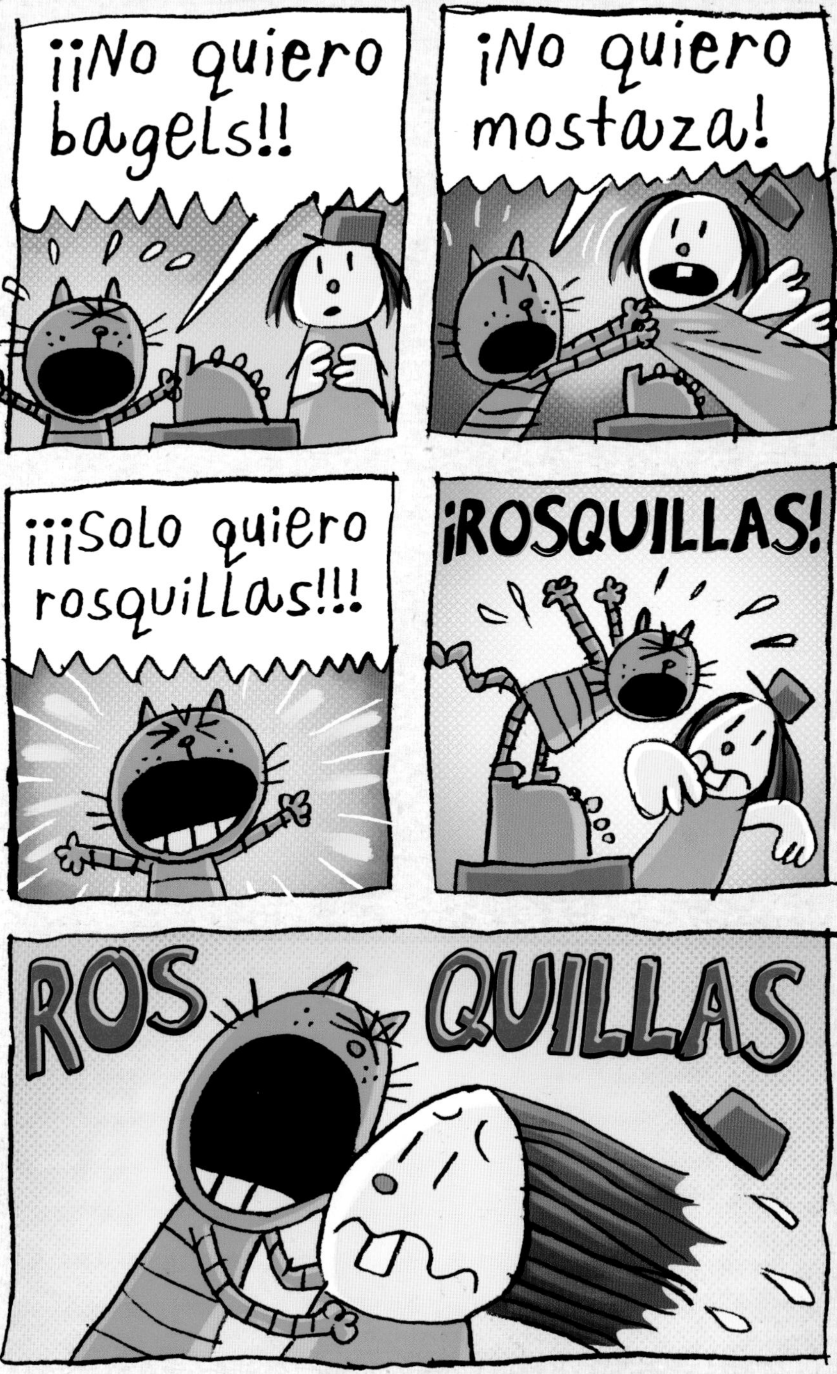
¡¡No quiero bagels!!
¡No quiero mostaza!
¡¡¡Solo quiero rosquillas!!!
¡ROSQUILLAS!
ROS QUILLAS

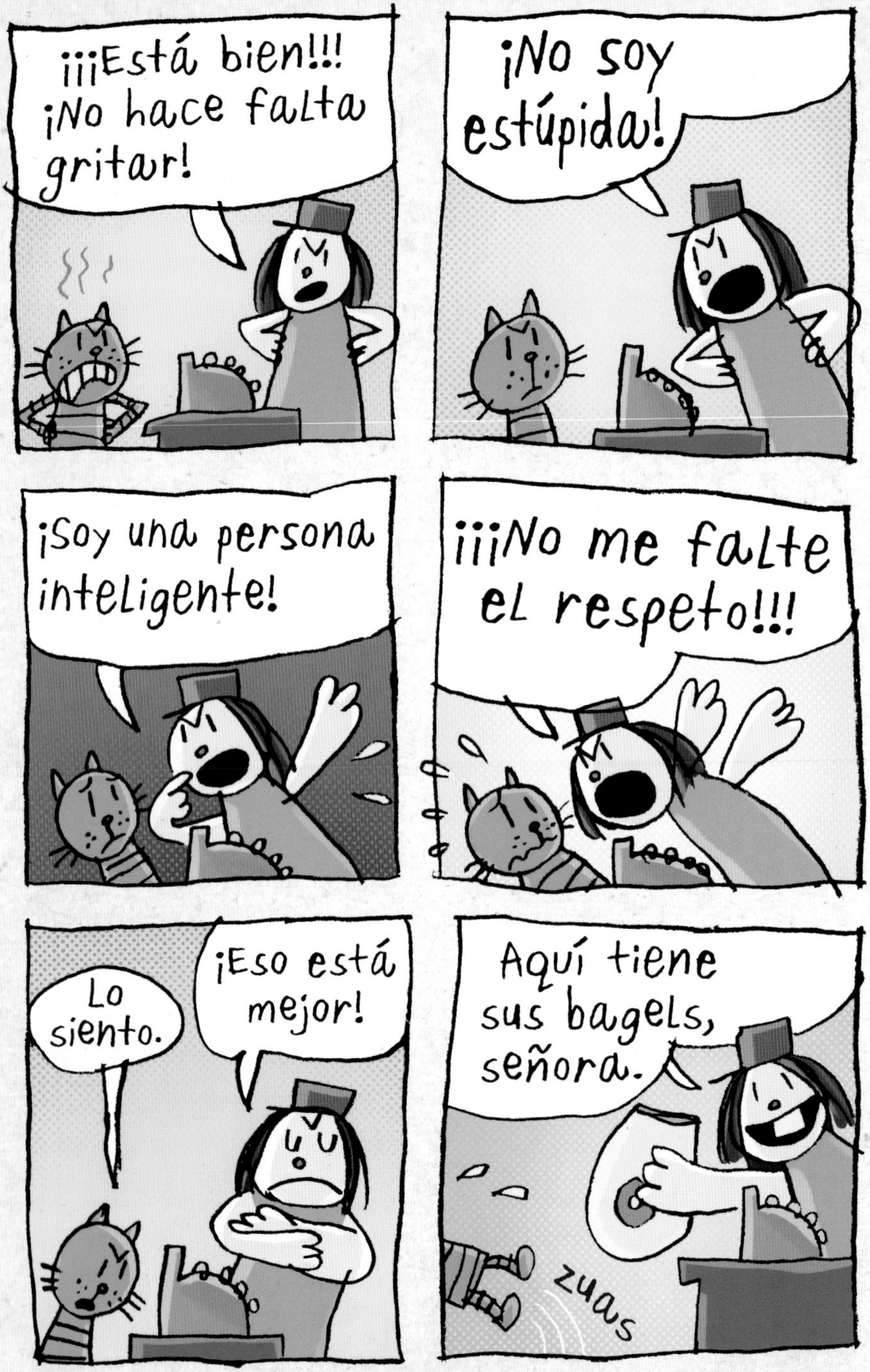
¡¡¡Está bien!!! ¡No hace falta gritar!
¡No soy estúpida!
¡Soy una persona inteligente!
¡¡¡No me falte el respeto!!!
Lo siento.
¡Eso está mejor!
Aquí tiene sus bagels, señora.
zuas

Eh, amigo, ¿puede ayudarme?

¡¡Hace tres días que no como y estoy muerto de hambre!!

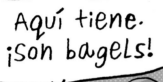

Aquí tiene. ¡Son bagels!

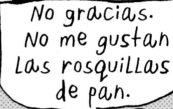

No gracias. No me gustan las rosquillas de pan.

zuas

¡No lo soporto más!

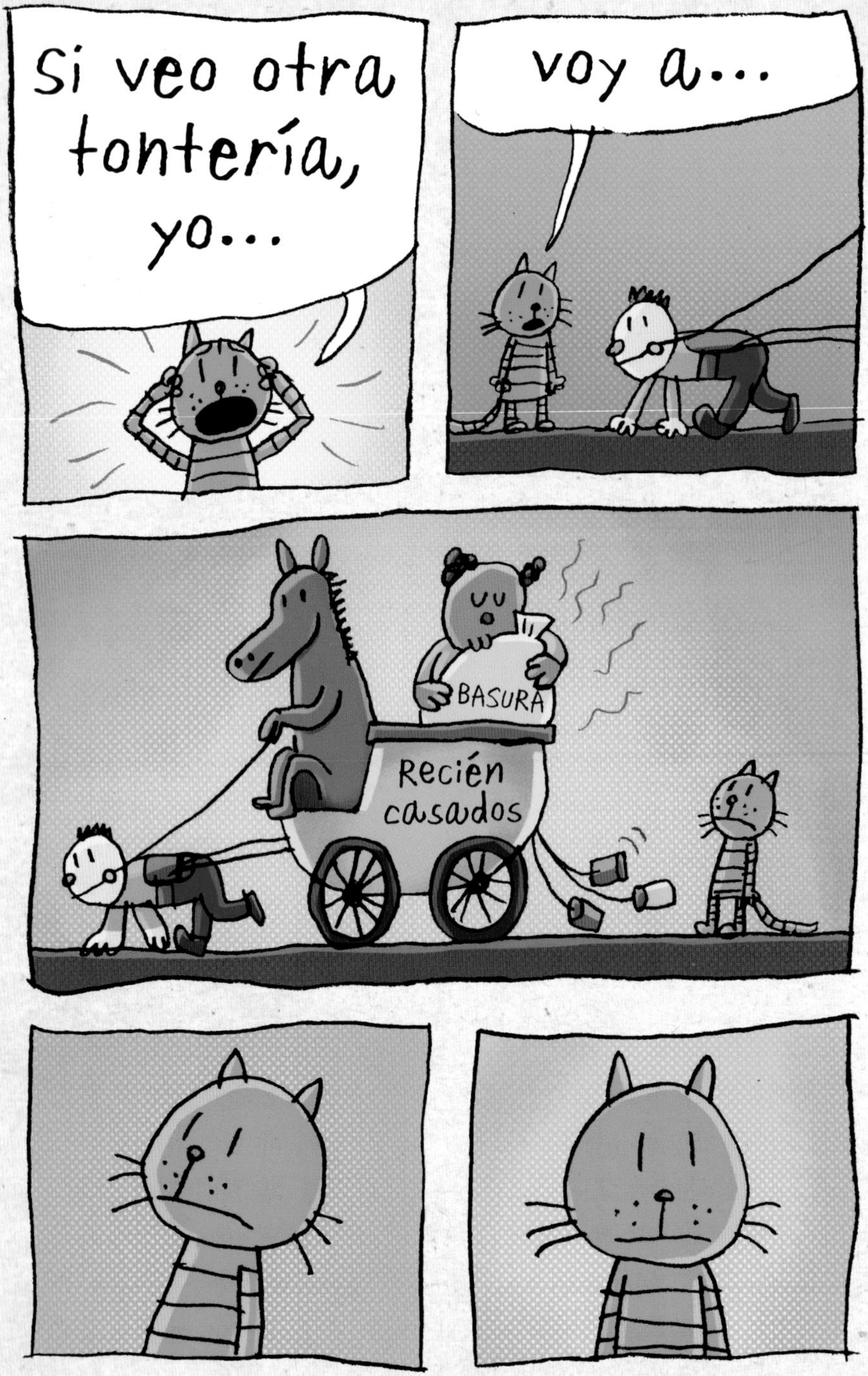
Si veo otra tontería, yo...
voy a...
BASURA
Recién casados

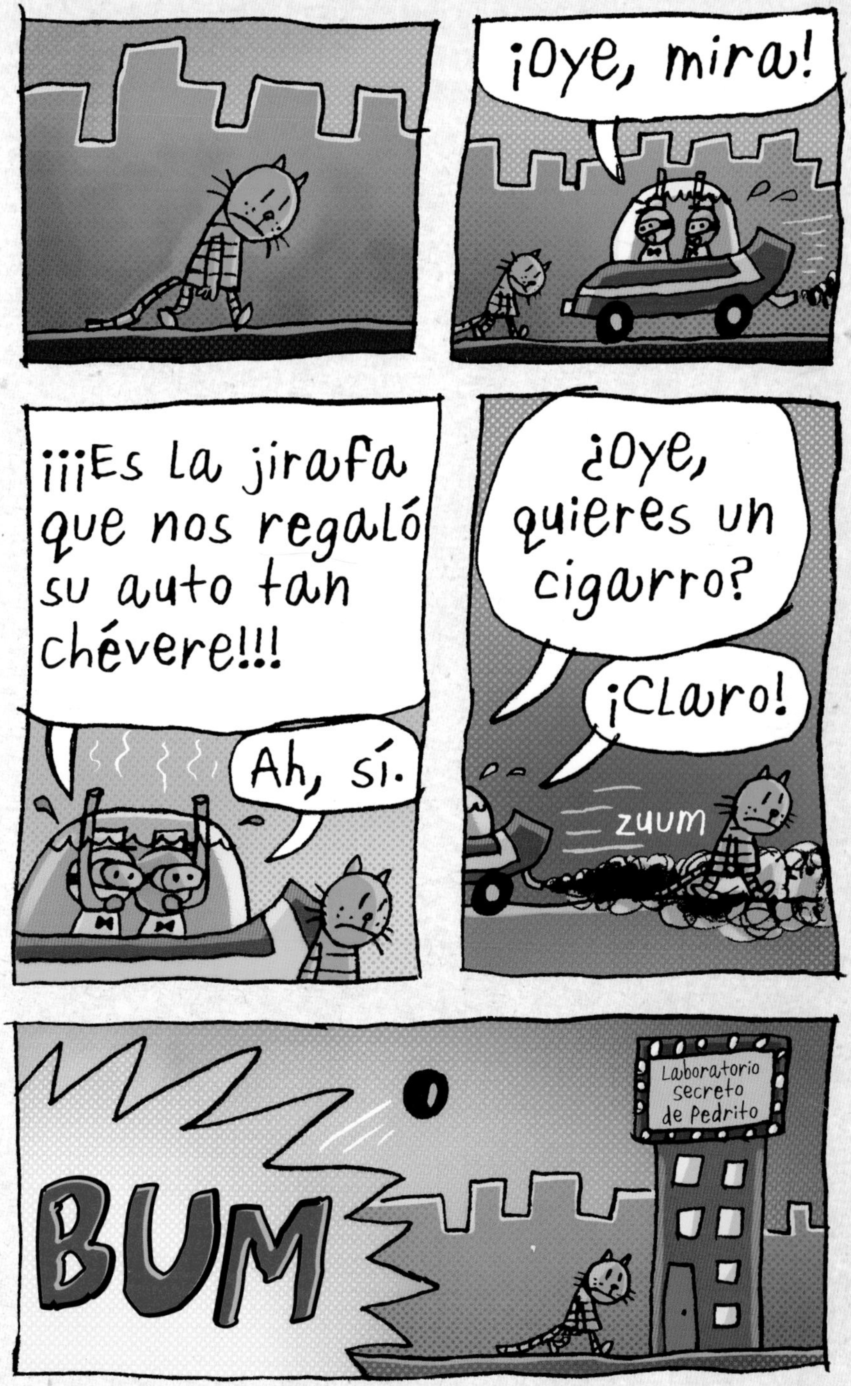
¡Oye, mira!
¡¡¡Es la jirafa que nos regaló su auto tan chévere!!!
Ah, sí.
¿Oye, quieres un cigarro?
¡Claro!
ZUUM
BUM
Laboratorio secreto de Pedrito

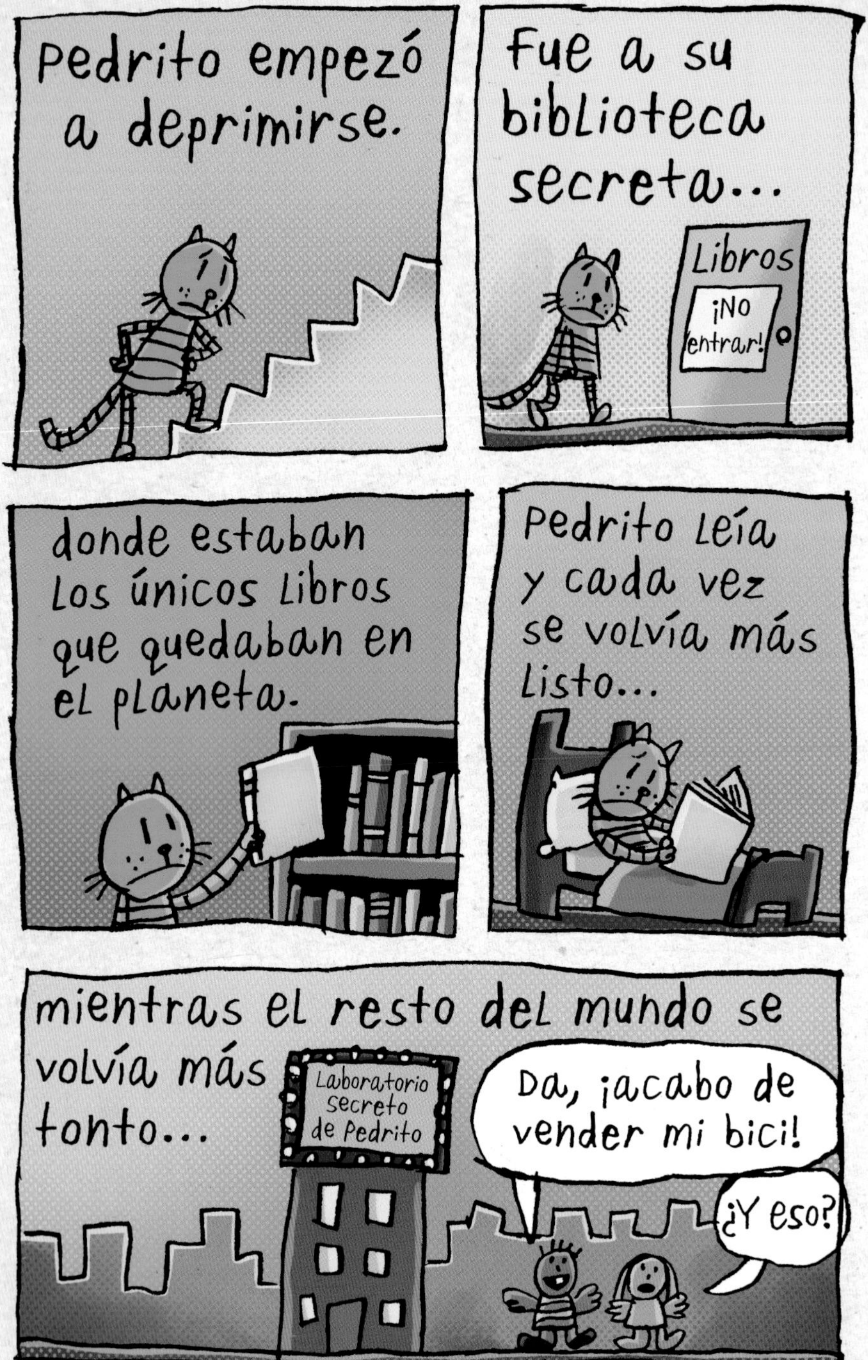
Pedrito empezó a deprimirse.
Fue a su biblioteca secreta...
Libros
¡No entrar!
donde estaban los únicos libros que quedaban en el planeta.
Pedrito leía y cada vez se volvía más listo...
mientras el resto del mundo se volvía más tonto...
Laboratorio secreto de Pedrito
Da, ¡acabo de vender mi bici!
¿Y eso?

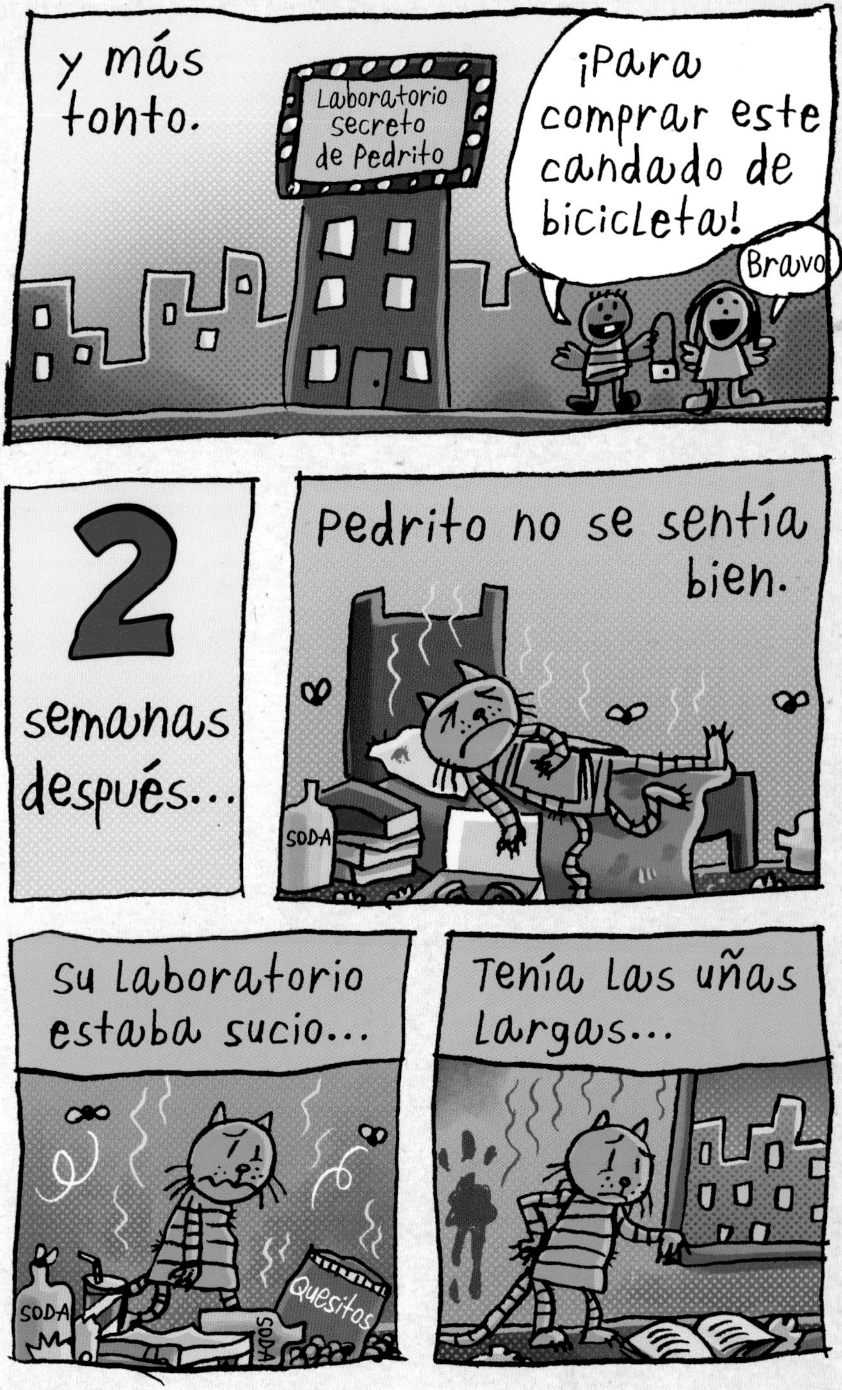
y más tonto.
Laboratorio secreto de Pedrito
¡Para comprar este candado de bicicleta!
Bravo
2 semanas después...
Pedrito no se sentía bien.
SODA
Su laboratorio estaba sucio...
SODA
SODA
Quesitos
Tenía las uñas largas...

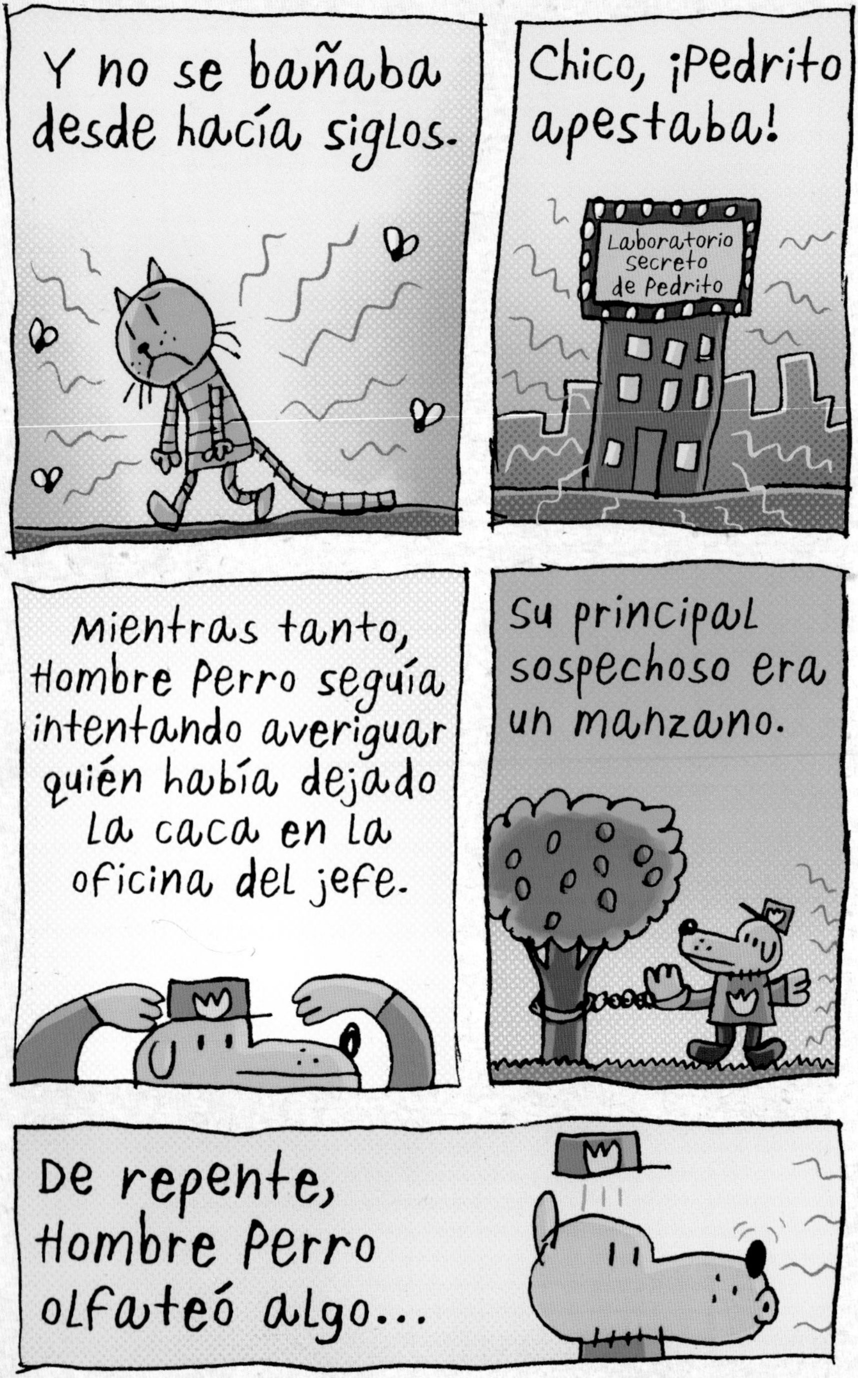
Y no se bañaba desde hacía siglos.
Chico, ¡Pedrito apestaba!
Laboratorio secreto de Pedrito
Mientras tanto, Hombre Perro seguía intentando averiguar quién había dejado la caca en la oficina del jefe.
Su principal sospechoso era un manzano.
De repente, Hombre Perro olfateó algo...

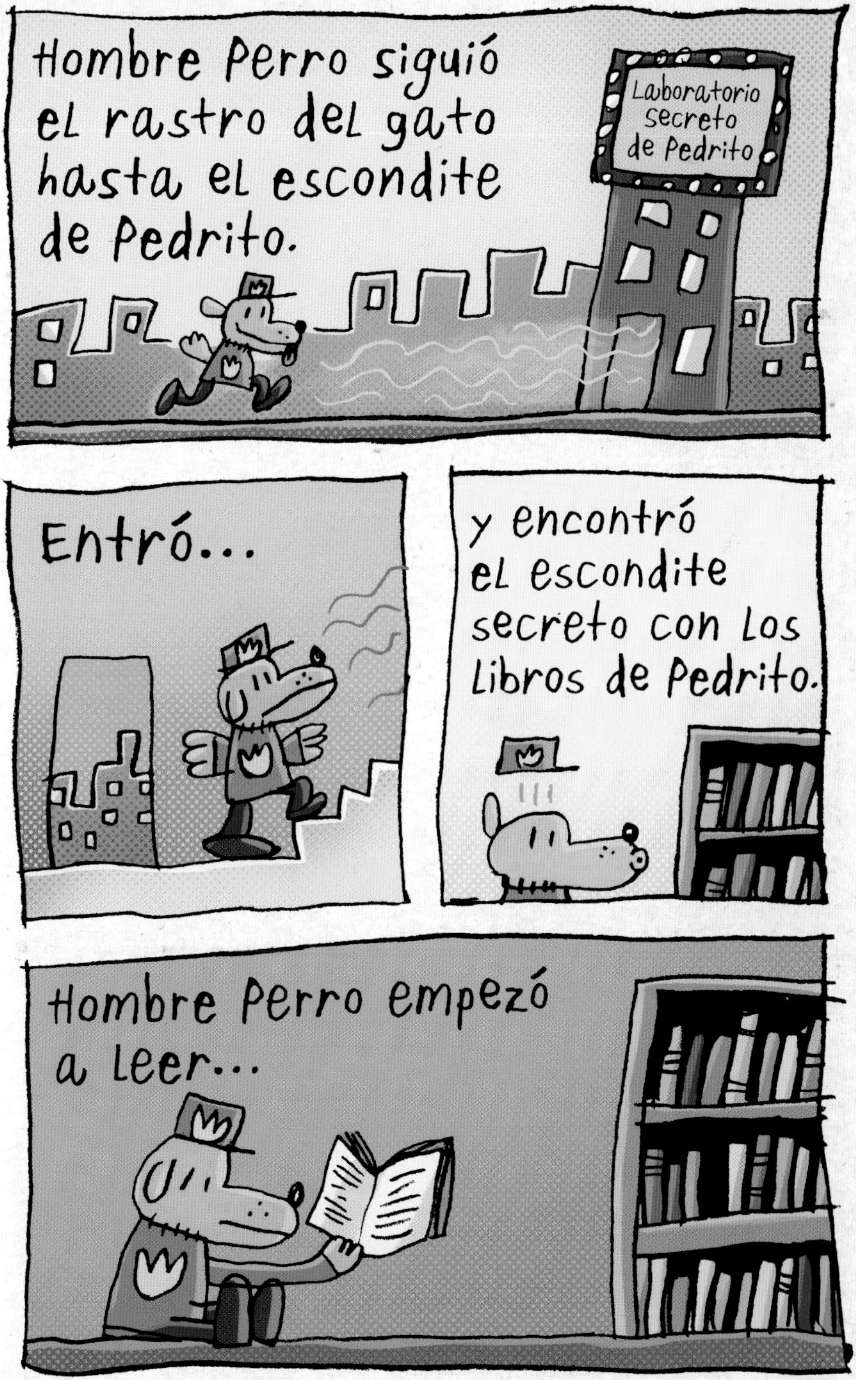
Hombre Perro siguió el rastro del gato hasta el escondite de Pedrito.
Laboratorio secreto de Pedrito
Entró...
y encontró el escondite secreto con los libros de Pedrito.
Hombre Perro empezó a leer...

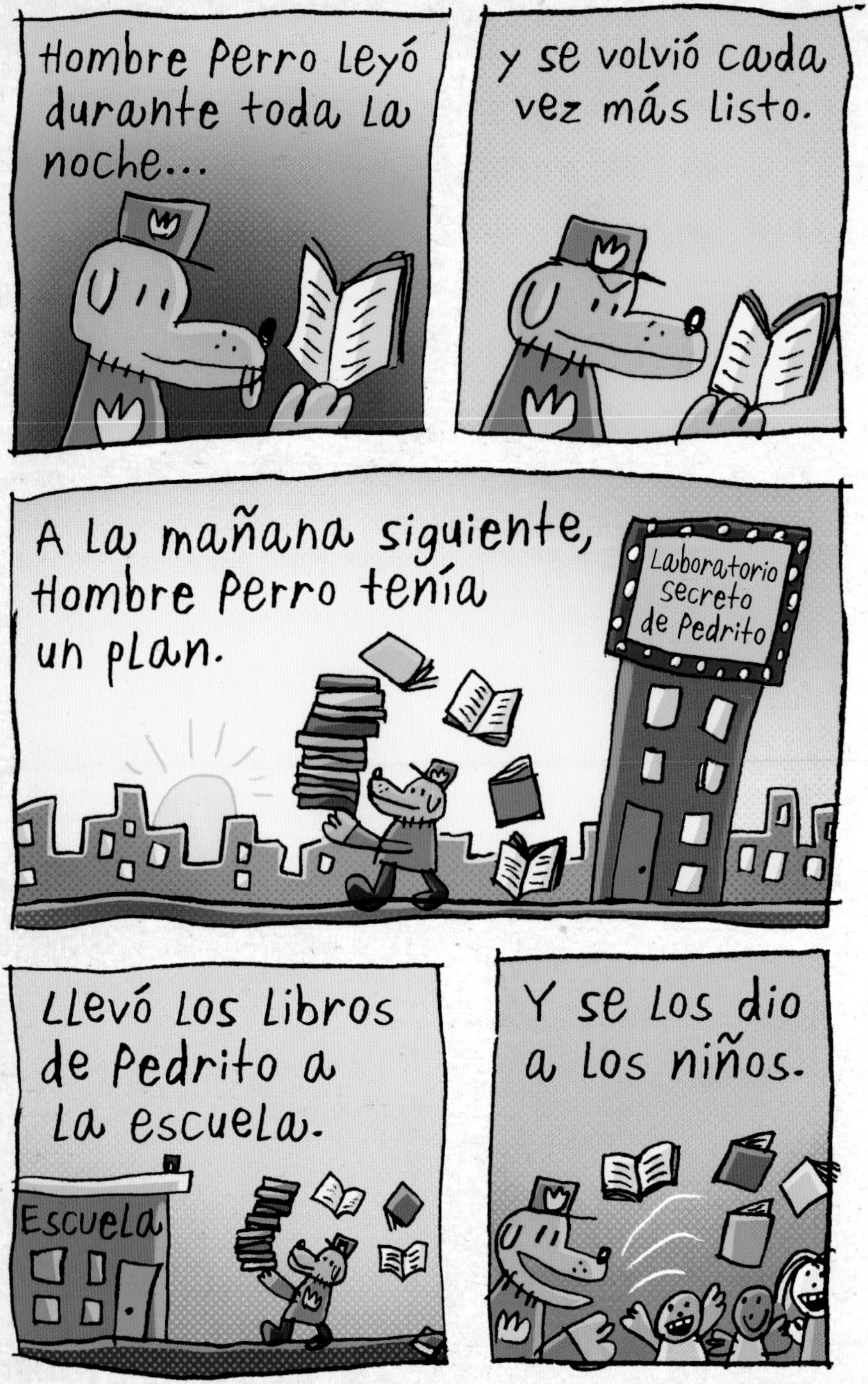
Hombre Perro leyó durante toda la noche...
y se volvió cada vez más listo.
A la mañana siguiente, Hombre Perro tenía un plan.
Laboratorio secreto de Pedrito
Llevó los libros de Pedrito a la escuela.
Escuela
Y se los dio a los niños.

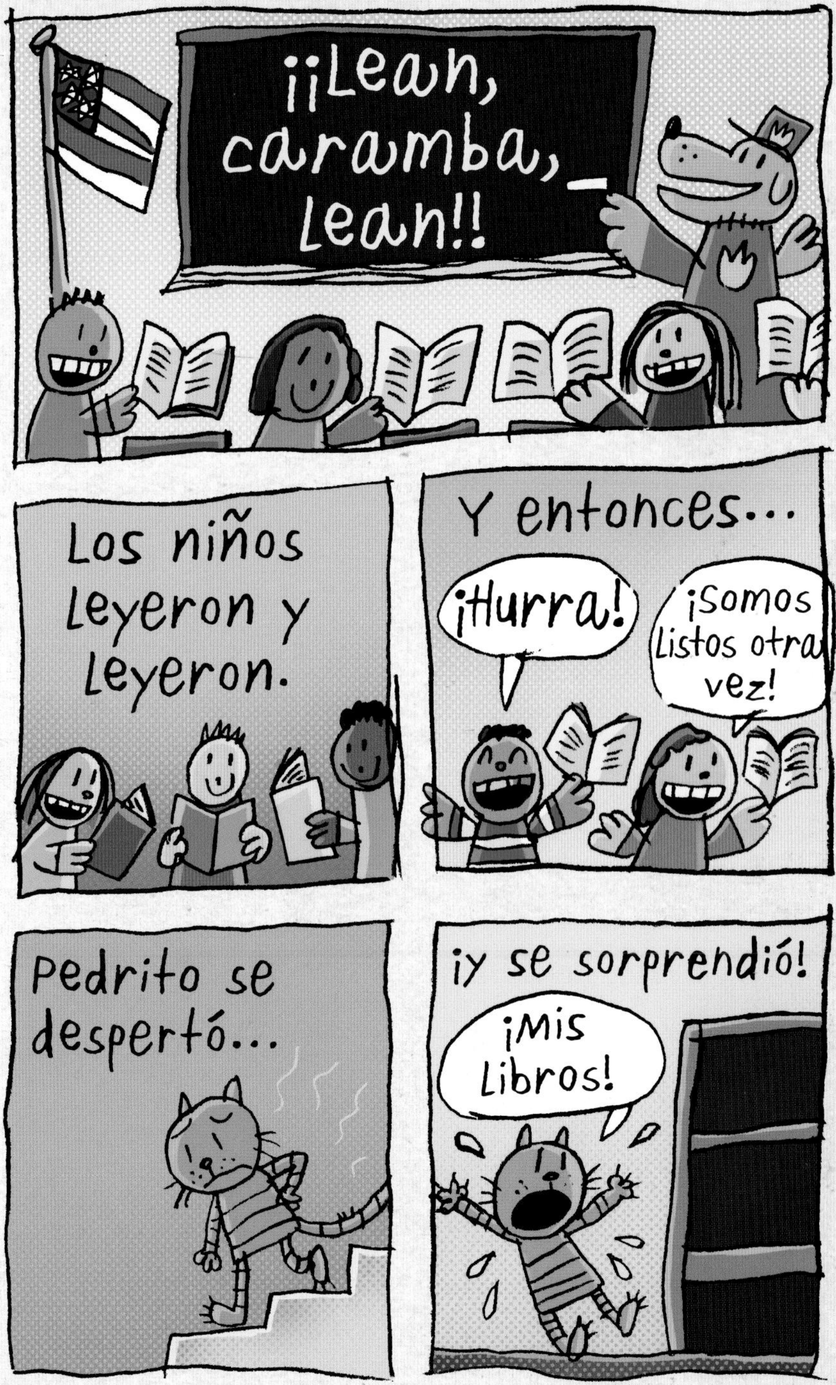
¡¡Lean, caramba, lean!!
Los niños leyeron y leyeron.
Y entonces...
¡Hurra!
¡Somos listos otra vez!
Pedrito se despertó...
¡Y se sorprendió!
¡Mis libros!

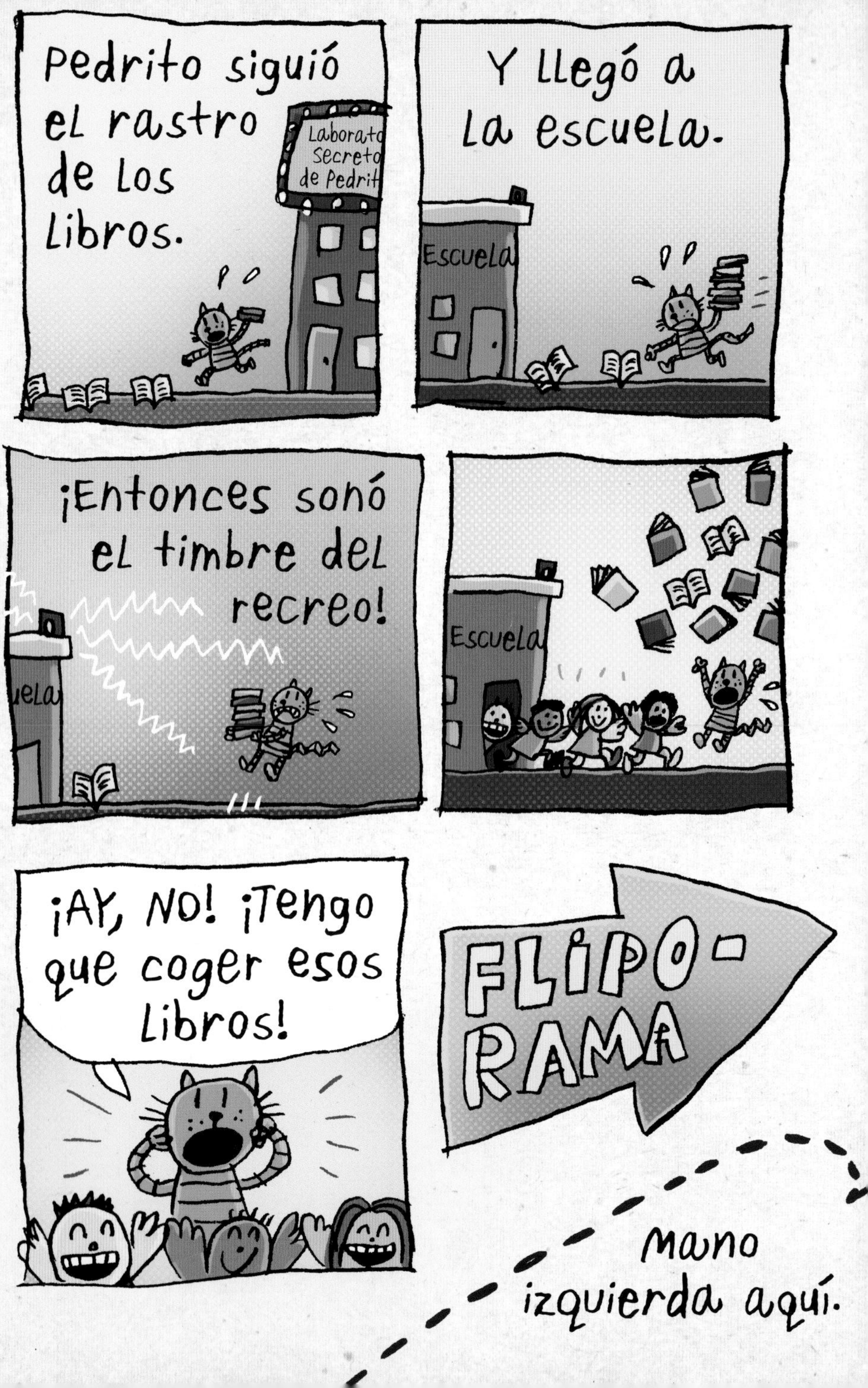
Pedrito siguió el rastro de los libros.
Laborato
Secreto
de Pedrit
Y llegó a la escuela.
Escuela
¡Entonces sonó el timbre del recreo!
uela
Escuela
¡AY, NO! ¡Tengo que coger esos libros!
FLIPO-RAMA
Mano izquierda aquí.

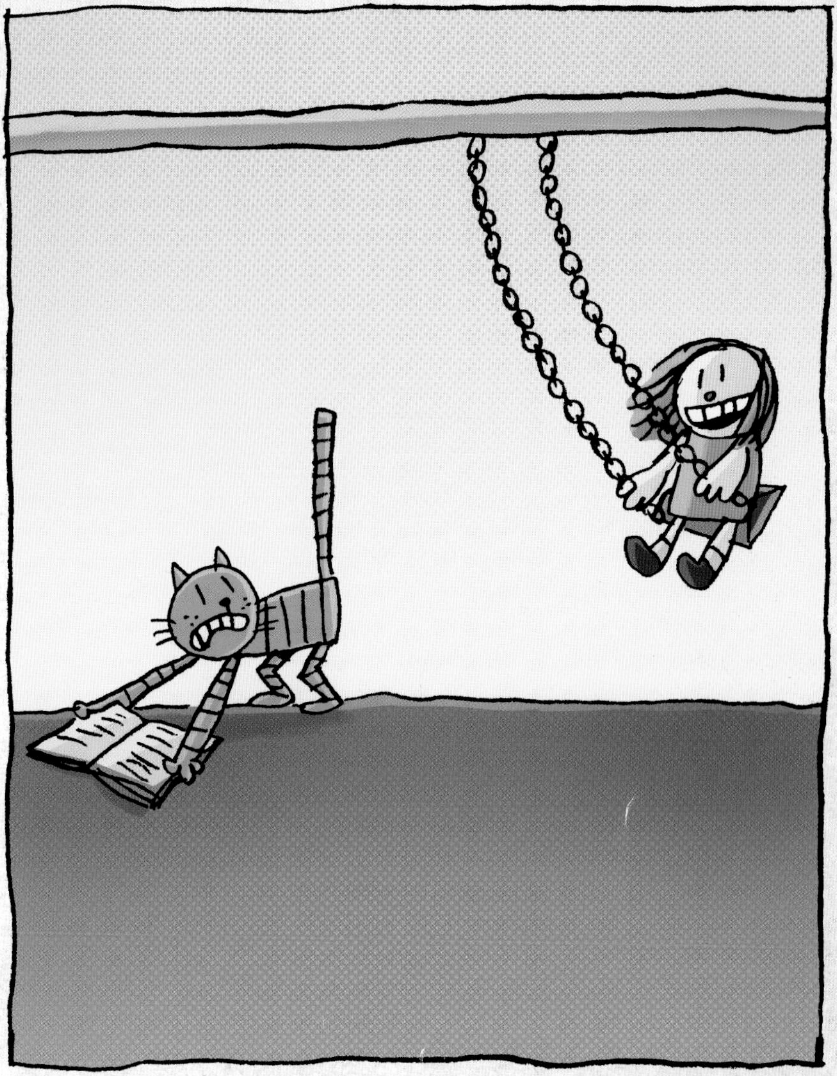

EL columpio pateador

Pulgar derecho aquí.

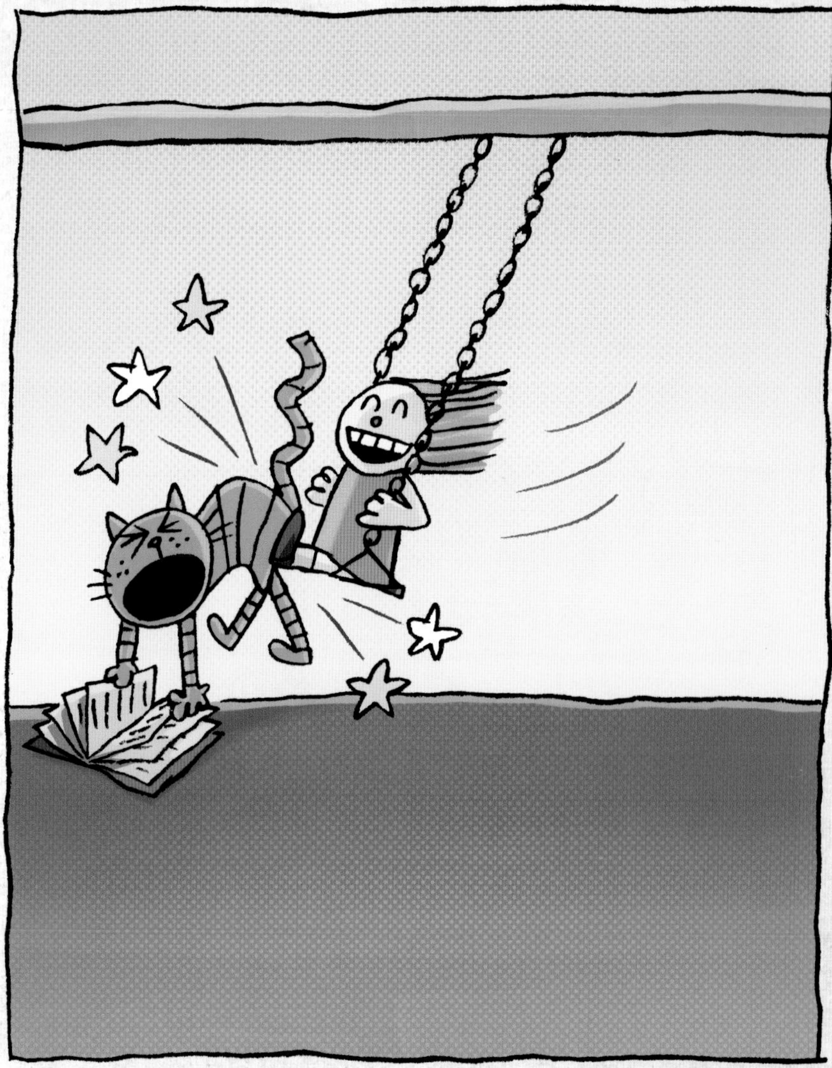

EL columpio pateador

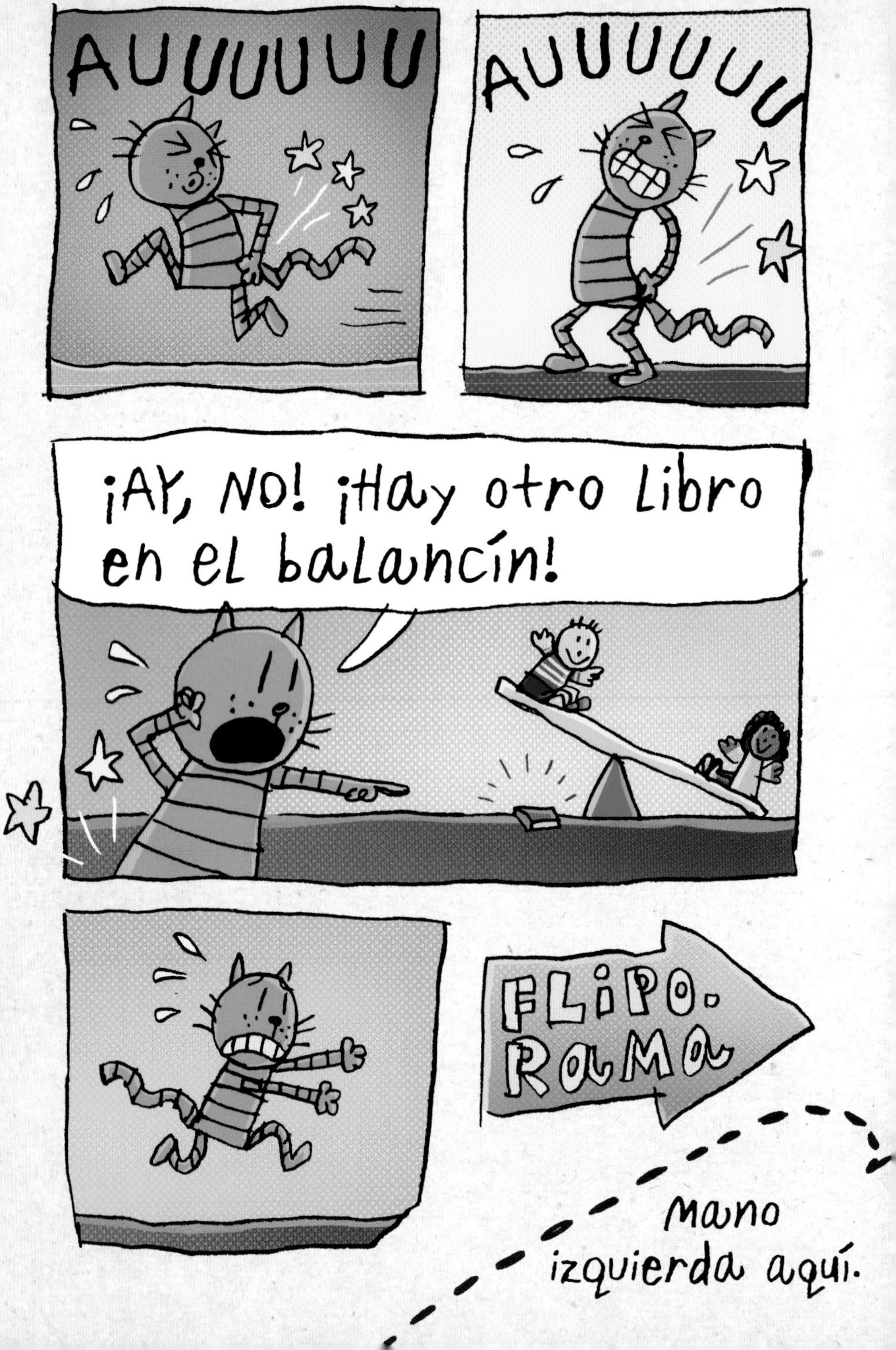
AUUUUUU
AUUUUUU
¡AY, NO! ¡Hay otro libro en el balancín!
FLIPO-RAMA
Mano izquierda aquí.

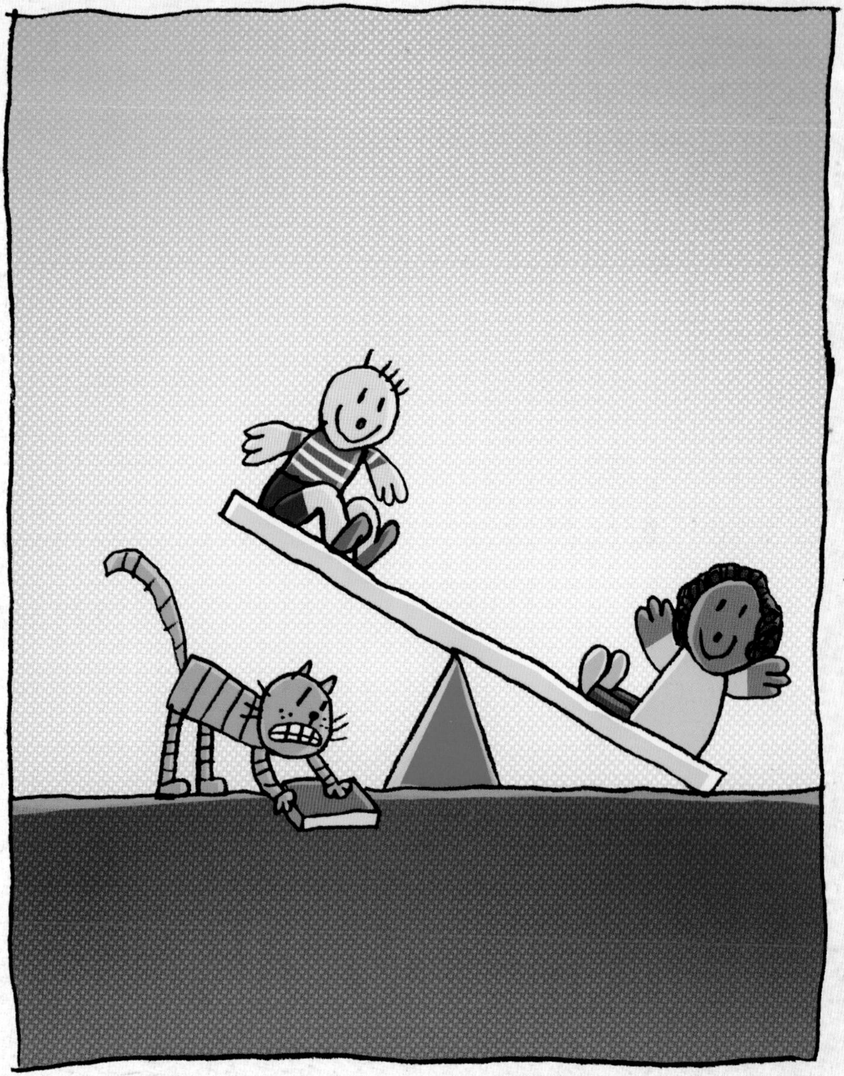

El balancín aplastador

Pulgar derecho aquí.

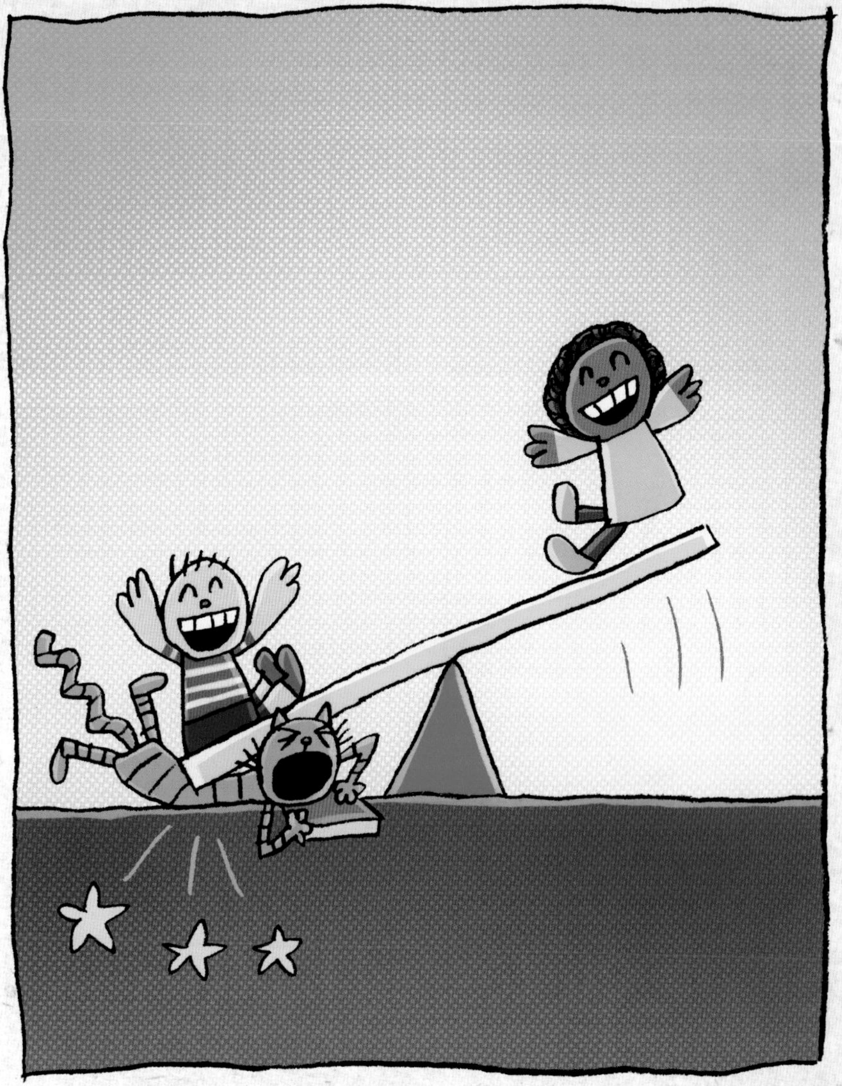

El balancín aplastador

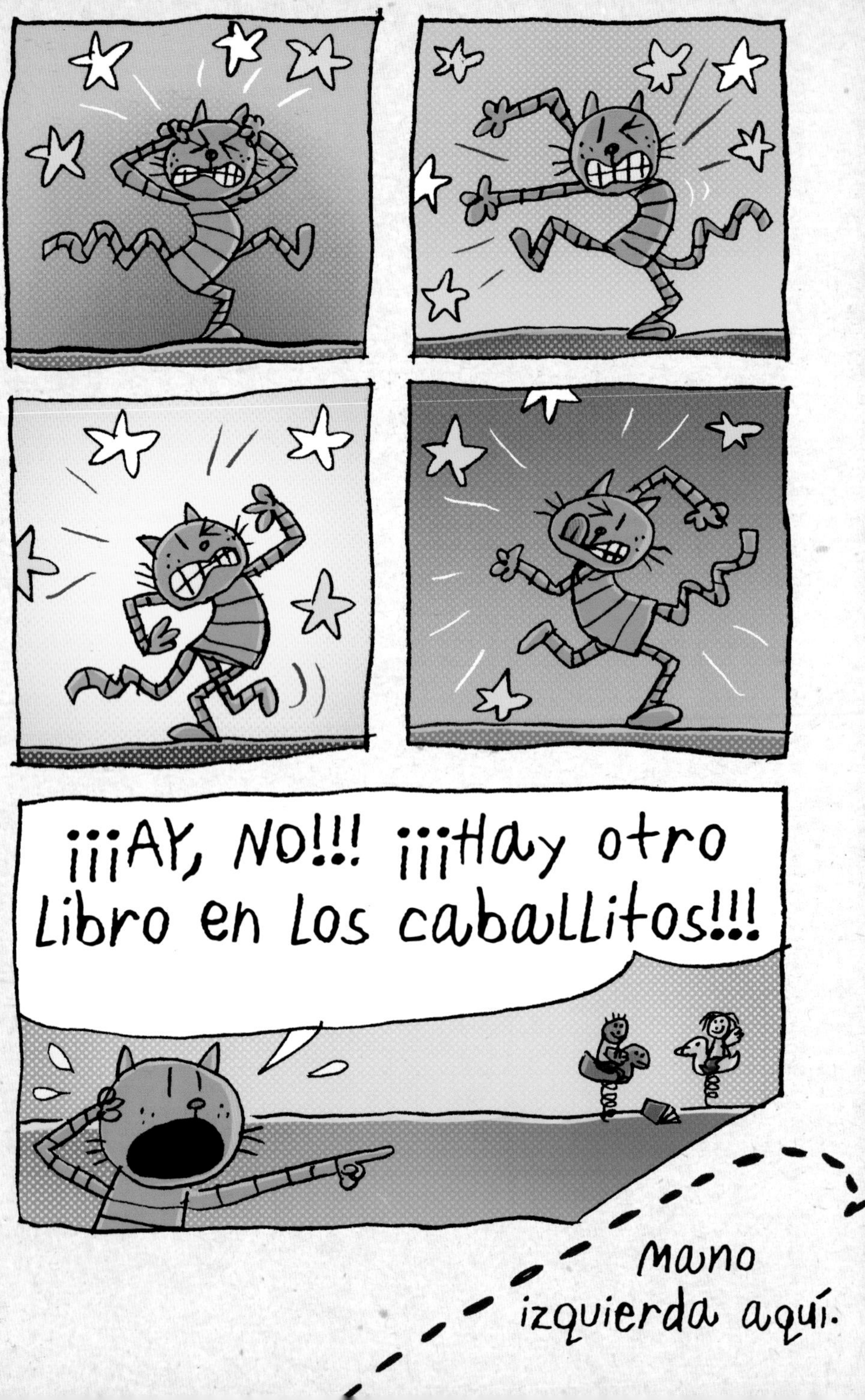
¡¡¡AY, NO!!! ¡¡¡Hay otro Libro en Los caballitos!!!

Mano izquierda aquí.

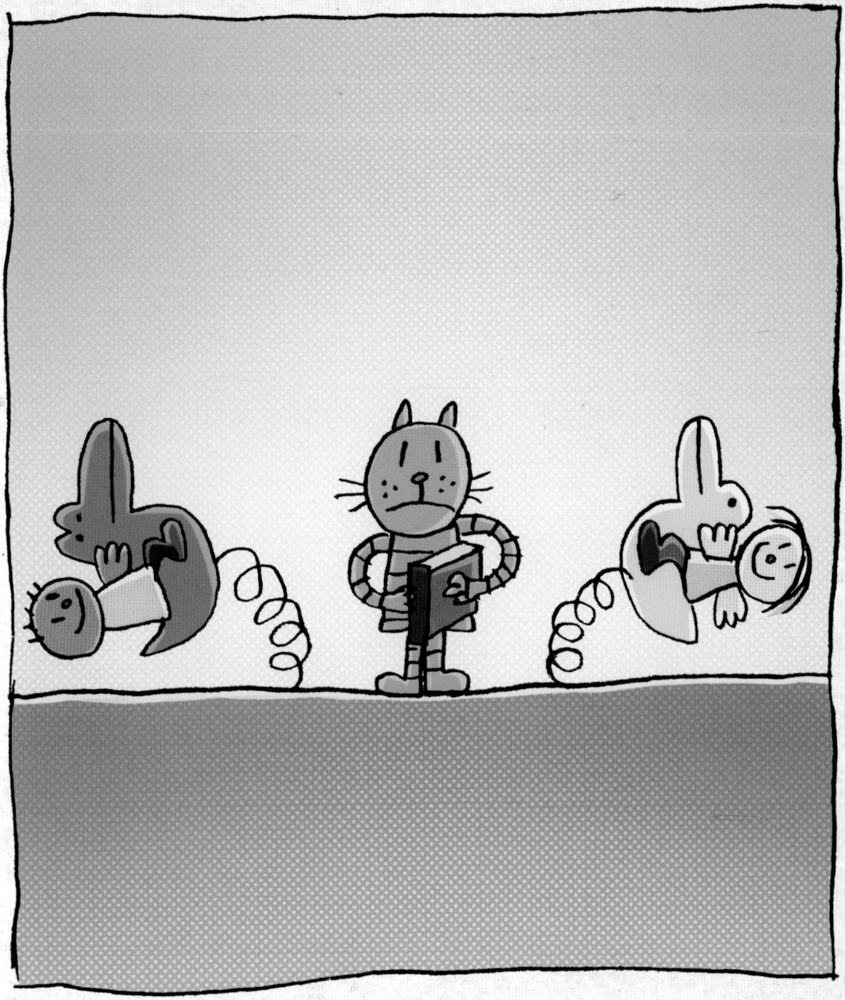

Relincho quebrador

Pulgar derecho aquí.

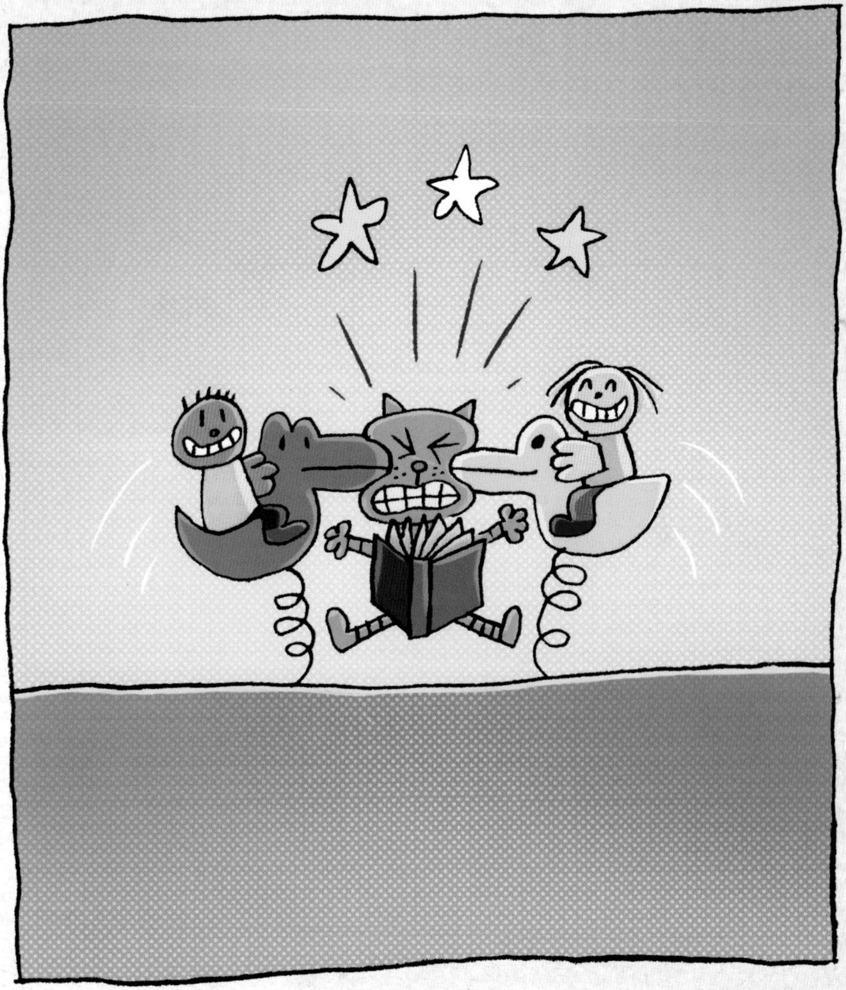

Relincho quebrador

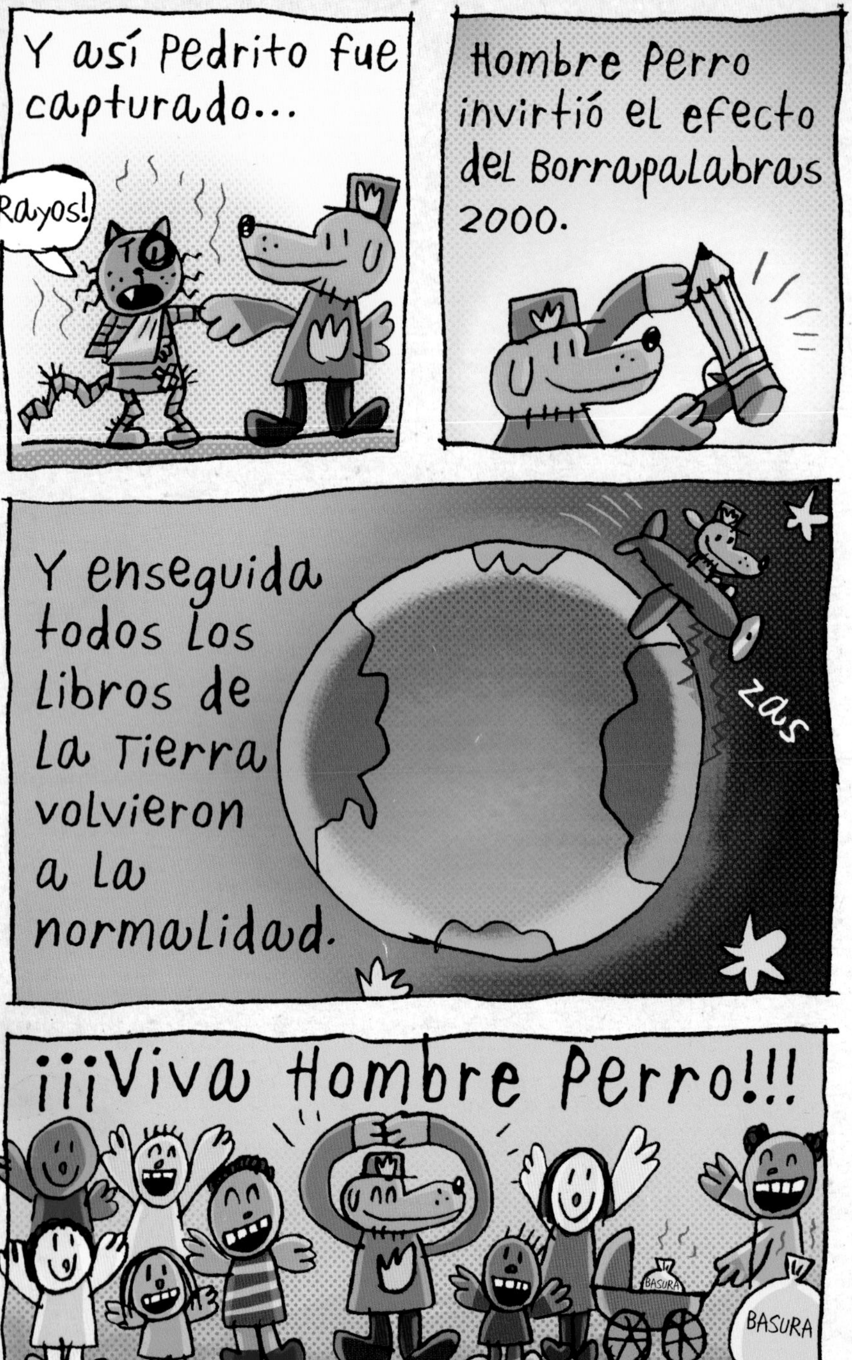
Y así Pedrito fue capturado...
¡Rayos!
Hombre Perro invirtió el efecto del Borrapalabras 2000.
Y enseguida todos los libros de la Tierra volvieron a la normalidad.
ZAS
¡¡¡Viva Hombre Perro!!!
BASURA
BASURA

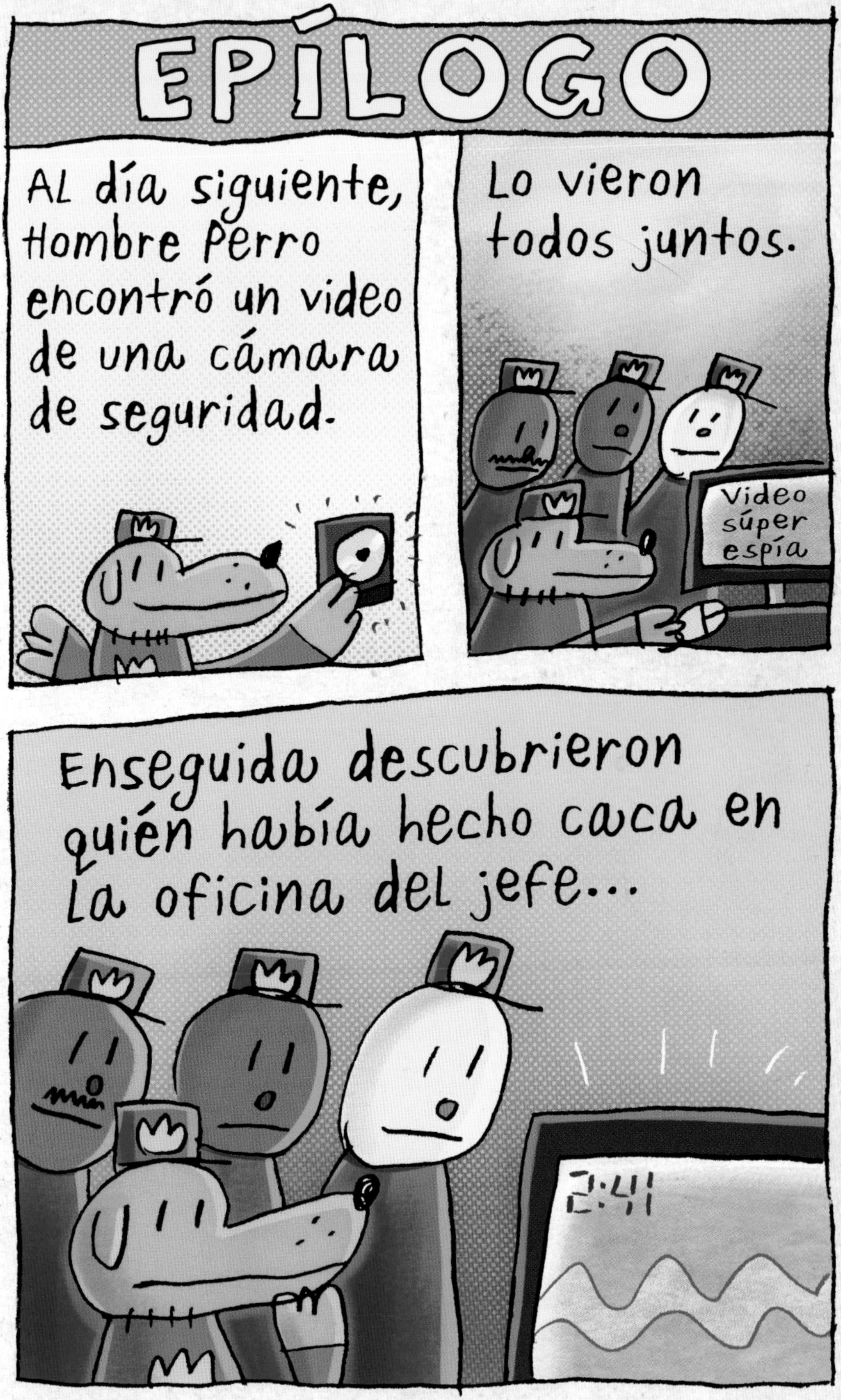
EPÍLOGO
AL día siguiente, Hombre Perro encontró un video de una cámara de seguridad.
Lo vieron todos juntos.
Video súper espía
Enseguida descubrieron quién había hecho caca en La oficina deL jefe...
2:41

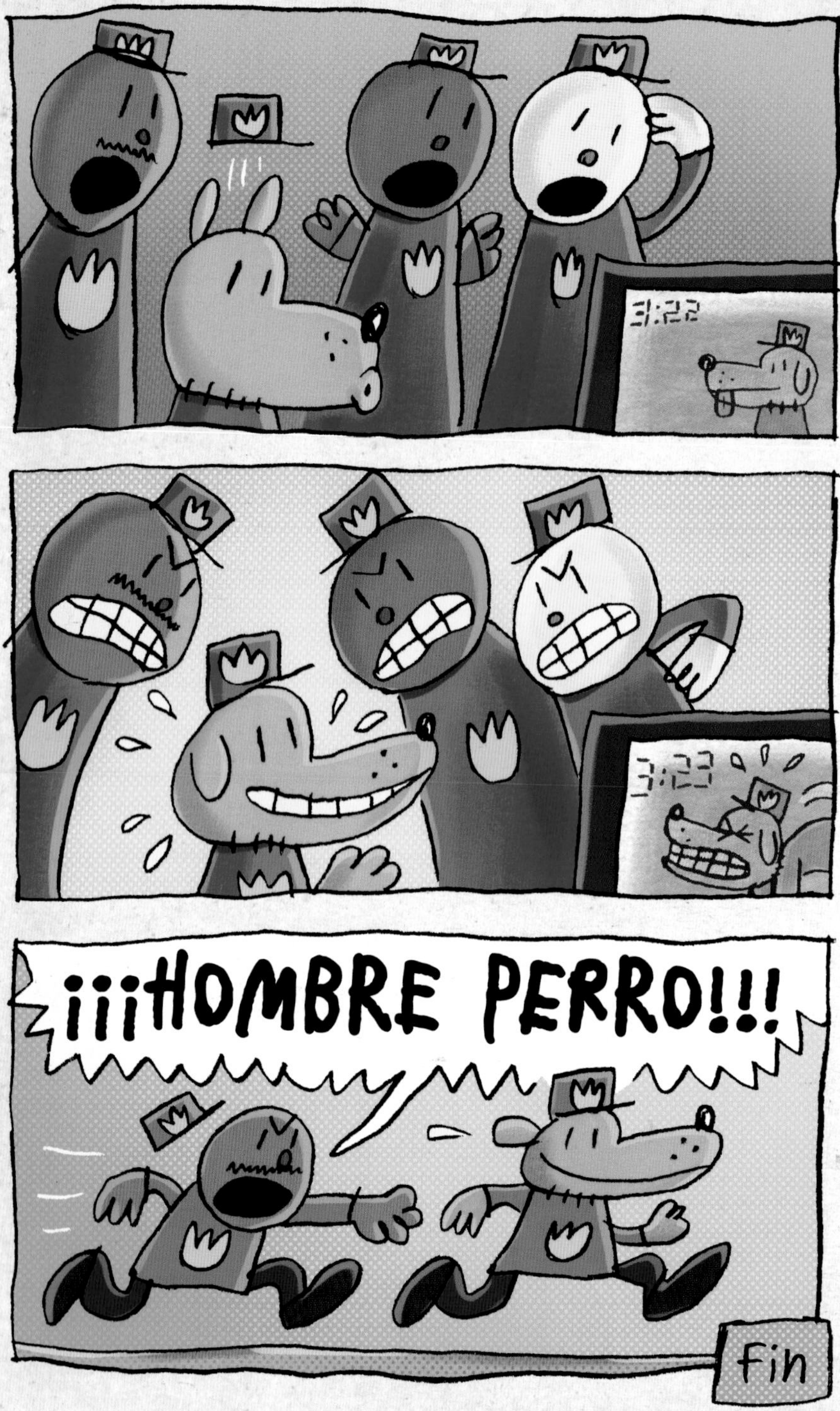
3:22
3:23
¡¡¡HOMBRE PERRO!!!
Fin

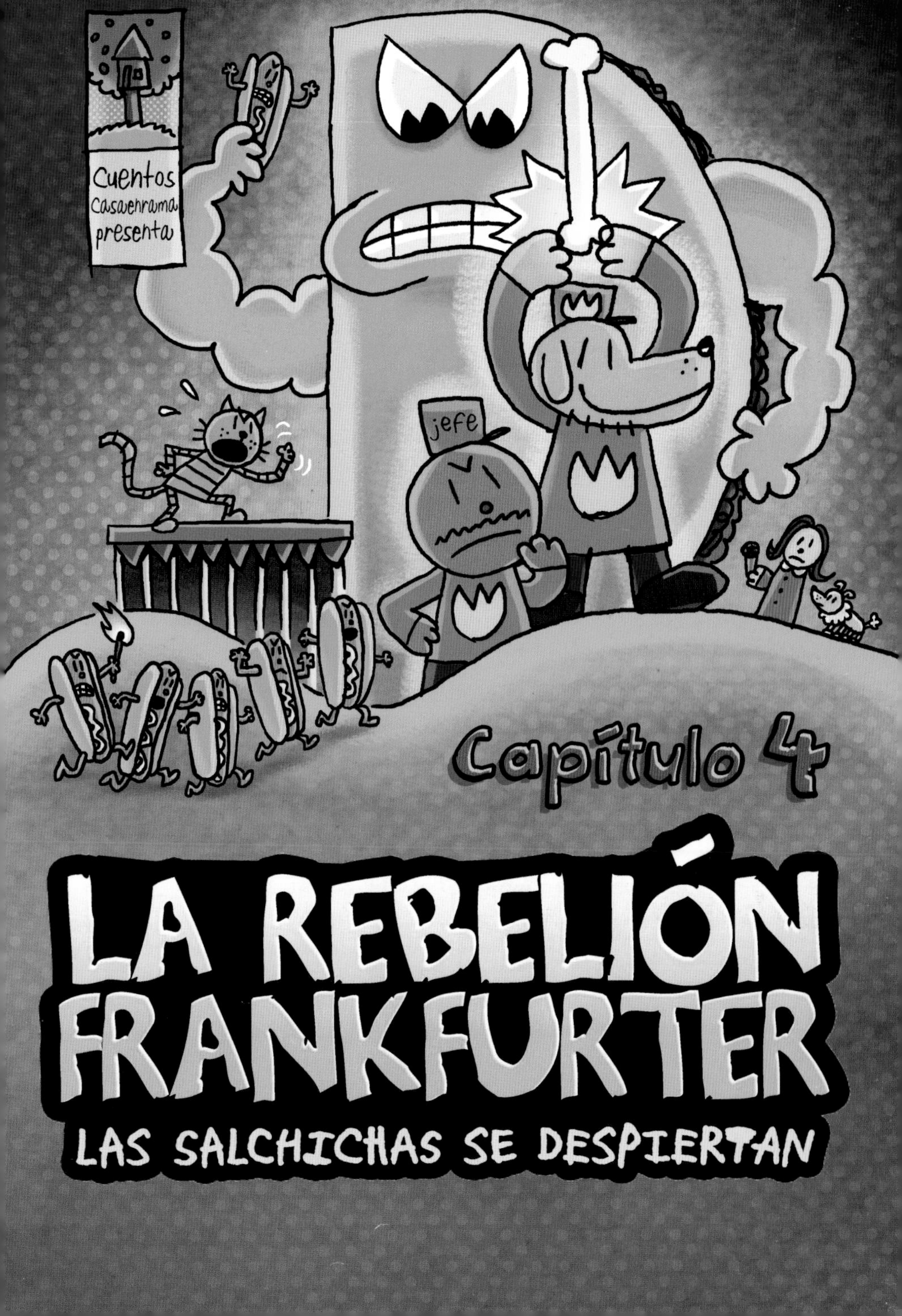
Cuentos Casaenrama presenta
jefe

Capítulo 4

LA REBELIÓN FRANKFURTER

LAS SALCHICHAS SE DESPIERTAN

Hombre Perro en
LA REBELIÓN FRANKFURTER:
Las salchichas se despiertan

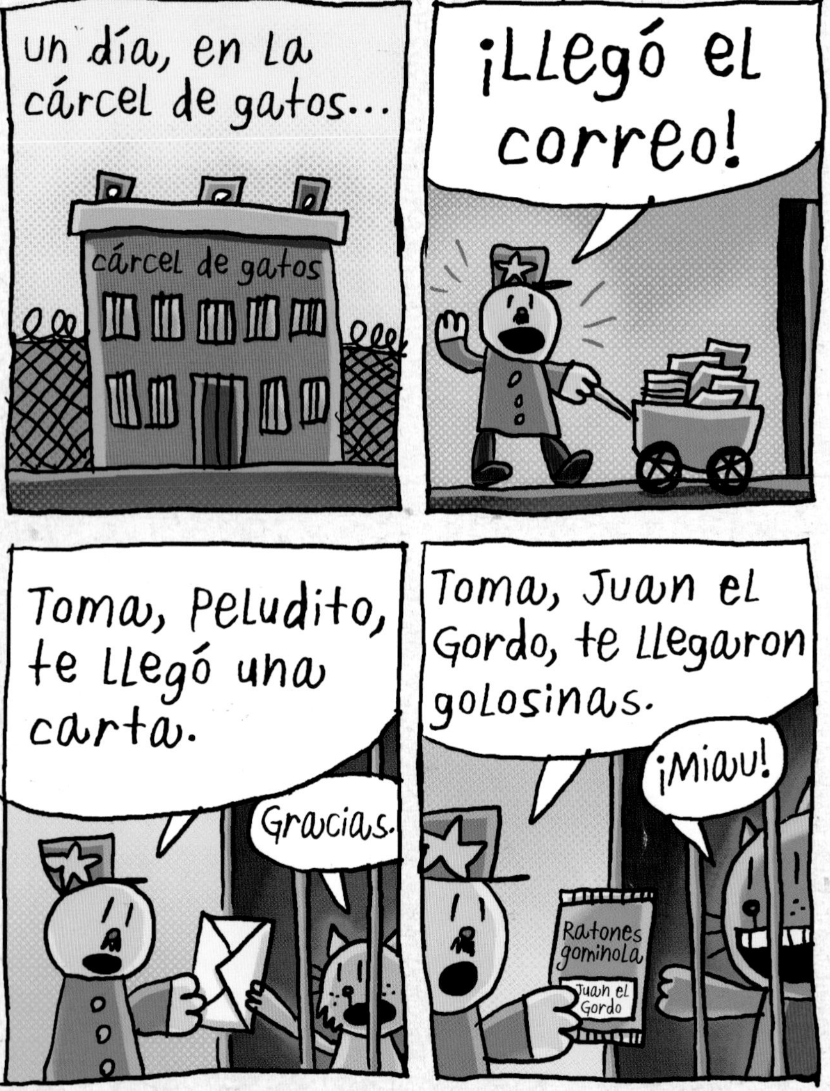
Un día, en la cárcel de gatos...
cárcel de gatos
¡Llegó el correo!
Toma, Peludito, te llegó una carta.
Gracias.
Toma, Juan el Gordo, te llegaron golosinas.
¡Miau!
Ratones gominola
Juan el Gordo

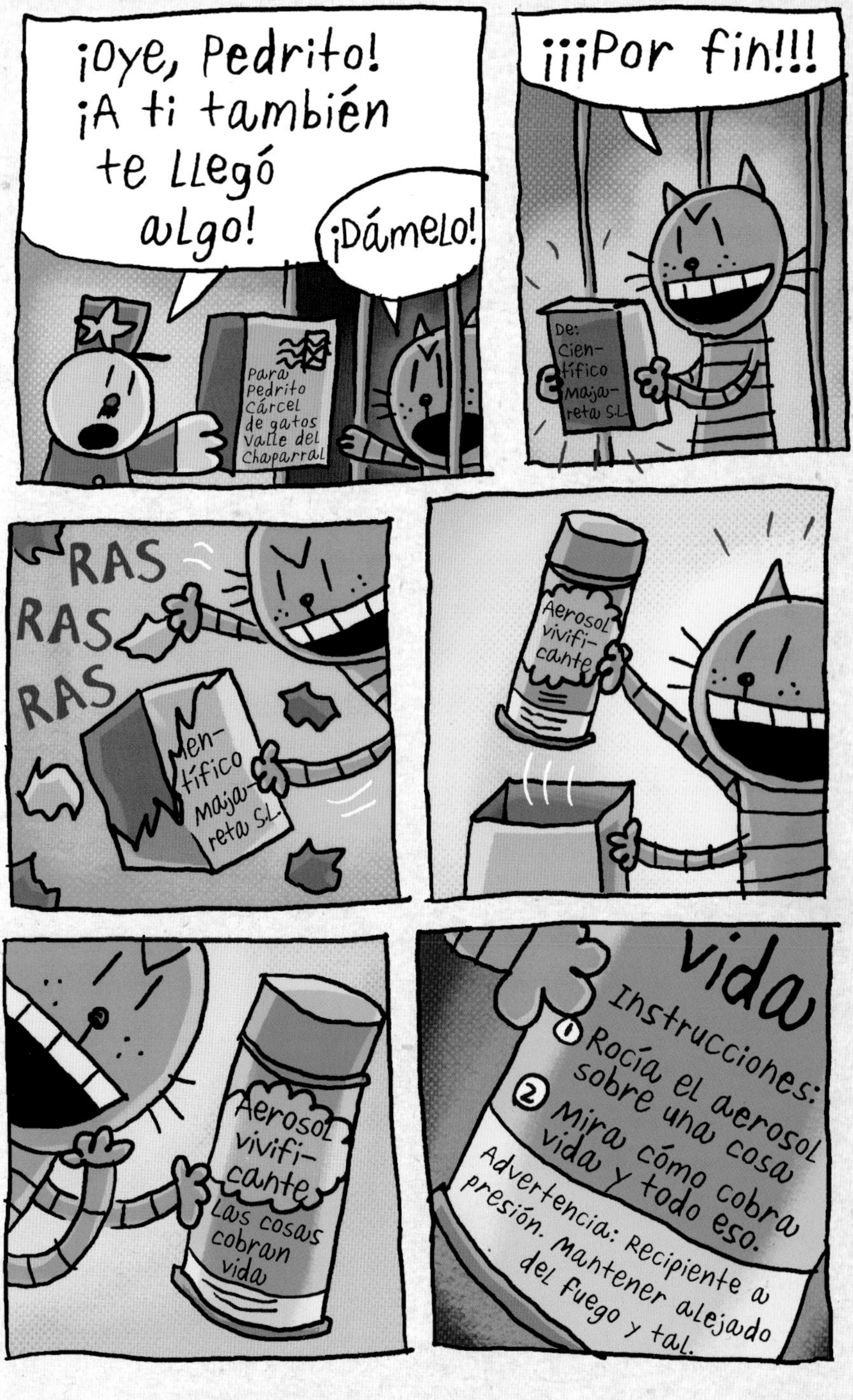
¡Oye, Pedrito! ¡A ti también te llegó algo!
¡DÁMELO!
Para Pedrito Cárcel de gatos Valle del Chaparral
¡¡¡Por fin!!!
De: Científico Majareta S.L.
RAS RAS RAS
...tífico Majareta S.L.
Aerosol vivificante
Aerosol vivificante
Las cosas cobran vida
vida
Instrucciones:
1 Rocía el aerosol sobre una cosa
2 Mira cómo cobra vida y todo eso.
Advertencia: Recipiente a presión. Mantener alejado del fuego y tal.

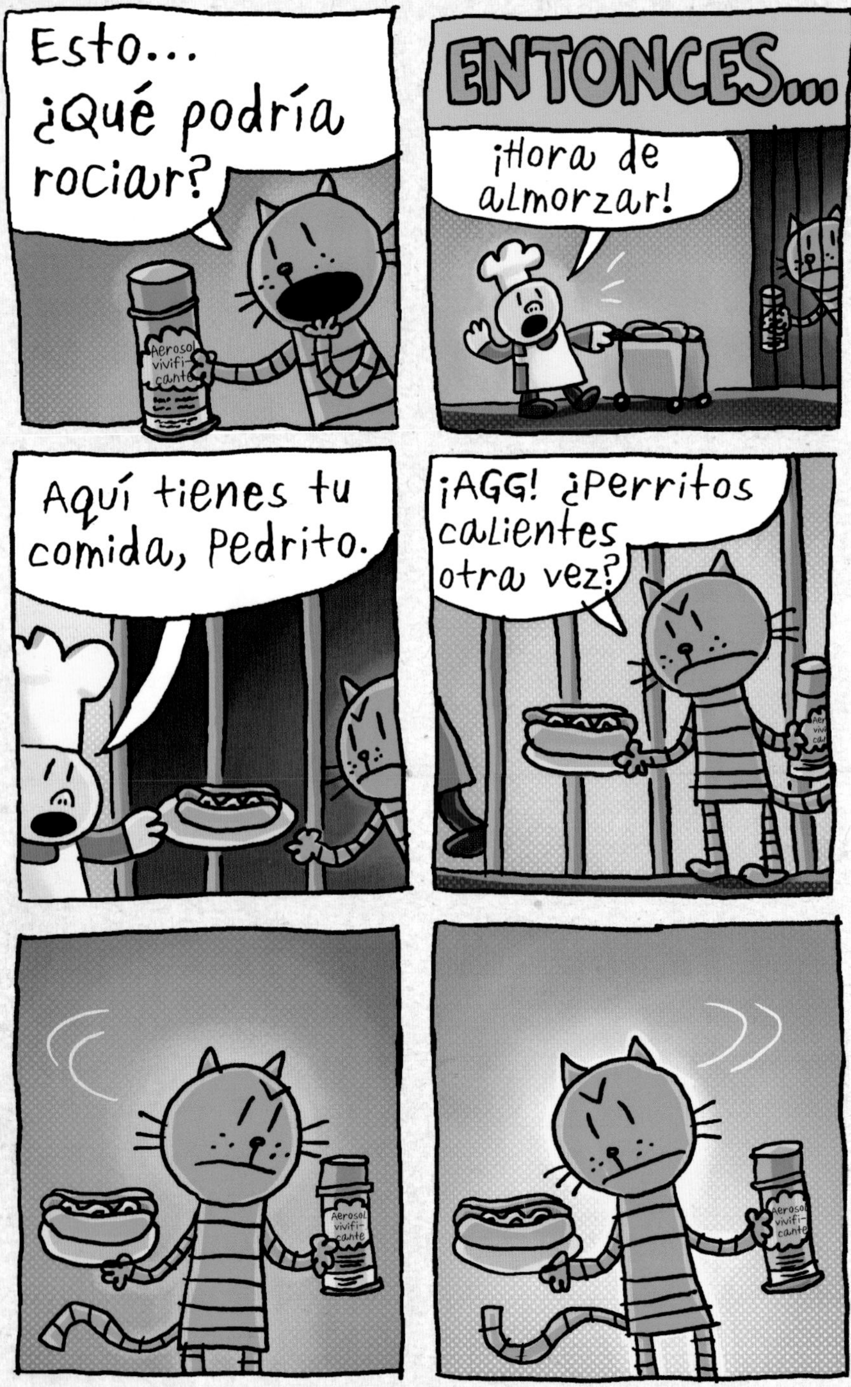
Esto... ¿Qué podría rociar?
Aerosol vivificante
ENTONCES...
¡Hora de almorzar!
Aquí tienes tu comida, Pedrito.
¡AGG! ¿Perritos calientes otra vez?
Aerosol vivificante
Aerosol vivificante

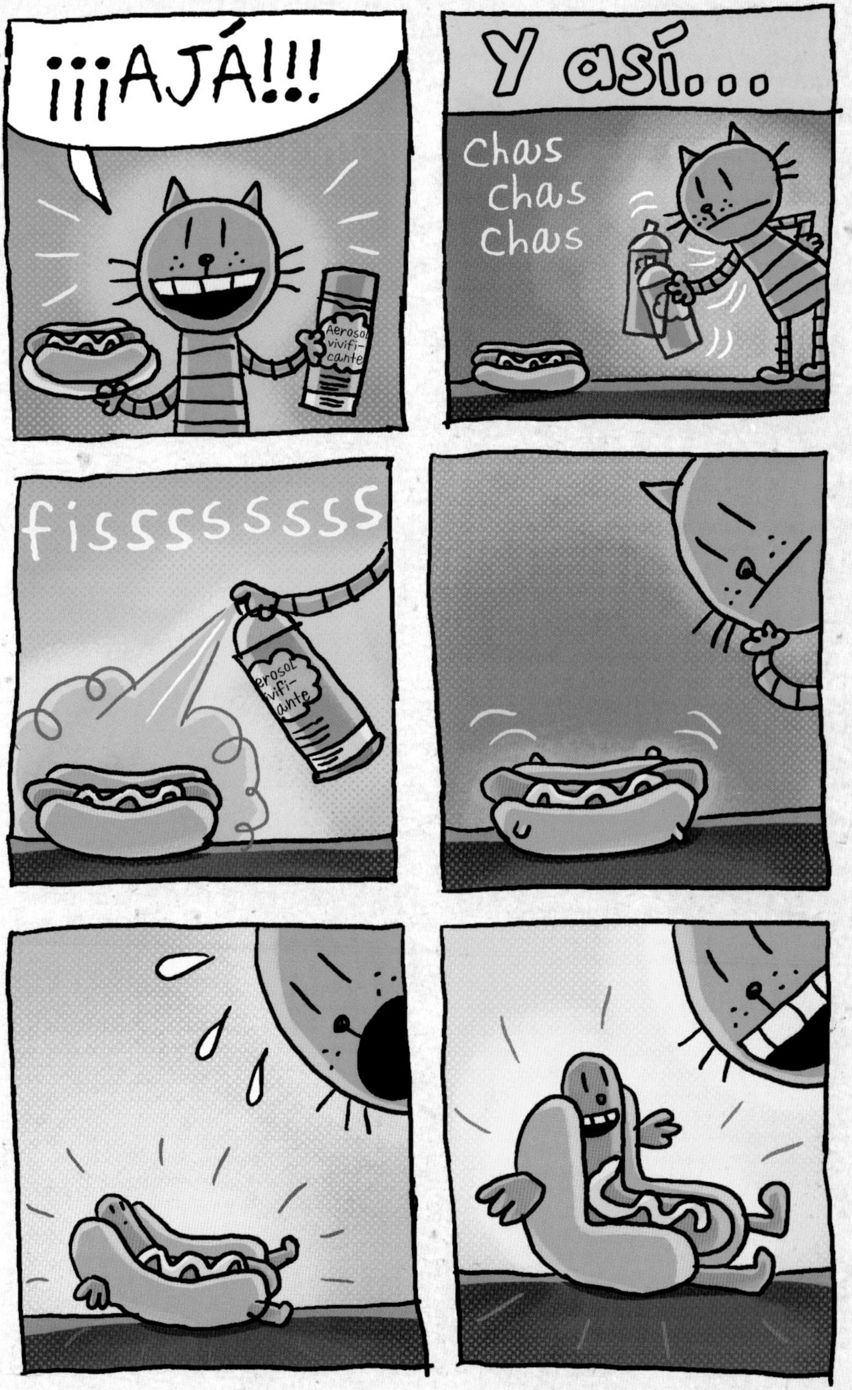
¡¡¡AJÁ!!!
Aerosol vivificante
Y así...
Chas
chas
chas
fissssssss
Aerosol vivificante

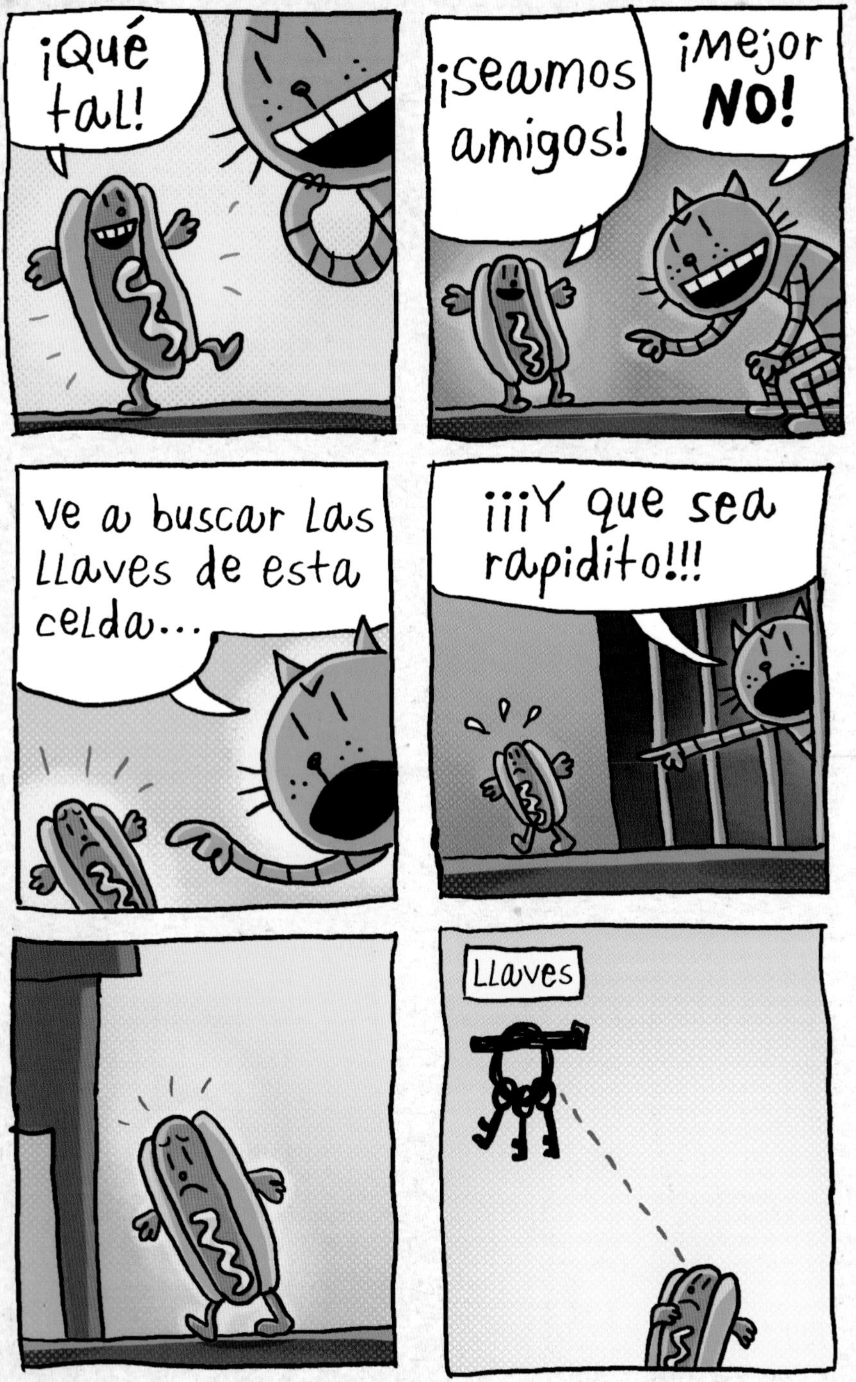
¡Qué tal!
¡Seamos amigos!
¡Mejor NO!
Ve a buscar las llaves de esta celda...
¡¡¡Y que sea rapidito!!!
LLaves

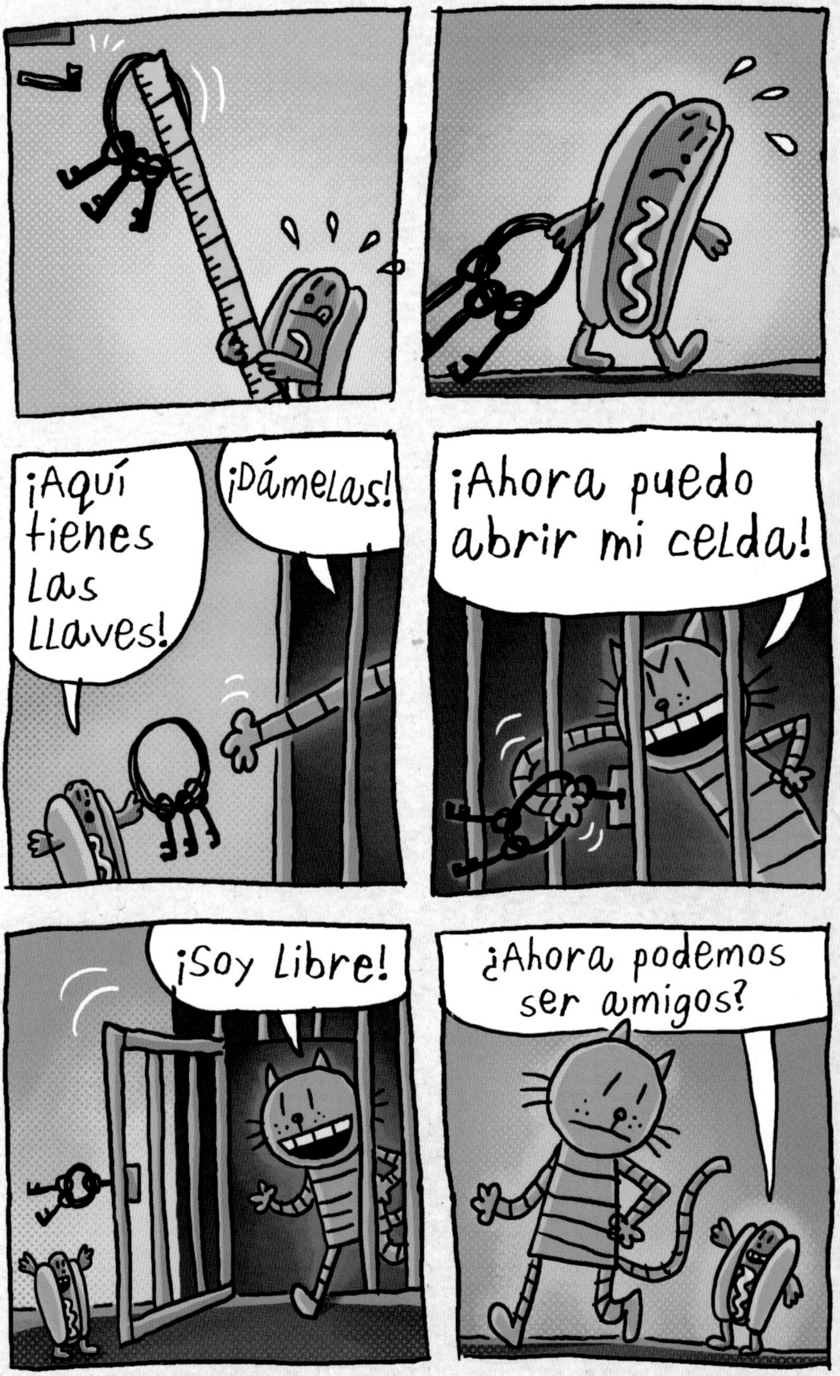

¡Aquí tienes las llaves!
¡Dámelas!
¡Ahora puedo abrir mi celda!
¡Soy libre!
¿Ahora podemos ser amigos?

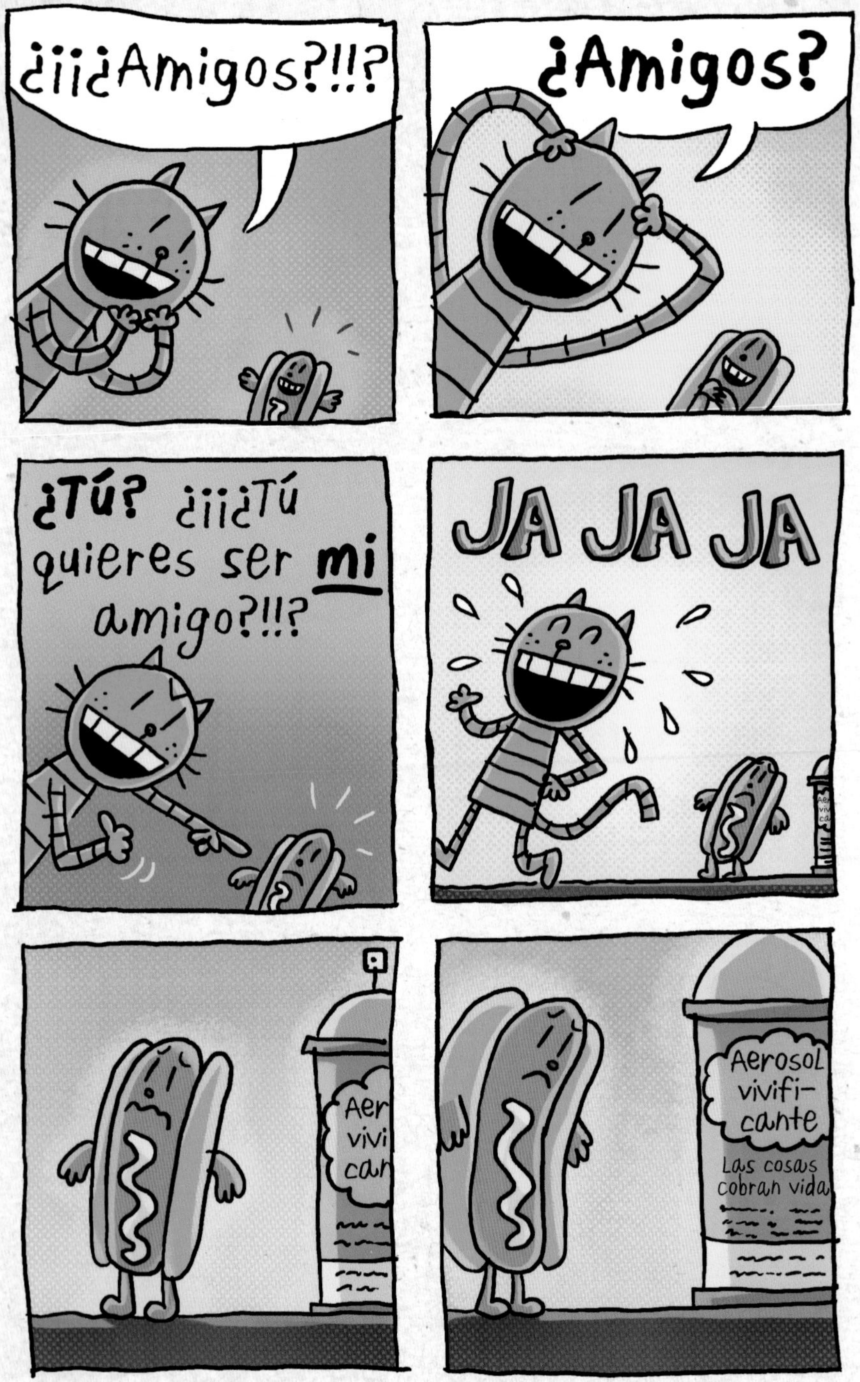
¿¡¡¿Amigos?!!?
¿Amigos?
¿Tú? ¿¡¡¿Tú quieres ser mi amigo?!!?
JA JA JA
Aerosol vivifi-cante
Las cosas cobran vida

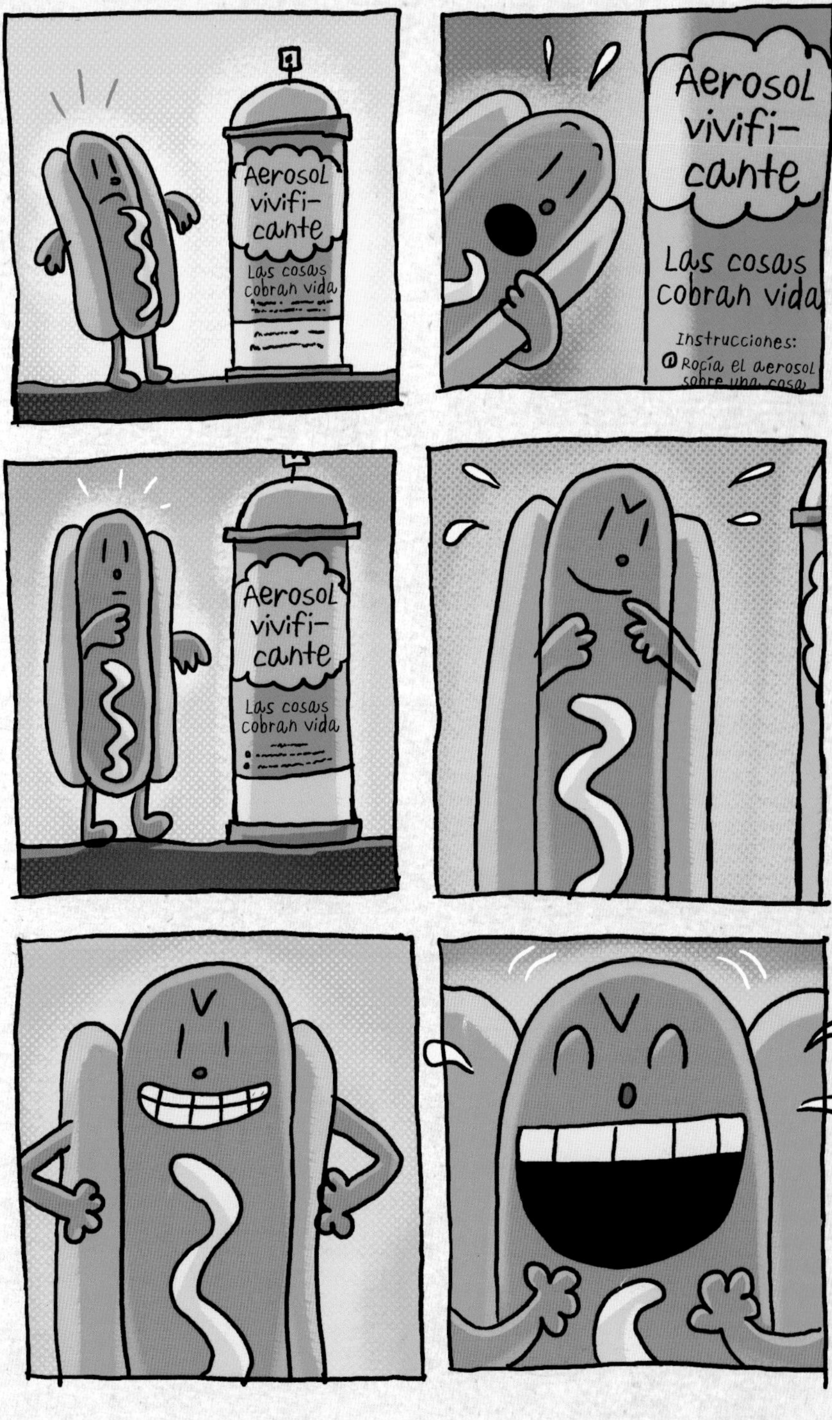
AerosoL vivifi- cante
Las cosas cobran vida
AerosoL vivifi- cante
Las cosas cobran vida
Instrucciones:
1 Rocía el aerosoL
AerosoL vivifi- cante
Las cosas cobran vida

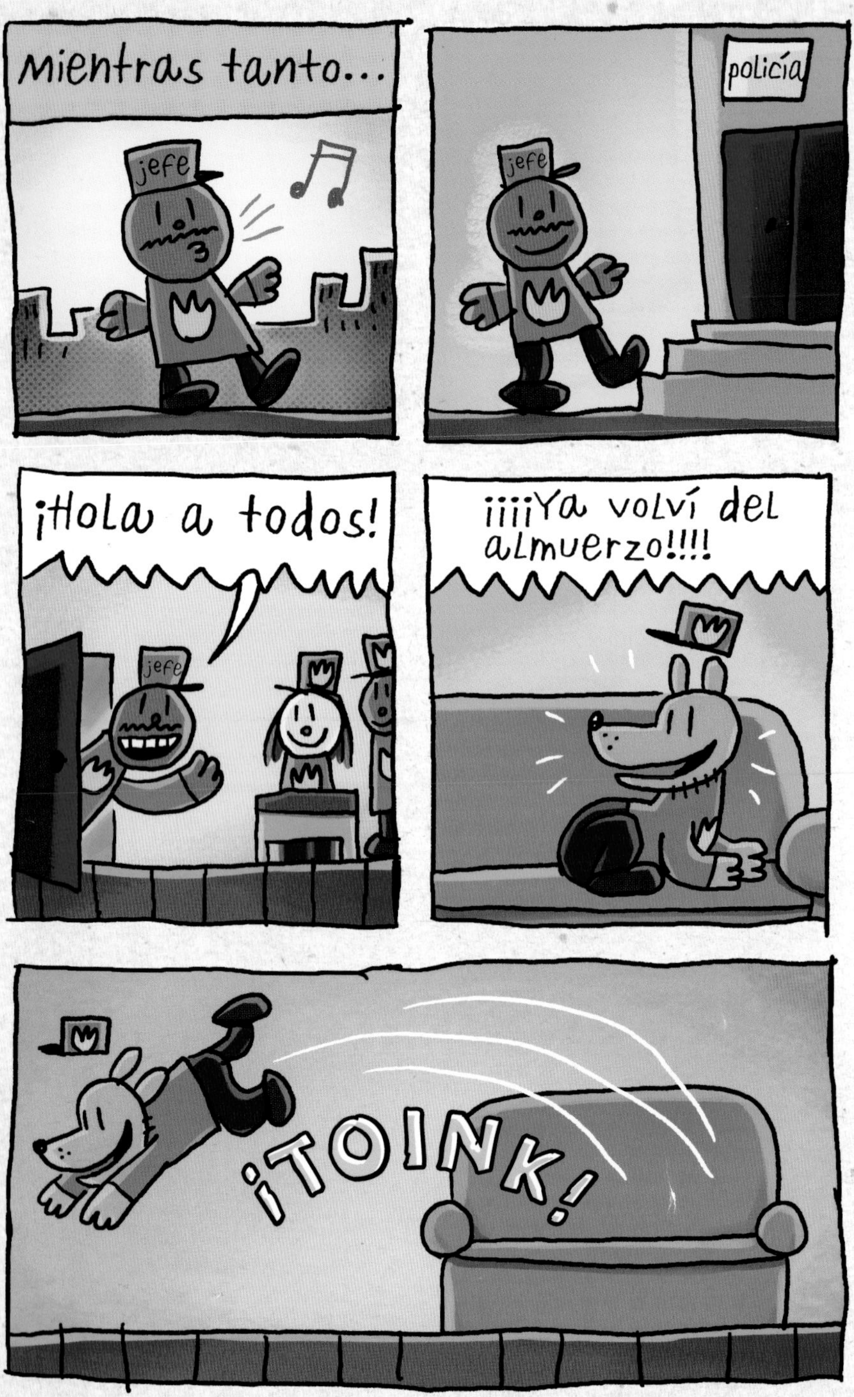
Mientras tanto...
jefe
policía
jefe
¡Hola a todos!
jefe
¡¡¡¡Ya volví del almuerzo!!!!
¡TOINK!

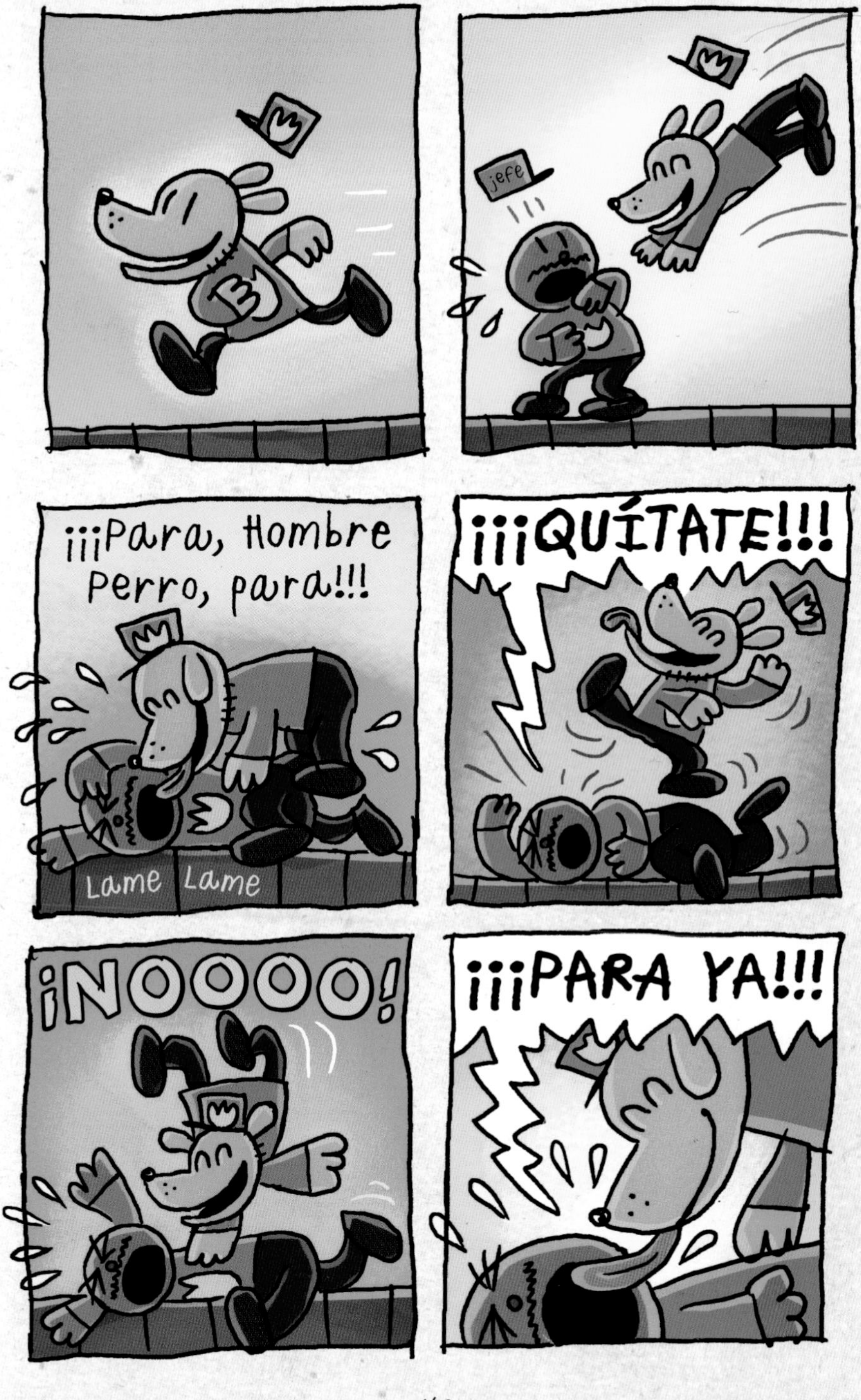

jefe
¡¡¡Para, Hombre Perro, para!!!
Lame Lame
¡¡¡QUÍTATE!!!
¡NOOOO!
¡¡¡PARA YA!!!

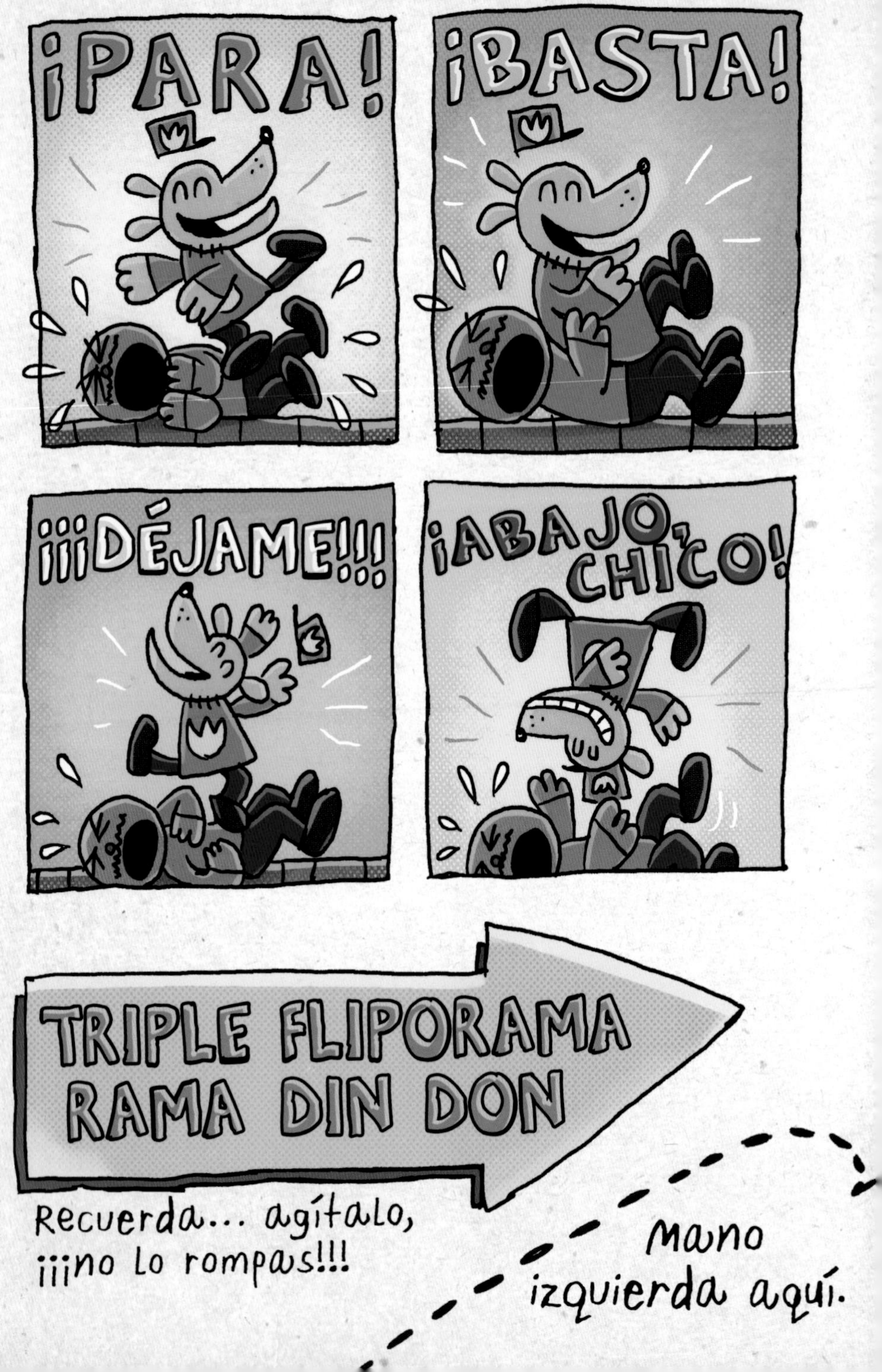
¡PARA!
¡BASTA!
¡¡¡DÉJAME!!!
¡ABAJO, CHICO!
TRIPLE FLIPORAMA RAMA DIN DON
Recuerda... agítalo, ¡¡¡no lo rompas!!!
Mano izquierda aquí.

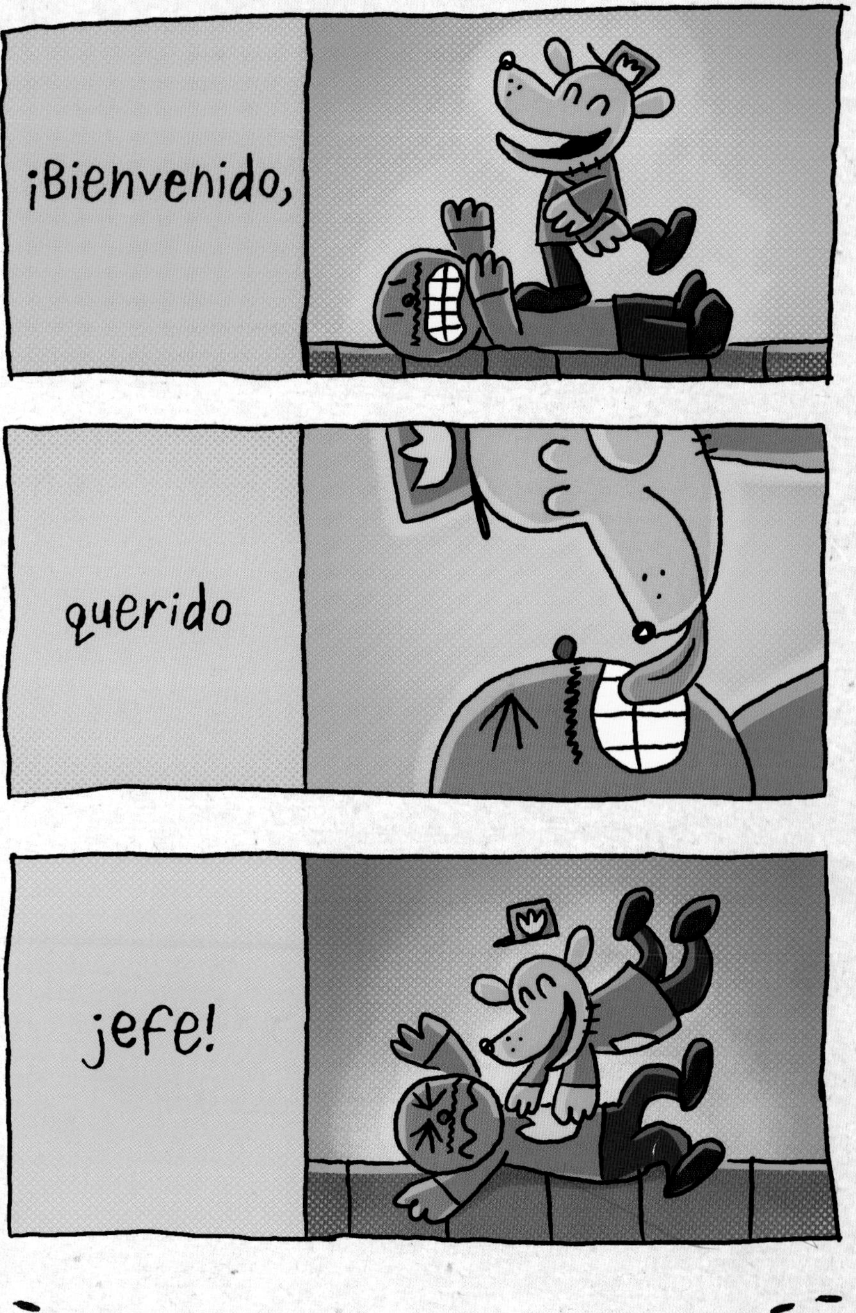
¡Bienvenido,
querido
jefe!

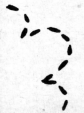

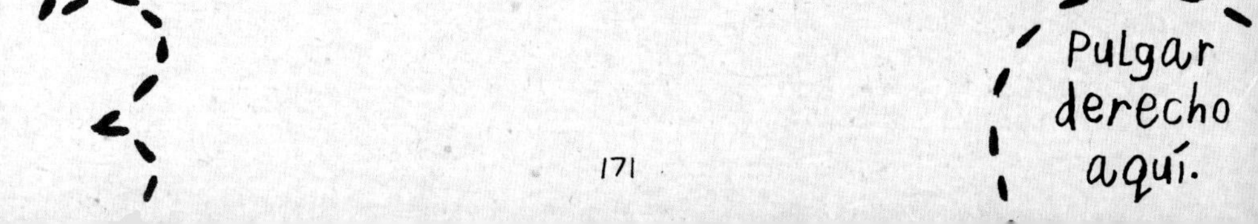
Pulgar
derecho
aquí.

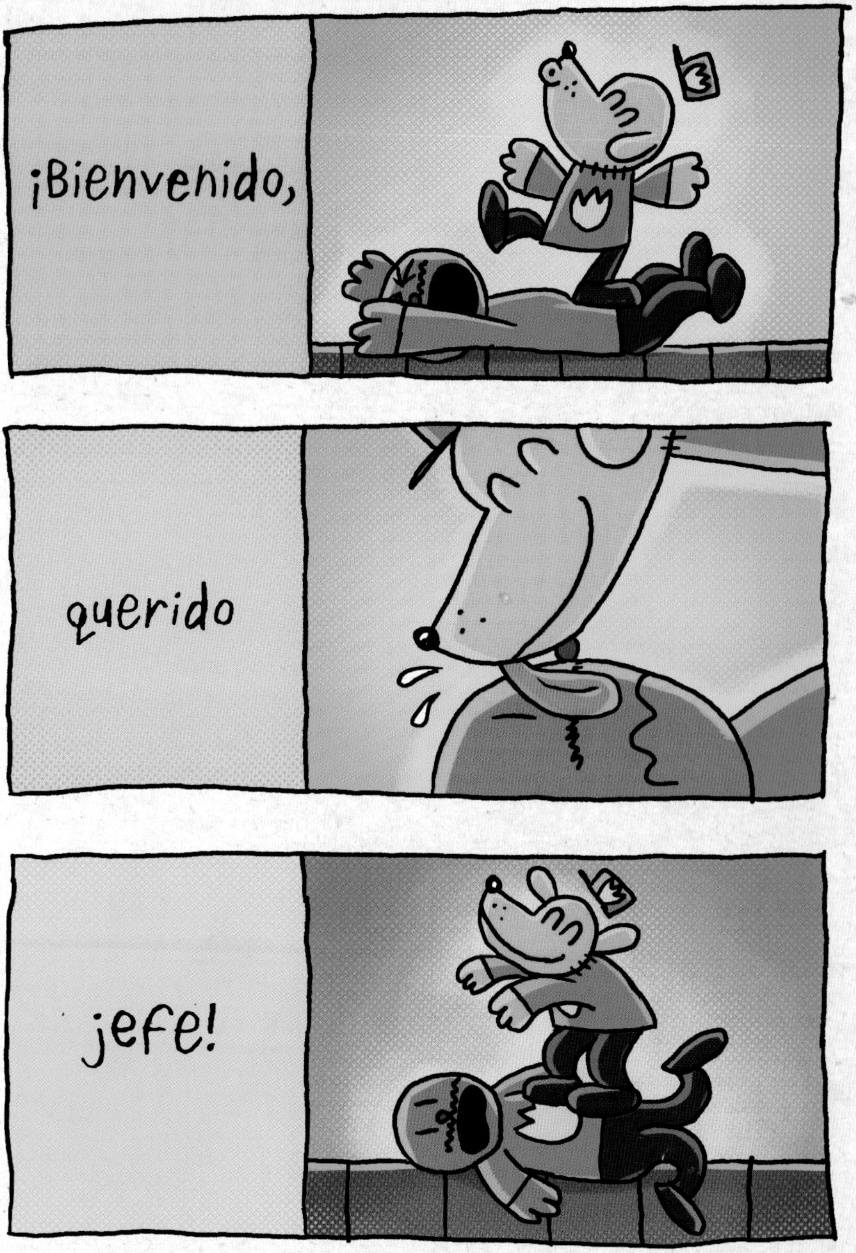
¡Bienvenido,
querido
jefe!

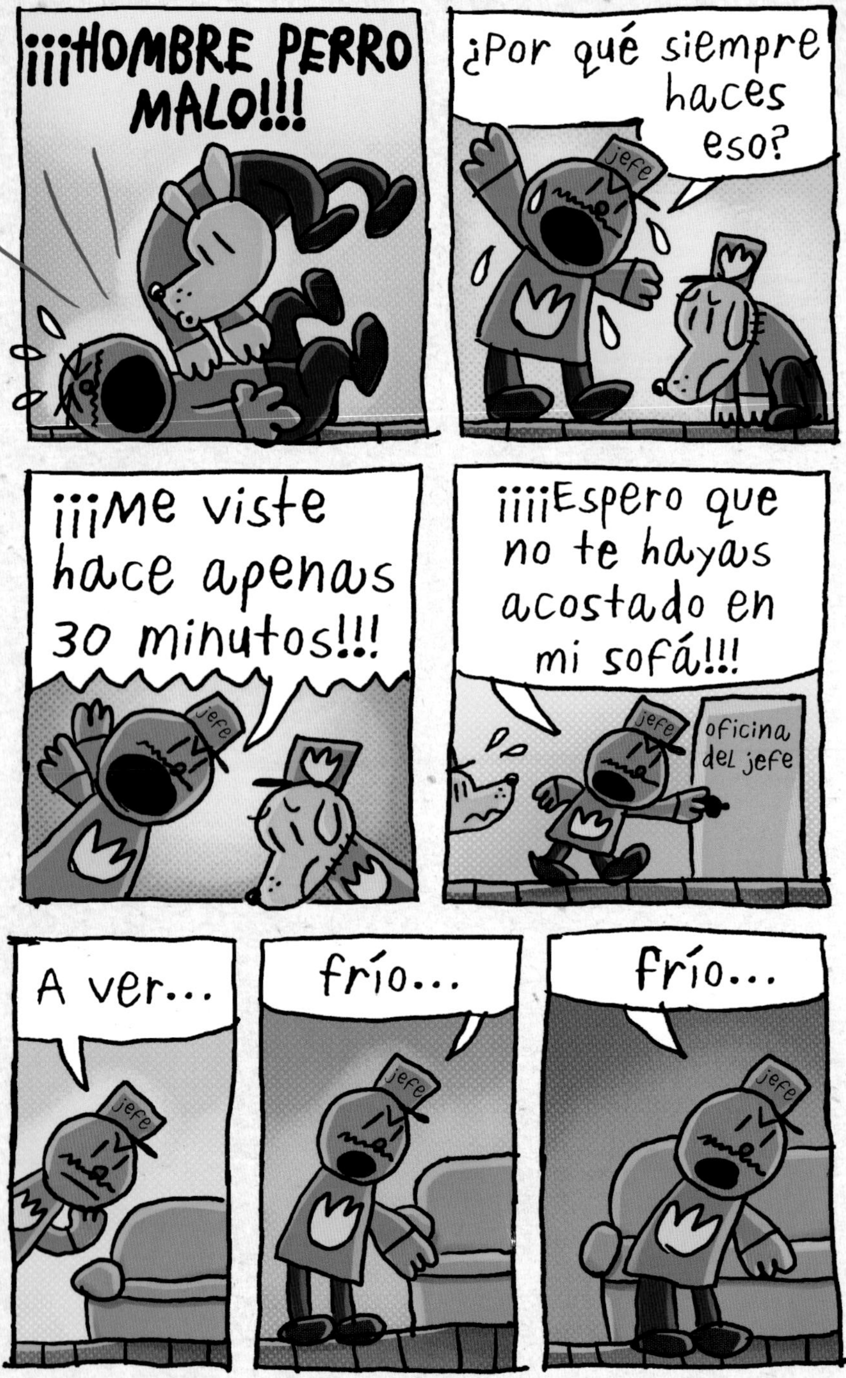
¡¡¡HOMBRE PERRO MALO!!!
¿Por qué siempre haces eso?
jefe
¡¡¡Me viste hace apenas 30 minutos!!!
jefe
¡¡¡¡Espero que no te hayas acostado en mi sofá!!!
jefe
oficina del jefe
A ver...
jefe
frío...
jefe
frío...
jefe

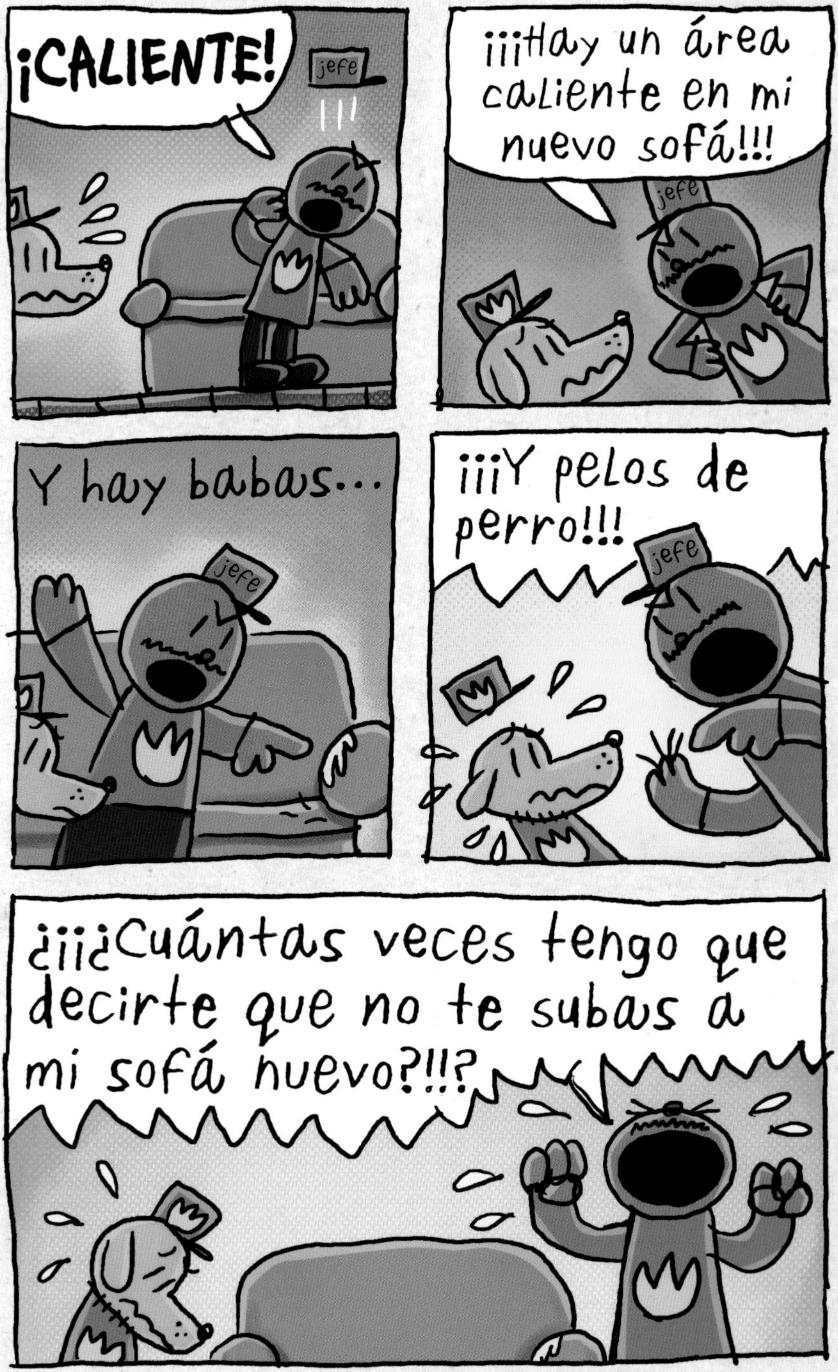
¡CALIENTE!
jefe
¡¡¡Hay un área caliente en mi nuevo sofá!!!
jefe
Y hay babas...
jefe
¡¡¡Y pelos de perro!!!
jefe
¿¡¡¿Cuántas veces tengo que decirte que no te subas a mi sofá nuevo?!!?

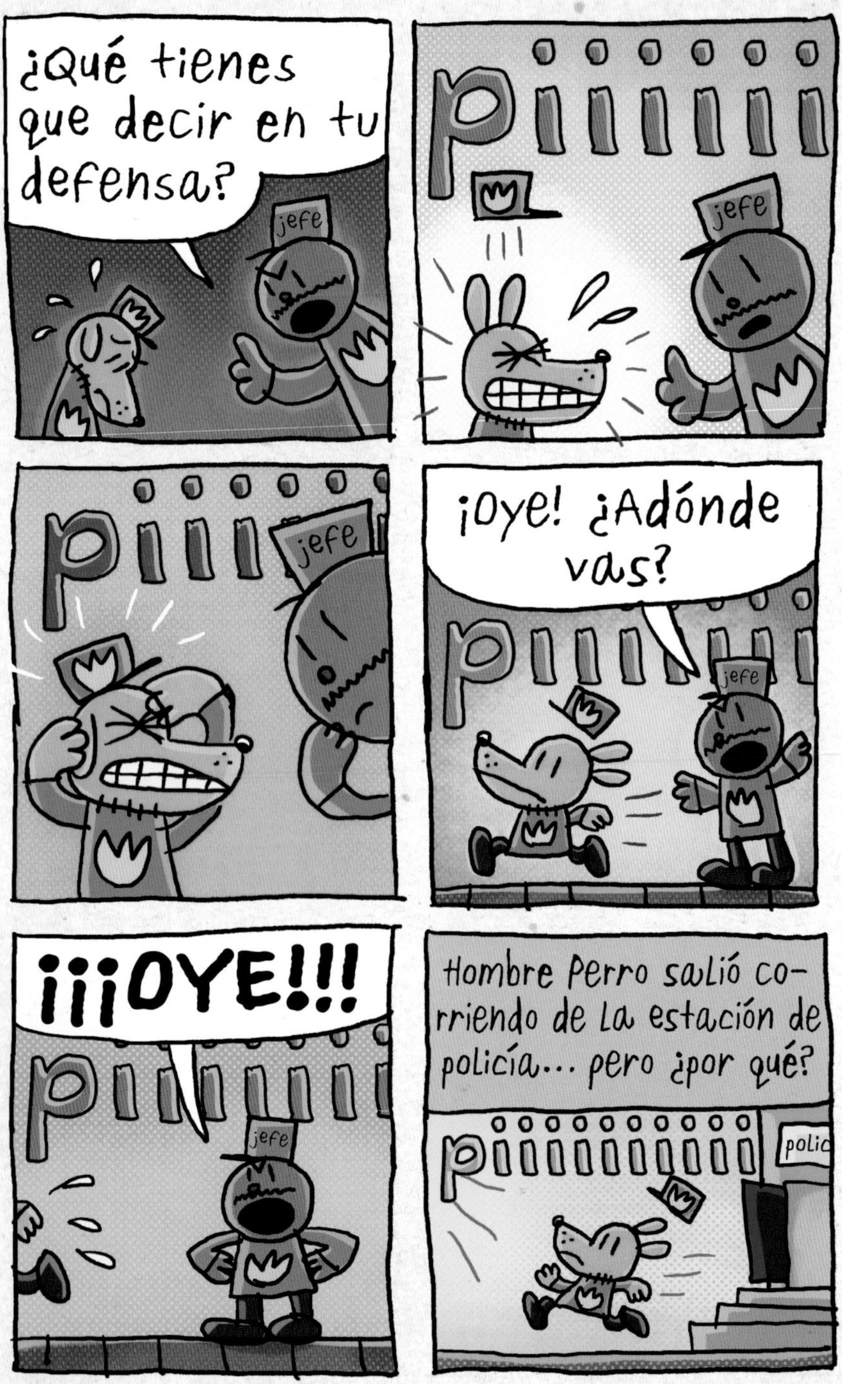
¿Qué tienes que decir en tu defensa?
jefe
piiiiii
jefe
piiii
jefe
¡Oye! ¿Adónde vas?
piiiii
jefe
¡¡¡OYE!!!
piiiiii
jefe
Hombre Perro salió corriendo de la estación de policía... pero ¿por qué?
piiiiiiiiiiii
polic

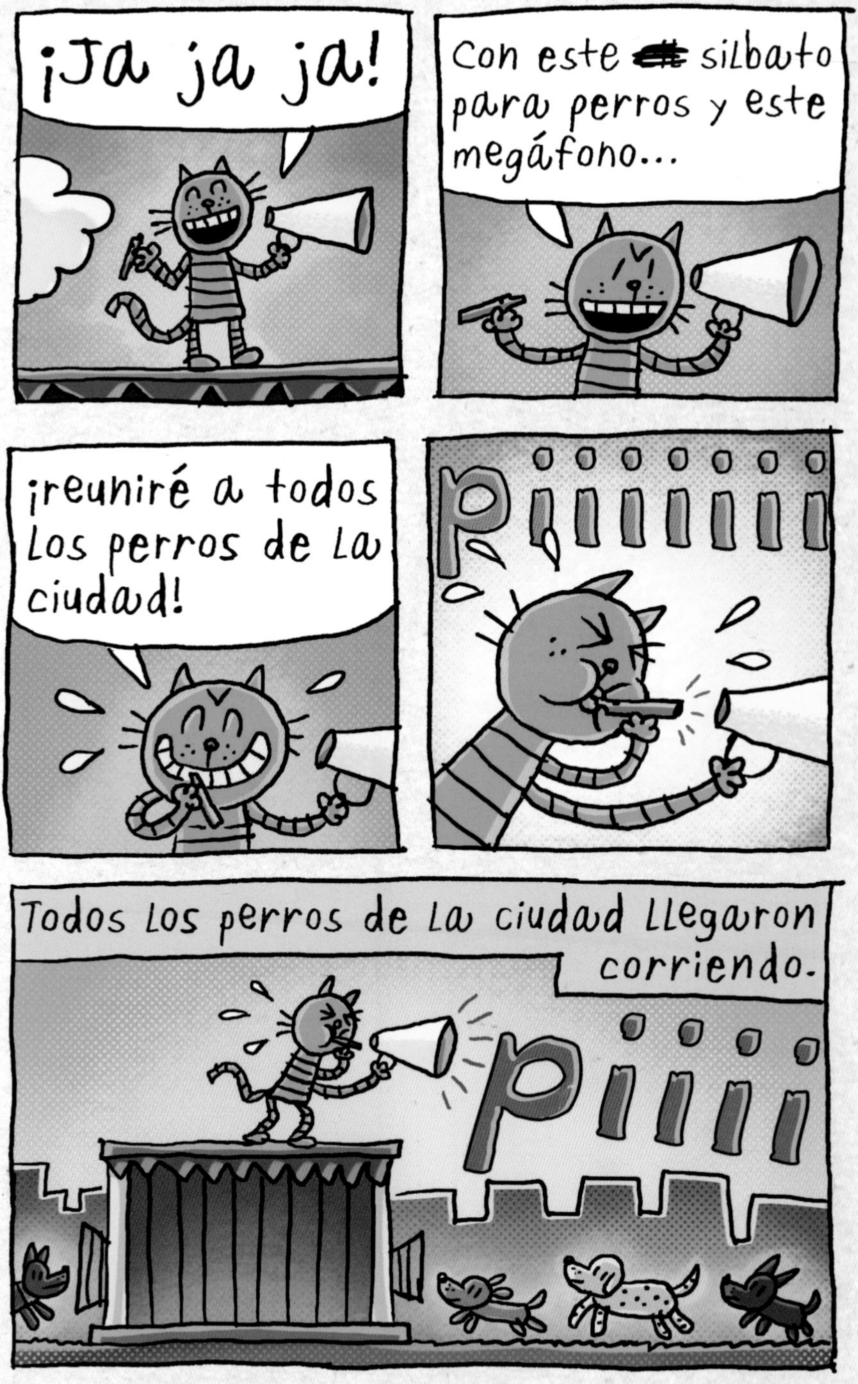
¡Ja ja ja!
Con este silbato para perros y este megáfono...
¡reuniré a todos los perros de la ciudad!
Piiiiiii
Todos los perros de la ciudad llegaron corriendo.
Piiii

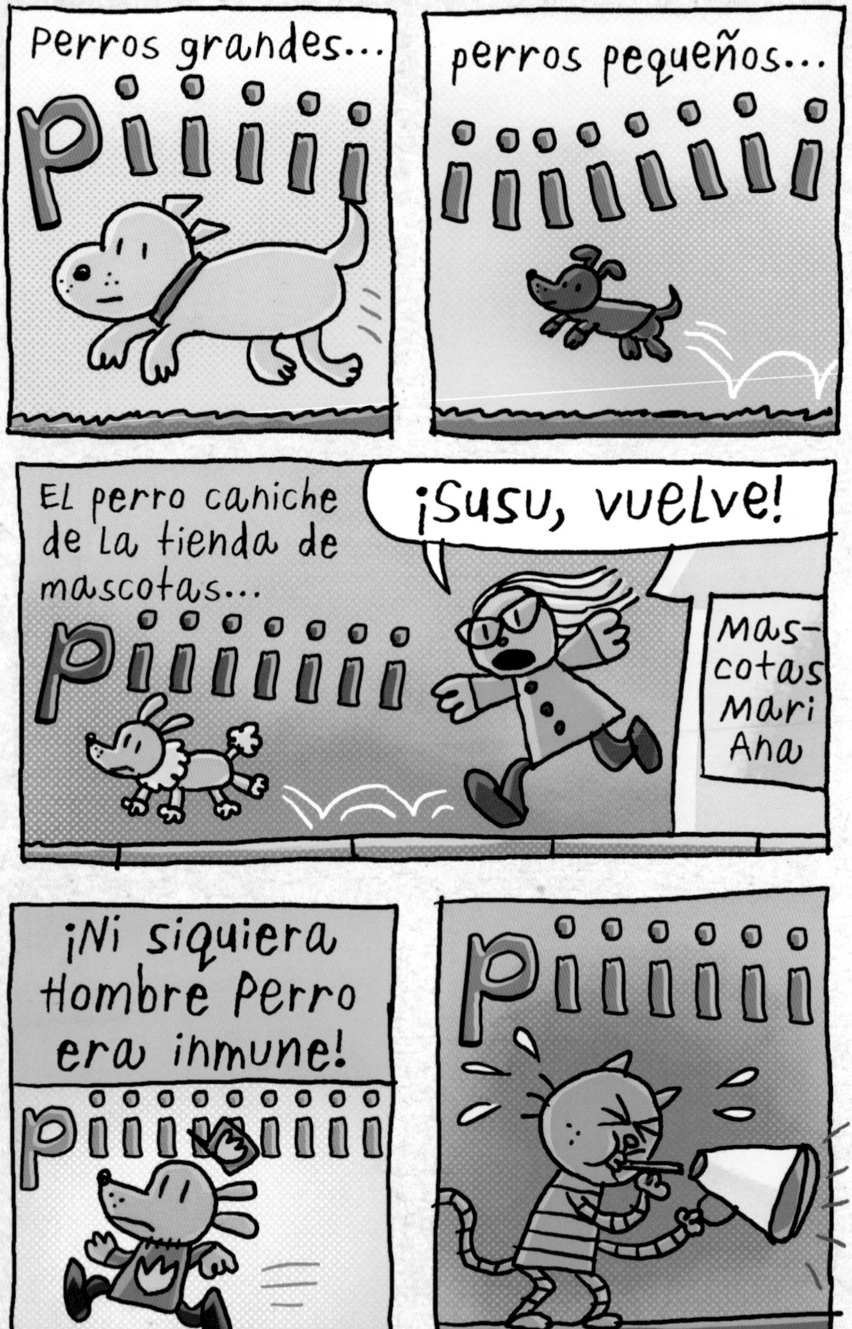
Perros grandes...
Piiiii
perros pequeños...
iiiiiiii
El perro caniche de la tienda de mascotas...
Piiiiiii
¡Susu, vuelve!
Mas-cotas Mari Ana
¡Ni siquiera Hombre Perro era inmune!
piiiiiiiii
Piiiiii

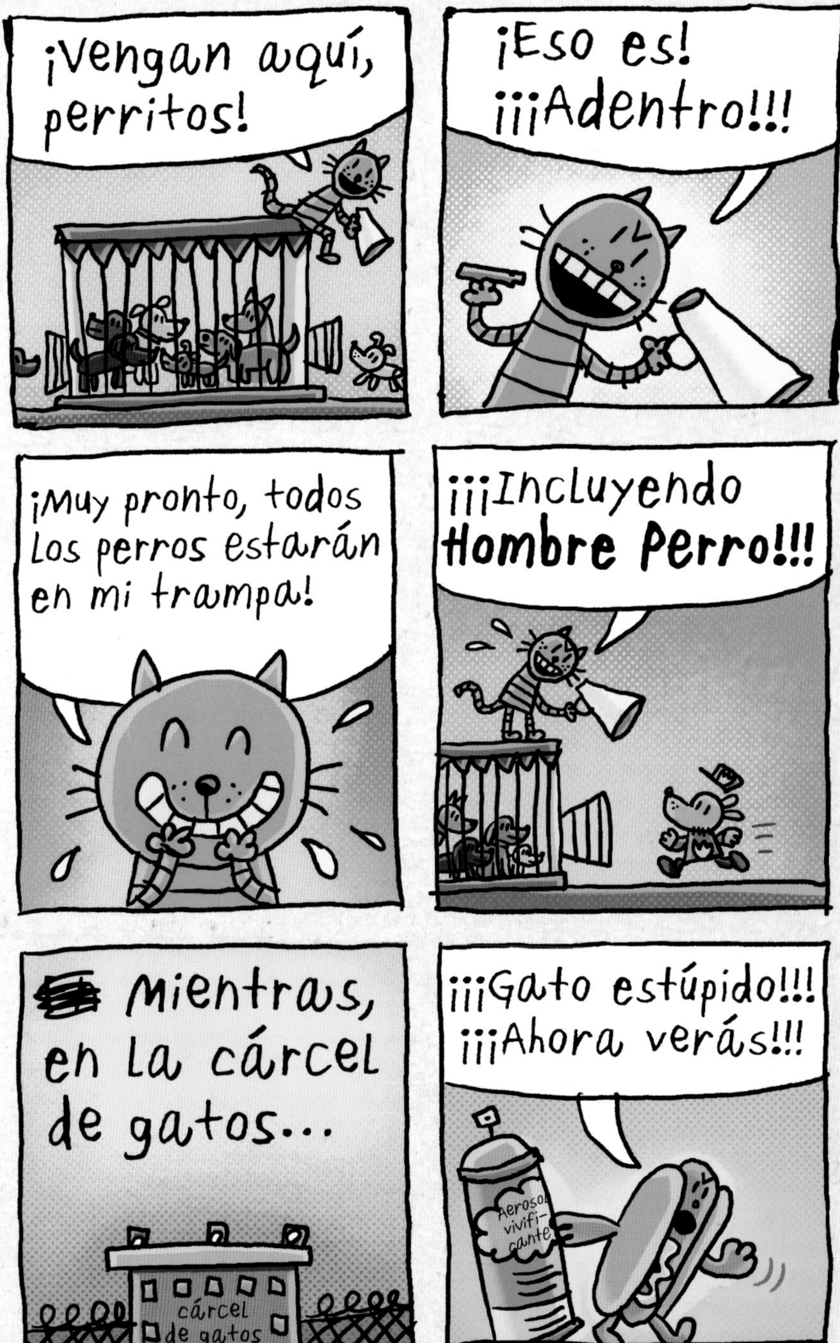
¡Vengan aquí, perritos!
¡Eso es! ¡¡¡Adentro!!!
¡Muy pronto, todos los perros estarán en mi trampa!
¡¡¡Incluyendo **Hombre Perro**!!!
Mientras, en la cárcel de gatos...
cárcel de gatos
¡¡¡Gato estúpido!!! ¡¡¡Ahora verás!!!
Aerosol vivifi-cante

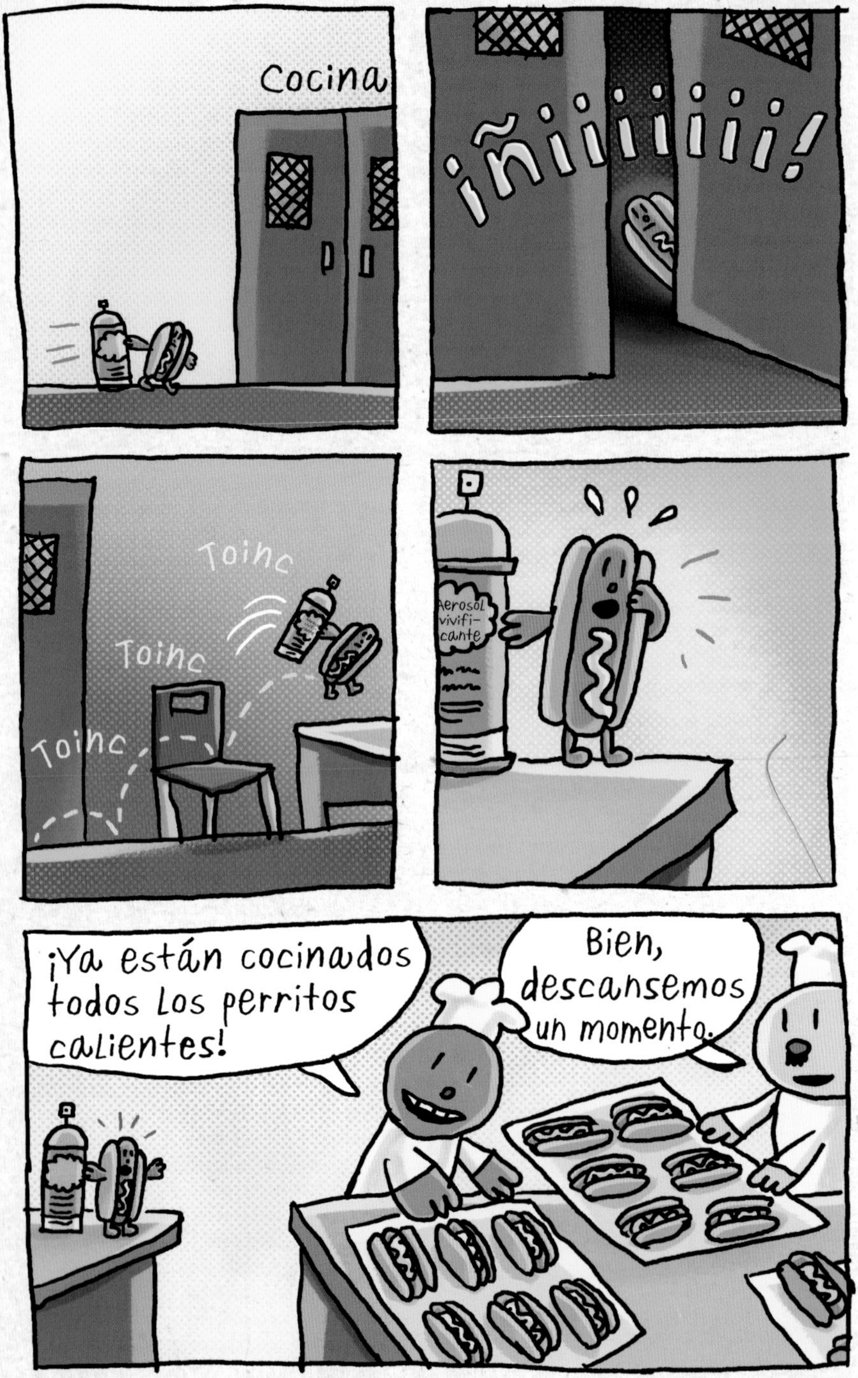
Cocina
¡ñiiiiiiii!
Toinc
Toinc
Toinc
Aerosol vivificante
¡Ya están cocinados todos los perritos calientes!
Bien, descansemos un momento.

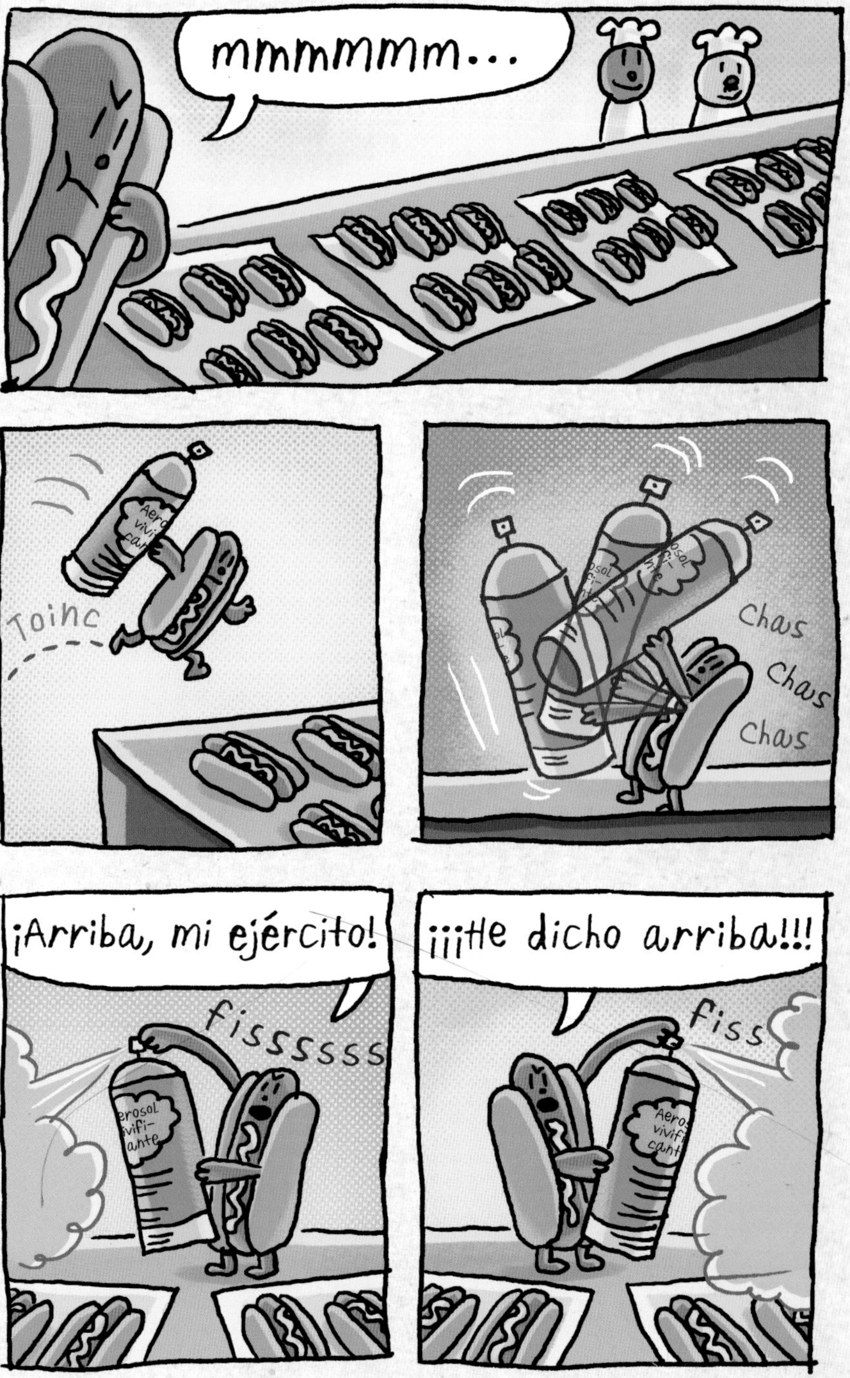
mmmmmm...
Toinc
Chas
Chas
Chas
¡Arriba, mi ejército!
fissssss
¡¡¡He dicho arriba!!!
fiss

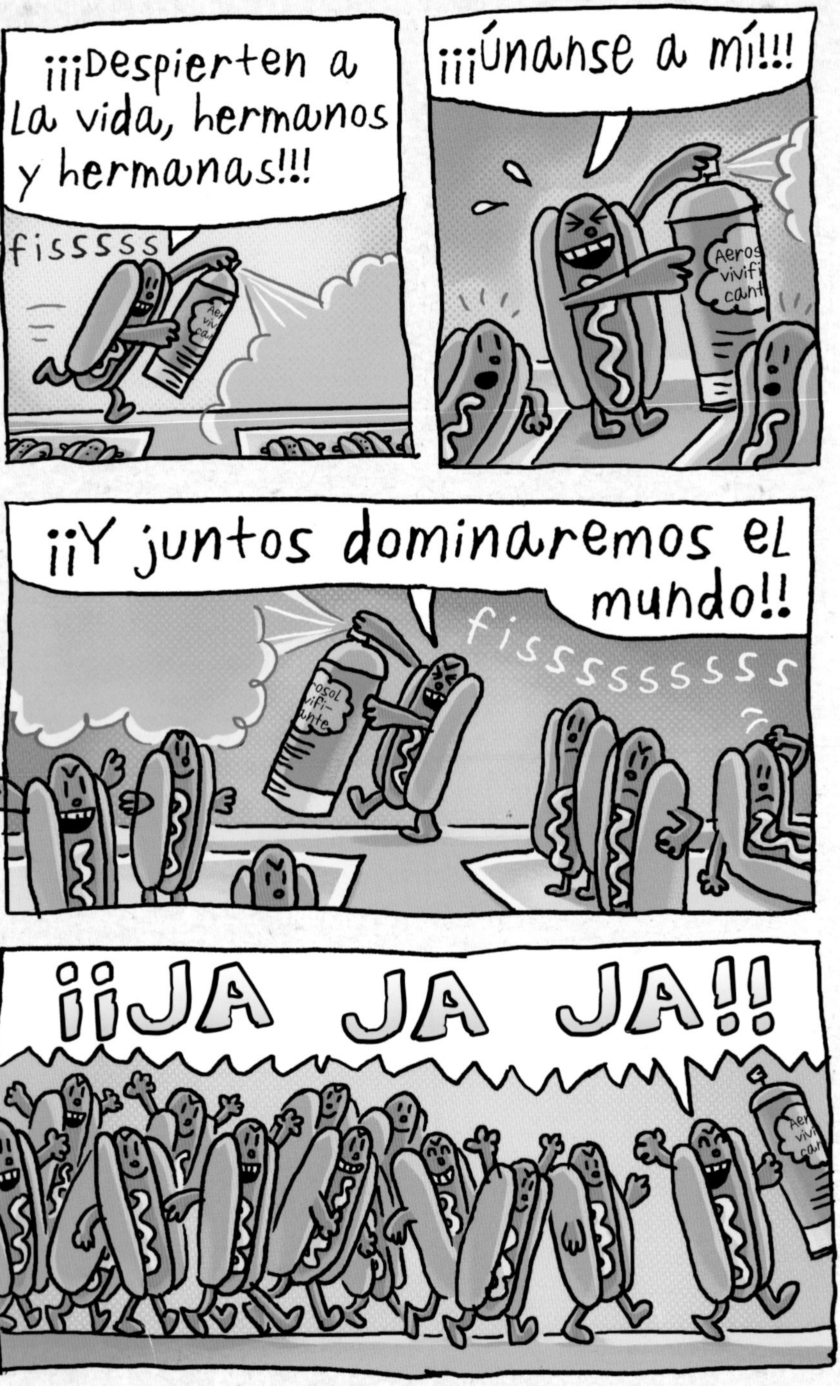
¡¡¡Despierten a la vida, hermanos y hermanas!!!
fissssss
¡¡¡Únanse a mí!!!
¡¡Y juntos dominaremos el mundo!!
fissssssssss
¡¡JA JA JA!!

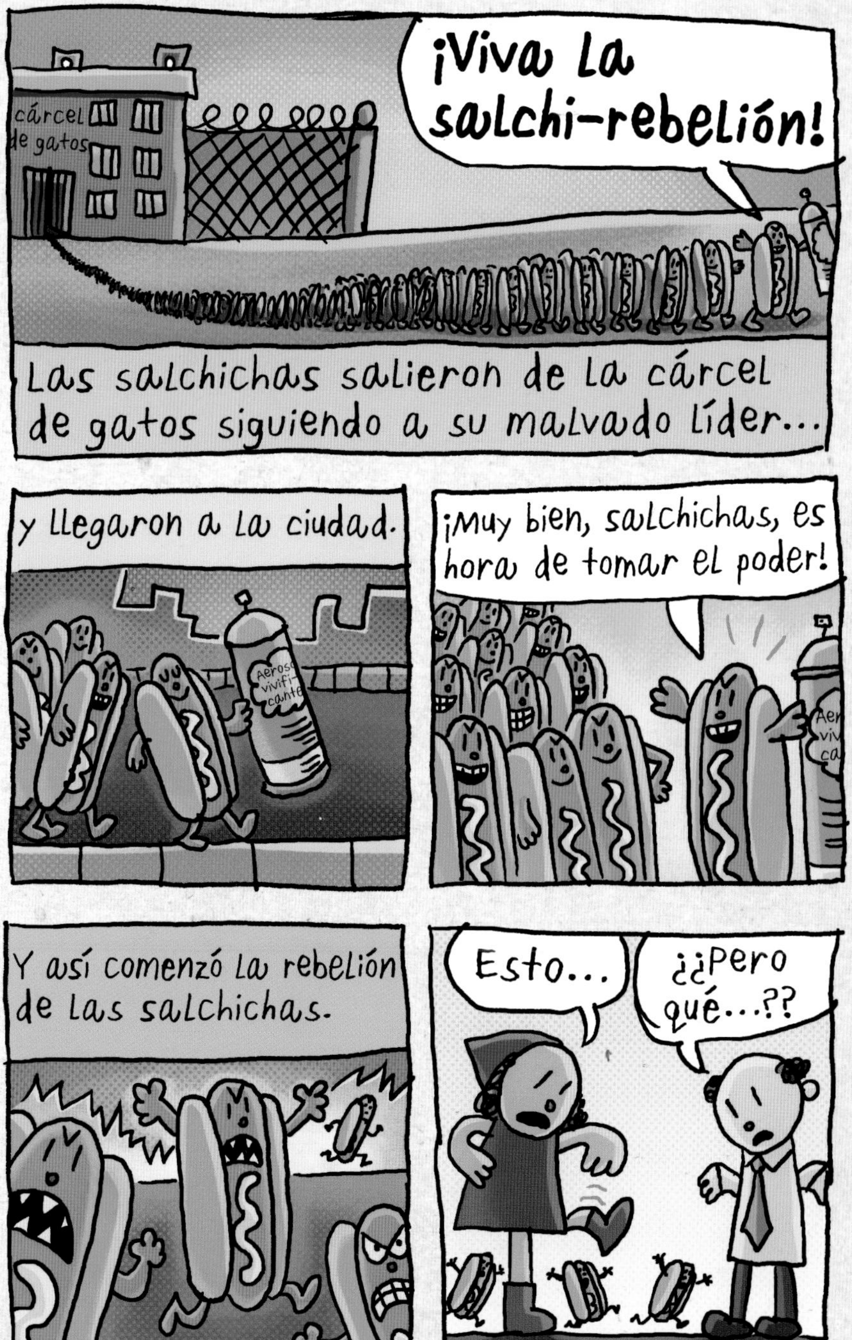

¡Viva la salchi-rebelión!
cárcel de gatos
Las salchichas salieron de la cárcel de gatos siguiendo a su malvado líder...
Y llegaron a la ciudad.
Aerosol vivificante
¡Muy bien, salchichas, es hora de tomar el poder!
Y así comenzó la rebelión de las salchichas.
Esto...
¿¿Pero qué...??

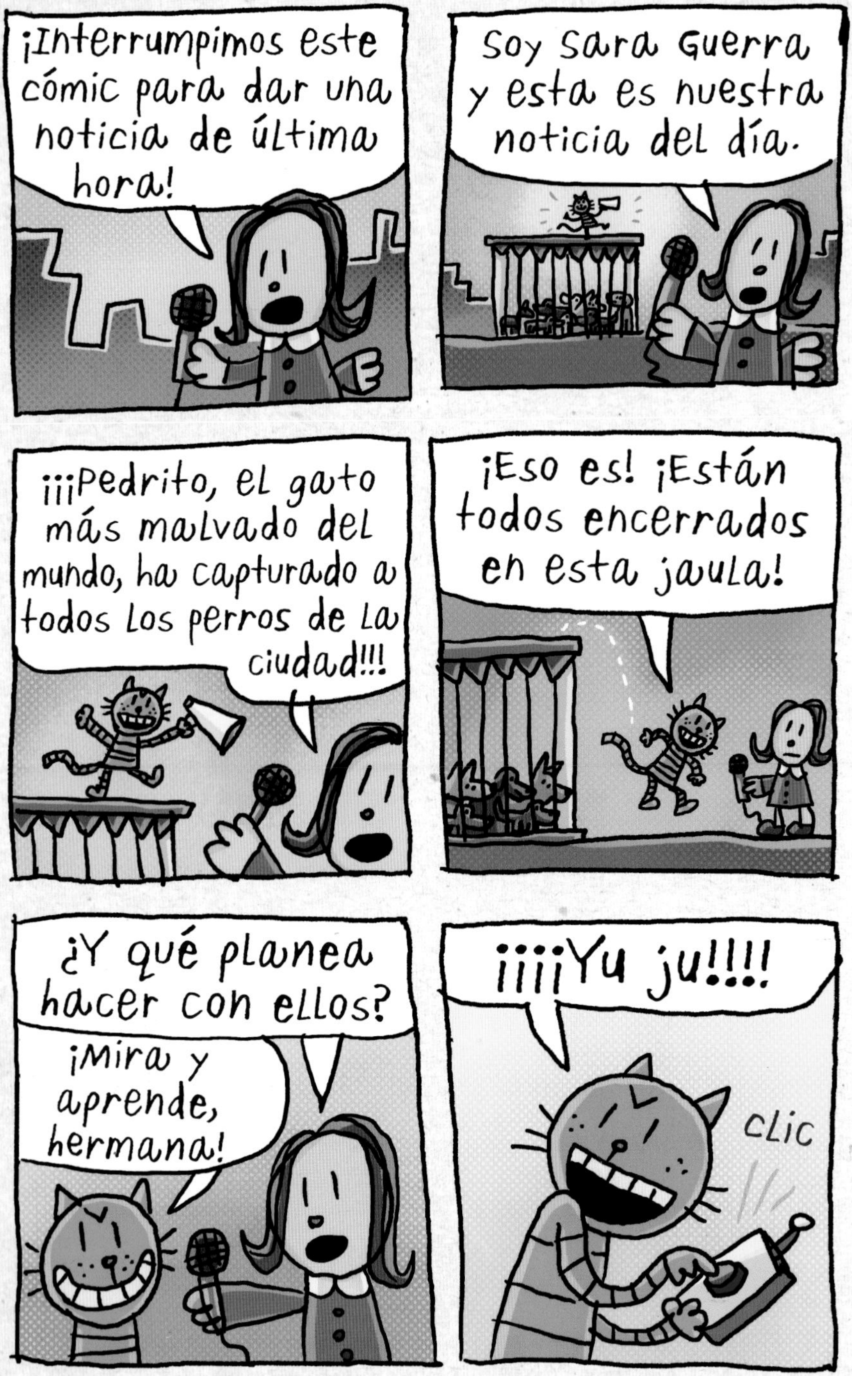
¡Interrumpimos este cómic para dar una noticia de última hora!
Soy Sara Guerra y esta es nuestra noticia del día.
¡¡¡Pedrito, el gato más malvado del mundo, ha capturado a todos los perros de la ciudad!!!
¡Eso es! ¡Están todos encerrados en esta jaula!
¿Y qué planea hacer con ellos?
¡Mira y aprende, hermana!
¡¡¡¡Yu ju!!!!
CLIC

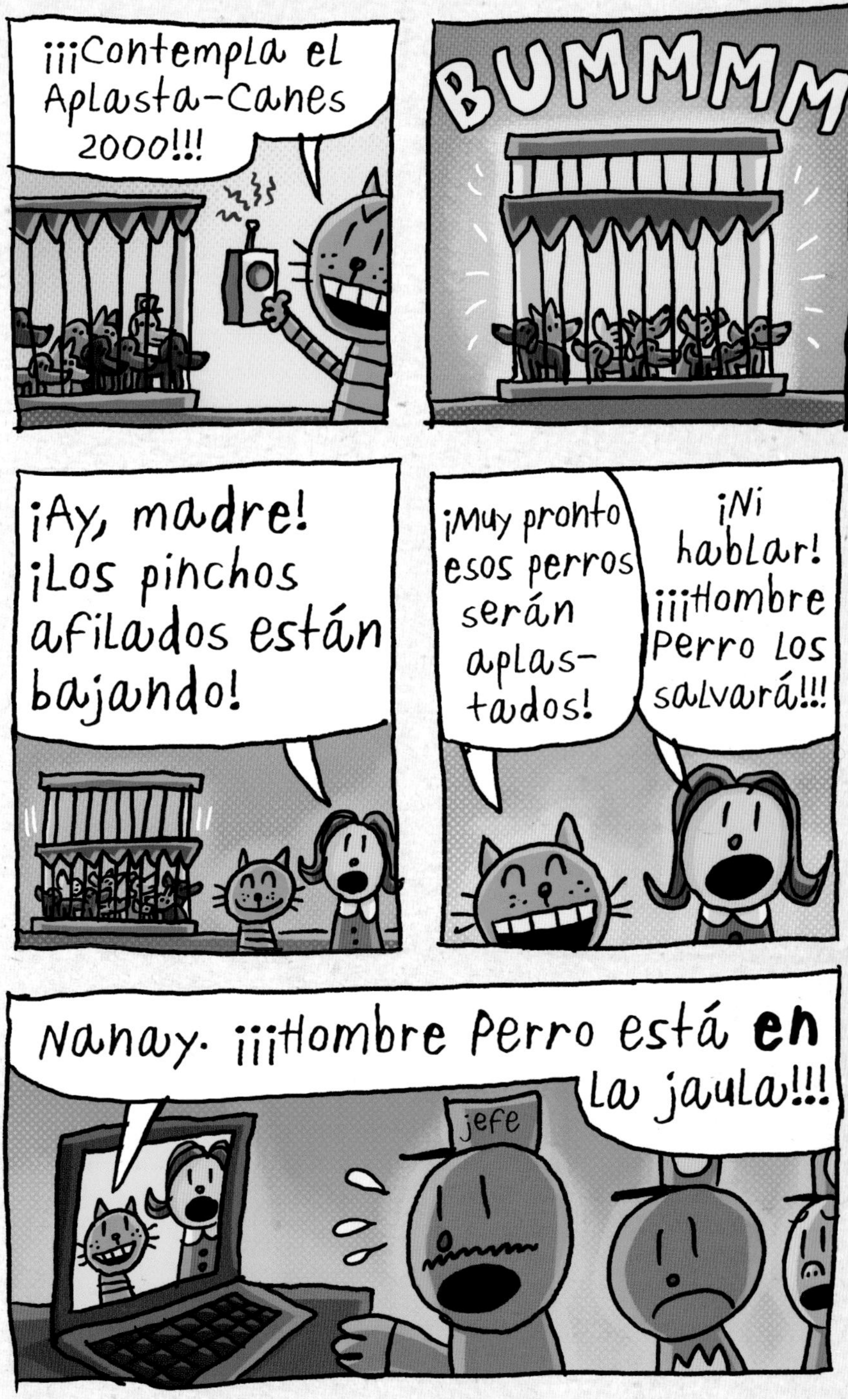
¡¡¡Contempla el Aplasta-Canes 2000!!!
BUMMMM
¡Ay, madre! ¡Los pinchos afilados están bajando!
¡Muy pronto esos perros serán aplas-tados!
¡Ni hablar! ¡¡¡Hombre Perro los salvará!!!
Nanay. ¡¡¡Hombre Perro está **en** la jaula!!!
jefe

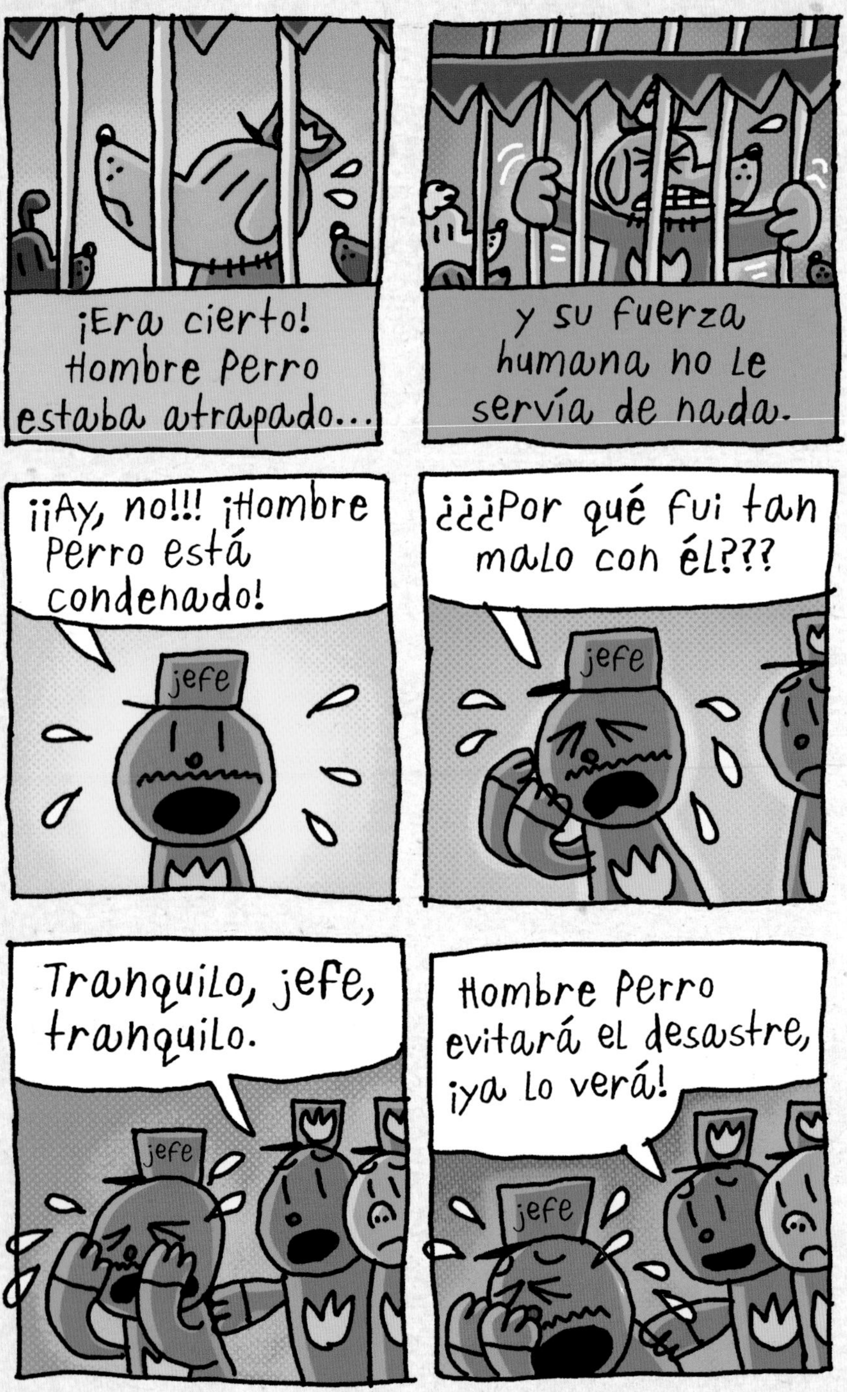
¡Era cierto! Hombre Perro estaba atrapado...
y su fuerza humana no le servía de nada.
¡¡Ay, no!!! ¡Hombre Perro está condenado!
jefe
¿¿¿Por qué fui tan malo con él???
jefe
Tranquilo, jefe, tranquilo.
jefe
Hombre Perro evitará el desastre, ¡ya lo verá!
jefe

Mientras, la rebelión de las salchichas arrasaba la ciudad...

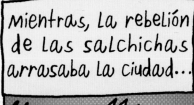

Parecía que el fin estaba cerca...

pero no era así.

¡Ay, mira!

¡Qué lindos!

¡Sonrían a la cámara!

CLIC

¡Mira! ¡Esa hizo una pequeña fogata!

¡Ay! ¡Qué preciosidad!

187

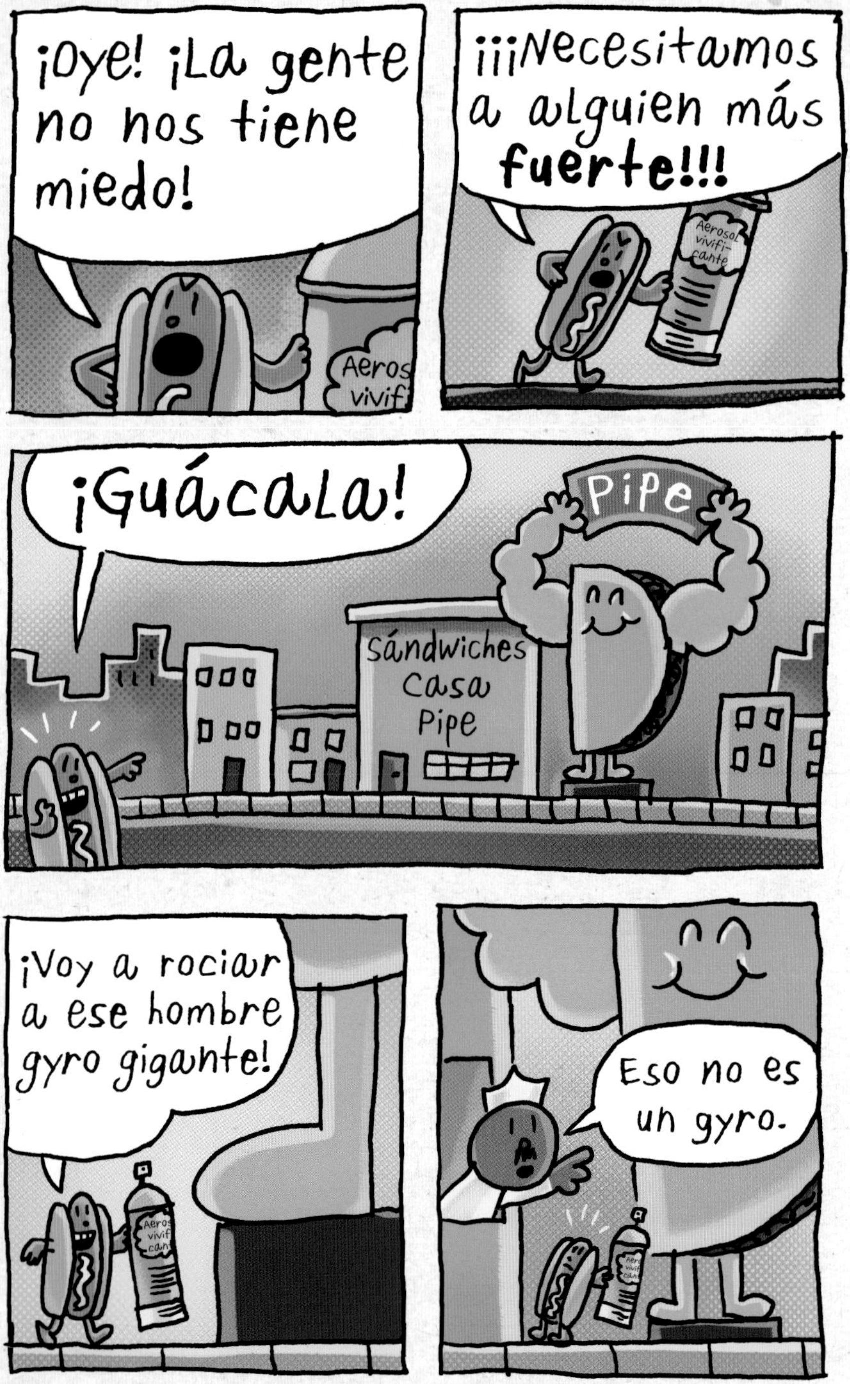
¡Oye! ¡La gente no nos tiene miedo!
¡¡¡Necesitamos a alguien más **fuerte**!!!
Aerosol vivificante
¡Guácala!
Pipe
Sándwiches Casa Pipe
¡Voy a rociar a ese hombre gyro gigante!
Eso no es un gyro.

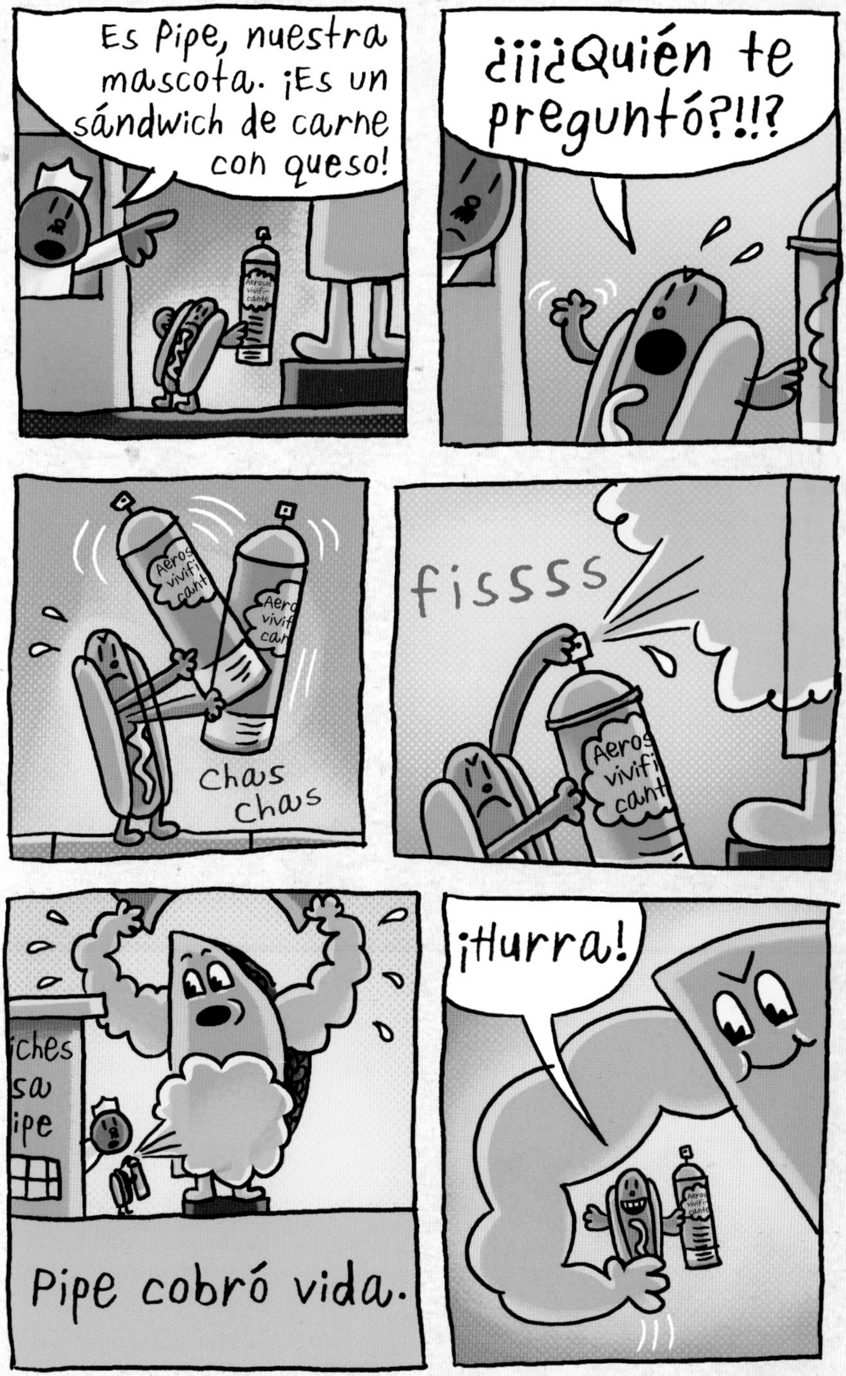
Es Pipe, nuestra mascota. ¡Es un sándwich de carne con queso!
Aerosol vivificante
¿¡¡¿Quién te preguntó?!!?
Chas chas
fissss
Pipe cobró vida.
¡Hurra!
Aerosol vivificante

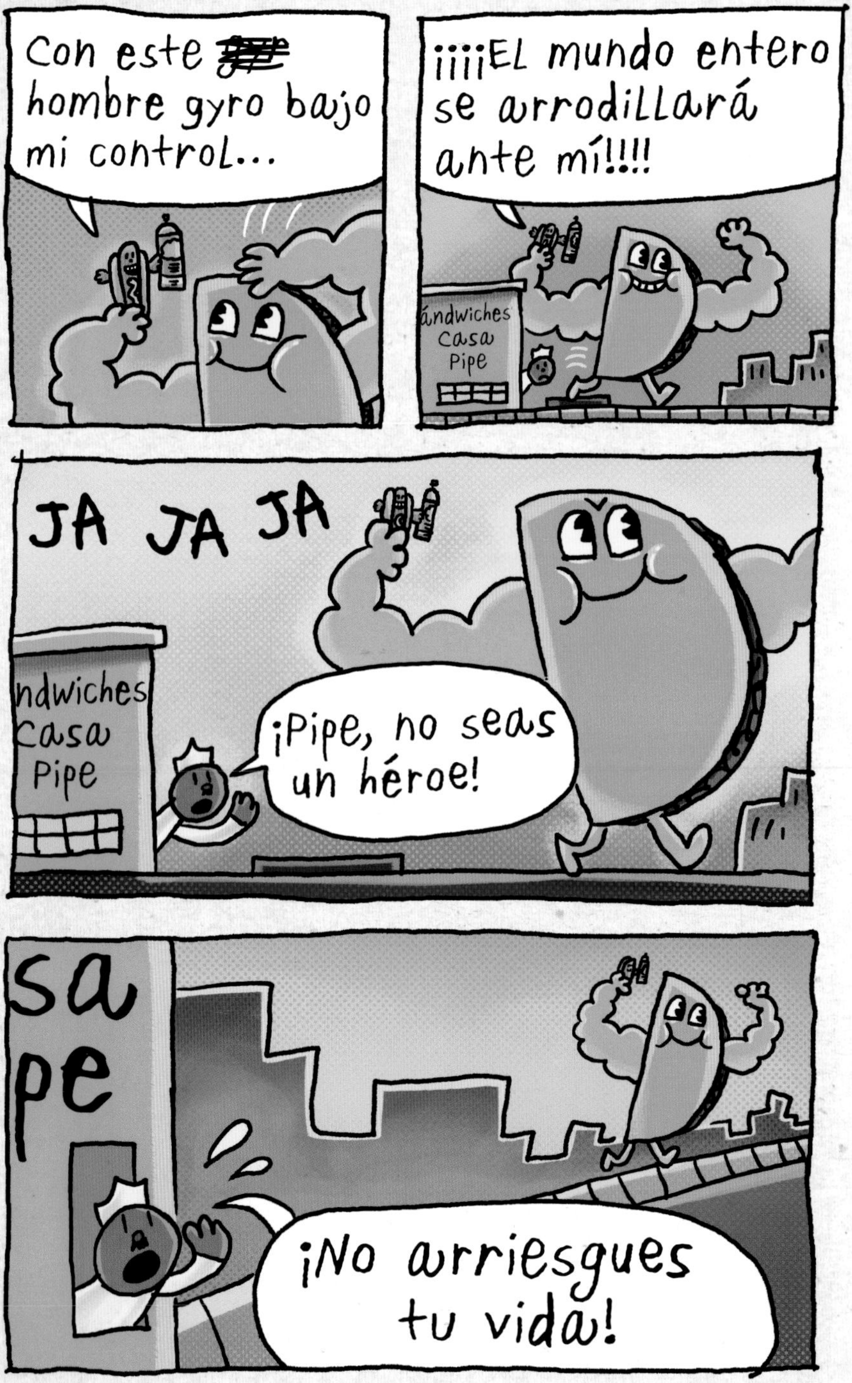
Con este hombre gyro bajo mi controL...
¡¡¡¡EL mundo entero se arrodiLLará ante mí!!!!
ándwiches Casa Pipe
JA JA JA
ndwiches Casa Pipe
¡Pipe, no seas un héroe!
sa pe
¡No arriesgues tu vida!

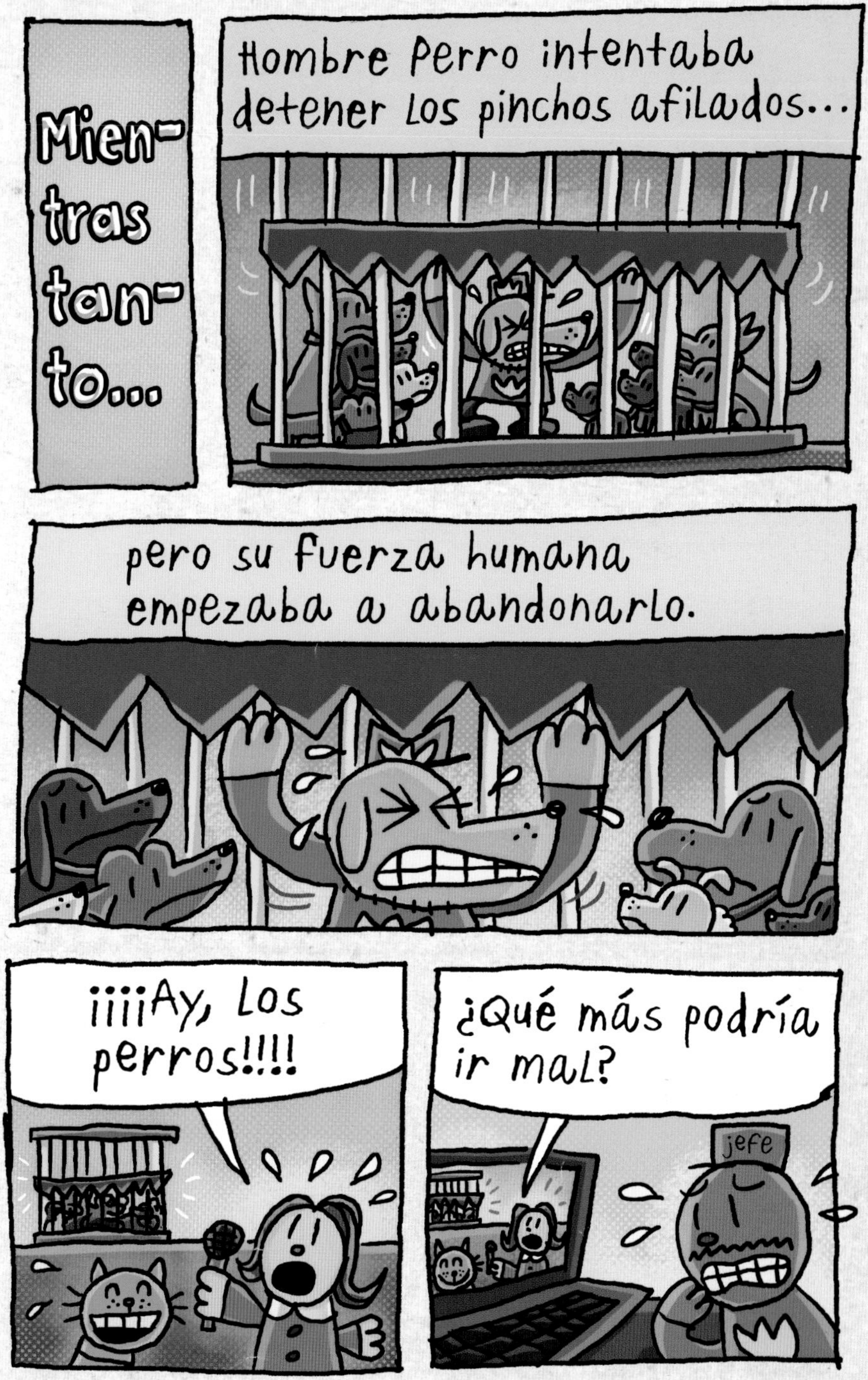
Mientras tanto...
Hombre Perro intentaba detener los pinchos afilados...
pero su fuerza humana empezaba a abandonarlo.
¡¡¡¡Ay, los perros!!!!
¿Qué más podría ir mal?
jefe

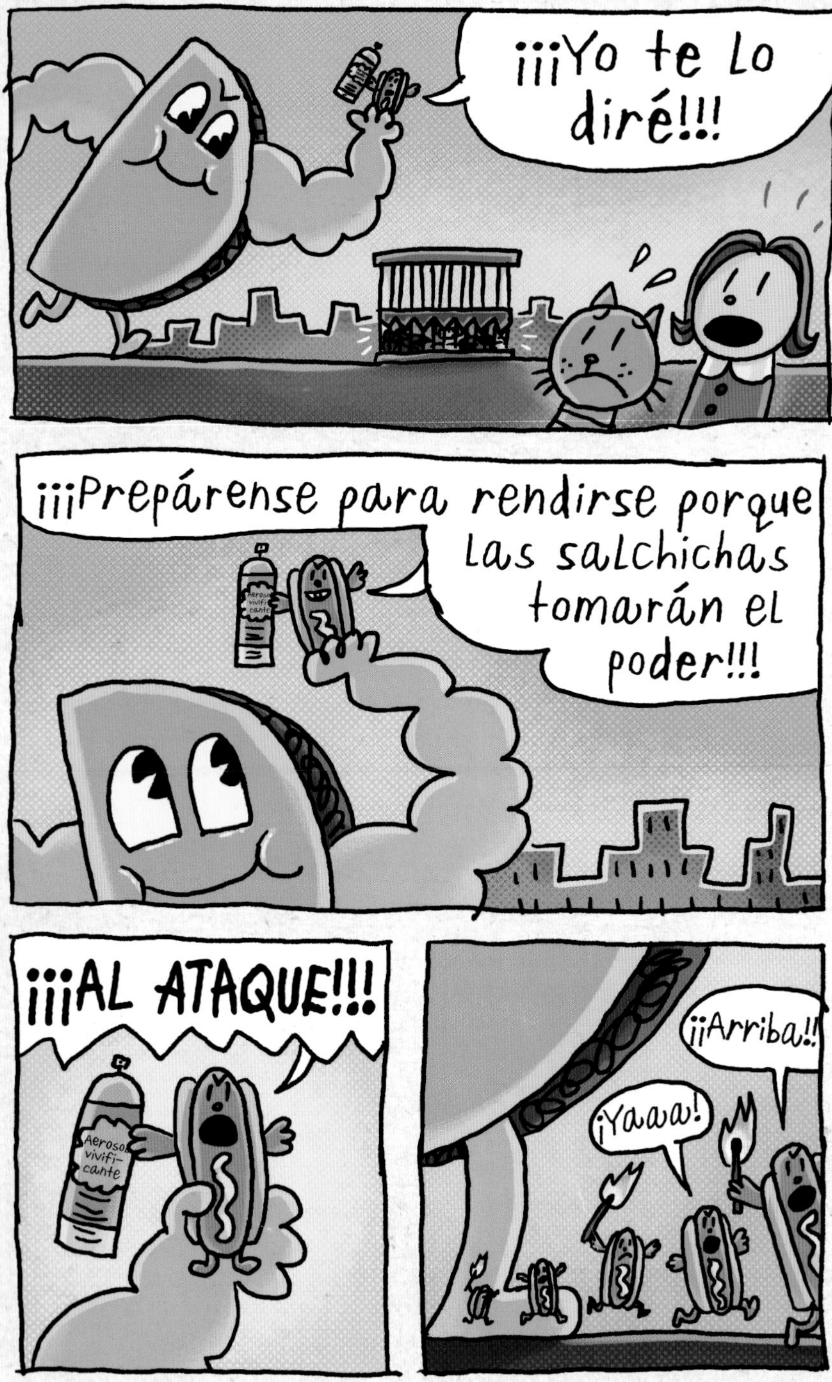
¡¡¡Yo te lo diré!!!
¡¡¡Prepárense para rendirse porque las salchichas tomarán el poder!!!
Aerosol vivificante
¡¡¡AL ATAQUE!!!
Aerosol vivificante
¡¡Arriba!!
¡Yaaa!

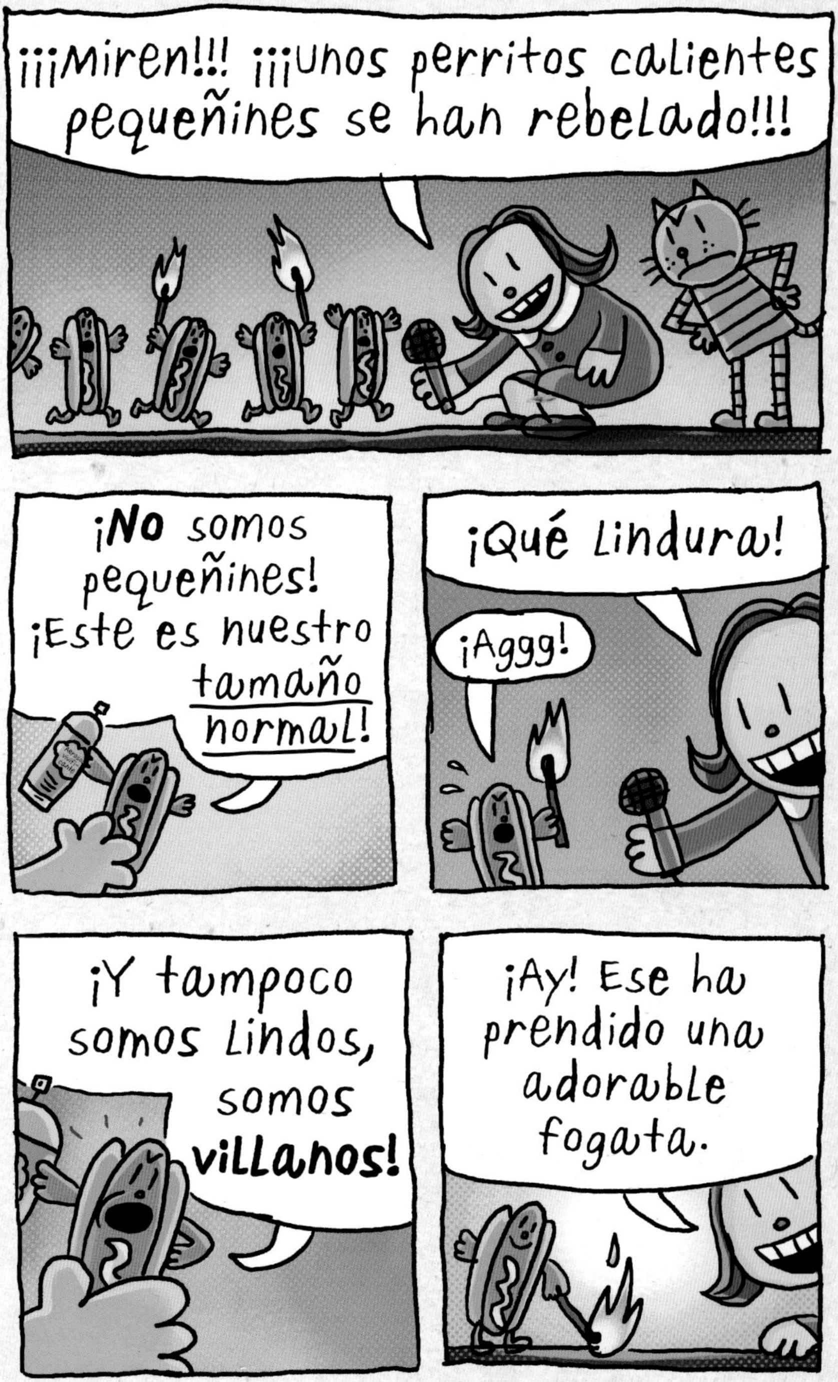
¡¡¡Miren!!! ¡¡¡Unos perritos calientes pequeñines se han rebelado!!!
¡No somos pequeñines! ¡Este es nuestro tamaño normal!
¡Qué lindura!
¡Aggg!
¡Y tampoco somos lindos, somos villanos!
¡Ay! Ese ha prendido una adorable fogata.

¡¡¡Esa **NO** es una adorable fogata!!! ¡¡¡Eso es un **devastador infierno de MUERTE!!!**

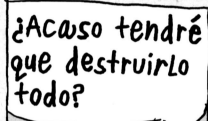

¿Qué tiene uno que hacer para que esta gente te respete?

¿Acaso tendré que destruirlo todo?

¡De repente, dentro del Aplasta-Canes 2000, Hombre Perro tuvo una gran idea!

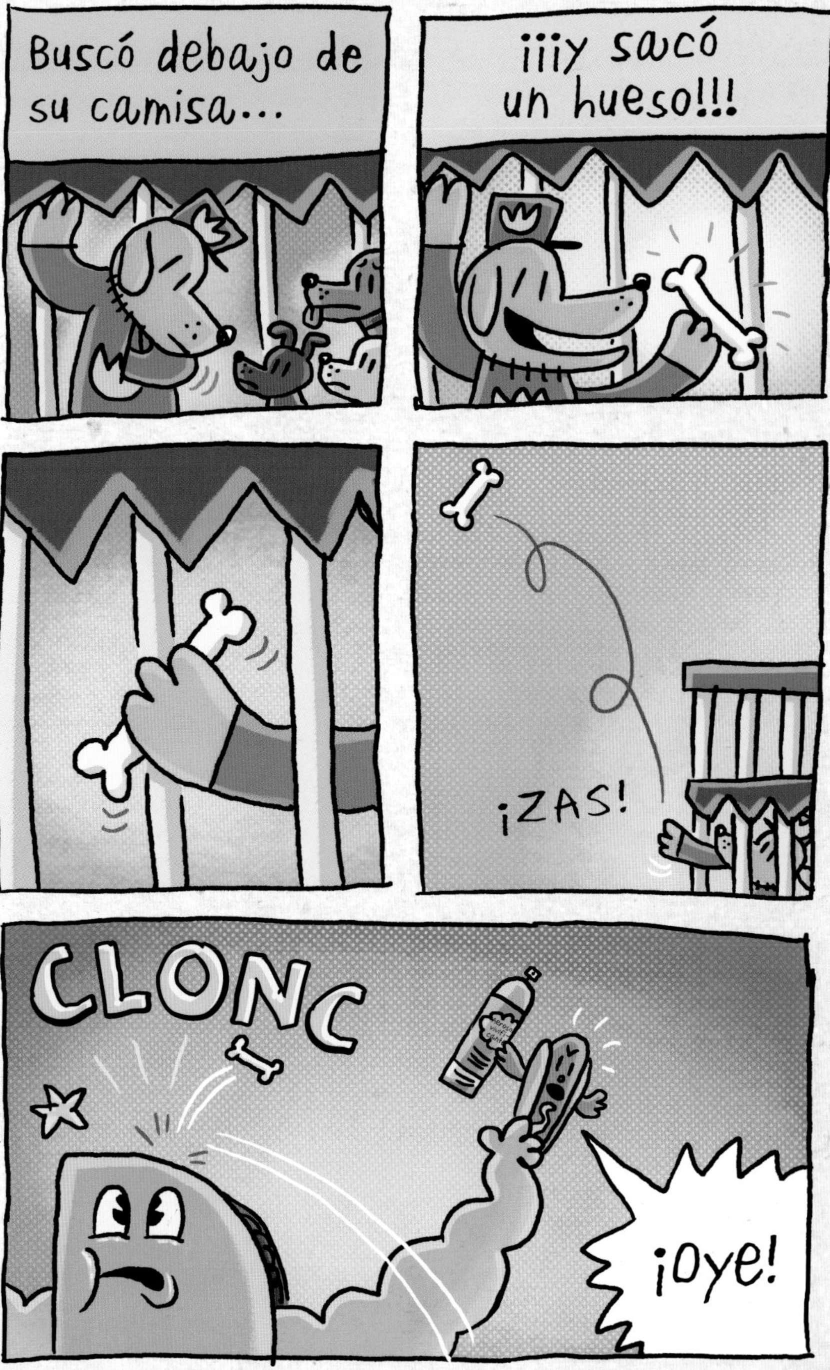
Buscó debajo de su camisa...
¡¡¡Y sacó un hueso!!!
¡ZAS!
CLONC
¡Oye!

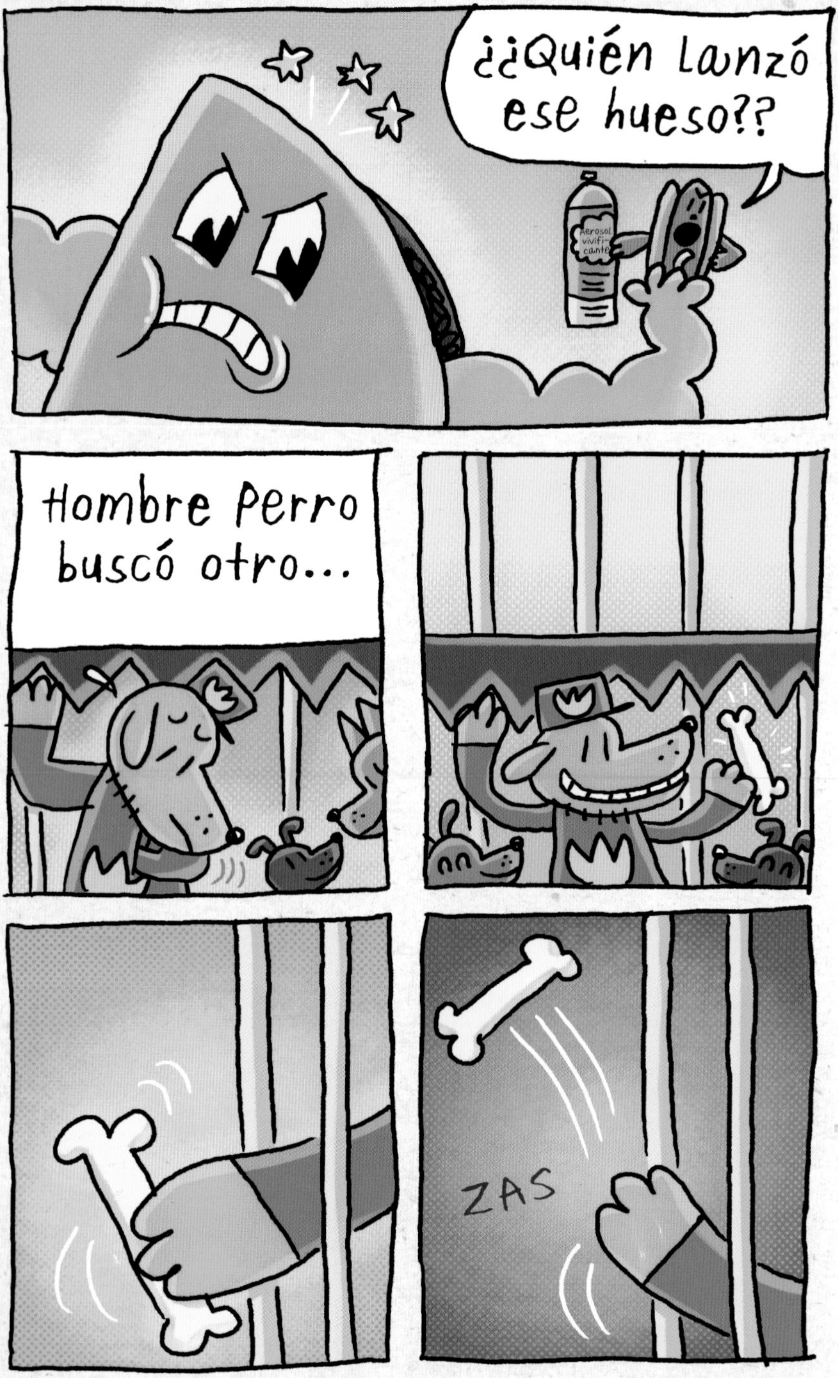
¿¿Quién lanzó ese hueso??
Aerosol vivifi-cante
Hombre Perro buscó otro...
ZAS

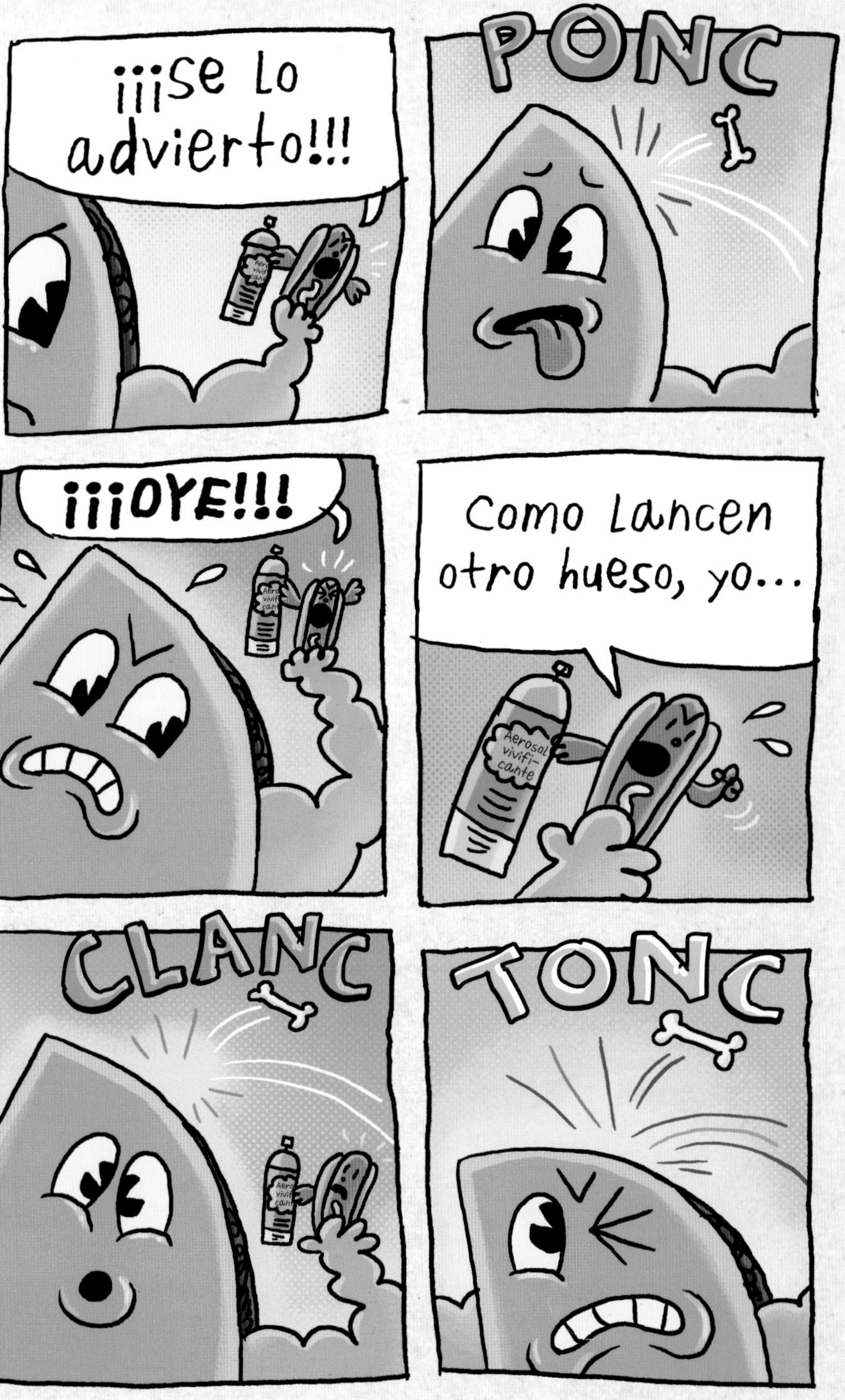
¡¡¡Se lo advierto!!!
PONC
¡¡¡OYE!!!
Como lancen otro hueso, yo...
Aerosol vivificante
CLANC
TONC

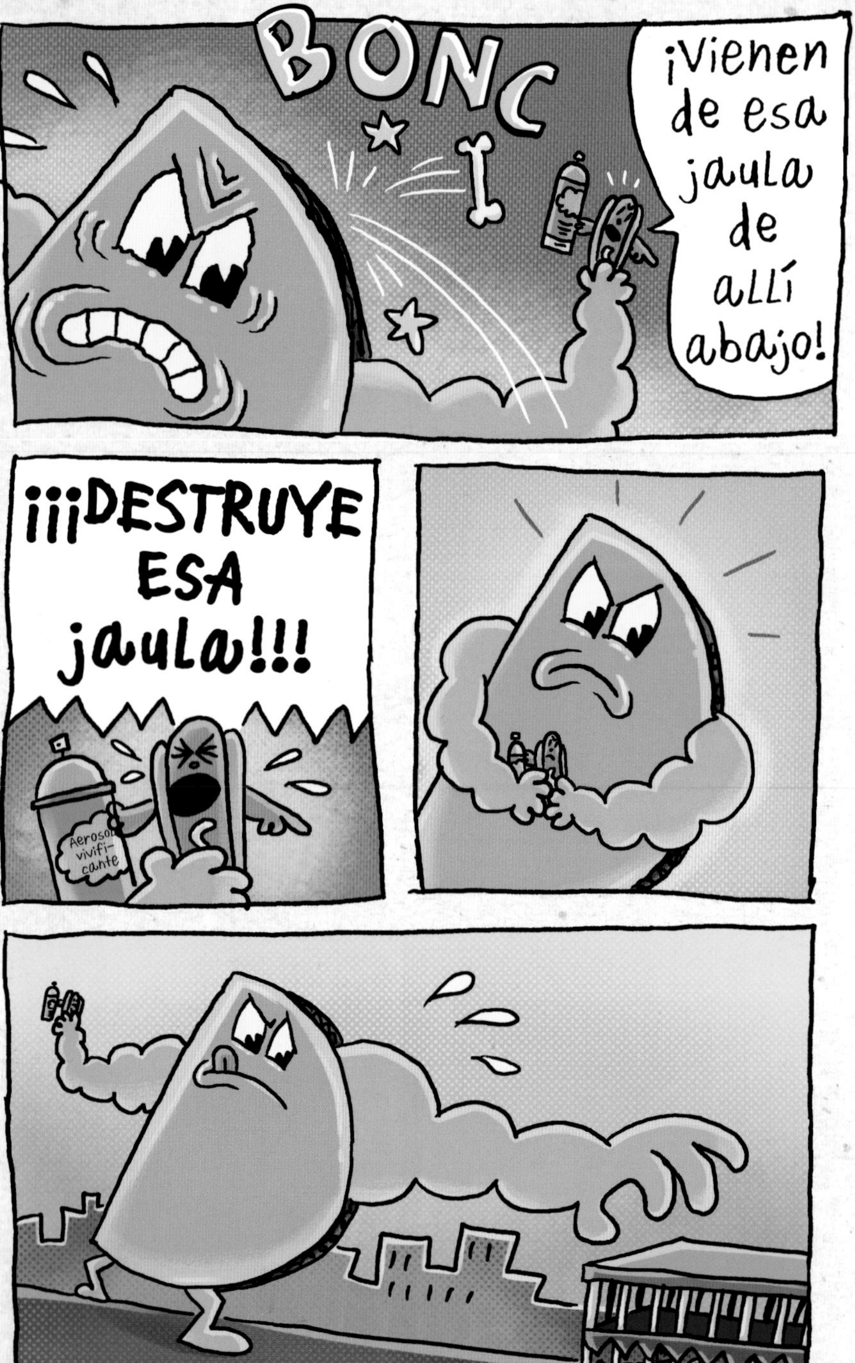
BONC
¡Vienen de esa jaula de allí abajo!
¡¡¡DESTRUYE ESA jaula!!!
Aerosol vivificante

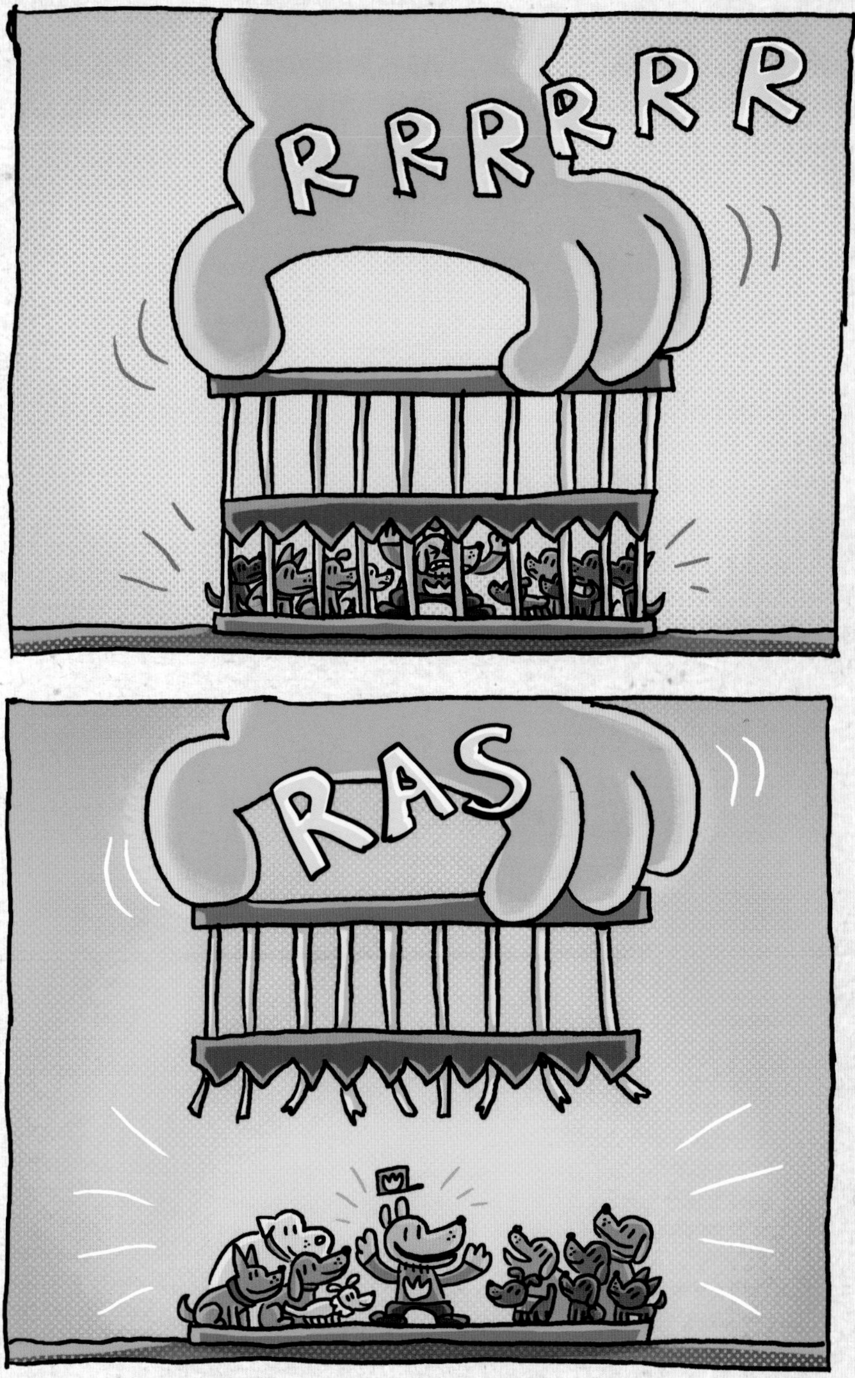
RRRRRRR
RAS

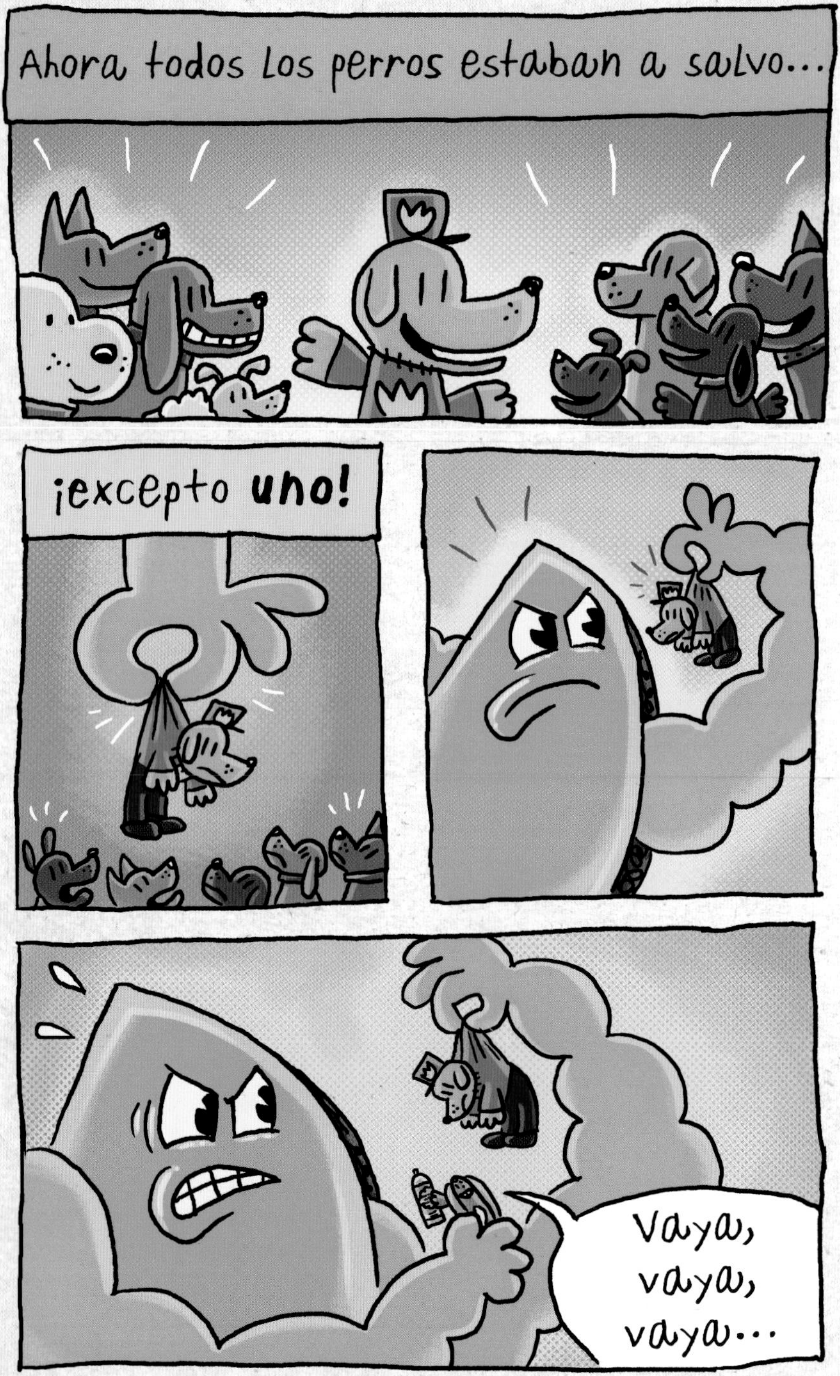
Ahora todos los perros estaban a salvo...
¡excepto **uno**!
Vaya, vaya, vaya...

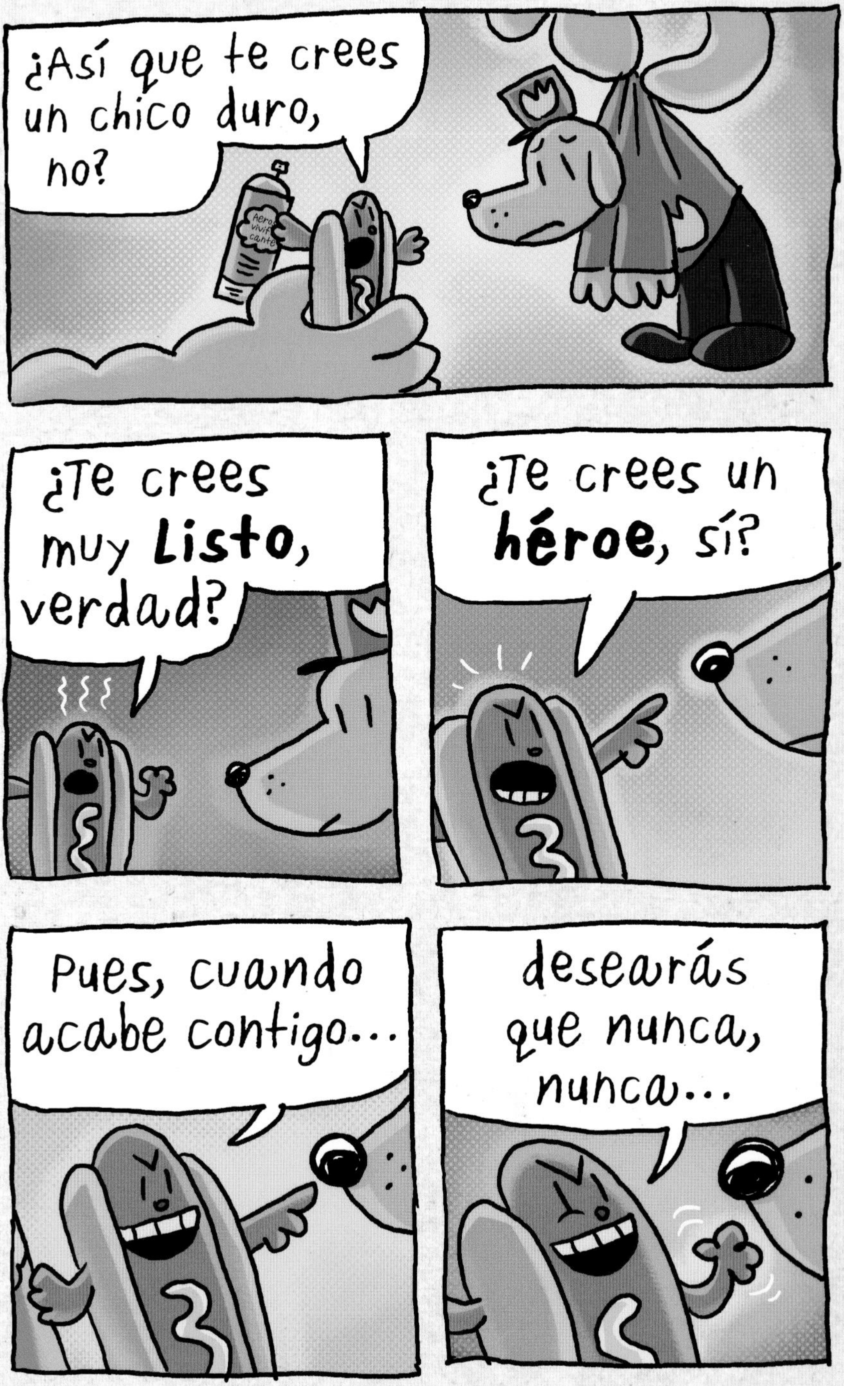
¿Así que te crees un chico duro, no?
¿Te crees muy **Listo**, verdad?
¿Te crees un **héroe**, sí?
Pues, cuando acabe contigo...
desearás que nunca, nunca...

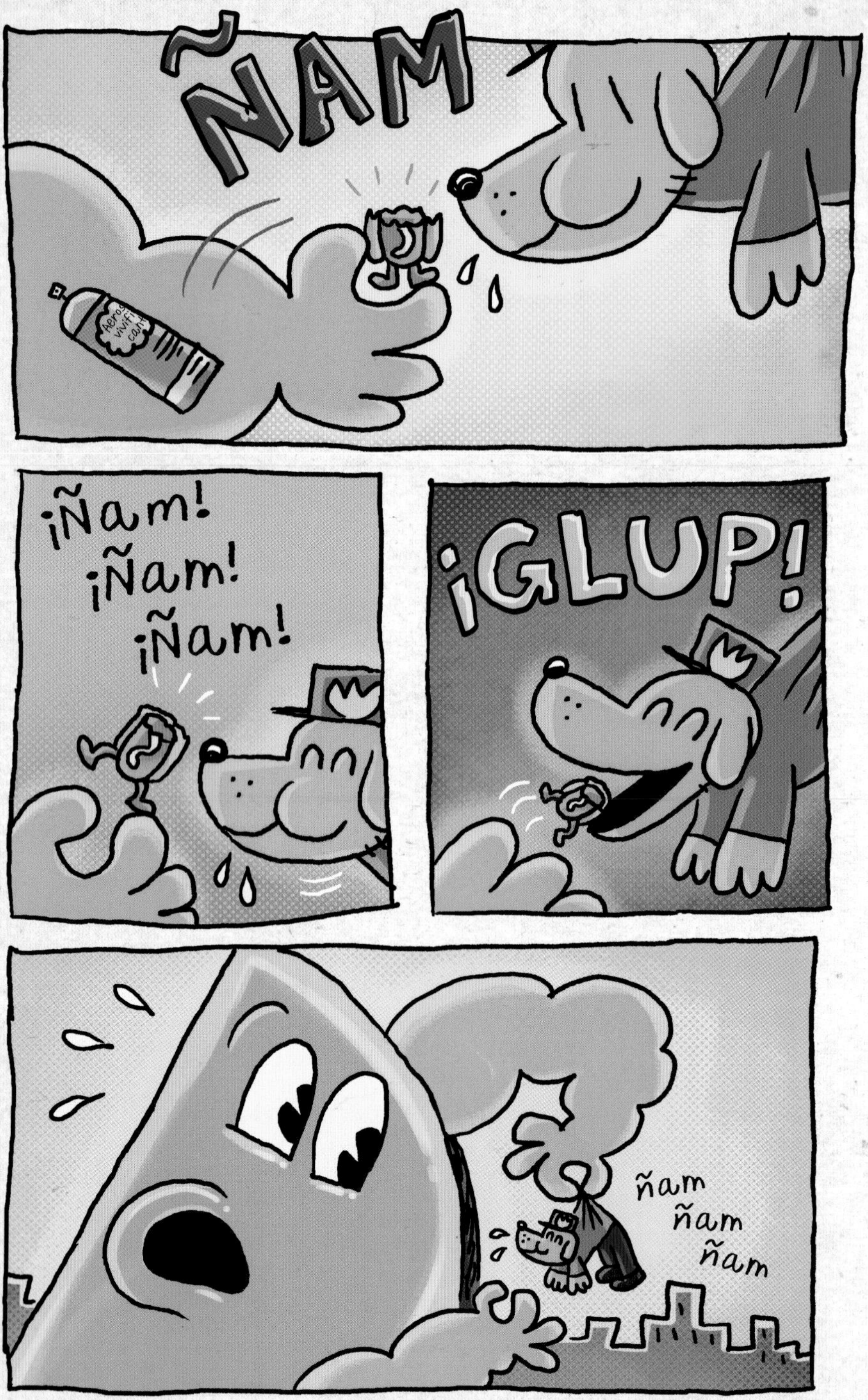
ÑAM
¡Ñam!
¡Ñam!
¡Ñam!
¡GLUP!
ñam
ñam
ñam

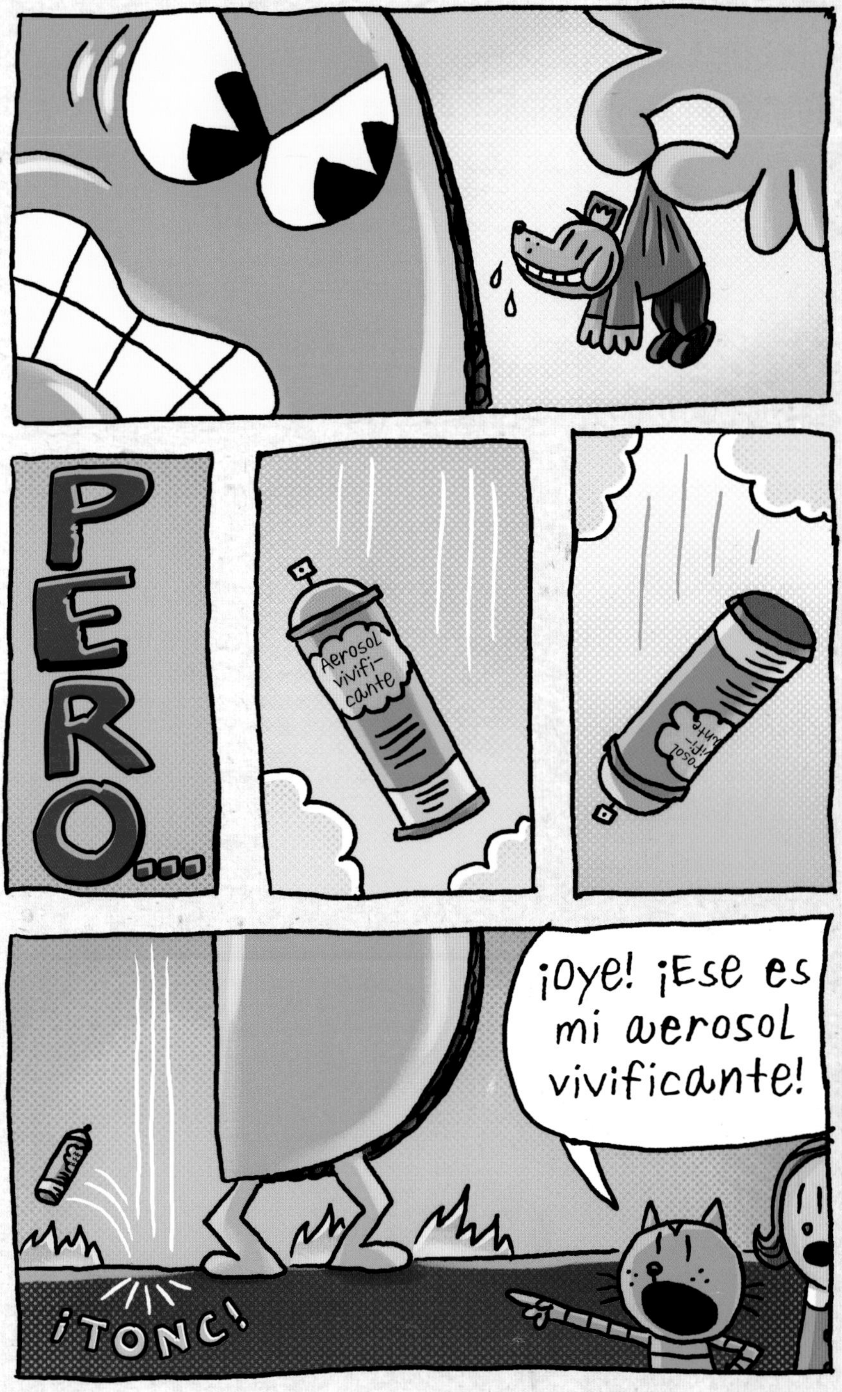
PERO...
Aerosol vivificante
¡Oye! ¡Ese es mi aerosol vivificante!
¡TONC!

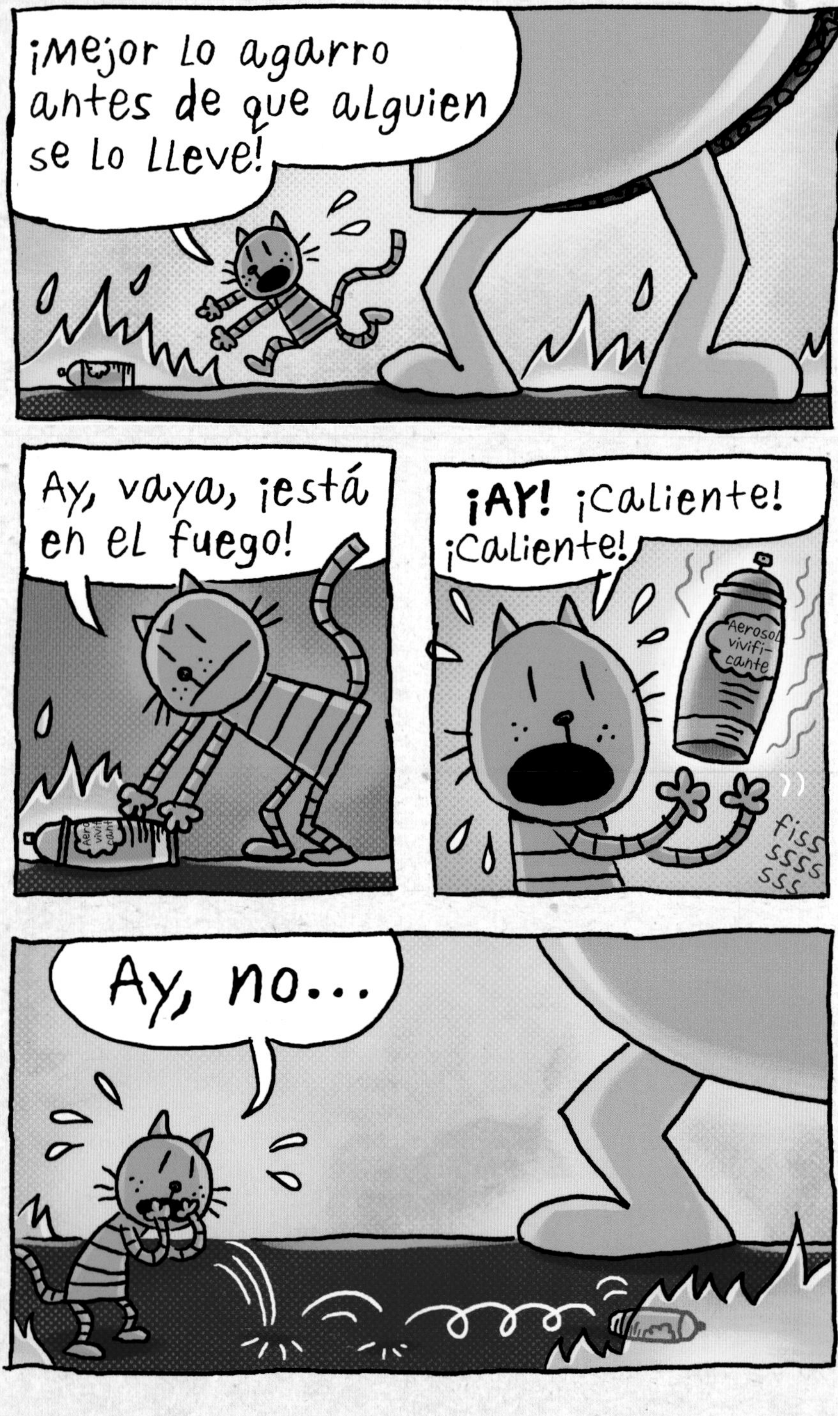
¡Mejor lo agarro antes de que alguien se lo lleve!
Ay, vaya, ¡está en el fuego!
¡AY! ¡Caliente! ¡Caliente!
Aerosol vivificante
fissssssss
Ay, no...

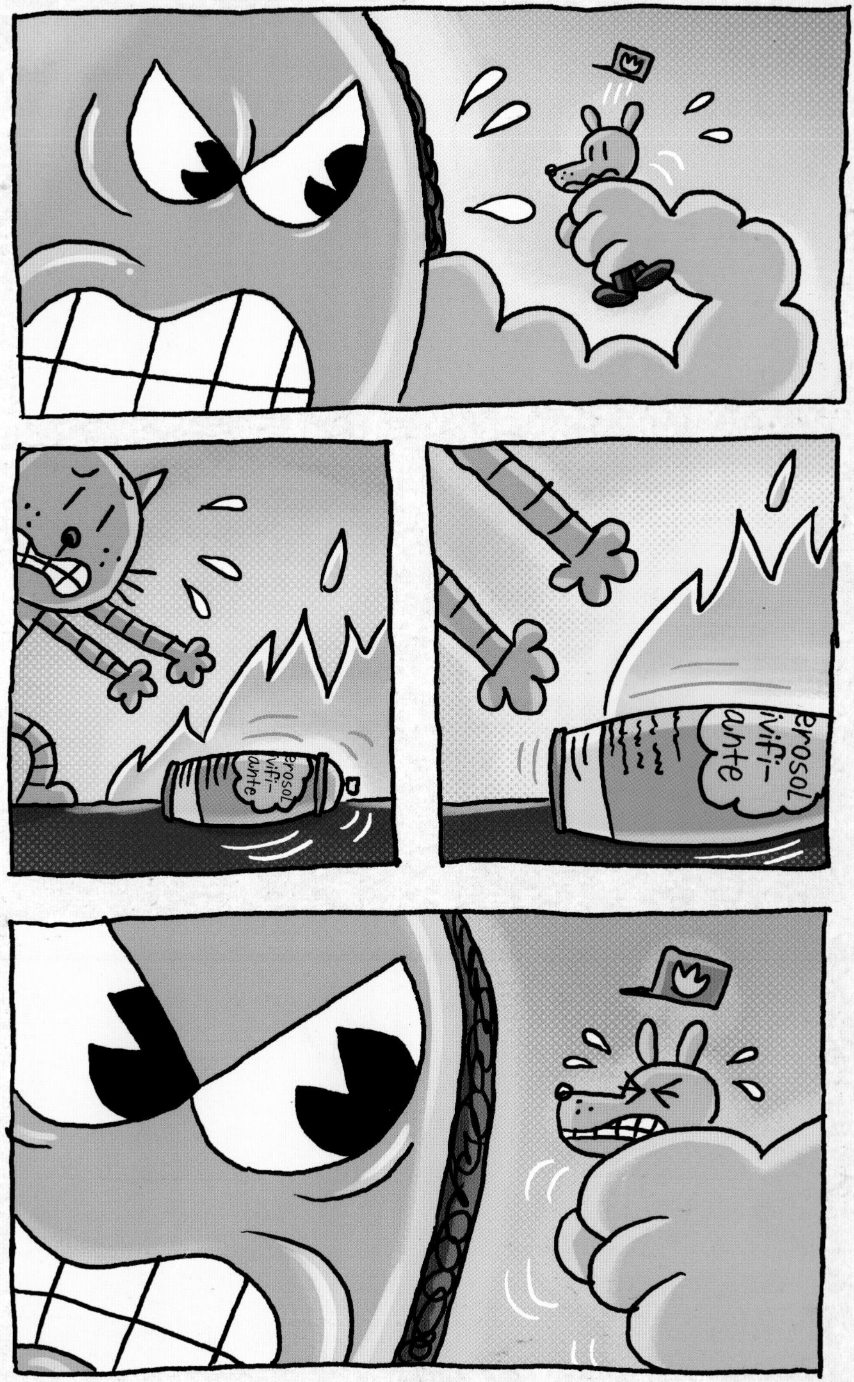
erosol
ivifi–
ante

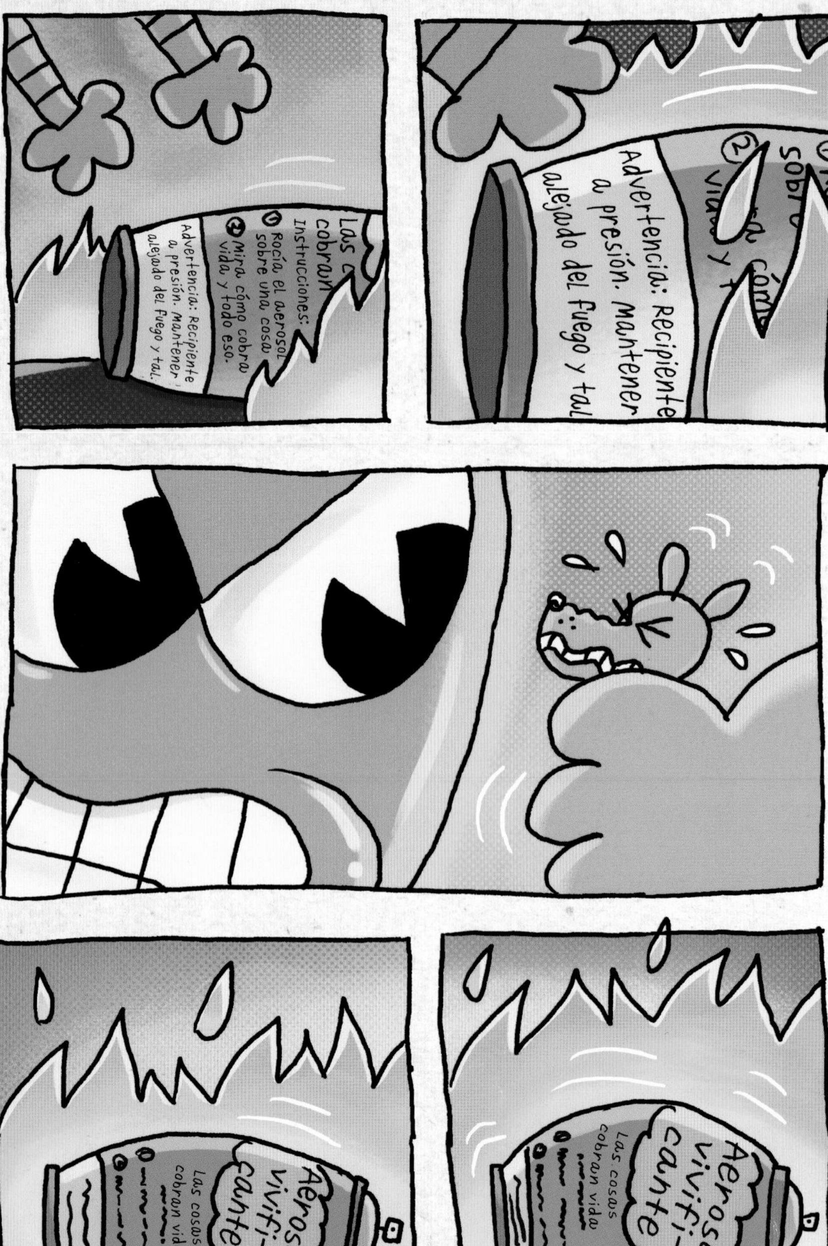
Instrucciones:
1 Rocía el aerosol sobre una cosa
2 Mira cómo cobra vida y todo eso.
Advertencia: Recipiente a presión. Mantener alejado del fuego y tal.
Advertencia: Recipiente a presión. Mantener alejado del fuego y tal
Aerosol vivifi-cante
Las cosas cobran vida
Aerosol vivifi-cante
Las cosas cobran vida

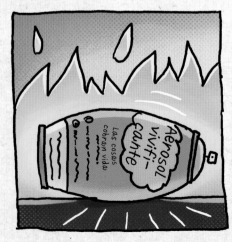

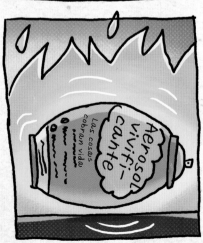

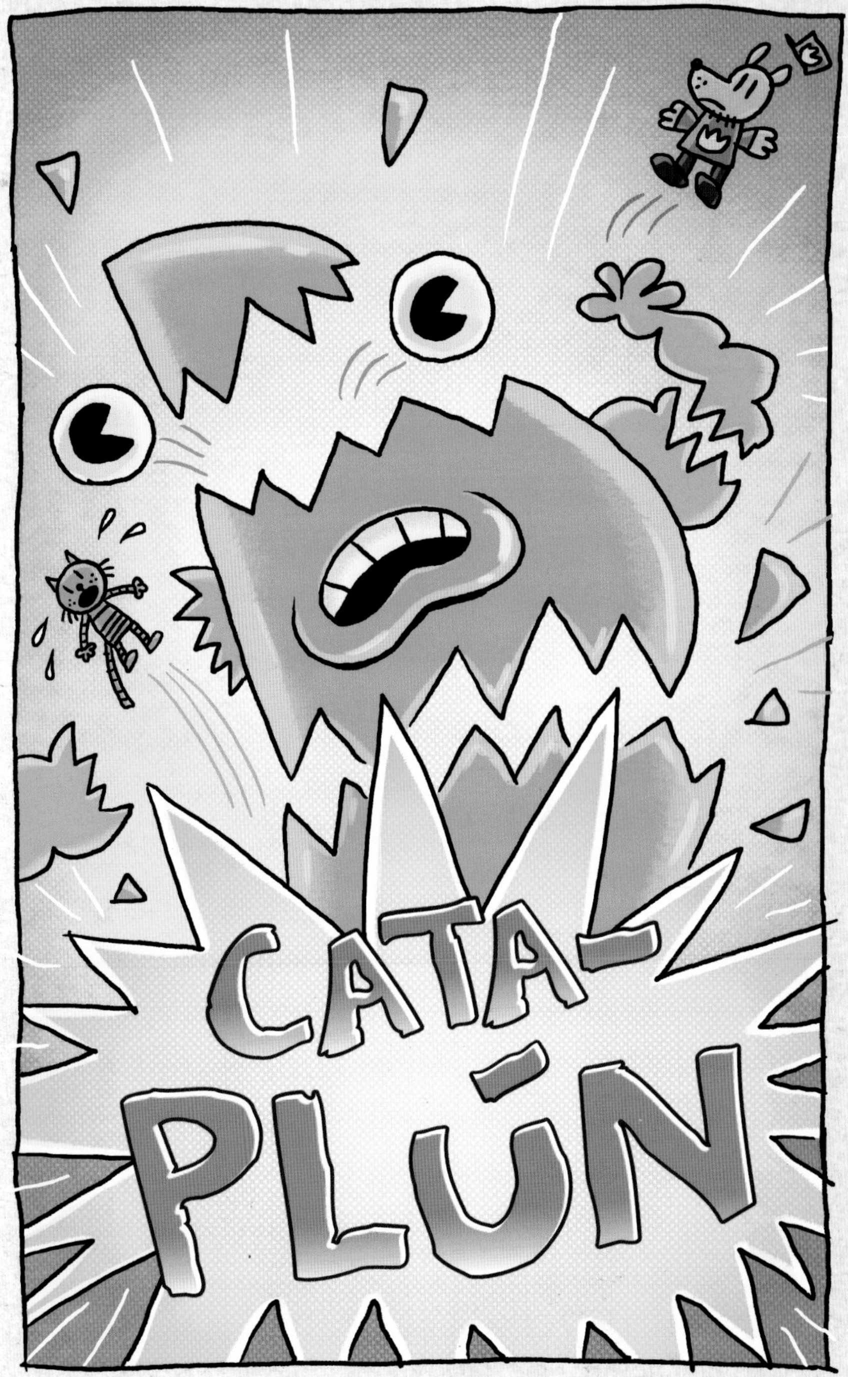
CATA-PLÚN

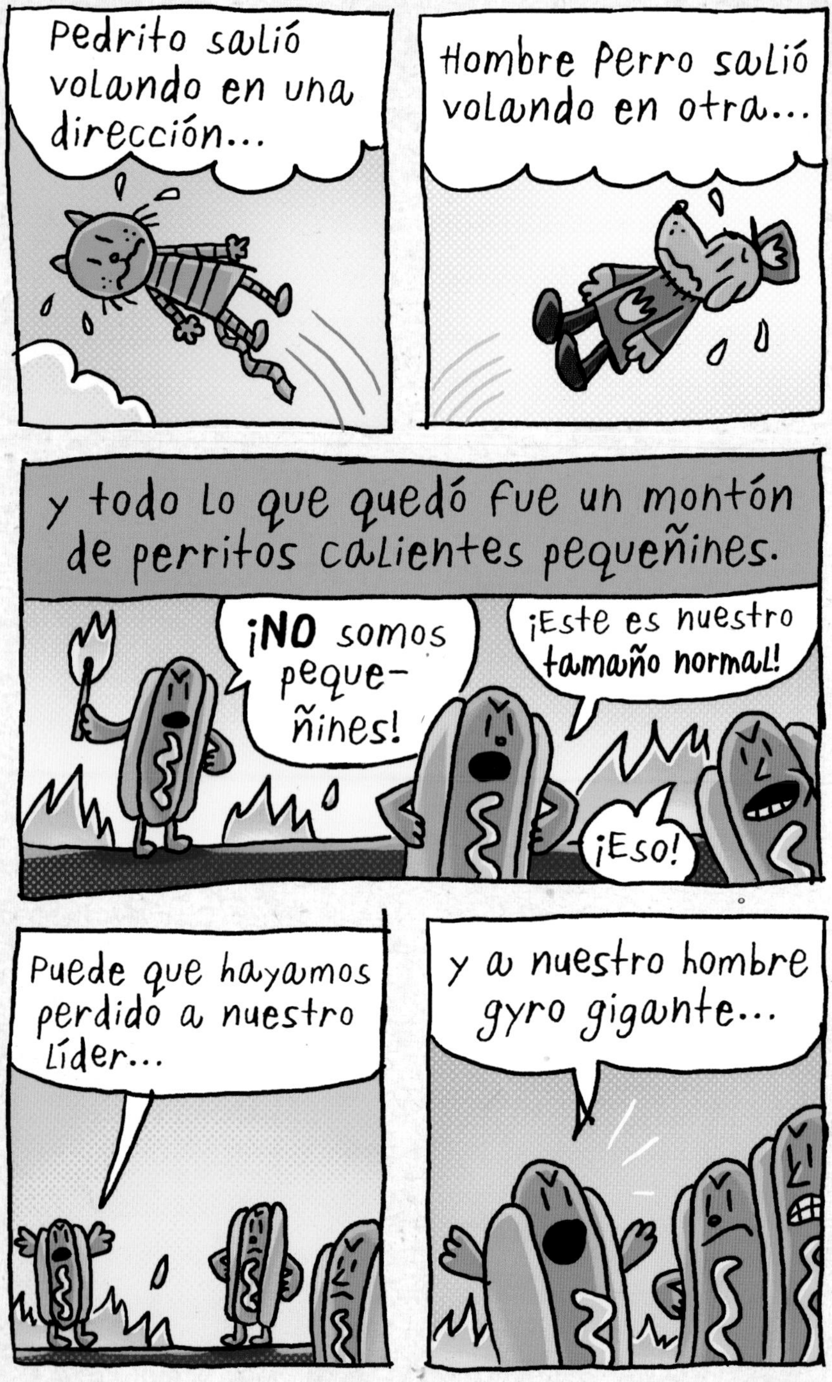

Pedrito salió volando en una dirección...
Hombre Perro salió volando en otra...
y todo lo que quedó fue un montón de perritos calientes pequeñines.
¡NO somos pequeñines!
¡Este es nuestro tamaño normal!
¡Eso!
Puede que hayamos perdido a nuestro líder...
y a nuestro hombre gyro gigante...

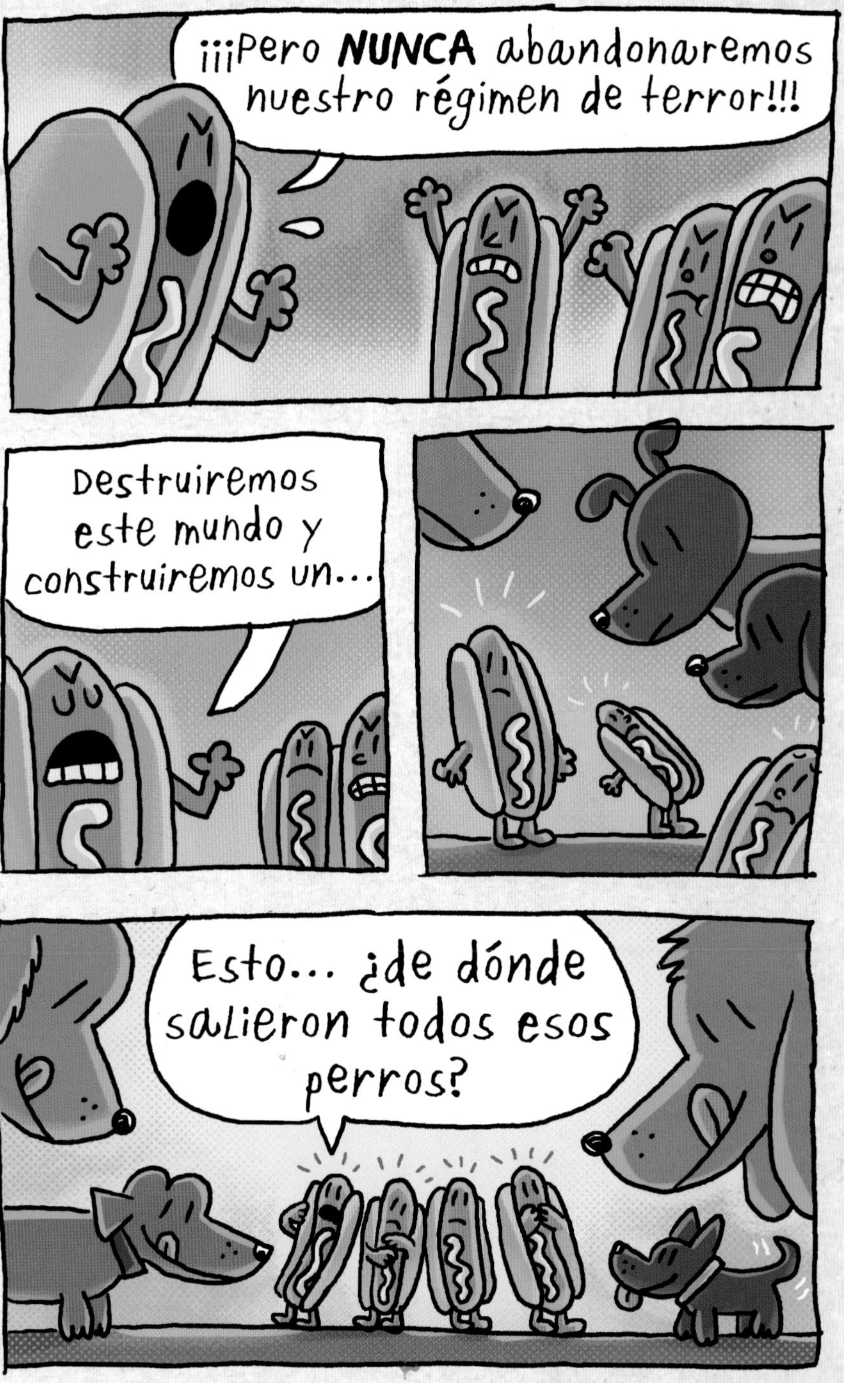
¡¡¡Pero NUNCA abandonaremos nuestro régimen de terror!!!
Destruiremos este mundo y construiremos un...
Esto... ¿de dónde salieron todos esos perros?

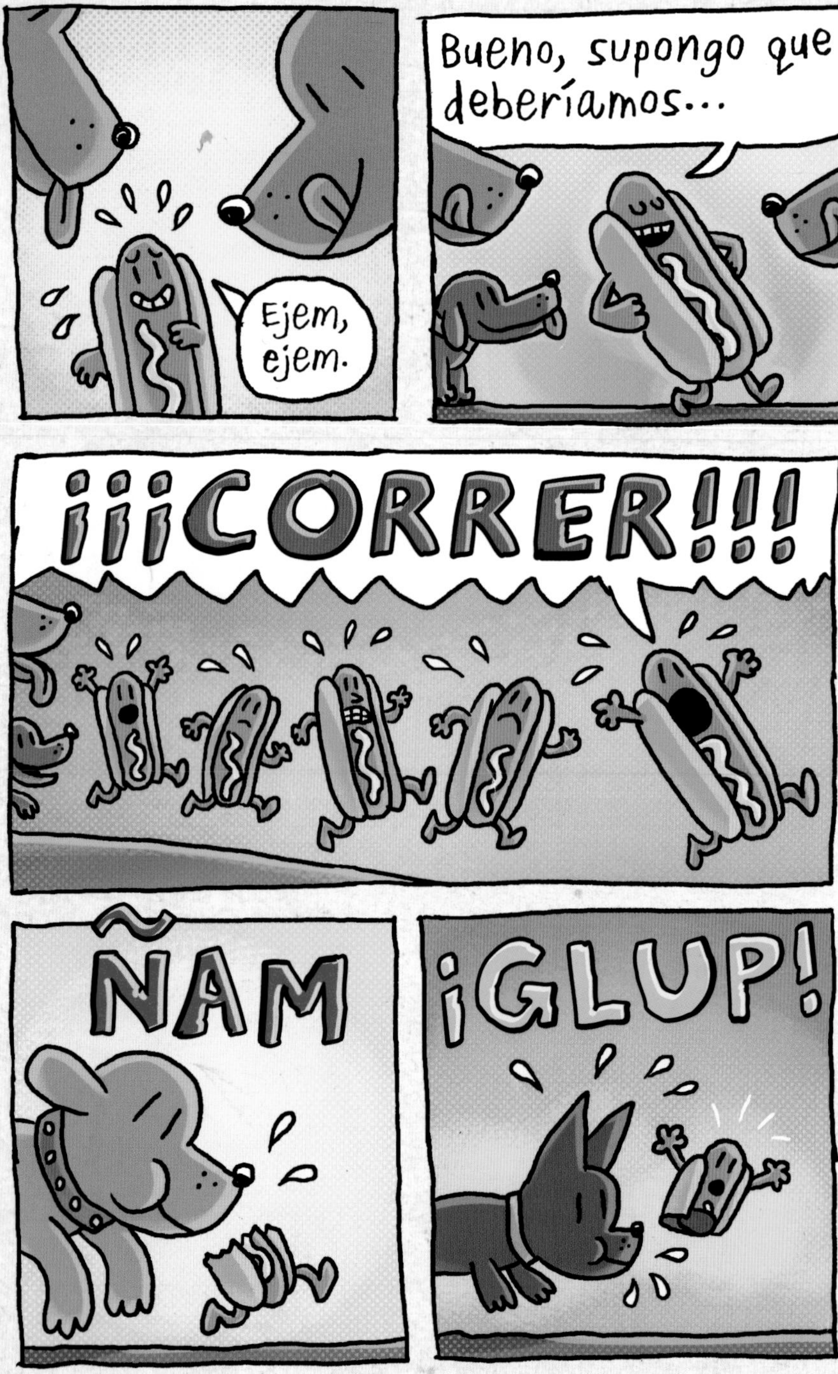
Ejem, ejem.
Bueno, supongo que deberíamos...
¡¡¡CORRER!!!
ÑAM
¡GLUP!

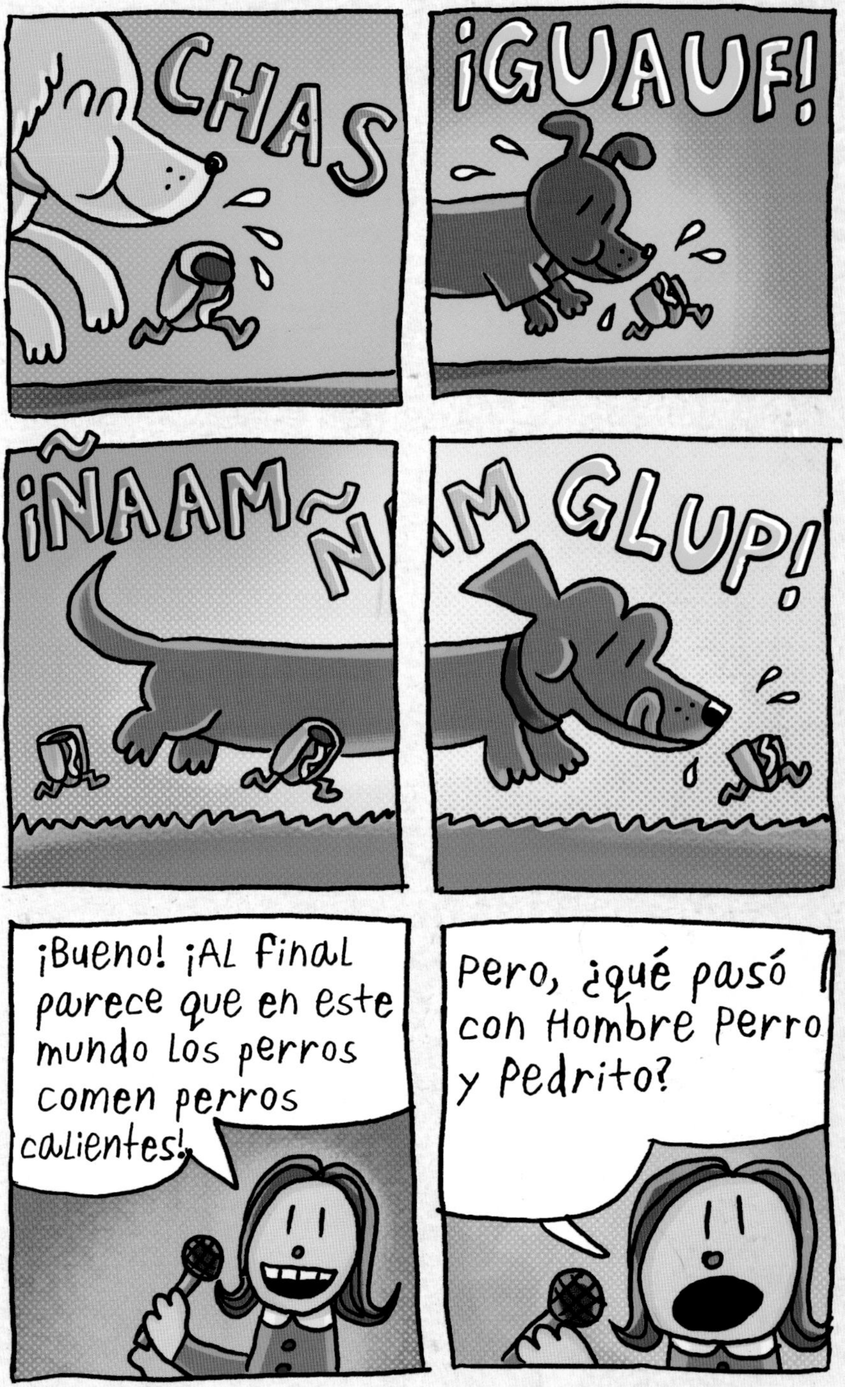
CHAS
¡GUAUF!
¡ÑAAM-ÑAM GLUP!
¡Bueno! ¡Al final parece que en este mundo los perros comen perros calientes!
Pero, ¿qué pasó con Hombre Perro y Pedrito?

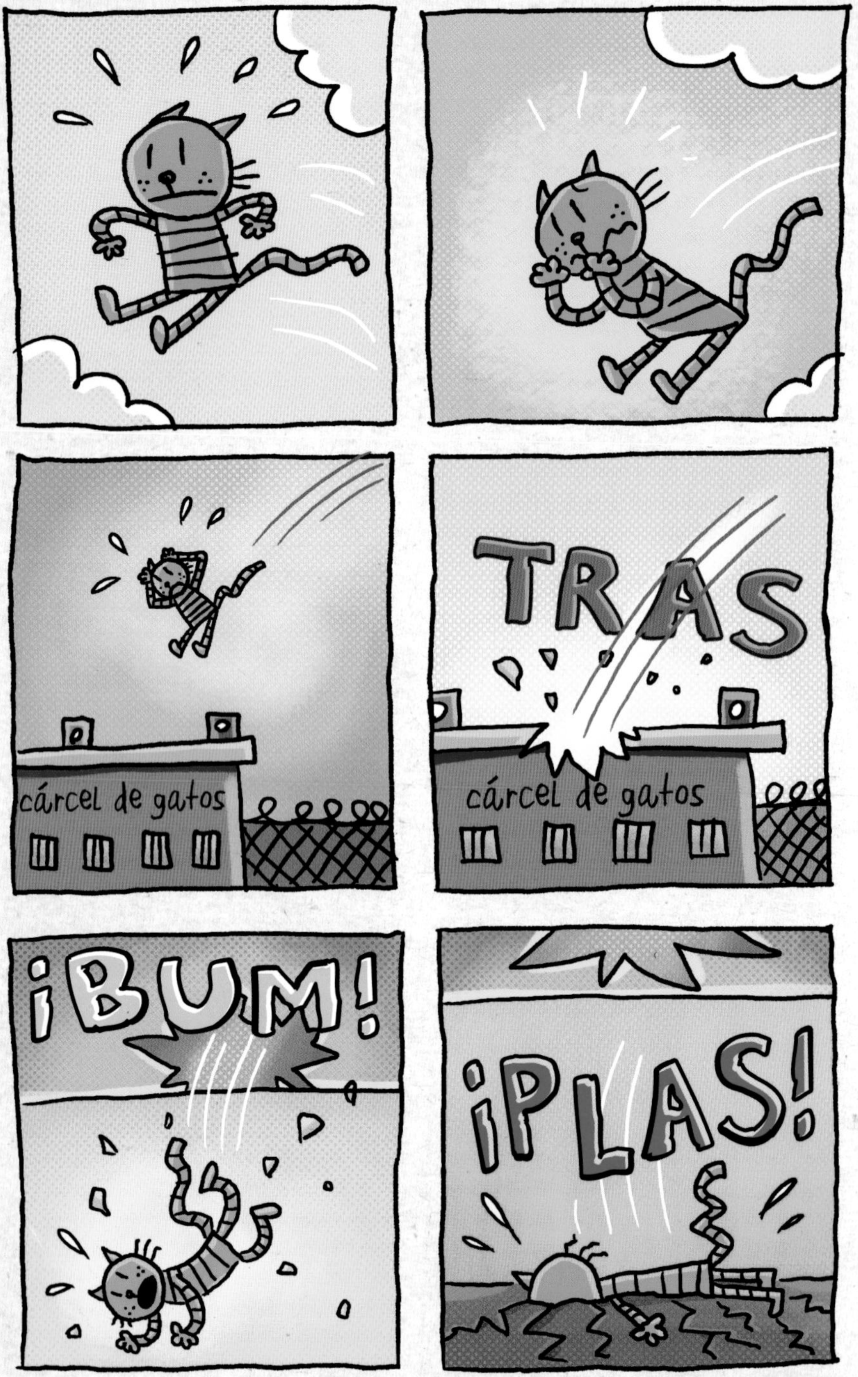
cárcel de gatos
TRAS
cárcel de gatos
¡BUM!
¡PLAS!

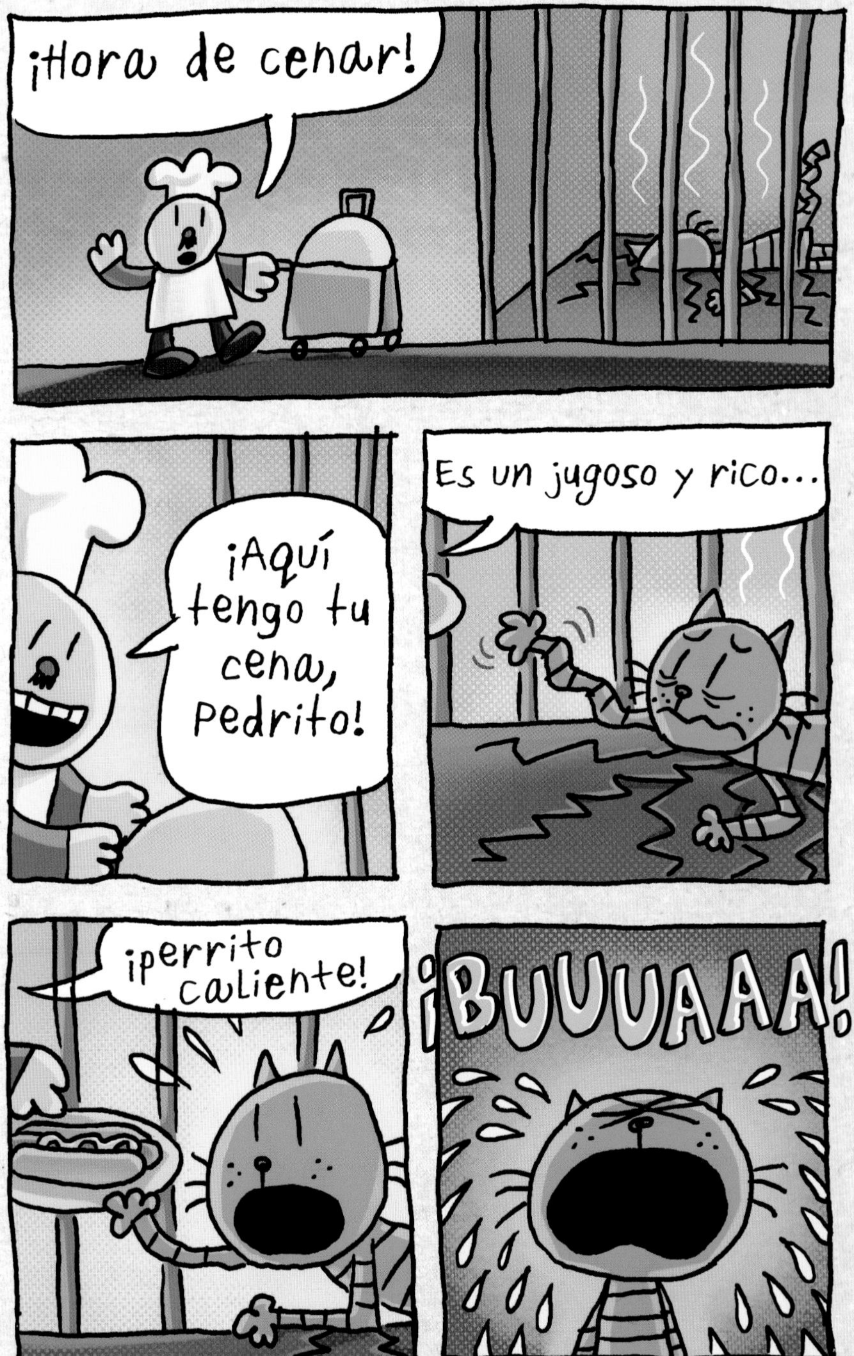

¡Hora de cenar!
¡Aquí tengo tu cena, Pedrito!
Es un jugoso y rico...
¡perrito caliente!
¡BUUUAAA!

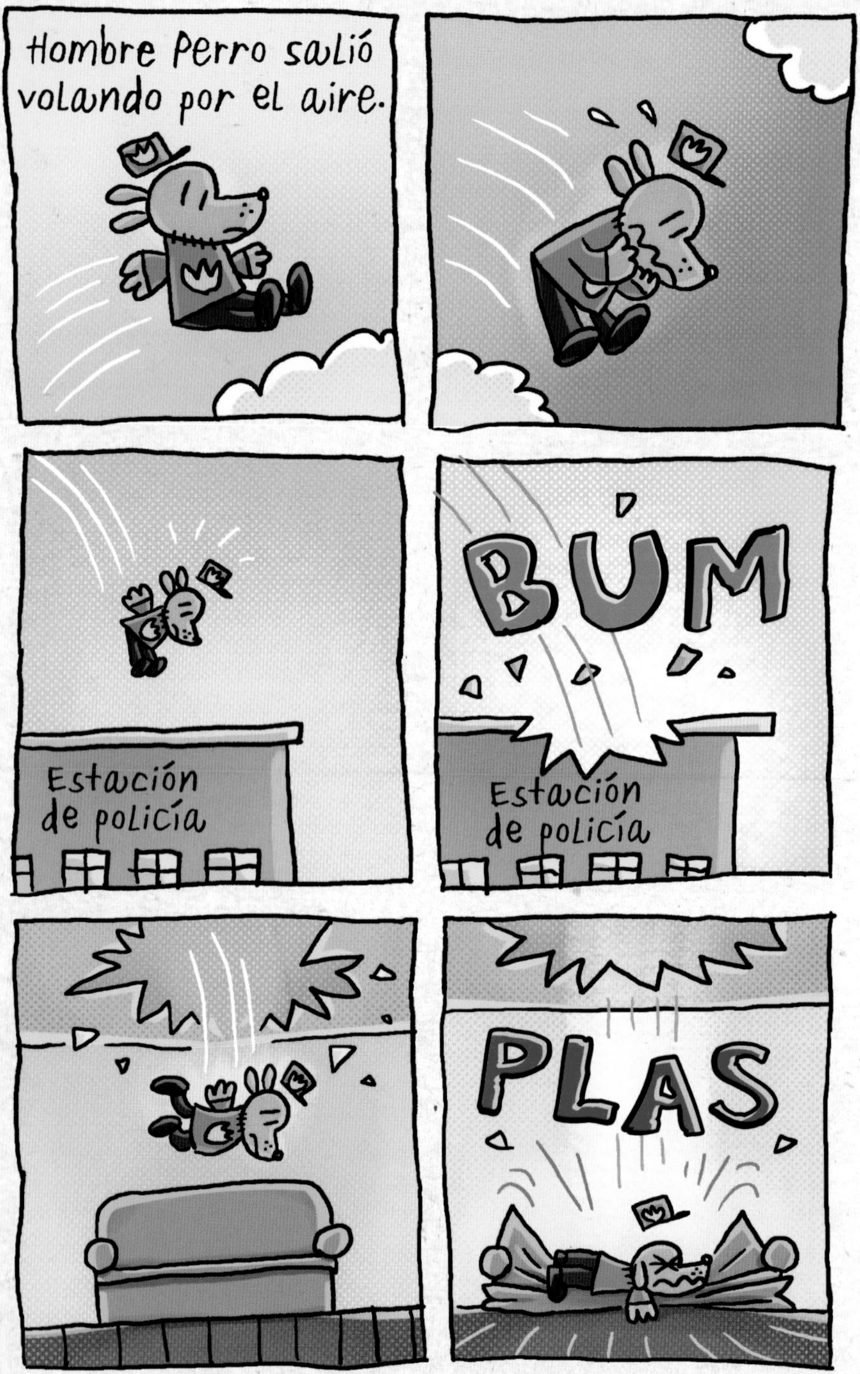
Hombre Perro salió volando por el aire.
Estación de policía
BÚM
Estación de policía
PLAS

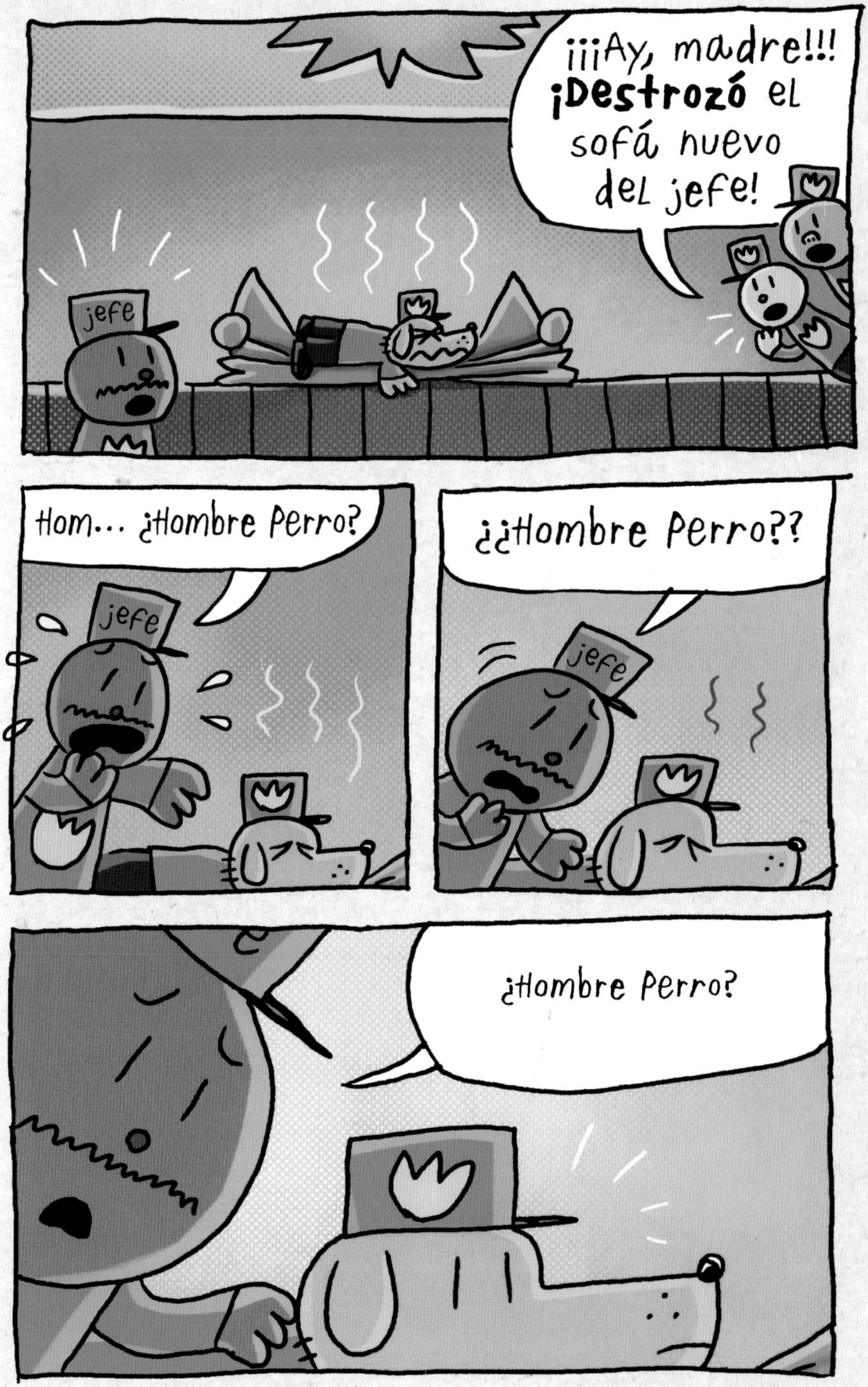
¡¡¡Ay, madre!!! **¡Destrozó** el sofá nuevo del jefe!
jefe
Hom... ¿Hombre Perro?
jefe
¿¿Hombre Perro??
jefe
¿Hombre Perro?

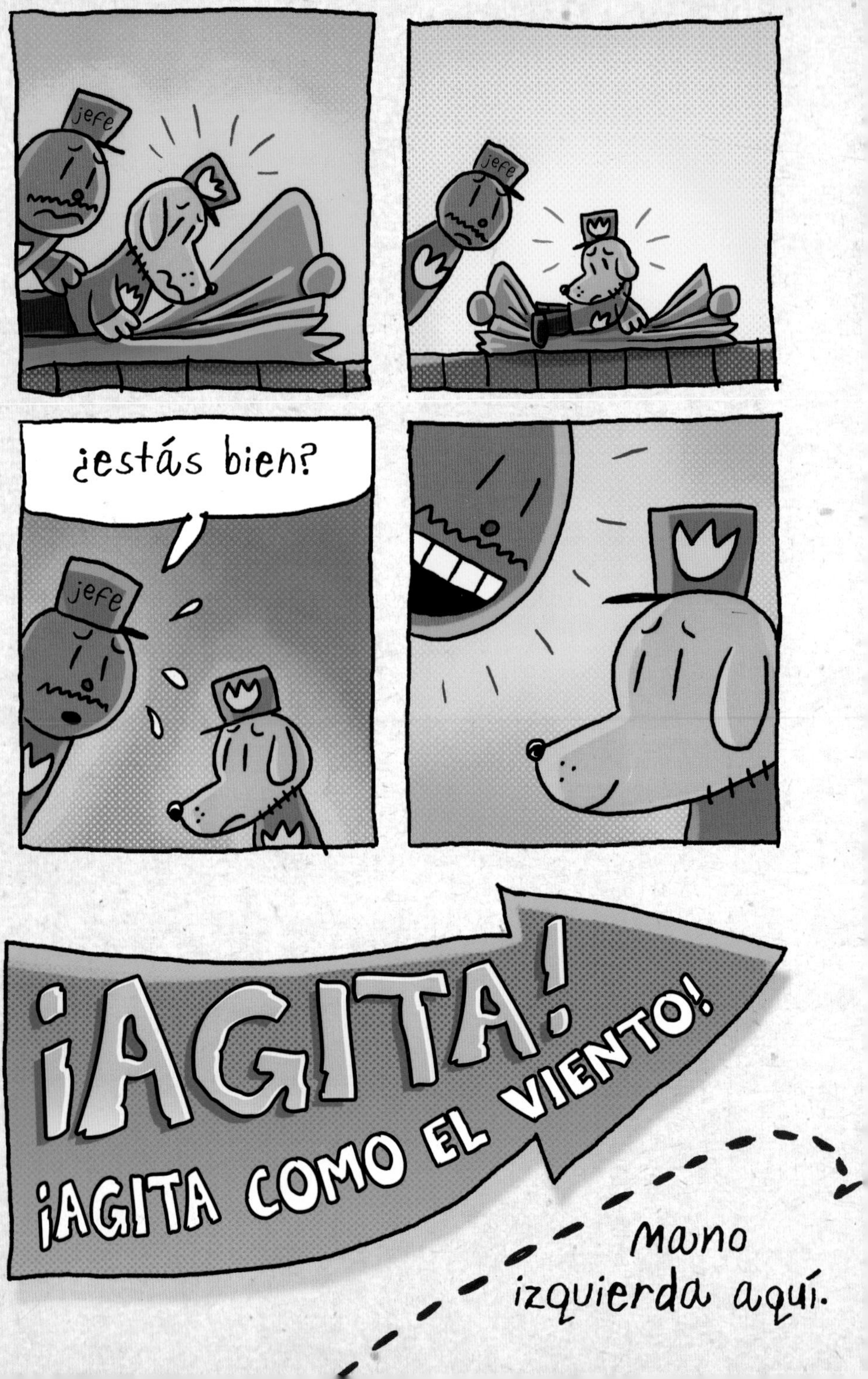
jefe
jefe
¿estás bien?
jefe
¡AGITA!
¡AGITA COMO EL VIENTO!
Mano izquierda aquí.

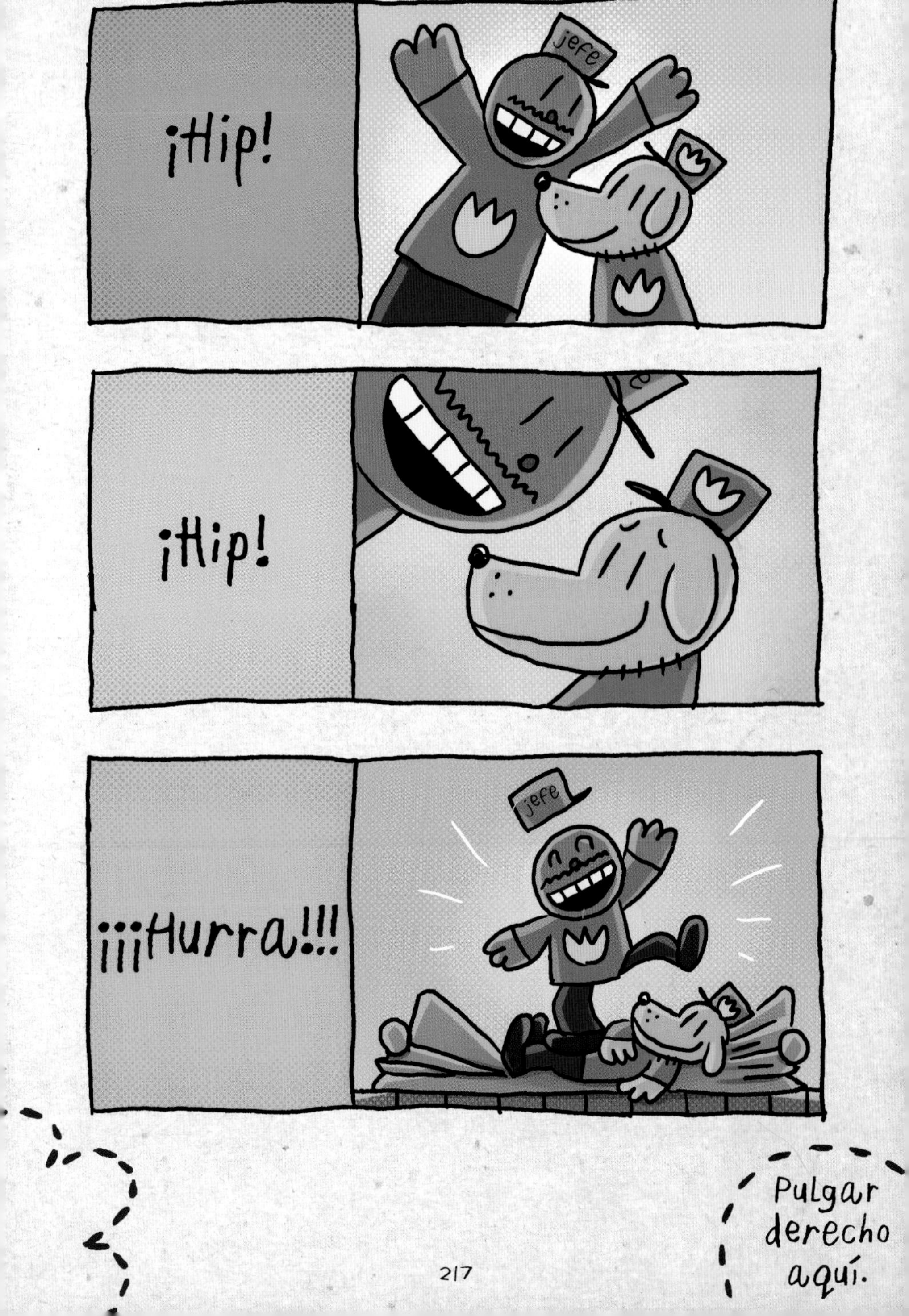
¡Hip!
jefe
¡Hip!
¡¡¡Hurra!!!
jefe
Pulgar derecho aquí.

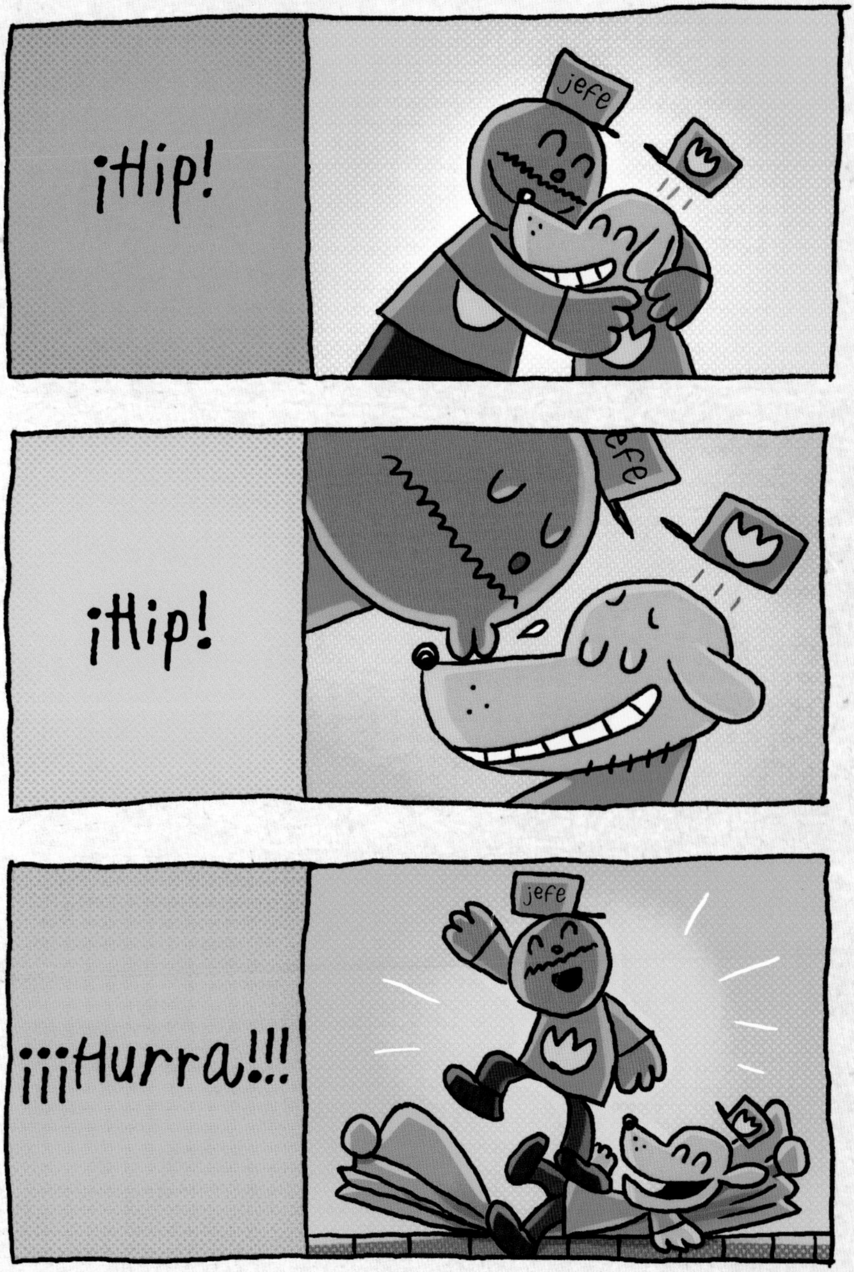
¡Hip!
jefe
¡Hip!
efe
¡¡¡Hurra!!!
jefe

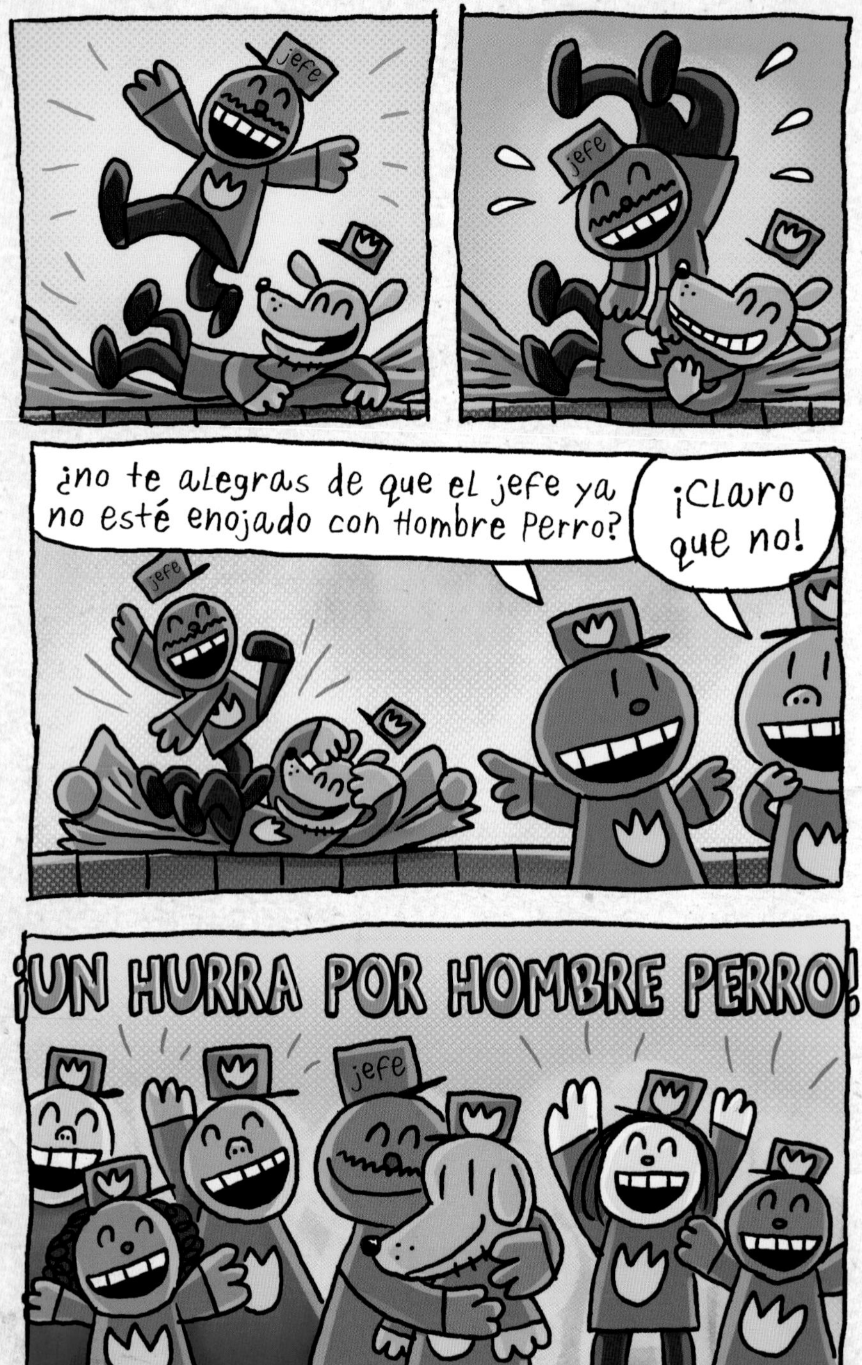
¿no te alegras de que el jefe ya no esté enojado con Hombre Perro?
¡Claro que no!
¡UN HURRA POR HOMBRE PERRO!

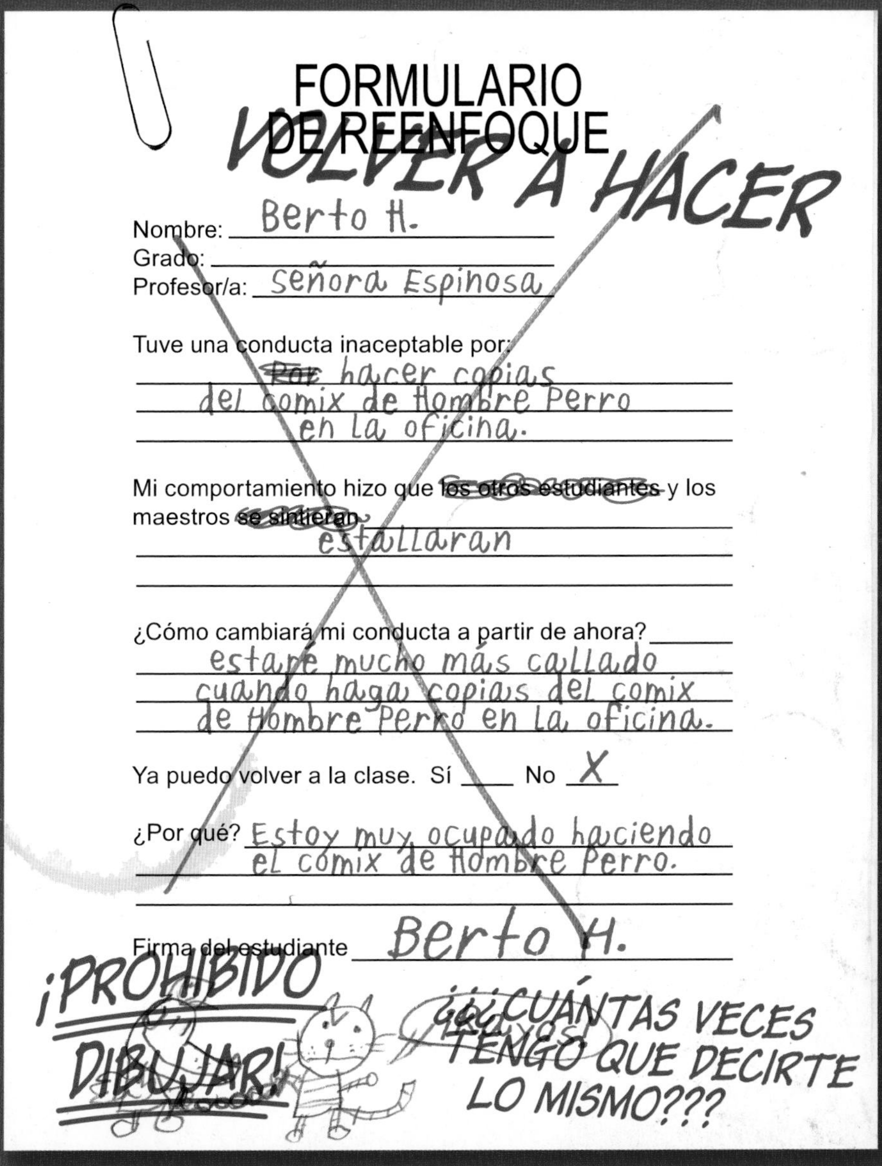

FORMULARIO DE REENFOQUE

VOLVER A HACER

Nombre: Berto H.

Grado:

Profesor/a: señora Espinosa

Tuve una conducta inaceptable por:

~~Por~~ hacer copias del comix de Hombre Perro en la oficina.

Mi comportamiento hizo que ~~los otros estudiantes~~ y los maestros ~~se sintieran~~ estallaran

¿Cómo cambiará mi conducta a partir de ahora?

estaré mucho más callado cuando haga copias del comix de Hombre Perro en la oficina.

Ya puedo volver a la clase. Sí ____ No X

¿Por qué? Estoy muy ocupado haciendo el comix de Hombre Perro.

Firma del estudiante Berto H.

¡PROHIBIDO DIBUJAR!

¿¿¿CUÁNTAS VECES TENGO QUE DECIRTE LO MISMO???

CÓMO DIBUJAR HOMBRE PERRO

¡En 28 pasos increíblemente fáciles!

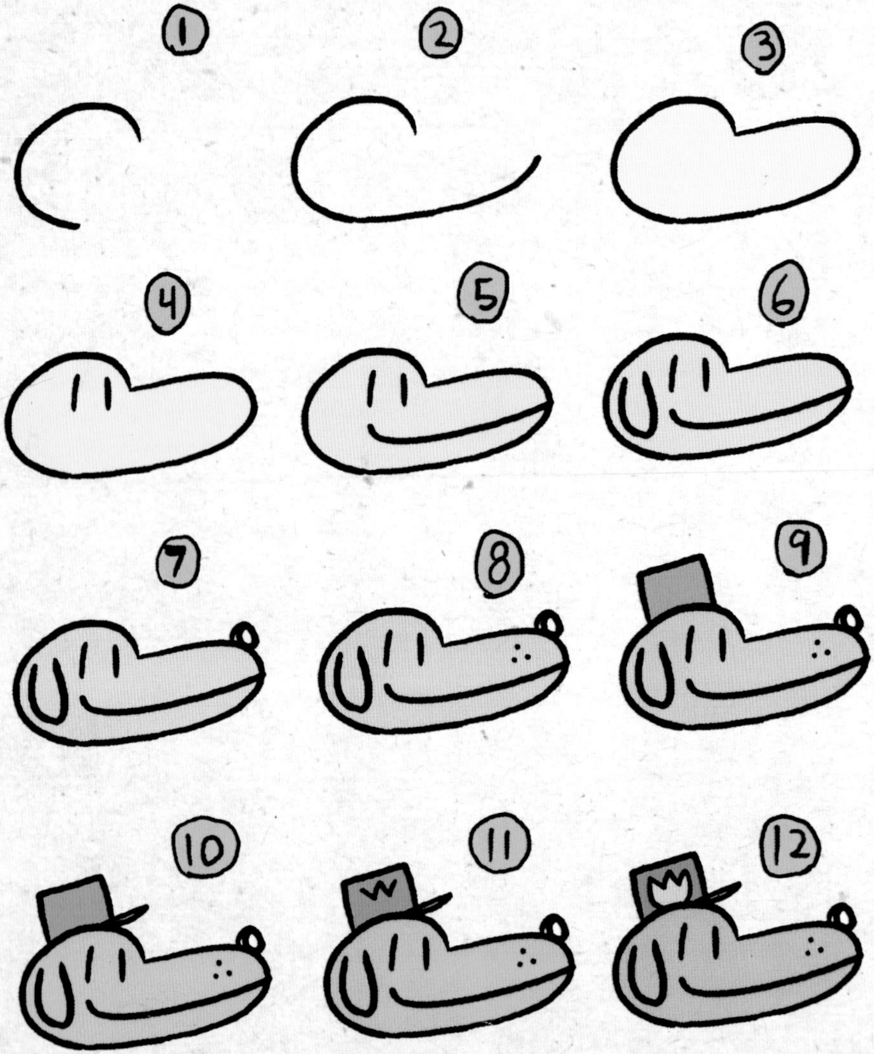

1
2
3
4
5
6
7
8
9
10
11
12

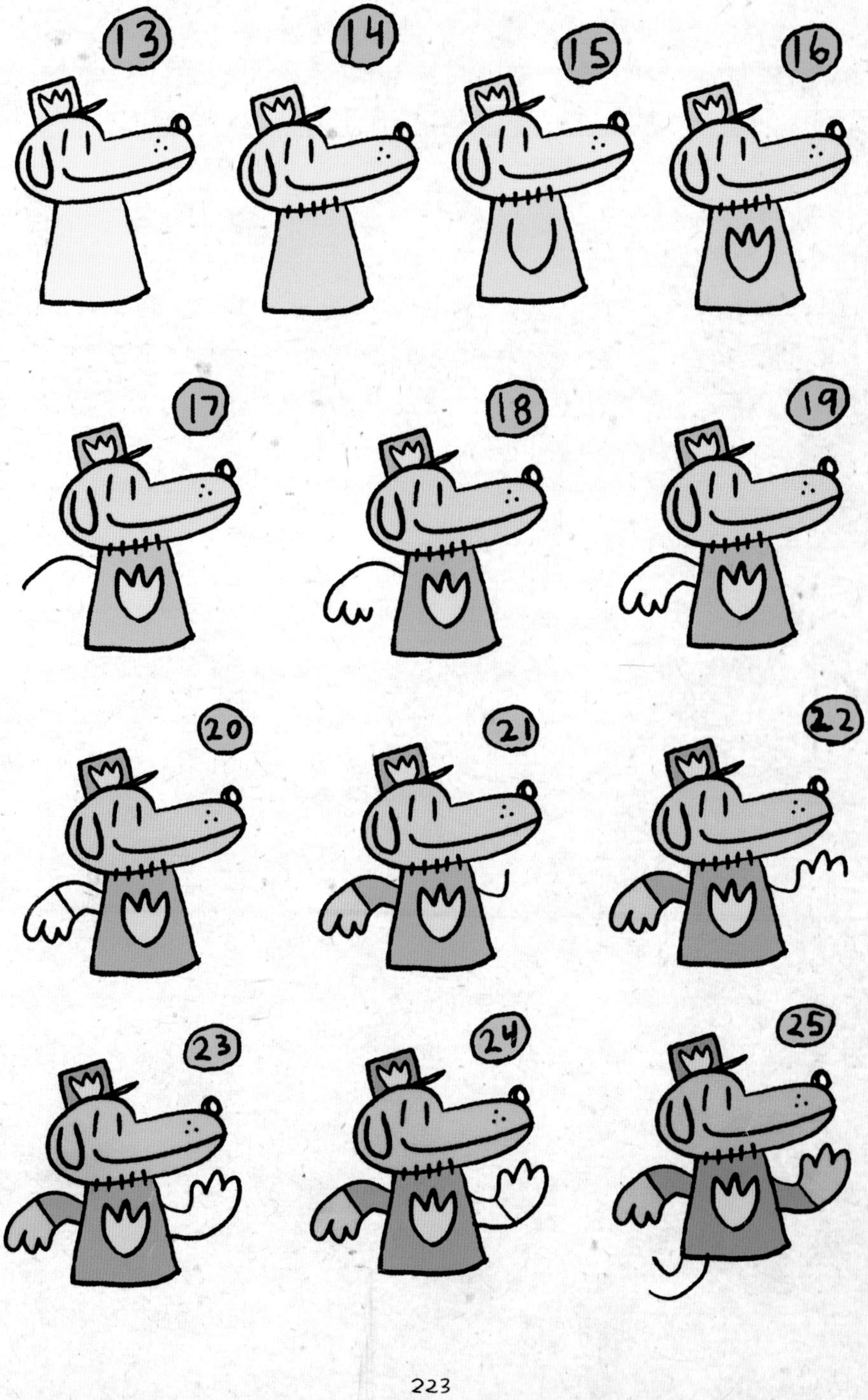
13
14
15
16
17
18
19
20
21
22
23
24
25

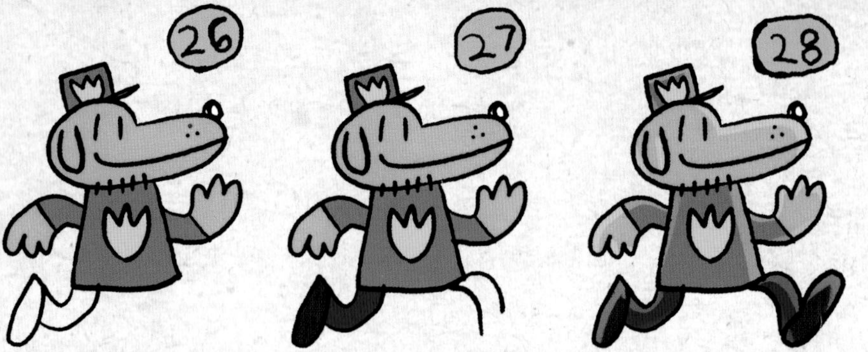
26
27
28

¡¡¡Sé EXPRESIVO!!!

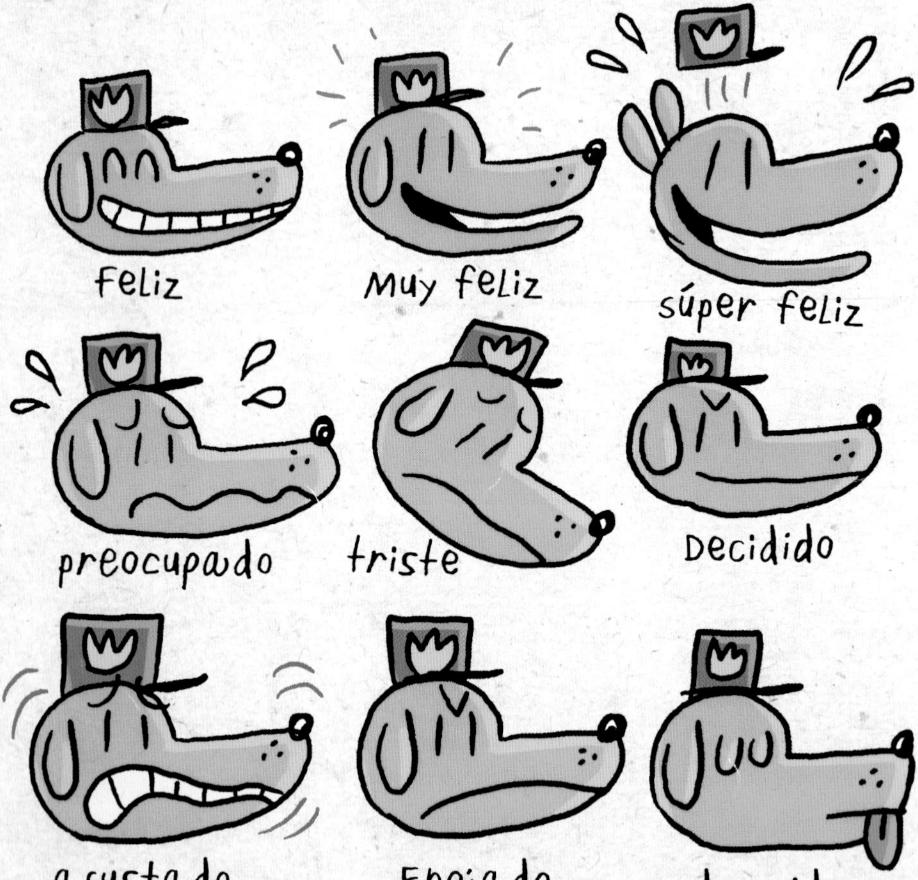
Feliz
Muy feliz
súper feliz
preocupado
triste
Decidido
asustado
Enojado
dormido

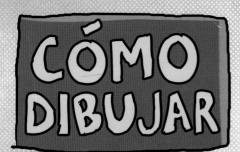

CÓMO DIBUJAR

PEDRITO

En 24 pasos increíblemente fáciles.

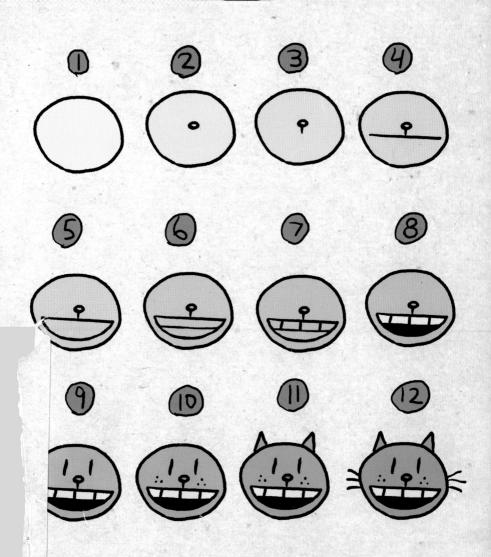

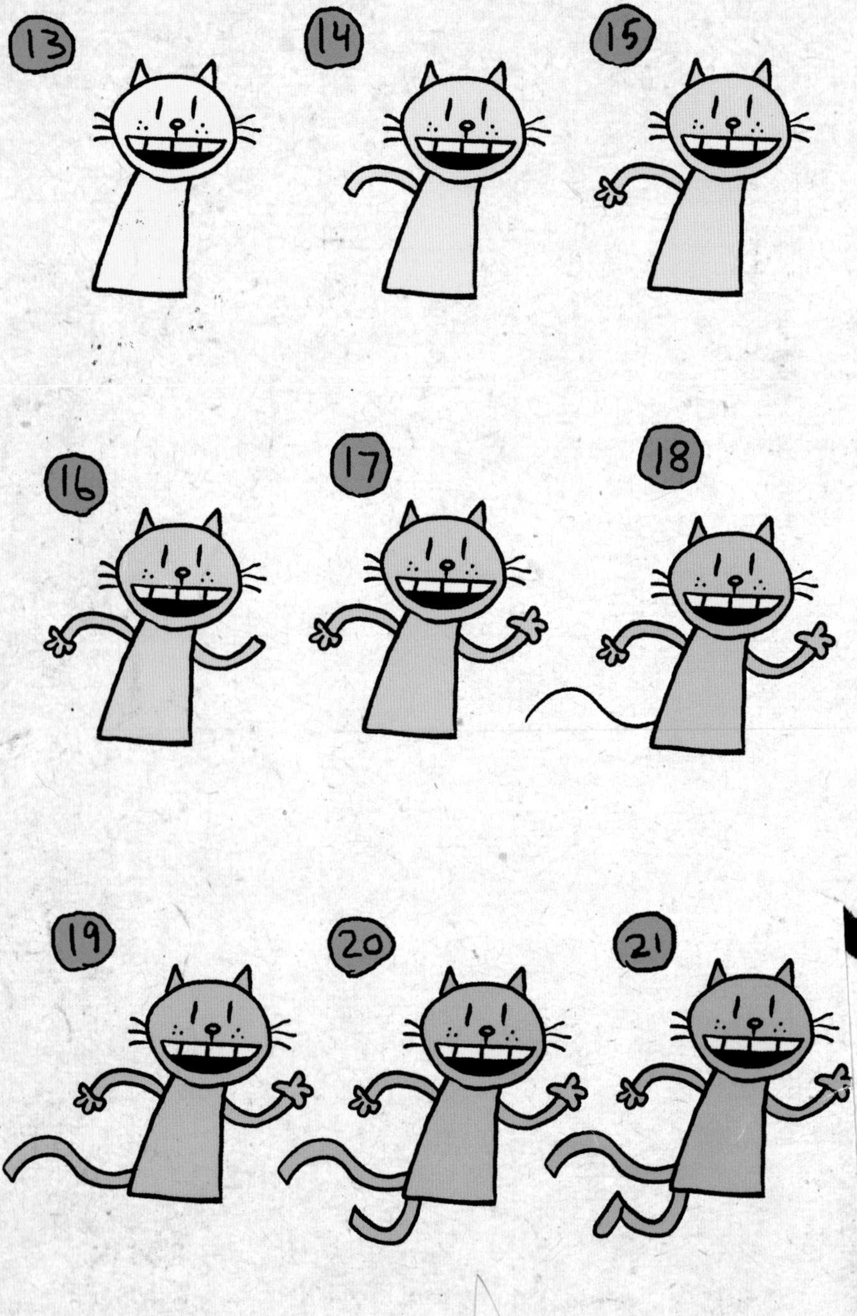
13
14
15
16
17
18
19
20
21

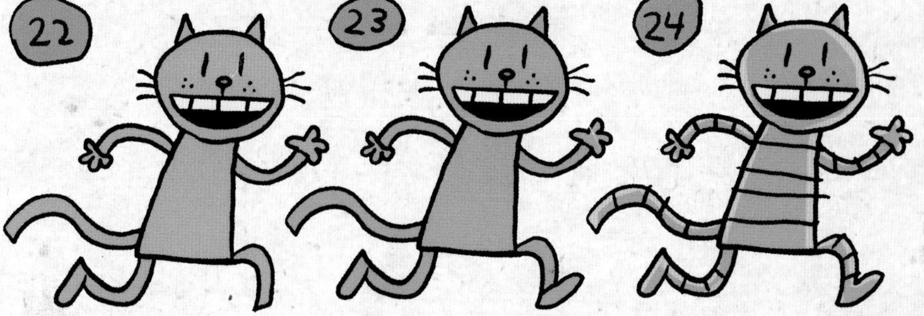
22
23
24

Sé EXPRESIVO

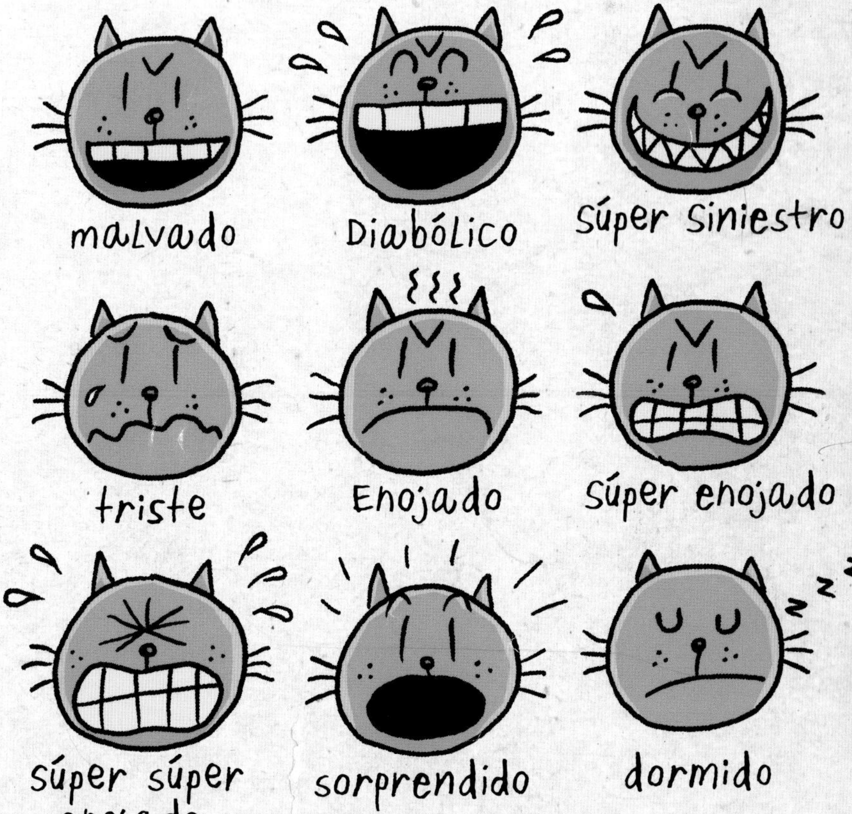
malvado
Diabólico
súper siniestro
triste
Enojado
súper enojado
súper súper enojado
sorprendido
dormido

CÓMO DIBUJAR PIPE

¡En 24 pasos increíblemente fáciles!

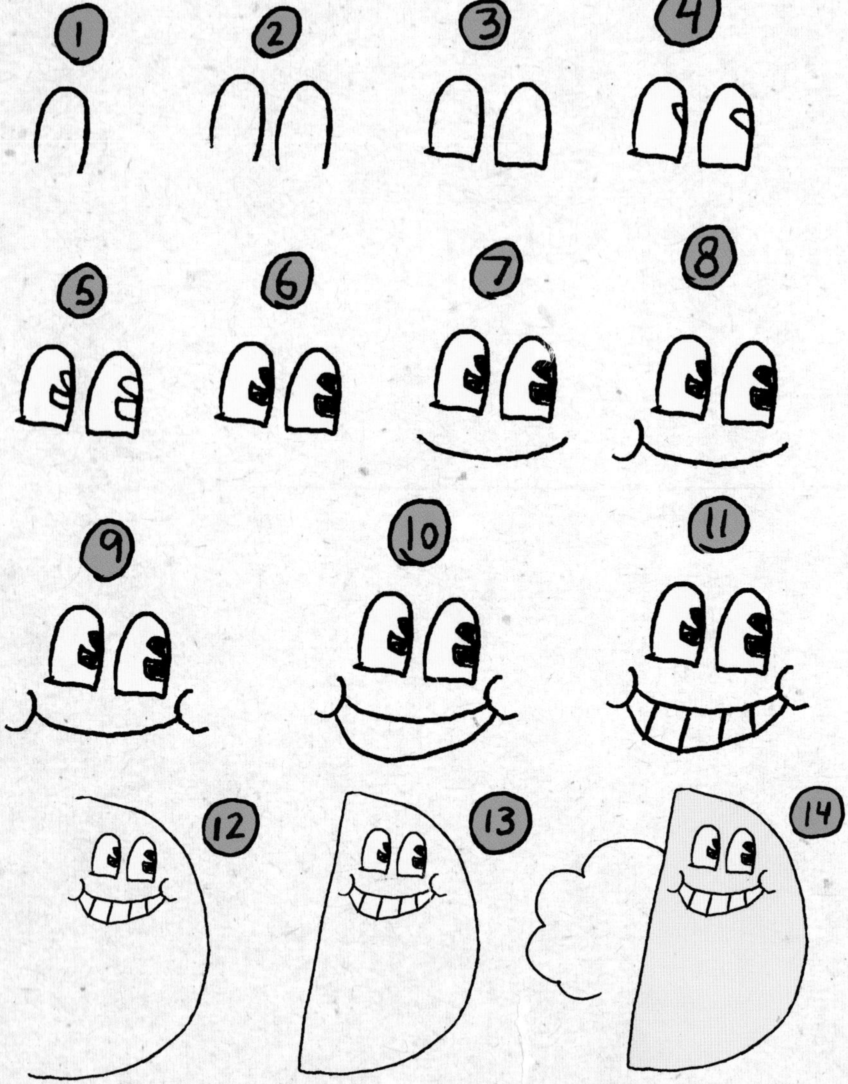
1
2
3
4
5
6
7
8
9
10
11
12
13
14

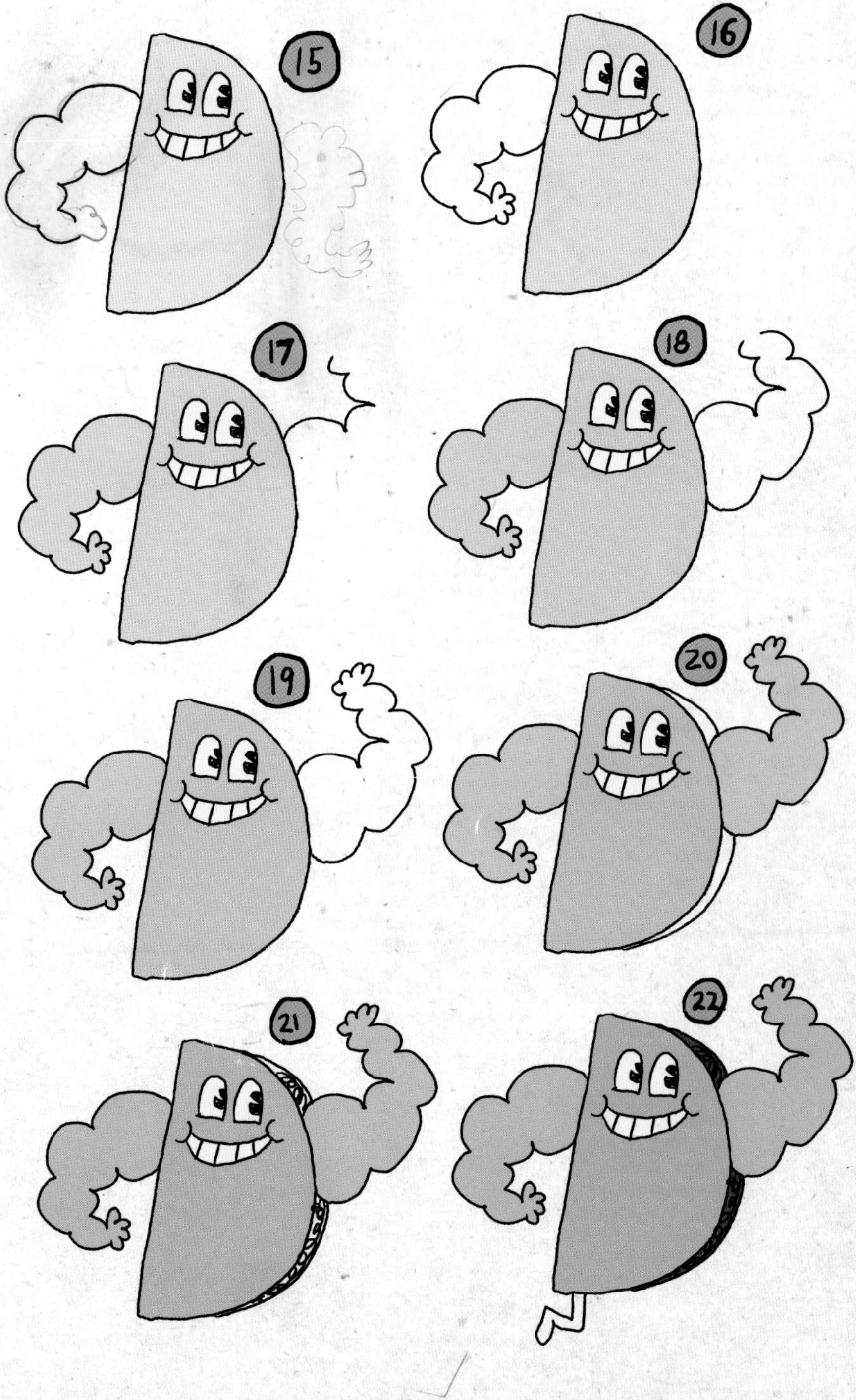
15
16
17
18
19
20
21
22

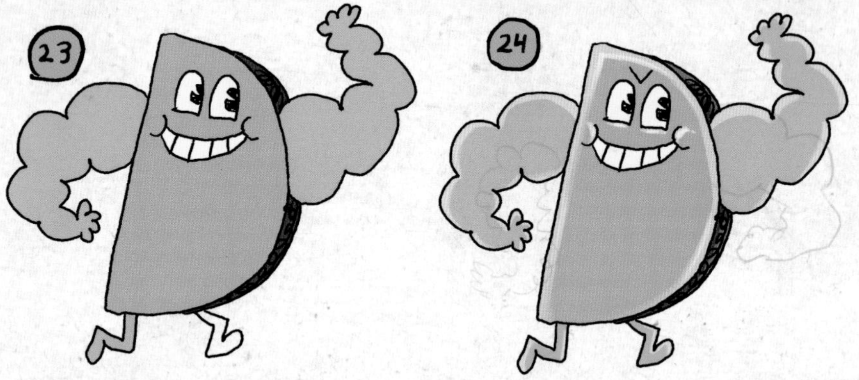
23
24

¡¡¡Sé EXPRESIVO!!!

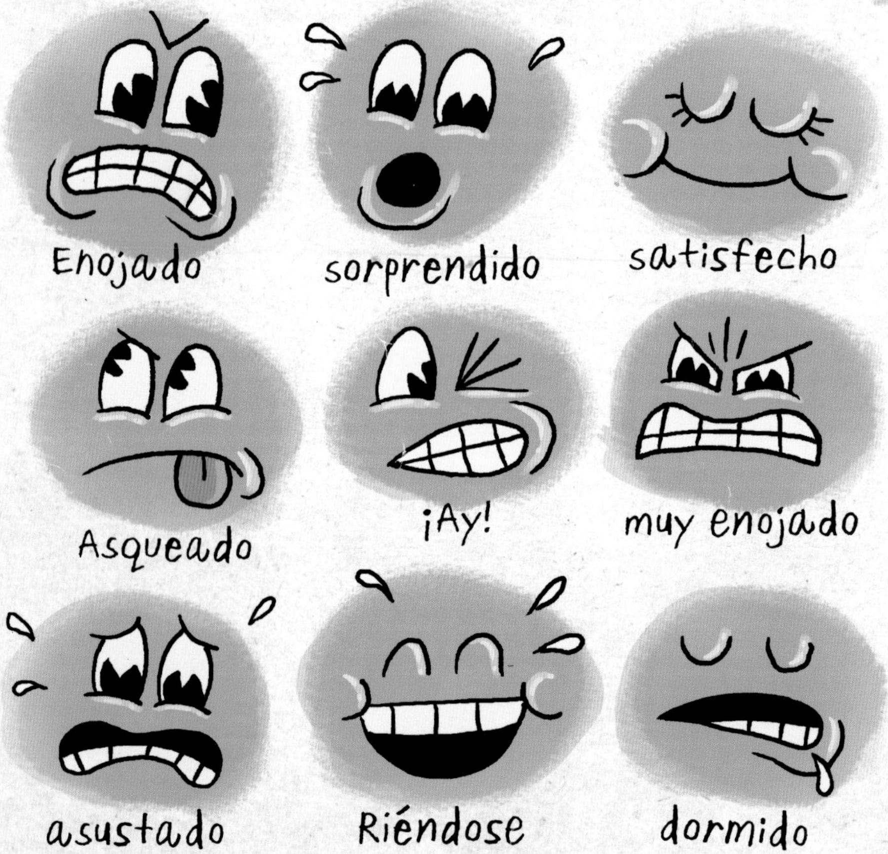
Enojado
sorprendido
satisfecho
Asqueado
¡Ay!
muy enojado
asustado
Riéndose
dormido

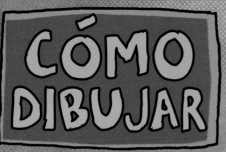

CÓMO DIBUJAR PEDRITO INVISIBLE

En 8 pasos facilísimos.

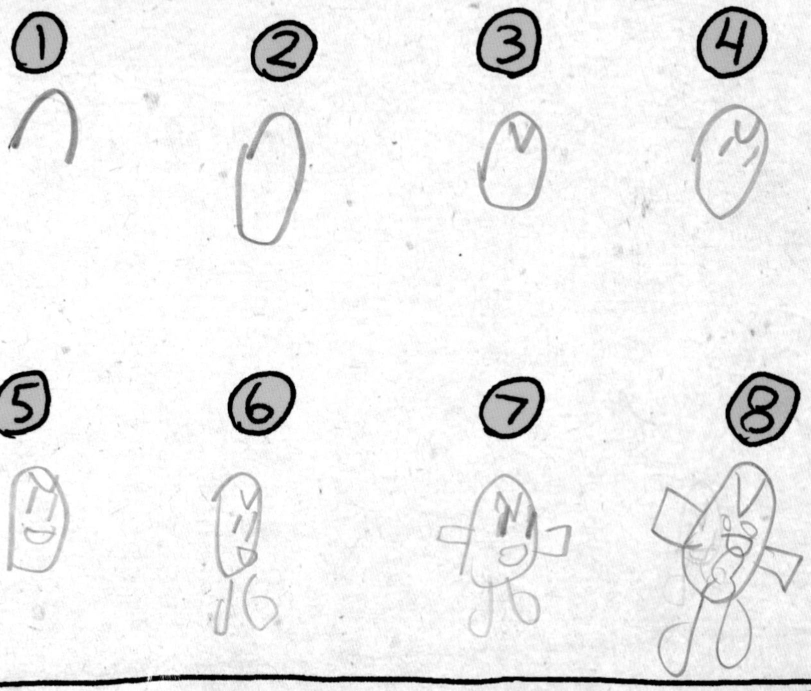
1
2
3
4
5
6
7
8

¡¡¡Sé EXPRESIVO!!!

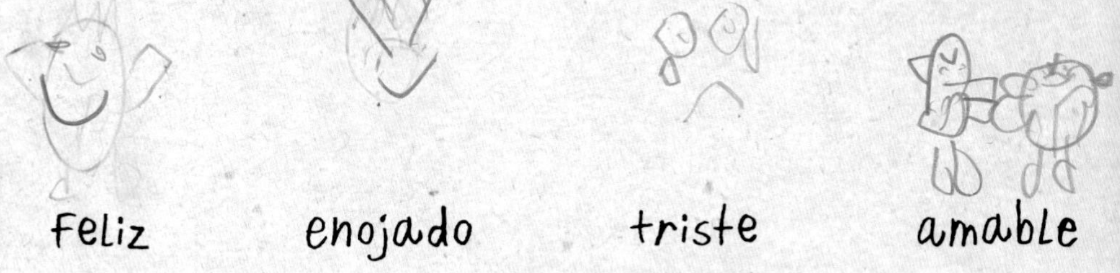

Feliz   enojado   triste   amable

ACERCA DEL AUTOR-ILUSTRADOR

Cuando Dav Pilkey era niño, sufría de Trastorno por Déficit de Atención con Hiperactividad (TDAH), dislexia y tenía problemas de comportamiento. Dav interrumpía tanto las clases que sus maestros lo obligaban a sentarse en el pasillo todos los días. Por suerte le encantaba dibujar e inventar historias. El tiempo que pasaba en el pasillo lo ocupaba haciendo sus propios cómics.

Cuando estaba en segundo grado, Dav Pilkey creó un cómic de un superhéroe llamado Capitán Calzoncillos. Su maestro lo rompió y le dijo que no podía pasarse el resto de la vida haciendo libros tontos.

¡Por suerte, Dav no le hizo caso!

ACERCA DEL COLORISTA

Jose Garibaldi creció en el sur de Chicago. De niño era un soñador y le encantaba hacer garabatos. Ahora ambas actividades son su empleo a tiempo completo. Jose es ilustrador profesional, pintor y dibujante de cómics. Ha trabajado para Dark Horse Comics, Disney, Nickelodeon, Mad Magazine y muchos más. Vive en Los Ángeles, California, con su esposa y sus gatos.